Mina Teichert

Das Glück liegt unterm Weihnachtsbaum

Zu diesem Buch

Die fünfunddreißigjährige Elin liebt Weihnachten über alles, und dieses Jahr scheint der Weihnachtsmann es besonders gut mit ihr zu meinen. Denn schon vor Heiligabend bekommt Elin von ihrem Onkel einen Basset Hound-Welpen geschenkt, den sie mit seinen Schlappohren sofort in ihr Herz schließt. Und der kleine Hund wirbelt Elins Liebesleben schon bald gehörig durcheinander: Nicht nur zieht er sie schnurstracks auf das Grundstück ihres mürrischen Nachbarn, der im Gegensatz zu ihr so gar nichts mit Weihnachten anzufangen weiß, sondern beschert ihr auch einen neuen Freund auf Instagram, der offenbar ebenfalls Herrchen eines Basset Hounds ist. In langen Nachrichten entdecken die beiden schnell zahlreiche weitere Gemeinsamkeiten, und je näher Heiligabend rückt, desto höher schlägt Elins Herz. Im Kreis ihrer Familie und mit einer neuen Liebe könnte Weihnachten perfekt werden! Doch als kurz vor der Bescherung plötzlich Elins Großmutter spurlos verschwindet und der Weihnachtsmann krankheitsbedingt ausfällt, droht ihr erhofftes Weihnachtsglück im Chaos zu versinken …

Mina Teichert, 1978 in Bremen geboren, lebt heute mit ihrer Familie und zwei Basset Hounds auf einem Bauernhof. Sie hat bereits erfolgreich Romane, Jugend- und Sachbücher veröffentlicht, darunter der *SPIEGEL*-Bestseller »Neben der Spur, aber auf dem Weg«.

Mina Teichert

Das Glück liegt unterm Weihnachtsbaum

Roman

PIPER

Mehr über unsere Autoren und Bücher:
www.piper.de

Wenn Ihnen dieser Roman gefallen hat, schreiben Sie uns unter Nennung des Titels »Das Glück liegt unterm Weihnachtsbaum« an *empfehlungen@piper.de,* und wir empfehlen Ihnen gerne vergleichbare Bücher.

FSC
www.fsc.org
MIX
Papier aus verantwortungsvollen Quellen
FSC® C083411

Originalausgabe
ISBN 978-3-492-31533-3
Oktober 2019

Redaktion: Friederike Haller
Umschlaggestaltung: zero-media.net, München
Umschlagabbildung: FinePic®, München
Satz: Satz für Satz, Wangen im Allgäu
Gesetzt aus der Athelas
Druck und Bindung: CPI books GmbH, Leck
Printed in the EU

Coming home for Christmas

Vielleicht hätte ich vom Gas gehen und einen Gang runterschalten sollen – mein Auto schleudert um die Kurve, ich werde gegen die Fahrertür gedrückt und habe Mühe, auf meiner Spur zu bleiben. Das muss die Vorfreude sein … Mit Herzklopfen, aber unbeschadet biege ich auf die alte Kopfsteinpflasterstraße, die das Jetzt vom Damals trennt, und staune wie so oft nicht schlecht über den Zeitsprung, den ich mache, wenn ich durch Eickstever fahre. Alles in dem kleinen Dorf sieht fast noch genauso aus wie vor dreißig Jahren, als meine Schwester Mieke und ich regelmäßig bei Oma Erna und Opa Henry Ferien machten. Beinahe jeden Winter verbrachten wir auf dem kleinen Bauernhof, den die beiden bewirtschafteten, später Oma allein, und backten Plätzchen, sammelten Tannenzapfen, dekorierten Fenster und bastelten Weihnachtssterne, was das Zeug hielt. Manchmal wurden wir auch im Sommer hier geparkt, wenn unsere Eltern zu viel arbeiten mussten. Und das mussten sie oft als Selbstständige mit einer eigenen Autowerkstatt, die sich keine Angestellten leisten konnte. Heute verstehe ich, was Selbstständigkeit bedeutet; damals war ich oft sauer auf meine Eltern, weil ihr Job grundsätzlich vorging. Manchmal sogar an Weihnachten, der schönsten Jahreszeit überhaupt.

Hach, Weihnachten. An Weihnachten ist das Leben immer in Ordnung, egal, wie sehr es vorher in Schieflage geraten ist. Selbst als meine Eltern sich auseinanderlebten und regelmäßig zu streiten begannen, am Fest der Liebe besannen sie sich eines Besseren, und Frieden hielt Einzug.

Meine Schneekugeln im Kofferraum klirren leise, als die Straße schlechter wird, und ich bremse den Wagen ab. Ups, das war zu doll, hinter mir scheppert es laut, und die oberste Kiste kommt ins Rutschen. Eines meiner Kunstwerke fällt heraus und landet im Fußraum. Glas zersplittert, Wasser und Schnee ergießen sich auf die schwarze Matte, und der kleine Nikolaus aus dem Inneren der Schneekugel verliert seinen Kopf. Kurz sitze ich in einer Erinnerung fest, in der ich selbst aus Wut einen meiner Lieblinge an die nächste Wand meiner Wohnung warf. Männer können einen zum Äußersten treiben.

Schnell schüttle ich das Nachsinnen über Liebeskummer ab und konzentriere mich wieder auf die schmale Straße vor mir. Raureif glitzert auf ihr und überzieht die Natur ringsum mit einem eisigen Gewand, und ich sauge den wundervollen Anblick in mich auf. »Nichts ist so gut gegen schlechte Gedanken wie eine Winterlandschaft«, sagt Oma Erna gern. Und ich kann ihr da nur beipflichten. Ich vermute, dass ich meine Affinität zur dunklen und kalten Jahreszeit von ihr habe.

Der Winke-Weihnachtsmann auf der Armatur meines Wagens wackelt zustimmend mit dem Kopf, und ich muss über meinen Lieblingsbegleiter lächeln, dessen rotes Wams die Sonne mittlerweile ganz schön ausgeblichen hat. Nicht jedem beschert der Sommer einen schönen Teint. Auch mir nicht, denn schon im kleinsten Sonnenstrahl wird meine weiße Haut in Nullkommanichts knallrot. Das habe ich eindeutig von meiner Mutter geerbt, ebenso ihr lockiges Feuerhaar und die schmale Zahnlücke zwischen den Schneidezähnen.

Ich passiere die Schneiderei und biege dahinter auf den Himmelfahrtsweg, der mich zum Fichtenhain führt. Er liegt direkt neben Omas Grundstück, dem Tjarkshof, der das Schlusslicht des Dorfs bildet. Vom Gemüsegarten hat man einen wundervollen Blick über die Felder und den von Eis glitzernden Fluss.

Ach, wie herrlich das Landleben ist. Ich sollte überlegen, die Stadt mit ihrem unruhigen Treiben zu verlassen.

Ich kurble das Fenster meines uralten roten Minis herunter und atme die kalte, klare Luft ein. Es schneit bestimmt bald, das kann ich förmlich riechen. Was das Winterwetter angeht, bin ich auf jeden Fall der beste Frosch. Das erzählt zumindest meine Schwester Mieke jedem, der es hören will.

Das Radio spielt das Weihnachtslied *Do you hear what I hear* von Jordin Sparks, und ich singe aus voller Kehle mit.

Als ich am alten Gutshof der Familie von Daniel vorbeikomme, nehme ich den Fuß vom Pedal. Irgendetwas passt da nicht ins Bild. Nach dem Tod von Opa Gottwald von Daniel stand der riesige Kasten mit seinen imposanten Fachwerkstallungen ewig und drei Tage leer. Nun sieht er renoviert und vor allem bewohnt aus. Also, seit wann ist der Hof wieder zum Leben erweckt? Und viel interessanter: Wer hat hier Hand angelegt? Und wieso hat mir niemand davon erzählt?

»Seltsam«, murmle ich, linse durch die kahle Eichenhecke hindurch und wundere mich über den neumodernen Stil, der die Schönheit und Nostalgie der alten Villa eindeutig zerstört hat. Irgendjemand hat der Fassade einen grauen Anstrich verpasst, das Sonnengelb aus alten Zeiten ist fort, und die Türme haben schmale, spitz zulaufende Fenster bekommen.

Wie schade – steht das Ding nicht unter Denkmalschutz? Hätte man die alten Elemente nicht beibehalten können? Und viel schlimmer: Nicht eine Lichterkette oder Laterne schmückt das Gutshaus. Wie traurig.

Ich bemerke, dass sich jemand hinter den schweren Vorhängen bewegt, und lasse vor Schreck den Motor absaufen. Erkennen kann ich die Gestalt nicht, aber sie ist auf jeden Fall groß. Ertappt hebe ich die Hand zum Gruß, doch der Stoff wird mit einer schnellen Bewegung wieder zugezogen und mein Blick ausgesperrt. Wie peinlich, was sollen die Bewohner denn jetzt von mir denken?

»Was wohl, Elin? Zu blöd zum Autofahren und neugierig wie die Stasi«, antworte ich mir selbst, während ich den Schlüssel im Zündschloss drehe. Mein Auto mit dem wunderschönen Namen Rudolph schnurrt wie ein Kätzchen, und ich fahre vorsichtig an, stelle mein Radio lauter, bevor sich dieses schrecklich unweihnachtliche Bild in mein Hirn brennt, und lausche *Sleigh Bells*.

Dumm nur, dass ich es nicht lassen kann, in den Rückspiegel zu gucken, als ich eine Bewegung hinter mir ausmache. Ein Mann in Anzug hetzt zu seinem teuren Auto, steigt ein und fährt viel zu schnell los. Ich habe kaum Zeit, um auszuweichen, als er vom Hof donnert und mich beinahe schneidet.

»Na, frohes Fest!« Meine Reifen drehen durch, ich lenke gegen, und das Bodyboard und der Schwimmreifen meines Exverlobten Stefan, die ich ganz oben auf die Kisten der Rückbank als Geschenke für die Kids meiner Schwester gequetscht habe, landen auf dem Beifahrersitz und erinnern mich an das Loch in meinem Herzen. O nein! Nicht denken, nicht, aus ... Ich schlucke, beginne den Text des Weihnachtslieds mitzuschmettern, um zu verhindern, dass sich Stefans Gesicht vor mein inneres Auge schiebt. Er hat letztes Jahr zu einer unsäglich unpassenden Zeit mit mir Schluss gemacht. An Heiligabend. An einem Tag, den ich eigentlich mit meiner Familie hätte verbringen sollen und es dennoch nicht getan habe, aus Liebe zu ihm. Weil ihn als Einzelkind einer kleinen Familie das wilde Treiben meiner Bande von Jahr zu Jahr mehr überforderte, bis wir schließlich zu Hause blieben und bei uns feierten.

»Ich will das Fest der Liebe mit dir allein genießen«, wie er gern betonte. Und dann das.

Diese Altlast steckt mir noch immer in den Knochen, und es wird Zeit, dass ich die Dinge, die er nie abgeholt hat, loswerde. In den letzten Wochen ist mir immer klarer geworden, wie unterschiedlich wir beide sind. Doch die Frage, warum zum Geier mir das ganze acht Jahre lang nicht aufgefallen ist, geht in einem Ringdingelingeling aus dem Radio unter.

Ich grinse irre und trete aufs Gas, als ich endlich durch den Fichtenhain rausche und bald darauf die großen Eichen passiere, die die Hofeinfahrt zum Tjarkshof säumen. Sie flechten ihre kahlen Äste ineinander und bilden ein mit Lichterketten geschmücktes Dach. Ich bin verzaubert von dem Glitzern, das über mir schwebt, während ich unter ihnen hindurchtauche und auf das rote Backsteinhaus zuhalte. Miekes Jeep parkt vor der windschiefen Scheune, in der einst drei Kühe standen, die für frische Milch am Morgen sorgten. Ich kann sie beinahe riechen, die Milch, und die Zimtsterne, die Oma darauf bröselte, um dem Getränk das gewisse Etwas zu verleihen.

Ich parke vor dem Wohnhaus, dessen altes Dielentor

durch eine wunderschöne Glasfront ersetzt wurde. Im Inneren brennt der Kamin, und noch ehe ich Rudolphs Motor ausgestellt habe, fliegt die blaue Seitentür des Bauernhauses auf, und Mieke winkt mir zu. Mein Herz hüpft.

»I'm coming home for Christmas!«, rufe ich ihr beim Aussteigen zu, und wir fallen uns in die Arme. Ich drücke sie fest an mich, sauge ihren Geruch ein und schließe einen Moment lang die Augen, bevor ich meine Finger über ihre Rippen tanzen lasse. Sie ist schlank geworden und hat ihre Haare, die ihr früher weit über die Schultern fielen, zu einem kurzen akkuraten Bob geschnitten.

»Hey, nice. Ich mag deine Frisur«, sage ich und nehme Abstand, um sie genauer zu begutachten. Ihre Wangen sind rosig wie immer, wenn sie aufgeregt ist, und ihre wasserblauen Augen sehen wie das Spiegelbild meiner eigenen aus.

»Danke, war nicht meine Idee.« Sie zieht eine Grimasse, und ich stutze.

»Wessen denn dann? Wollte Noan eine andere Frau in seinem Bett?«, scherze ich und knutsche sie auf den Haaransatz.

»Nein, es waren die Zwillinge und ein Spiel, das sich Schnappschnapp-Haare-ab nennt.« Mieke seufzt. »Da schläft man einmal am Nachmittag auf der Couch ein, wacht wieder auf und hat nicht mehr alle Locken am Kopf.«

Ach du meine Güte! Meine Lippen formen ein O. Ich weiß nicht recht, was ich dazu sagen soll, also halte ich lieber den Mund und spare mir nichtfachmännische Erziehungsratschläge.

»Aber toll, dass du endlich da bist«, zwitschert Mieke in mein Ohr, als sie mich noch einmal an sich drückt. »Du siehst super aus, Haare gefärbt?«

»Ein bisschen«, gebe ich die unechten blonden Strähnchen im roten Haar zu und nehme ihre warmen Hände in meine. Sie trägt ein Pflaster am Daumen und zuckt unter meiner Berührung zurück.

»Auch die Zwillinge?«

»Nein.« Sie lacht. »Wusstest du, dass Backöfen total heiß werden, wenn man Kekse in ihnen backt?«, fragt sie ironisch, entzieht sich mir und öffnet im nächsten Moment ganz selbstverständlich den Kofferraum meines Autos, um meine Sachen auszuladen. Als hätte sie Sorge, ich könnte es mir anders überlegen und wieder davonfahren, wenn sie mein Gepäck nicht kidnappt. Der Wind frischt auf und fährt mir ins Kleid. Sofort huscht eine Gänsehaut über meinen Rücken.

»Hätte Oma dich nicht warnen können vor der Hitze des bösen Backofens?«, spiele ich auf unsere Kindertage an, als Oma uns einen enormen Schrecken einjagte, indem sie jedes Mal, wenn wir dem alten Kohleofen zu nahe kamen, so laut brüllte, dass selbst der Letzte im Dorf es hätte hören müssen: »Vorsicht! Ganz heiß!« Nicht immer waren wir darauf vorbereitet, und ich muss zugeben, es fruchtete. Irgendwann fügte Oma dann noch hinzu, dass wir uns nur in der Nähe des Ofens aufhalten durften, wenn wir fett genug seien, was dazu führte, dass wir ihn von da an ganz mieden. Noch heute mag ich das Märchen von *Hänsel und Gretel* nicht sonderlich.

»Ach, hör mir auf. Erna macht den Tasmanischen Teufeln echte Konkurrenz«, lässt meine Schwester mich nun wissen und meint ihre kleinen Zwillinge, die sich ihrer Meinung nach nur als Mädchen tarnen und in Wahrheit ganz andere Wesen sind.

»Oma ist doch ein Schatz.« Ich wuchte meinen Koffer mit Sternenprint aus dem Wagen und gleich hinterher die Elchtasche, die mit meiner gut sortierten Auswahl an Wintermützen gefüllt ist.

»Voll und ganz auf Weihnachten eingestellt, was?« Mieke grinst und greift sich auf meine Bitte hin den obersten Karton mit Schneekugeln, die ich speziell für jedes einzelne Familienmitglied angefertigt habe. Für Mieke eine mit einem Herzen aus Eis mit funkelndem Glitter und für ihre Mädchen Einhörner in Schneelandschaften, die sich je nach Winkel verändern und aufbäumen.

Ich lasse meiner großen Schwester den Vortritt in ihr Haus und bewundere, was Noan und sie daraus gemacht haben. Der Flur, der bei meinem letzten Besuch noch zum Teil Stall war, ist mit weißen Holzdielen ausgelegt, und die dunklen Fachwerkbalken fügen sich in die helle Optik des großzügigen Hauses wunderbar ein. Man ist sofort mitten im Geschehen, der Esstisch dominiert den Raum und ruft einen förmlich zu sich, um an ihm zu verweilen. Während Mieke mir aus meiner roten Tweedjacke hilft, um sie an die Garderobe aus Hirschgeweihen zu hängen, lasse ich meinen Blick schweifen. Sie müssen neue Wände gezogen haben, die Raumaufteilung ist anders. Ich drehe mich um die Achse und stolpere über einen Inlineskater.

»Hoppla«, stößt Mieke aus und stützt mich, bevor ich falle. »Hier musst du immer ein wenig aufpassen, wo du hintrittst. Die Kids lassen alles herumliegen.«

»Brauche ich eine Unfallversicherung?«, frage ich vorsichtshalber nach, als ich die beiden kleinen Mädchen bemerke, die sich halb hinter der Ecke zur Küche verstecken. Ich habe sie beinahe zwei Jahre nicht gesehen, und sofort ereilt mich ein schlechtes Gewissen, weil ich so sehr mit mir und meinen Lebensumständen beschäftigt war. Aber ein Geschäft aufzubauen ist nun mal nicht leicht. Besonders für eine Chaotin wie mich. Und den Verlust der Mutter verarbeitet auch jeder anders.

»Hey, ihr beiden Süßen.« Ich hebe meine Hand zum Gruß, und die beiden Lockenköpfe über moccafarbenem Teint, den sie von ihrem Papa geerbt haben, sehen sich skeptisch an.

»Ist das etwa Tante Elin?«, fragt eines der Mädchen, das eine prägnante Zahnlücke hat, die sie als Nane enttarnt.

Libi, ihre Schwester, runzelt die Stirn auf die gleiche Weise, wie Mieke es gern tut. »Nee, ich glaub nicht. Die sah auf den Bildern irgendwie anders aus.«

Oje, die meinen mein Gewicht. Ganz sicher. Ich lächle, und Mieke kommt mir zu Hilfe.

»Wo ist euer Anstand geblieben? Kommt gefälligst hierher und sagt richtig Guten Tag, sonst petze ich es dem Weihnachtsmann«, meckert sie, und die beiden parieren. Fast denke ich, sie wollen mich mit ihren ausgestreckten Armen umhauen, doch dann packt jede von ihnen beherzt eine meiner Hände und rüttelt daran.

»Guten Tag und allerherzlichstes Willkommen«, zirpen sie.

»Hallo, ihr Lieben. Ihr seid echt groß geworden«, stelle ich fest und nehme wahr, wie die beiden schelmische Blicke tauschen.

»Das kommt von der guten Landluft, sagt Oma«, antworten sie im Chor und stellen sich sogleich auf die Zehenspitzen.

»Ach so? Na dann guck ich mal, ob ich auch noch ein bisschen wachse.« Täte mir gut bei meinen mickrigen einszweiundsechzig. Model wird man damit nicht. Auch nicht Curvy-Model.

»Kannste ja probieren, aber ich glaub, das wird nichts

mehr.« Libi bohrt ungeniert in der Nase und rollt den ergatterten Popel zu einer hübschen kleinen Kugel.

Mieke seufzt lang gezogen. »Ach, Libi. Wie alt bist du? Zwei?«

»Musst du doch wissen, du bist meine Mama«, antwortet die Kleine, während sie den Popel an ihrem braunen Cordkleid mit Blumenprint abwischt, das exakt das gleiche ist wie das ihrer Schwester Nane.

»Bestehen die Mädchen immer noch darauf, die gleichen Klamotten zu tragen?« Ich stelle meinen Koffer ab und gehe in die Hocke. »Wer von euch ist eigentlich die Ältere?«, frage ich, obwohl ich weiß, dass es Libi ist, die ganze acht Minuten früher auf die Welt kam.

»Warum?« Die Frage kommt erneut wie aus einem Mund.

»Na, weil die Ältere natürlich dafür sorgen muss, dass ihr beide einen guten Eindruck beim Weihnachtsmann macht, damit er dieses Jahr garantiert zu euch kommt. Und die Zeit ist knapp, nur noch dreizehn Tage.« Ich gucke auf meine Armbanduhr, als könnte ich dort ablesen, wie viele Stunden ihnen bleiben.

»Dafür ist Phoebe da«, entgegnet Nane. »Die ist nämlich viel älter als wir beide.« Die Zwillinge geben mit den Fingern einen sehr knappen Abstand an, und ich muss kichern. Ihre Teenagerschwester ist ganze elf Jahre früher als die Zwillinge auf die Welt gekommen. Mieke war gerade erst neunzehn und ungeplant schwanger geworden, was für ziemlichen Trubel in der Familie sorgte. In diesem Moment bin ich einmal mehr begeistert, wie toll sie und Noan alles gemeistert und was für tolle Kinder die beiden haben.

»Na gut, hopp-hopp«, mischt sich Mieke ein. »Lauft mal nach oben und holt eure Schwester, dann können wir gemeinsam Kaffee trinken und Weihnachtsstollen essen.«

Die Mädchen beginnen wie verrückt zu klatschen, allem Anschein nach ist Kuchen immer noch ein Zauberwort. Dann singen sie eine eigenartige und sehr schräge Version von *Jingle Bells*, während sie die Treppe hinaufpoltern. Dabei verliert Libi (oder ist es Nane?) einen Hausschuh und stolpert gefährlich. Mieke zuckt zusammen, lässt beinahe meinen Karton mit den Kugeln fallen, und mir bleibt fast das Herz in der Brust stehen.

»Gott, die bringen mich noch mal ins Grab«, stöhnt meine Schwester. »Wir waren erst letzte Woche mit Libi in der Notaufnahme … Sie hatte sich eine Perle in die Nase gesteckt.«

»Okay.« Seltsame Idee, denke ich und lasse mich von meiner Schwester in die Küche geleiten. Ich erkenne einige alte Möbel, die schon zu Omas Zeiten hier standen. Meine Finger fahren über das Eichenholz des alten Büfetts und stoppen bei einem Zinnsoldaten, der neben der Zuckerfee steht.

Mieke stellt meinen Karton mit den Schneekugeln ab und seufzt: »Ich schwöre dir, die Zwillinge drehen zur Weihnachtszeit noch mal richtig auf. Manchmal denke ich wirklich darüber nach, ihnen Glühwein in den Tee zu geben, damit sie müde werden.«

»Wäre 'ne Idee.« Ich schmunzle und frage mich, wie ich mit hyperaktiven Kindern klarkäme. Nicht, dass sich diese Frage gerade stellt, ich weiß ja nicht mal, ob für mich der Zug nicht schon abgefahren ist. Immerhin bin ich schon vierunddreißig – und weit und breit ist kein Mann in Sicht.

»Tja, was wäre Weihnachten ohne Kinder?«, frage ich, während meine Hände auf der Anrichte eine Keksdose mit Tannenprint finden.

»Billiger«, höre ich eine Stimme antworten, als ich mir gerade einen Keks in den Mund schiebe. Ich wirble herum.

»Oma!«, nuschle ich erfreut und kaue hektisch. Ihr rosiges

Gesicht wird von schönem Zuckerwattehaar eingerahmt, und obwohl sie einen Rollator vor sich herschiebt, sieht sie gesund aus, die alte Dame. Und das mit fünfundachtzig stolzen Jahren.

»Ja, wer denn sonst?«, fragt sie mich keckernd. »Schön, dass du dir auch mal die Ehre gibst und vorbeischaust. Ich wusste schon gar nicht mehr, wie du aussiehst«, tadelt sie mich, und ich schließe die kleine Frau in meine Arme.

»Tut mir so leid, ich wollte wirklich viel früher vorbeikommen.« Und wie oft. Bestimmt viermal habe ich meinen Besuch jedoch verschieben müssen, weil entweder wichtige Termine beruflicher Natur dazwischenkamen oder Liebeskummer. Oder die Erkenntnis, dass sich alles verändert hat, seit unsere Mutter nicht mehr da ist. Ihre letzten Jahre hatte sie mit Oma hier gelebt und auf sie achtgegeben.

Ich nehme mir beiläufig vor, eine Schneekugel zu entwerfen, die bei Kummer dieser Art tröstlich sein könnte. Vielleicht eine mit Figuren, aus deren Köpfen sich befreite Vögel erheben und durch die Flocken tauchen wie Fische durch Flussströmungen?

»Erzähl das dem Weihnachtsmann«, brummt Erna und kneift mir in die Wange. Ich komme mir augenblicklich wieder vor wie fünf. Nicht das schlechteste Gefühl – in dem Alter war alles perfekt, und ich fand Jungs noch doof.

»Ach, Omi, ich hab dich so vermisst«, wird mir schlagartig bewusst. Ich lächle und greife ihr unter den Arm, um sie an den Tisch zu führen, damit sie sich setzen kann. Allerdings entzieht sie sich sehr schnell meiner Hilfe, und ich muss an ein Telefonat mit Mieke denken, die sich über Omas Starrsinn ärgerte. Ich kann das Augenrollen meiner Schwester spüren, der Omas Manöver nicht entgangen ist.

»Und, wie geht es dir so?«, frage ich Erna und rücke mir

einen Stuhl ganz dicht an sie heran, um ihr so nahe zu sein, wie es geht.

»Bestens, hier ist total viel los. Ständig werde ich zu Veranstaltungen eingeladen«, erzählt sie und schiebt mit einer beiläufigen Bewegung die Keksdose aus meiner Reichweite.

»Ach, Oma«, seufzt Mieke.

»Was denn, ist doch so«, beharrt sie und faltet ihre knorrigen Hände auf der Tischplatte vor dem Adventskranz.

»Veranstaltungen sind doch toll. So was wie Kaffeefahrten oder Seniorentanz?« Ich schaue meine Schwester fragend an, und sie lächelt schief, bevor sie sich abwendet, um Kaffee aufzusetzen.

»Erna meint Beerdigungen. Kennst du noch Amanda Roginsky?«

»Und ob! Die hat mir mal eine mit 'nem Besen übergebraten, weil wir eines Sommers auf die Idee kamen, ihre Kirschen zu pflücken.«

»Die ist tot.« Mieke hört sich unchristlich teilnahmslos an.

»Oh, die Arme.« Tot zu sein ist so endgültig, dass es mir immer ein bisschen Angst macht. Egal, wen es trifft.

»Wieso? Die war krank. Wenn ihr mich fragt, kann sie froh sein, dass sie endlich jemand abgeholt hat«, meint Oma, guckt unschuldig und zündet die Kerzen auf dem Kranz an. »Fragt sich nur, wer das war. Personal von oben oder von unten.«

»Oma!« Mieke sieht jetzt doch entsetzt aus, und ich muss lachen. Oma hat es schon immer rausgehabt, andere aus der Reserve zu locken.

»Mein guter Freund Albert ist ebenfalls über den Jordan gegangen«, plaudert sie weiter und nimmt sich ein Plätzchen aus der Keksdose, ohne mir eines anzubieten. Es hat eine Sternform und rosa Zuckerguss. Sieht lecker aus.

»Das tut mir sehr leid für dich«, sage ich leise. »Ich weiß, wie gern ihr euch hattet.« Seit Opas frühem Tod vor achtundzwanzig Jahren ist Oma allein geblieben, machte aber nach dem Ableben von Alberts Frau vor zehn Jahren immer mal wieder Scherze, dass aus ihnen ja jetzt was werden könne. Obwohl unsere Mutter Mieke und mich gottesfürchtig und mit hohen moralischen Vorstellungen erzogen hat, mochte ich Omas Sarkasmus und ihre derben Scherze schon immer.

»Ja, nun. Gut, dass ich ihm bei unserem letzten Kartenspiel gesagt habe, er solle mir einen Platz neben sich freihalten, falls er zuerst dran ist.« Oma schiebt ihre Unterlippe vor wie ein schmollendes Kind. »Hätte nur nicht gedacht, dass es zwei Wochen später schon passiert.«

Ich lächle traurig und lege meine Hand auf ihre. »Das macht er ganz bestimmt, dir einen Platz im Himmel freihalten.«

Oma runzelt die Stirn und grübelt. »Mieke, da war dieses Jahr doch noch jemand, dem wir die letzte Ehre erwiesen haben?«

»Ja, der alte Müller ist gestorben.« Die Kaffeemaschine brummt und gluckst.

»Richtig.« In Omas blauen Augen blitzt es kurz. »Das war toll, da habe ich zwei meiner alten Schulkameraden wiedergetroffen«, berichtet sie und futtert noch einen Keks. Dann kräuseln sich ihre Lippen, und sie gibt die Keksdose endlich für mich frei. Ich greife zu, streichle sie wie einen Schatz, bevor ich sie öffne.

»Na, wenigstens etwas Gutes, nicht wahr?« Vorsichtig beiße ich einem Weihnachtmannkeks den Kopf ab und fange die Krümel in meiner Handfläche.

»Gut, bis sie Oma gebeten haben zu gehen«, mischt Mieke

sich ein, stellt Weihnachtstassen vor uns auf den Tisch und sieht Oma Erna mit einer Mischung aus Tadel und Belustigung an.

»Wie meinst du das?«, hake ich nach, während ich mir den Rest des Gebäcks in den Mund stopfe.

»Oma hat nach der Trauerrede vorgeschlagen, einen Strauß Blumen zu werfen, um zu gucken, wer als Nächstes dran ist.«

Ich pruste los, verschlucke mich an den Kekskrümeln, und Oma zuckt unschuldig mit den Achseln. »Die haben alle gar keinen Humor.«

»Oma, so was kannst du doch nicht machen! So ein Witz schockiert die trauernden Familienangehörigen.« Als unsere Mutter beerdigt wurde, hätten wir so einen Scherzbold bestimmt geteert und gefedert. Selbst Oma.

»Der Tod gehört zu uns, Täubchen. Er ist ein Schatten zwischen Tag und Nacht und liegt stets über uns allen. Ohne Ausnahme«, säuselt sie, als trüge sie ein Gedicht von Shakespeare vor.

»Wo sie recht hat …«

Ich bemerke erst jetzt, dass sich jemand unserer Runde genähert hat. Auch Oma zuckt zusammen und legt im nächsten Moment ihre Hand auf die Brust.

»Herrgott noch eins, Phoebe. Dir binde ich bald ein Glöckchen um den Hals, damit du dich nicht immer so anschleichst«, meckert sie laut. Ich muss grinsen; diesen Ton hatte sie früher schon gut drauf. Eine Mischung aus Feldwebel und Frau des Weihnachtsmanns. Hart, gleichzeitig jedoch rund, lieb und überschwänglich.

Phoebe reicht mir wohlerzogen die Hand. Ihre braunen Korkenzieherlocken stehen ihr wirr vom Kopf ab, als käme sie gerade aus dem Bett. Vorn auf ihrer Nase prangt ein fieser

Teenagerpickel, den sie versucht hat, mit Make-up zu verdecken, was ihr allerdings misslungen ist, da er dadurch noch mehr auffällt. Sie trägt eine schwarze Adidas-Leggins und einen weiten Pullover dazu. Ihre Haut hat einen etwas helleren Ton als die der Zwillinge, und ihre Haare haben einen leichten Rotstich, der sich ganz klar vonseiten der Tjarksfamilie durchgemogelt hat.

»Ich hab so einiges an Weihnachtsglöckchen im Wagen. Vielleicht nehmen wir eines davon?«, schlage ich fröhlich vor, und die Miene des Teenagermädchens wird eisig. Holla, die Waldfee! Bei unserem letzten Treffen war sie noch zutraulicher.

»Hallo, Tante Elin, wie geht es dir?«, leiert sie eine Anstandsfrage herunter.

»Super, und dir?« So schnell lasse ich ihre Hand nicht wieder los. »Und freust du dich schon so sehr auf Weihnachten wie ich?«

»Keiner freut sich so übertrieben darauf wie du, mein Herz«, erinnert mich Mieke, gießt dampfenden Kaffee in meine Tasse und flucht, als sie kleckert.

»Sag mal, wer ist eigentlich im alten Gutshof eingezogen?«, mache ich einen Gedankensprung. Phoebe entzieht mir ihre schlanke Hand.

»Der Junior von Daniel. Der hat den alten Kasten aus den Schulden gelöst, sagt man.« Mieke kippt auch noch die Milch daneben, als Phoebe aus Versehen an den Tisch stößt, während sie sich mit sauertöpfischer Miene zu uns setzt.

»Das ist voll der Spacken«, teilt sie uns ihre Meinung mit. »Clarissa sagt, der ist wie seine Eltern: versnobt bis zum geht nicht mehr.«

»Ach ja?« Ich kann mich müde daran erinnern, dass die

von Daniels drei Söhne hatten. Allesamt dezent unangenehm. Aber gut aussehend.

»Das Einzige, was an dem interessant ist, sind seine Autos«, ergänzt Phoebe und angelt ein Handy aus der Aufnähtasche ihrer Sportleggins.

»Na ja, einen Audi finde ich jetzt nicht so spannend. Nur teuer«, überlege ich und denke an den Beinahezusammenstoß vor seinem Grundstück. Ich für meinen Teil liebe meinen Rudolph, auch wenn er so alt ist, dass er noch einen Choke hat und mir manchmal absäuft, wenn ich ihm zu viel Benzin durchlasse.

»Ich mag Audis und BMWs. Aber der von Daniel fährt auch so ältere Cars, darunter einen Chevrolet.« Phoebe legt ihr Handy beiseite, und als sie ihre lackierten Fingernägel betrachtet, möchte ich sie gern in weihnachtlicher Farbgestaltung beraten.

»Du kennst dich ganz gut mit Autos aus, was? Hast du das von deinem Opa?«, will ich wissen und denke liebevoll an Paps, der sich mit seiner Freundin gerade auf Weltreise befindet. Phoebe wird unter dem forschenden Blick ihrer Mutter plötzlich knallrot. Das ist schon mal weihnachtlicher als das Blau ihres Nagellacks.

»Nein, die Lütte hat 'nen Freund«, mischt sich Oma ein. »Ich wäre ja dafür, dass man ihr einen Keuschheitsgürtel anlegt. Nicht, dass der Welpe noch Welpen bekommt.« Ungerührt taucht sie einen Keks in ihren Kaffee.

»Oh, Oma, echt.« Phoebe steht geräuschvoll auf, der Tisch bekommt einen erneuten Stoß, und Miekes Kaffee schwappt über den Rand. »Du kannst auch einfach mal 'ne Runde chillen.«

»Grillen? Wir haben Winter.« Oma schüttelt ihren Kopf und schnalzt missbilligend mit der Zunge, wie sie es immer tat, wenn Mieke und ich zu gierig Keksteig naschten. »Diese Jugend von heute. Wollen immer alles durcheinanderbringen.«

»Hey, wo willst du hin, Madame?« Mieke schnippt hilflos mit den Fingern, und ihre Tochter dreht sich müde zu ihr um.

»Ins Bett.«

»Du hast bis eben geschlafen, es ist Tag«, behauptet Mieke, obwohl ich ja sagen würde, dass wir frühen Abend haben. Mein Blick wandert aus dem Fenster – draußen dämmert es, die Lichterketten schicken ihr Licht über den Hof und lassen den Frost glitzern.

»Das ist mir gar nicht aufgefallen.« Phoebe unterdrückt ein Gähnen und geht einfach weiter.

»Teenager sind immer müde«, erinnere ich meine Schwester an unsere Jugend. Oder traurig, füge ich in Gedanken hinzu und denke an Miekes Grufti-Phase, in der sie ausschließlich Schwarz trug, weil sie die Welt als ungerecht empfand. Dabei hatte sie mit allem so viel Glück. Sie war gut in der Schule, schlank und beliebt.

»Dann bring wenigstens Elins Sachen in ihr Zimmer, wenn du schon keine gute Gesellschaft sein willst.« Das war eher ein Befehl als eine Bitte, gewürzt mit einem klaren Vorwurf.

Es entsteht eine Pause, in der man eine Schneeflocke fallen hören könnte. Dann setzt Phoebe ein Lächeln auf und antwortet zuckersüß: »Aber natürlich. Nichts lieber als das.« Der Lockenkopf schnappt sich meinen Koffer und erinnert mich kurz an Mieke, als sie in diesem Alter war, und ich überlege, ob ich mein Zeug nicht lieber selbst aufräumen sollte. Nicht, dass Phoebe vor lauter unterschwelligem Zorn noch in mein Gepäckstück beißt und mir die Sternmotive verkratzt.

Während sie die Treppe hinaufpoltert, dieses Mal kein bisschen um Lautlosigkeit bemüht, angelt Mieke nach einem kleinen Fläschchen, das in einem Regal schräg hinter ihr steht.

»Lebkuchenlikörchen?«, fragt sie in die lustige Runde, und ich denke über Bombenentschärfungen und Teenagerstimmungsschwankungen nach. Mieke hat nicht zu viel versprochen – hier ist echt gut was los. Das wird bestimmt ein sehr interessantes Weihnachten mit ordentlich Spaß.

»Ach, da sag ich nicht Nein, Herzchen«, zwitschert Oma vergnügt und hält Mieke ihre Tasse mit Kaffee entgegen. Mir fällt ein, dass wir unseren ersten Übungsalkohol unter ihrer Aufsicht genossen hatten, da sie der Meinung war, lieber zusammen saufen und die Tücken kennenlernen als auf sich allein gestellt. Ich war vierzehn, Mieke ein Jahr älter, und auf mich wirkten der überdosierte Wachholderlikör und die anschließende Begegnung mit der Kloschüssel durchaus abschreckend. Zumindest bis ich zwanzig war. Meine Schwester brachte die inszenierte Bekanntschaft mit Alkohol allerdings eher auf den Geschmack, und von da an mopste sie regelmäßig Prosecco und Sekt für sich und ihre Freundinnen aus dem Schrank.

Der Kamin knistert leise im Hintergrund, und mir fällt auf, dass hier noch einiges an weihnachtlicher Dekorationsarbeit geleistet werden muss. Sogar der Baum fehlt, den wir früher bereits am ersten Advent aufstellten, obwohl unsere Mutter jedes Jahr schimpfte, das sei ja nun wirklich viel zu früh. Für uns Kinder hingegen konnte die Tanne nie zeitig genug im Raum stehen, und meistens setzten wir uns durch.

Mieke trinkt ihren Kaffee mit Schuss in großen Zügen leer. Oma steht ihr in nichts nach, und ich gucke die beiden perplex an.

»Und sonst so?«, frage ich nach einer Weile, in der sich die Stille im Raum unangenehm ausgebreitet hat.

»Och, sonst ist alles gut. Wir freuen uns auf den Weihnachtsbasar«, meint Mieke und lächelt.

»Ja, der Basar. Der ist lustiger als Beerdigungen«, pflichtet Oma ihr bei.

Ich male mir eine neue Szene für meine Schneekugeln aus: einen bunten Marktplatz unter Sternen mit fröhlichen Menschen, die an winzigen Buden stehen oder tanzen. Ich nehme mir vor, jeden Moment auf diesem weihnachtlichen Event mit jeder Faser meines Seins zu genießen und voll und ganz auszukosten. Es wird ganz sicher ein Highlight meines Jahrs.

Der erste Schnee

Es ist Samstag, der Tag vor dem dritten Advent und mein großer Tag auf dem historischen Weihnachtsbasar unseres verschlafenen Örtchens. Es werden Hunderte Besucher von weit entfernt anreisen, um Punsch und Glühwein aus eigener Herstellung und die legendären Rossbratwürste zu probieren und natürlich den alten traditionellen Weihnachtsmarkt zu besuchen. Zum Glück haben die Zwillinge noch nicht herausgefunden, was in einer Rossbratwurst so drinsteckt – sie sind die totalen Pferdemädchen und können sogar schon ein bisschen reiten, wie Mieke mir erzählt hat.

Der gestrige Abend verlief zu meiner Überraschung dann doch noch ziemlich entspannt. Mieke und ich saßen lange am Kamin und redeten über alte Zeiten. Darüber, dass Oma so ein Goldschatz war und in diesen Tagen nicht mehr ist. Aus irgendeinem Grund hat sie Miekes Mann Noan auf dem Kieker und ärgert ihn, wo es nur geht. Bevor sie ins Bett ging, fragte sie allen Ernstes, wer denn den Schwarzen ins Haus gelassen habe, und setzte voll auf Rassismus, da Noan aus Äthiopien stammt und kaffeebraune Haut hat. Noch als Kleinkind kam er nach Deutschland und wurde hier adoptiert, als er vier Jahre alt war. Meine Schwester lernte er auf einer Party eines gemeinsamen Bekannten kennen.

Ich versuche immer noch, Omas Spitzen mit der Frau von früher zusammenzubringen, und frage mich, ob sie sauer über die Bevormundung in ihrem eigenen Haus ist. Dabei meinen es Mieke und Noan nur gut mit ihr, und ich wette, in einem Heim würde sie sich nicht gerade wohler fühlen. Jedenfalls bewundere ich Noans Gelassenheit, mit der er jede ihrer Spitzen weglächelt.

Ich atme tief durch und schüttle die Gedanken ab. Jetzt muss ich wirklich ranklotzen, um alles für den Basar vorzubereiten. Phoebe hat mir versprochen, früh aufzustehen und mir zu helfen, meine Ausrüstung und die Waren zu verladen. Und das ist einiges. Unzählige Kisten mit meinen Artikeln, Klappstühle, Dekoration aus dem alten Stall. Holzrinde, Tannenzapfen und Stroh. Nur von Phoebe ist nichts zu sehen.

»Jetzt reicht's mir aber, die schmeiß ich aus den Federn!«, brummt Noan mit einem Blick zur Uhr und legt seine Zeitung samt Lesebrille zur Seite.

»Aber sei nicht so streng, sonst hängt der Haussegen den ganzen Tag schief«, bittet Mieke mit einer Spur Verzweiflung in der Stimme. »Das kann ich heute echt nicht gebrauchen.« Sie beginnt, den Frühstückstisch abzuräumen, und ich trinke den letzten Schluck meines Weihnachtsmandarinentees und helfe ihr.

»Unsere Tochter muss nicht immer mit Samthandschuhen angefasst werden«, antwortet Noan. »Sie ist schon verzogen genug, sie wird noch ein grauenbarer Egoist.« Ich muss über sein lustig verdrehtes Adjektiv schmunzeln – so was passiert ihm manchmal, wenn er sich ärgert. »Wenn ich faul war, hat mir meine Mutter eine Standpauke gehalten, die sich gewaschen hat.« Er macht ein unbehagliches Gesicht, steht auf und haucht Mieke im Vorbeigehen einen Kuss auf die Wange.

Ich schaue aus dem Küchenfenster, an dem sich wunderschöne Eisblumen breitgemacht haben, und kann durch die Fichten am Ostende des Hofs einen Teil des alten Gutshofs ausmachen. Er thront wie immer erhaben über allem und strahlt in seinem neuen Glanz.

»Schatz, deine Mama in allen Ehren, aber sie ist nicht hier und braucht die Kooperation des Teenagers heute nicht. Ich schon.« Während Mieke das Geschirr in die Spülmaschine stopft, wirft sie mir einen vielsagenden Blick zu. Wir haben uns schon oft über die Erziehungsmethoden von Noans Mutter Helga unterhalten, mit deren Ansätzen Mieke so gar nicht einverstanden ist, besonders nicht mit der stillen Treppe, auf der Noan als Kind viele Stunden sitzen musste, um über seine Taten nachzudenken.

»Ich hab da eine Idee«, sage ich und krame nach meinem Handy. »Phoebes Boxen im Zimmer haben doch Bluetooth, oder?« Noan hält in der Tür inne, und Mieke nickt.

»Ja, wieso?«

»Na ja, du hast doch gesagt, dass sie ihre Elektrogeräte, sprich Fernseher und Soundsystem, zur Stabilisierung der Stromrechnung nie ausstellt«, ich grinse, »also kann ich mich mit denen verbinden.« Mieke macht ein neugieriges Gesicht, und Noan setzt ein fettes Feixen auf. Im Nu habe ich ein hübsches Weihnachtslied ausgewählt und stelle es an. Urplötzlich dröhnen die Trompeten von *Stop the Cavalry* durchs Haus und lassen es erbeben. Oma, die vor dem Kamin sitzt, fällt ihr Strickzeug aus der Hand, und in Phoebes Zimmer, das in etwa über der Küche liegt, poltert es. Jona Lewie beginnt seinen Text zu singen, und ich tippe wie wild auf meinem Handy, um den Sound leiser zu stellen. Es klappt nicht.

Blöde Technik.

»Auweia«, stöhnt Mieke. »Die hat ihre Boxen aber aufgedreht.«

Die Zwillinge kommen die Treppe herunter und sehen in ihren roten Schlafanzügen aus wie zwei Weihnachtskobolde. Sie blicken sich irritiert um.

»Super. Jetzt ist Phoebe mit Sicherheit wach«, meint Noan ungerührt und breitet die Arme für die kleinen Mädchen aus. Libi springt todesmutig von der zweiten Stufe, und Nane macht es ihr nach.

»Na, ihr Zwerge? Gut geschlafen?«, fragt Noan und hievt die beiden auf seine Hüfte.

»Wie ein Brummbär«, meint Libi und streckt sich.

»Wie zwei Brummbären«, erinnert sie Nane und flüstert Noan irgendetwas ins Ohr.

Im Obergeschoss knallt eine Tür, und bald darauf steht das Teenagermädchen schnaufend vor uns, während ich wie wild mit dem Finger auf das Display meines Handys einhacke.

»Wer zum Teufel tut mir so was an?«, fragt Phoebe säuerlich, als ich es endlich schaffe, die Musik abzustellen. Einen Wimpernschlag lang überlege ich, meine Beteiligung an dem Weckmanöver zu leugnen, doch ich bin bereits enttarnt.

»Tut mir leid, das war ich«, sage ich möglichst zerknirscht. »Mein Handy hat sich aus Versehen mit deinen Boxen verbunden.« Ich muss mir ein Lachen verkneifen, weil Phoebe ziemlich lustig aussieht – ihre Frisur gleicht einem Vogelnest, und ihre rechte Wange ziert ein veritabler Kissenabdruck.

»Ach so«, brummt sie versöhnlich und schleicht zum Tisch, um sich eines der frisch aufgebackenen Zimtbrötchen zu nehmen, von denen ich bereits drei verdrückt habe.

»Wolltest du Tante Elin nicht helfen, die Sachen aus dem

Schuppen ins Auto zu laden?«, erinnert Mieke ihre Tochter, die meinem Blick ausweicht. Ich muss daran denken, dass ich Phoebe noch weit nach Mitternacht gehört habe, wie sie durch den Flur ins kleine Bad und anschließend in ihr Zimmer, das direkt neben meinem liegt, geschlichen ist. Wie ein kleines Gespenst, das herumspukt. Sie ist sicher noch todmüde.

»Ja, ich zieh mich nur an, dann bin ich da«, verspricht sie mit einem zaghaften Lächeln, stopft sich das halbe Brötchen in den Mund und verschwindet wieder nach oben.

»Super, da sind wir ja einen Schritt weiter«, freut sich Mieke und nimmt mir zwei Marmeladengläser ab, bevor ich den Tisch abwische.

»Papa, wir wollen zu Weihnachten ein Pony«, zwitschern die Zwillinge und wuscheln von beiden Seiten durch Noans Haare.

»Ein Pony wollt ihr? Immer noch?«, fragt er, küsst die beiden auf die Stirn, und Mieke seufzt.

»Ja, ja. Ein Pony.« Die Mädchen verfallen in einen Singsang.

»Mmh, sonst gibt es doch immer Gans zu Weihnachten«, mischt sich Oma Erna von ihrem Sessel am Kamin aus ein. »Na ja. Pony wäre mal was anderes. Kennt sich jemand mit der Zubereitung aus?«

Die Zwillinge schauen sich erschrocken an, und Noan lacht schallend los. »Fabelhaft«, sagt er und freut sich, dass ausnahmsweise mal die Kinder und nicht er Opfer von Omas Spott sind.

»Wir wollen es nicht essen, Oma!« Noan lässt die Kinder zu Boden, woraufhin sie herumschwirren wie zwei kleine Brummkreisel. Bei einem rasanten Manöver fallen sie beinahe übereinander.

»Was, wieso denn nicht?«, hakt Erna nach und winkt die beiden Wirbelwinde zu sich.

»Weil wir keine Pferde essen«, erklären sie, und Libi klettert auf den Schoß der Fünfundachtzigjährigen, die sie fest an sich drückt wie mich und Mieke früher, sodass mir warm ums Herz wird.

»Wollt ihr jetzt etwa auch Vegetarier werden wie eure Schwester?«

Mieke sorgt sich, weil Phoebe beschlossen hat, aus ethischen Gründen auf möglichst viele tierische Produkte zu verzichten. Ich für meinen Teil finde es gut, wenn man sich hauptsächlich von pflanzlicher Nahrung ernährt – es lebe das liebe Vieh! –, würde für ein ordentliches Steak jedoch dann und wann eine Ausnahme machen.

Nane winkt kichernd ab. »Nein, ich mag Mortadella.«

»Genau. Wir mögen Mortadella.« Libi drückt Oma einen dicken Kuss auf die Wange und rutscht mit dem Hintern in die Stricknadeln.

»Das finde ich gut. Dann muss ich das Weihnachtspony nicht allein essen.« Erna knutscht zurück und rettet ihre Stricknadeln.

»Was essen denn Vegetartiana eigentlich zu Weihnachten?«, fragt Libi und runzelt angestrengt die Stirn. Nane zuckt mit den Achseln. »Den Tannenbaum, vielleicht?«

Bestechende Logik, muss ich zugeben. Oma lacht sich scheckig. Derweil beschließe ich, schon mal allein alles zusammenzusuchen, was ich so brauche für den Basar. Die Zeit läuft schließlich nicht gerade langsam, und ich habe noch viel zu tun. Also gehe ich zur Garderobe, um mir meinen roten Tweedmantel zu greifen. Dazu setze ich meine Pudelmütze mit Tannenoptik auf den Kopf. Voilà, fertig ist die Weihnachtsfrau.

Es ist ein wunderschöner kalter Wintermorgen, wie ich ihn mag, und ich spüre eine tiefe Freude in mir aufsteigen, als ich zur Scheune hinüberlaufe. Zum Glück packt Noan mit an. Er räumt meinen Mini erst einmal komplett aus, bevor er damit anfängt, ihn neu einzuladen. Und ich muss zugeben, er *kann* Tetris spielen. Ob er es heimlich auf der stillen Treppe geübt hat und damit die Zeit totschlug?

Wenig später kommt Phoebe dazu und bringt mir eine Thermoskanne mit heißem Kaffee mit, den ich in den Fußraum des Beifahrersitzes stelle. Als der Wagen voll ist, bringen Phoebe und ich zwei übrig gebliebene Kästen mit Deko zurück in die Scheune, und ich kann es nicht lassen, Opas alte Werkstatt zu betreten. Hier brachte er mir das Glasblasen bei, und mich überkommt ein seltsames Gefühl, fast wie ein Déjà-vu, nur viel intensiver. Beinahe kann ich Opas Lieblingsstücke von den Beatles hören, die während seiner Arbeit stetig liefen, und seinen Tabak riechen.

Phoebe stellt geräuschvoll ihre Kiste in ein schiefes Regal. »Ist eigentlich ganz hübsch hier, oder?« Sie duckt sich unter einem Spinnennetz im Türrahmen hindurch und deutet auf die schönen Sprossenfenster und die offenen Balken über uns, in denen Daten und Zeichen eingeritzt sind. Man könnte das Gebäude prima ausbauen und zu einem zauberhaften und individuellen Wohnraum umgestalten. Wenn man mir freie Hand ließe, würde ich einen sicheren Anwärter für *Schöner Wohnen* kreieren.

»Ja, es ist mehr als schön«, sage ich leise. Für einige Sekunden schließe ich die Augen, lasse Bilder von einer Wohnküche mit Kamin und einem möglichen Badezimmer im Geiste entstehen, experimentiere mit Farben und denke mir Wände weg.

»Mama hat gemeint, wenn wir Kinder später auch auf

dem Hof leben wollen, könnten wir hier ausbauen. Allerdings müsste man mich schon töten, damit ich das tue.« Phoebe grinst schief, ihre Wangen bekommen Grübchen.

»Was? Du möchtest nicht hier alt werden?« Ich reiße mich vom Anblick der Feuerstelle und der verwaisten Werkbank los und winke Phoebe hinter mir her, um mich in mein Weihnachtselfinkostüm zu schmeißen, in dem ich mich hinter meinen Verkaufstresen stellen werde.

»Boah, du siehst echt nice aus«, so das Kompliment meiner Nichte, als sie mir dabei hilft, den Reißverschluss im Rücken zu schließen.

»Dankeschön.« Ich zupfe an meinem blondierten Feuerhaar und binde es gekonnt auf meinem Hinterkopf zusammen. »Hab ich selbst genäht, nach dem Vorbild der Schneekönigin.« Ich liebe dieses Märchen, auch wenn es echt grausig ist. Eine Kindesentführung mit ungewissem Ausgang quasi. Doch am Ende siegt die Liebe über die Kälte im Herzen, und alles wird gut. Hach, wäre es doch im wahren Leben auch so. Ich finde, jeder hat sein Happy End verdient.

»Ist echt hübsch.« Phoebe lächelt und lässt ihre Finger über die Eiszapfenknöpfe wandern, mit denen ich den Mantel zusammenhalte, der das Outfit krönt.

»Soll ich dir auch eins nähen?«, frage ich und genieße diesen ehrlich schönen Moment. »Wir könnten dir zusammen etwas entwerfen, das zu dir passt.« Ich stelle es mir toll vor, so ein gemeinsames Projekt. Wir könnten quatschen und uns richtig kennenlernen. Phoebe hat sich sehr verändert in den letzten Jahren, und ich spüre diese ganz bestimmte Einsamkeit, die jeden Teenager eine gewisse Zeit lang begleitet. Junge Menschen haben oft den Eindruck, niemand würde sie richtig verstehen.

Ich kenne die Einsamkeit nur zu gut, und sie kennt mich.

Nach Stefans hartem Abschied kehrte dieses Gefühl aus der Teenagerzeit zurück. Bis ich mich endlich entschied, mich wieder zu öffnen und mich aus meiner Werkstatt und Wohnung zu wagen und zurück ins Leben zu tauchen. Mit ganz viel Optimismus.

»Hört sich gut an«, antwortet Phoebe, als ich fast nicht mehr damit rechne. Wie auf einen Himmelswink beginnt es zu schneien, als wir zum Auto gehen. Kleine Flocken tänzeln zu Boden und legen sich in Phoebes Kringelhaar.

»Schau mal, der erste Schnee!«, freut sie sich und breitet die Arme aus. Wir blicken zusammen in die zinngrauen Wolken. Wie von selbst finden sich Phoebes und meine Hände, und wir drehen uns gemeinsam im Kreis. Mieke und ich haben das früher so lange gemacht, bis eine von uns rücklings im Schnee landete. Ich kann mich ganz genau daran erinnern, und das glückliche Gefühl von damals rüttelt an mir und lässt mich glucksen.

»Ich liebe den Winter«, singe ich. Phoebe kommt zum Stehen, als sie bemerkt, wie ihr Vater uns von der Scheune aus sichtlich erheitert beobachtet.

»Ja, der ist toll.« Sie vergräbt ihre Hände tief in den Taschen, und ich bekomme ein Schleudertrauma von der Geschwindigkeit ihres Stimmungswechsels.

»Okay, dann fahr ich jetzt mal lieber zum Marktplatz«, verkünde ich. »Nicht, dass ich noch auf dem Weg im Schnee stecken bleibe.« Was sehr unwahrscheinlich ist bei der Intensität des Schneetreibens, das einem eher schwachen Versuch gleicht, den Winter einzuläuten.

»Gute Fahrt.« Phoebe grinst.

»Ich sehe dich später.« Ich öffne die Fahrertür.

»Nicht, wenn ich dich zuerst sehe«, scherzt Phoebe, während sie sich umdreht und ich in meinen Mini steige. Mein

Atem lässt kleine Wölkchen vor meinem Gesicht entstehen, und ich überprüfe mein Make-up. Ich habe meinem Teint einen gewissen Schimmer verliehen und blauen Lidschatten aufgetragen.

»Wenn mich die Zwillinge lassen, komme ich bei deinem Stand vorbei«, verspricht mir Phoebe, bevor sie in Richtung Haus davontrabt.

Ach, lieber Weihnachtsmann, wenn du mich hören kannst, lass mich eine Freundschaft zu diesem Mädchen aufbauen. Ich war doch immer brav!, denke ich, während ich den Motor starte.

Die Schneeflocken werden jetzt dicker und legen sich über die Landschaft, überziehen alles mit einem sanften Weiß. Der Mini holpert über eine Baumwurzel, und wir tauchen in den Fichtenhain ein. Die Glöckchen an meinem Rückspiegel klingeln um die Wette, und ich schalte das Radio ein. *Last Christmas, I gave you my heart.* Aus voller Kehle schmettere ich mit. Nach etwa acht Minuten erreiche ich den Basarplatz mit seinem alten Brunnen und der kleinen Kirche. Rund fünfzig hübsche Holzverkaufshütten reihen sich auf dem Platz aneinander und werden gerade eingeräumt und dekoriert. Um elf Uhr werden die ersten Besucher kommen. Ich lasse meinen Blick schweifen auf der Suche nach Onkel Heinz, der versprochen hat, mich hier in Empfang zu nehmen. Ich entdecke ihn Pfeife rauchend vor der alten Apotheke und drücke reflexartig auf die Hupe. Der Laut zerreißt den Frieden des Treibens, und alle Anwesenden schauen sich zu mir um. Ups.

Onkel Heinz winkt, zeigt mir, wo ich parken soll, und weist mir eine der niedlichen Hütten zu, die so hübsch in Lichterketten gehüllt sind. Alles riecht nach Zimt, Vanillekipferln und Räuchermännchen. Einfach herrlich.

»Na, min Dirn?«, sagt Heinz und drückt mich an sich, als ich aus dem Auto gestiegen bin. Seine Hände sind rau und packen wie immer fest zu. »Hübsch schaust aus.« Er tätschelt meinen Kopf, wie er es gern mit seinen Jagdhunden macht, und ich grinse hilflos.

»Ich hab viel von dir gehört; Mieke hat mich auf dem Laufenden gehalten, was dein Stadtleben angeht. Du hast immer noch keinen Mann abgekriegt, was?«

»Ähm …«

Er legt seinen Arm um mich. »Mach dir nichts draus. Jeder Topf findet irgendwann seinen Deckel, nicht wahr? Meine Monika kam auch erst, als ich vierzig war.« Er lächelt aufmunternd und kratzt sich nachdenklich am Kopf. »Schau, ich hab dir alles vorbereitet, da kannst du deine Schneegestöberdinger gut präsentieren.«

»Schneekugeln«, korrigiere ich ihn. »Und Christbaumschmuck.«

»Meine Monika hat dir sogar eine Decke gehäkelt, die sollst du für die Auslage benutzen und deine Kugeln draufstellen, gell?«

»Ihr seid Schätze!«

»Gerne, min Dirn.« Er lacht heiser und tätschelt mich erneut. »Du und deine Schwester, ihr seid die wahren Schätzchen.« Fröhlich zwinkert er mir zu.

Ich stecke meine Hände in die aufgenähten Taschen meiner Elfenjacke. »Ach, hör doch auf«, flüstere ich verlegen, und er hebt seine buschigen Augenbrauen.

»Doch, doch. Ich bin wirklich froh, dass ihr euch so gut um Erna kümmert. Ich weiß wohl, dass sie nicht immer einfach ist.« Er brummt etwas Unverständliches. »Monika ist selbst nicht gesund und hatte nach dem Tod von eurer Mama Sorge, Ernas Betreuung selbst übernehmen zu müssen. Ich glaub, sie hätte das nicht geschafft, und von mir lässt sich meine Mutter nichts sagen. Du weißt ja, wie eure Oma sein kann.«

Ich lächle wissend, bevor ich das Bild korrigiere: »Mieke kümmert sich, ich bin doch nie da.« *Ganze zwei Jahre hast du dich nicht blicken lassen*, klingelt es in mir wider wie ein aufdringliches Glöckchen.

»Das wird sich ändern, ganz bestimmt«, versichert Heinz mir, als hätte seine Monika mal wieder ihre Karten gelegt und die Zukunft geweissagt. Erschreckenderweise liegt ihre Trefferquote bei mindestens siebzig Prozent. »Du wirst ja auch nicht jünger«, fährt er unverblümt fort. »Und irgendwann kehrt man zu seinen Wurzeln zurück. Wie einst deine Mama, die Weltenbummlerin.«

Ich atme laut aus, sie fehlt mir so sehr. Und wenn ich mir Onkel Heinz so ansehe, erkenne ich die Ähnlichkeit zu seiner Schwester. Die gleiche Augenfarbe, etwas zwischen Grau und Grün, und die gleiche vorwitzig spitze Nase.

»Also, min Dirn. Wenn du noch Fragen hast, ich bin gleich dort drüben.« Er deutet zum Häuschen Nummer fünf mit einer Sternschnuppe auf dem Dach. »Wir verkaufen Rehbraten und Wildwurstwaren. Selbst geschossen«, erzählt er mit vor Stolz geschwellter Brust, und mein Lächeln verkrampft sich. Ich konnte mich noch nie mit seinem Beruf als Jäger anfreunden. Meine Mutter sagte immer, ihr Bruder hätte etwas zu viel Spaß daran, auf Waldtiere zu ballern. Jeder hat seine Abgründe, denke ich gerade, als ich mich frage, was eigentlich meine sind.

Von Weitem winkt mir jemand zu, ich glaube, es ist die wilde Ilse, die am Glühweinstand steht und die Mieke und mich einst babysitten musste. Einmal sperrte sie uns in den Schweinestall, damit sie in Ruhe eine rauchen konnte. Ich hebe die Hand, was mein Onkel Heinz zum Anlass nimmt, sie sich zu schnappen und mir einen Kuss draufzudrücken. Sein rostroter Schnauzbart kitzelt.

»Ach, und bevor ich das vergesse: Nimm dir für den morgigen Abend nichts vor«, bittet er.

»Ach so?« Ich frage mich, ob Mieke das recht ist, weil ich morgen nach dem Basar eigentlich die Zwillinge beaufsichtigen soll, damit Mieke in Ruhe zu einem Weiberabend des Dorfs gehen kann, auf den ich gern verzichte.

»Auf jeden Fall. Ich habe nämlich etwas, das du unbedingt brauchst, so als alleinstehende Frau«, meint Heinz geheimnisvoll und will einfach gehen. Gut gemeint ist ja oft das Gegenteil von gut. Und ich bin mir meistens selbst nicht mal sicher, was ich brauche. Außer gebrannte Mandeln und Zimtsterne mit Nikolausschokolade.

»Ich muss schauen, weil ich doch morgen die Zwillinge …«

Er unterbricht mich, ohne sich zu mir umzusehen. »Du kannst die Kinder mitbringen, wenn du möchtest.«

Ich für meinen Teil mag keine Rätsel. Zum einen, weil ich die fast nie löse, und zum anderen, weil ich mich total an ihnen festbeiße. *Ich hab etwas, das du brauchst.* Kryptischer geht's nicht. Eine bessere Fettverbrennung? Eine Backmischung für den perfekten Mann? Einen Lottogewinn, damit meine Selbstständigkeit nicht so riskant bleibt? Denn auch wenn es gut läuft, hab ich fast nie einen Notgroschen. Was ich niemandem erzählen werde.

Der Vormittag verfliegt, und ich verkaufe meine Schneekugeln wie geschnitten Weihnachtsstollen. Immer öfter tänzle ich fröhlich zum Auto, um Nachschub zu holen und neue kleine Kunstwerke zwischen Tannengrün, Zapfen und Strohsternen zu drapieren. Zum Mittag gibt's Bratwurst und

Kartoffelsalat. Und ich bin überrascht, als ich feststelle, dass alle Baumkugeln bis auf eine mit einer Rose im Inneren verkauft sind. Wie gut, dass für morgen in der Scheune noch die zwei Kisten Reserve stehen.

Irgendwann, es läuft gerade *Jingle Bells* auf der Musikbeschallung des Platzes, taucht eine kleine Gestalt an meinem Stand auf. Zuerst sehe ich nur die Patschehände, die nach den Schneekugeln greifen.

»Die ist aber wunnevoll«, meint ein kleiner Junge mit amerikanischem Akzent und betrachtet einen Eisbären im Schneegestöber. Feine Silberfäden markieren die eisigen Berge im Hintergrund, und das Kind versinkt geradezu in diesem Anblick.

»Das finde ich auch«, antworte ich lächelnd und beuge mich zu ihm hinunter. Im Stand nebenan wird Schmalzkuchen verkauft, und der Duft lässt meinen irgendwie immer hungrigen Magen erneut knurren.

»Wie teuer ist denn die tolle Kugel?«, fragt der Junge, hebt sie an und schüttelt sie kräftig. Der Schnee schwirrt hoch, was der Kleine sieht, spiegelt sich in seinen klaren Augen. Dann zwinkert er mir tatsächlich zu. Wie alt er wohl ist? Sechs oder so?

»Zwölf Euro«, flüstere ich ihm zu, als wäre der angedachte Preis ein Geheimnis, das es zu hüten gilt. Seine Miene verfinstert sich schlagartig, und er beginnt, Münzen in seiner Hand zu zählen.

»So viel habe ich aber nicht«, brummt er traurig, und seine grauen Kulleraugen in Verbindung mit der schief sitzenden Bommelmütze lassen mein Herz schmelzen. Der ist ja zu süß.

»Wie viel hast du denn dabei?«, frage ich also und linse auf seine Handfläche.

Er sieht hoch konzentriert aus, und seine Lippen bewegen sich stumm, während er erneut zählt.

»Nur fünf.« Er zieht eine Schnute, und ich möchte ihn knutschen.

»Weißt du was?« Ich beuge mich noch weiter nach vorn, stupse mit dem Zeigefinger seine Nase.

»Was denn?« Er legt den Kopf schief und lächelt ein bezauberndes Lächeln.

»Wenn du dort drüben einen Schmalzkuchen kaufst und herbringst, dann tausche ich ihn gegen die Schneekugel.« Mein Vorschlag kommt offensichtlich gut an, denn er hüpft einmal auf der Stelle und freut sich wie Bolle.

»Oh, das würdest du tun?«

»Ja, wenn du einverstanden bist.« Ich hoffe inständig, dass es keinen Erziehungsberechtigten in der Nähe gibt, der ein Problem mit unserem Deal hat und mich wegen unbefugter Beauftragung zur Nahrungsmittelbeschaffung anzeigt oder dergleichen.

»Du bist nett«, meint er. »Und so schön.« Er zwinkert erneut und rennt hinüber zum Stand mit den Leckereien. Hach, seine Eltern haben in der Erziehung einen guten Job gemacht. Man kann gar nicht früh genug damit anfangen, wenn man einen Gentleman ausbilden will.

Als er zurückkommt, sind die Zwillinge gerade eingetroffen, und ich muss sie davon abhalten, meine ganzen Kugeln mit ihren klebrigen Zuckergussfingern anzutatschen. Fingerabdrücke machen sich nicht so gut auf dem dünnen Glas.

»Hier ist dein Schmalzkuchen«, ruft mir der kleine Junge entgegen, und ich händige ihm umgehend seine Eisbärenkugel aus.

»Vielen Dank. Du bist toll«, sagt er höflich und hält kurz die Luft an, als wolle er noch etwas sagen, aber er schweigt.

»Das hört man doch gern«, antworte ich, und mir entgehen Libis und Nanes Blicke nicht.

»Wie alt bist du eigentlich?«, fragt mich der Knirps.

»Wieso?« Ich bin nicht besonders froh über seine Frage, denn ich habe manchmal das Gefühl, dass meine biologische Uhr nicht mit meinem mentalen Alter konform geht. »Willst mich etwa heiraten?«

Er lacht. »Sag doch mal.«

»Zweistellig«, antworte ich, was die Zwillinge zum Tuscheln veranlasst.

»Hey, wer flüstert, der lügt. Wenn der Weihnachtsmann das sieht, dann war's das mit den Geschenken«, mahne ich die beiden Zwerge und schaue sie so streng ich kann an, weil sie sich offensichtlich über den kleinen Gentleman lustig machen. »Kennt ihr euch?«, will ich wissen, und die Zwillinge schütteln den Kopf so heftig, dass ihre Zöpfe fliegen.

»Wenn du willst, können wir mal ausgehen, wenn ich größer bin.« Der Junge ignoriert die Mädchen einfach und konzentriert sich ganz auf mich. Ach, wäre doch jeder Mann so engagiert! Ich bin mir sicher: Dieses kleine Exemplar wird mal ein Herzensbrecher hoch zehn. »Ich lad dich dann ein und schenke dir Blumen.« Er stößt sich von meiner Bude ab, steckt die Kugel in seine Jackentasche, verabschiedet sich mit einem knappen Gruß, und weg ist er.

Der Himmel verdunkelt sich, und dicke Flocken fallen auf den Marktplatz nieder. Schon bald sind alle Dächer der Buden weiß gepudert, und der Schnee beginnt, unter den Stiefeln der Besucher zu knirschen. Ach, wie ich es liebe, dieses Geräusch. Ich bekomme mein Grinsen gar nicht mehr aus dem Gesicht, als auch noch die Beleuchtung des großen Tannenbaums neben dem Brunnen eingeschaltet wird. Kinder spielen, werfen Schneebälle und jagen sich gegenseitig, neben Musik treibt Gelächter zu mir herüber. Alle sind so glücklich.

»Hey, Tantchen«, begrüßt mich Phoebe, als sie zu uns stößt, und reicht mir eine Tasse mit Glühwein. »Das soll ich dir von Mama geben, damit du nicht mehr so grenzdebil in die Gegend guckst.« Sie grinst keck.

»Was? Das ist ja wohl eine Frechheit.« Mein Blick findet meine Schwester, die ich unbedingt mal wieder einseifen muss. Das ist längst überfällig.

»Mama sagt, du hast einen Weihnachtsschaden«, petzt Phoebe und winkt hübsch lächelnd in Richtung ihrer Mutter.

»Hat sie das?«

Mieke steht in einen dicken Parka gekleidet bei Onkel Heinz und unterhält sich angeregt. Sie nickt immer wieder zustimmend, und ich werde das Gefühl nicht los, dass es bei dem Gespräch um mich geht, so auffällig unauffällig, wie beide immer wieder zu mir herüberschauen.

»Ja, hat sie«, unterstreicht Phoebe. Ich nippe an der Tasse und zucke zurück. Autsch, heiß.

Es kommen neue Kaufinteressenten an meinen Stand, und ich erzähle ihnen etwas über die Glasbläserei des 17. Jahrhunderts und über den Ursprung des heutigen Weihnachtsbaums, der zuvor Paradiesbaum genannt und vornehmlich mit Äpfeln geschmückt wurde. Phoebe gähnt demonstrativ, und ich nehme einen kleineren Schluck Glühwein. Er wärmt meinen Bauch und entspannt mich. So verkauft es sich gleich noch mal so gut, und meine Kasse klingelt fröhlich wie die Glöckchen eines Rentierschlittens. Die Zwillinge klauen mir meinen Stuhl und beginnen zu singen.

Leise pieselt das Reh
Ein tiefes Loch in den Schnee
Weihnachtlich glitzert der Strahl
Rehlein, pinkel noch mal.

Mit einer schnellen Bewegung ziehe ich einer von ihnen die Mütze über die Augen.

»Los, geht irgendwo spielen.« Erst jetzt nehme ich wahr, dass Phoebe das Schauspiel mit ihrem Handy filmt. Verdammte Teenager mit ihrer Social-Media-Sucht.

»Mach das aus.« Ich hebe drohend den Zeigefinger. »Wehe, du stellst das ins Internet.«

»Zu spät, wir sind live.«

Nicht ihr Ernst! Das wird mir gerade echt zu bunt. Außerdem drückt meine Blase.

»Okay, wisst ihr was? Ihr übernehmt den Laden für mich, und ich gehe mal was wegbringen.«

»Kein Problem. Mach dir keine Sorgen.« Phoebe stellt sich an die Auslade und beginnt sofort, wie ein professioneller Marktschreier die Schneekugeln und den letzten Tannenbaumschmuck anzupreisen. »Nur dieses Jahr: die neue Kollektion von Elin Tjarks' Winterdreams! Zu einem unschlagbaren weihnachtlichen Preis. Ihr Kundilein kommet, o kommet doch all!«

Auweia. Ob das gut geht?

Ich beeile mich, auf die Toilette zu kommen. Auf dem Rückweg besorge ich mir einen neuen Glühwein. Schnee legt sich in mein Haar, und ich spüre meine Füße fast nicht mehr. Es ist bitterkalt geworden, und die Dämmerung hält Einzug. Alles glitzert und funkelt auf dem festlichen Platz. Ich bin vollkommen entzückt und fühle mich in meine Kindheit zurückversetzt.

Der kleine Junge von vorhin baut mit zwei anderen Kindern am Rande des Geschehens einen ziemlich unförmigen Schneemann. Der Knirps winkt in meine Richtung, zumindest denke ich das und bin so abgelenkt, dass ich frontal in einen Mann hineinlaufe und ihn mit dem Glühwein auf den Namen HimmelHerrGottnocheinsSorry! taufe.

Atemlos schaue ich zu ihm auf, zu diesem Typen in schwarzem Wollmantel. Er ist groß und gut gebaut, wie ich dank des Zusammenpralls bemerken durfte. Sein Gesicht hat etwas Aristokratisches, was sein Dreitagebart auflockert – eine Kombination, die ihm das gewisse Etwas verleiht. Mir wird bewusst, dass ich ihn anstarre, und mir schießt sofort das Blut in die Wangen.

»Das tut mir wirklich sehr, sehr leid«, stammle ich und zupfe ein gebrauchtes Taschentuch aus meiner Jackentasche. Dabei schwappt erneut heißer Glühwein über den Rand der Tasse und tränkt meinen Ärmel.

»Macht ja nichts, ich lebe glücklicherweise noch«, schnurrt der Mann, aber mir entgeht nicht, dass in der vermeintlichen Freundlichkeit seiner Stimme ein gereizter Unterton mitschwingt.

Ich tupfe auf dem dunklen Fleck seiner Jacke herum und glotze ihm erneut blöd ins Gesicht. Doofer Glühwein, der hat mir ganz schön die Sinne vernebelt. Oder warum sonst denke ich darüber nach, was für einen schönen Schwung seine Lippen haben? Und dass das Grau seiner Augen eine Tiefe besitzt, die etwas in mir zum Klingen bringt, mich aufwühlt.

»Ist wirklich kein Problem«, sagt er erneut und versucht zu lächeln, was ihm nicht gelingen will.

Ich tupfe unbeirrt weiter. »Manchmal bin ich etwas ungeschickt«, gebe ich zu und grinse schief. »Das liegt in meiner Natur, müssen Sie wissen. Ich meine es aber nie böse.«

Während ich weiterplappere, fängt er meine Hand mit dem Taschentuch ein. Sein Griff ist fest, seine Stirn ist in Falten gelegt, und er schaut mich unter seinen langen Wimpern verkniffen an. Es wird still um uns herum. Ich höre auf zu atmen, und als er meine Hand wieder freigibt, wanke ich rückwärts. Alles um mich herum verlangsamt sich.

»Lassen Sie es einfach.« Er knurrt fast; vielleicht sollte ich ihm einen Glühwein spendieren, immerhin ist es fast der dritte Advent, und da sollte man doch glücklich sein.

»Na gut. Nochmals nichts für ungut«, hauche ich nachdenklich.

»Sicher«. Sein Blick huscht unruhig umher, sein Mund verzieht sich zu einem Strich.

»Vielleicht passen Sie in Zukunft auf, dass Sie nicht im Weg stehen. Man weiß ja nie, wann der nächste Rentierschlitten hier durchdonnert. Unter die Hufe zu geraten ist mit Sicherheit schlimmer, als in Glühwein gebadet zu werden«, versuche ich zu scherzen, entferne mich, bevor ich seine Reaktion mitkriegen kann, und dränge mich durch eine Gruppe fremder Frauen, die sich angeregt über die neuesten Dinkelkeksrezepte unterhalten. Ich bin froh, dass mich die Menge verschluckt und erst wieder an meinem Stand freigibt. So eine peinliche Begegnung.

Ode an einen Tannenbaum

Ich habe einen seltsamen Traum. Mit einem Glühwein in der Hand schlendere ich über eine weiße Wiese, blicke mich in einer nächtlichen Schneelandschaft um und laufe plötzlich gegen eine unsichtbare Wand, eine Kuppel aus Glas, wie bei einer Schneekugel. Der Wein schwappt über, benetzt meine Hand und prickelt auf meiner Haut. Für einen Moment bin ich traurig, denn der Mistelzweig, der wie an unsichtbaren Fäden über mir baumelt, welkt, und ich bin allein inmitten von plötzlich aufkommendem Schneetreiben, das mir immer mehr die Sicht nimmt. Hinter mir erhebt sich ein wundervoller Weihnachtsbaum. Er glitzert, und seine Zweige flüstern tröstlich. Ich weiß, dass es nur ein Traum ist und ich allmählich aufwache. Ganz langsam. Meine Lider öffnen sich, die Steppdecke reicht bis zu meiner Nase, und ich linse hinüber zum Sprossenfenster, durch das der Glanz der Lichterketten auf dem Hof zu mir hereindringt. Die Sonne ist noch nicht aufgegangen, und ich muss an die unangenehme Glühweintaufe denken und an die grauen Augen des Mannes, in denen dieser unbestimmte Funken glomm, der mich neugierig machen würde, wäre der Typ nicht so abweisend zu mir gewesen. Und wäre mir mein Unfall nicht so peinlich.

Das ganze Haus ist noch still, alle schlafen, und ich drehe mich auf die andere Seite, um noch einen Moment in der wohligen Wärme des verschnörkelten Betts zu verharren.

Ich kann mich noch gut daran erinnern, wie Mieke und ich zusammen in diesem Zimmer geschlafen haben, vor so langer Zeit, und sie mir ihre kalten Füße entgegenstreckte. Beinahe höre ich ihr leises Schnarchen. Oma kommandierte uns stets zu unsäglich frühen Stunden aus den Federn und schickte uns in den Stall. Eigentlich wundert es mich, dass sie es nicht immer noch tut. Es hat sich wirklich einiges geändert hier in diesem wunderbaren Heim.

»Denkst du, man kann die Kuh auch reiten?«, fragte ich Mieke eines Morgens, während sie unter Trudis Bauch hing und frische Milch fürs Frühstück und zum Backen besorgte. Sie ist so geschickt mit Tieren. Ganz anders als ich, die einfach nichts aus dem Euter einer Kuh herausbekommt. Manchmal war ich neidisch auf meine Schwester, die ständig Lob von Oma und Opa bekam, weil sie so fleißig war. Ganz im Gegensatz zu mir, die gern Löcher in die Luft guckte und nur Unsinn im Kopf hatte.

Vorsichtig kletterte ich auf die Bretter, die unsere Kühe von dem einzigen Pferd trennten, das so alt war, dass es jeden Moment umkippen konnte. Ich balancierte mich für meine unsportlichen Verhältnisse recht gut aus und legte probehalber meine Hand auf den Kuhrücken.

»Nein, Kühe kann man nicht reiten, du Dumpfbacke«, sagte Mieke, und ihre Stimme ging in dem Strip-Strap-Strull der Milch unter. Das alte Pferd Gustav schnaubte, als lachte es über meinen Einfall, und ich habe wirklich keine Ahnung, was in mich fuhr, aber plötzlich saß ich auf Trudis knöchrigem Rücken. Die fand das gar nicht komisch, hörte auf, gemütlich wiederzukäuen, und begann zu bocken. Der

Eimer unter ihrem Euter flog als Erstes durch den Stall, meine Schwester fiel rücklings ins Stroh. Ich hielt mich ganze drei Sekunden und knallte anschließend mit dem Kopf an die Holzbande.

»Bist du verrückt?«, kreischte Mieke und brachte sich vor dem aufgebrachten Tier in Sicherheit. Um mich herum wurde alles für einen Moment dumpf, und ich fragte mich, wie man die verschüttete Milch wieder in den Eimer bekommen könnte. Ich sollte schleunigst einen Löffel holen.

»Mann, Elin! Was soll Oma dazu sagen?«, fragte Mieke, als sie die Kuh wieder beruhigt hatte und den Eimer aufhob.

»Sag du's mir, du bist doch die Ältere von uns«, antwortete ich, während ich mir Stroh aus dem Haar zupfte. An jenem Tag kam ich das erste Mal auf eine Idee für Tannenbaumschmuck und probierte meinen ersten eigenen Strohstern noch vor dem Frühstück aus. Ein Glück, dass Oma und Opa noch zwei weitere Kühe besaßen, die Milch gaben. Denn Trudi hatte erst mal genug von uns Mädchen und maulte.

Ich muss lächeln, als ich daran zurückdenke, und schiebe den großen Zeh aus dem Bett, um die Temperatur zu testen. Es ist nicht annähernd so kalt wie früher in diesem Zimmer. Also stehe ich auf und schleiche die Treppe nach unten. Aus Omas Stube, die gleich neben der Küche liegt, dringt ein leises Knarzen, und ich klopfe an die liebevoll verzierte Eichentür.

»Herein, wenn es kein Schneider ist«, antwortet Oma für meinen Geschmack zu angestrengt, und ich drücke die Klinke. Alles in diesem Raum sieht noch genauso aus wie früher, als mein Uropa Friedel, Opas Papa, hier sein kleines Reich hatte. Er wohnte bis zu seinem Tod in diesem Haus. Ich war noch ganz klein, als Oma sich um ihn kümmerte, und hatte immer etwas Angst vor seinem Gehstock, den er gern schwang wie eine Machete. Und seine Kriegsgeschichten waren echt zum Gruseln.

»Guten Morgen, Omi«, flüstere ich und trete ein. Erna steht im Türrahmen ihres kleinen Schlafzimmers, das an die Stube grenzt, und steckt offensichtlich in ihrem Kleid fest. Ich kann nur ihren weißen Schopf sehen und die vielen Karos des Stoffs, der meine Oma beinahe verschluckt.

»Ach, Liebchen, dich schickt ausnahmsweise mal der Himmel«, meint sie, und ich runzle die Stirn, während ich ihr zu Hilfe eile.

»Was du nicht sagst.« Ich greife ihr unter die Arme, gleichzeitig versucht sie, ihren Kopf aus dem Kragen zu bekommen. »Du solltest dir beim Ankleiden helfen lassen. Was ist, wenn du stürzt?« Sehr sicher steht sie auf ihren stämmigen Beinen nämlich nicht.

»Natürlich sollte ich das«, antwortet sie. »Am besten ich lass mir dann auch gleich den Hintern abwischen, da komm ich nämlich auch nicht mehr gut ran.« Ihre Nase kommt zum Vorschein, und sie sieht mich feixend an. »Das können wir doch gleich mal beim Frühstück vorschlagen, Freiwillige vor.« Sie lacht und hustet kurz.

»Ach, Oma«, sage ich unsicher und zerre den Stoff über ihre runde Hüfte. »Hilfe anzunehmen ist keine Schande.«

Ihre dünnen Brauen hüpfen in die Höhe. »Liebchen, natürlich nicht. Und der Tag, an dem ich hier nur noch rumliege, wird kommen. Es sei denn, ihr drückt mir vorher ein Kissen aufs Gesicht.« Sie zwinkert, bevor sie mir den Rücken zuwendet, damit ich ihren Reißverschluss schließen kann. »Glaub mir, Kindchen, solange ich kann, werde ich alles selbst machen. Darauf kannst du Gift nehmen.«

Ich folge ihr zu ihrem Schminktisch mit den vielen Tiegelchen und Bürsten, mit denen Mieke und ich oft heimlich gespielt haben. Oma wirft einen prüfenden Blick in den Spiegel, wie damals, und greift sich einen Kamm. Ich setze mich auf ihr Bett, das nicht so akkurat gemacht ist wie früher. Ich kann es in ihrem Gesicht lesen, wir sehr sie es hasst, dass ihre Kräfte schwinden.

Mein Blick wandert durch das Zimmer, beinahe kann ich Miekes und mein Gelächter aus alten Tagen hören, wenn Oma uns ums Bett jagte und auf die Matratze warf. An ihrem Kleiderschrank sind die Kerben zu sehen, die wir jedes Jahr an Weihnachten eingeritzt und mit Namen, Datum und Zentimeter versehen haben. Der letzte Ritz ist achtzehn Jahre alt und zeigt eine Größe von einssechzig. Als hätte ich aufgehört zu wachsen, als ich aufhörte, mich zu messen.

Oma wendet sich mir zu. Ihre Augen verengen sich. »Aber zurück zu dir, wie geht es dir denn? Du hast dich doch nicht ohne Grund so lange ferngehalten.«

»Na ja.« Mein Mundwinkel zuckt unruhig. Oma Erna hat mal wieder ins Schwarze getroffen. »Wenn ich ehrlich bin, hatte ich mich kurzzeitig selbst verloren.«

»Das kenn ich. Ich such mich immer noch, in den letzten Tagen mehr als sonst.« Sie zieht eine Grimasse und stupst liebevoll meine Schulter. »Aber manchmal hilft es, wenn man andere mitsuchen lässt.«

Wie wahr.

»Ich für meinen Teil bin übrigens der Meinung, dass die Wahl des falschen Partners oft schuld daran ist, wenn man sich selbst verliert. Was mich dazu bringt, dir noch mal zu danken, dass du deinen letzten Prinzen in den Wind geschossen hast.«

»Es war eigentlich umgekehrt«, gebe ich zu und versuche krampfhaft, an Lebkuchen und Schneemänner zu denken.

Nur nicht an Stefan. Moment mal … Wieso will Oma sich bedanken? Ich runzle die Stirn.

»Mädchen, zieh nicht solche Falten, die kommen von ganz allein, man sollte nicht noch nachhelfen.« Sie legt sich eine Perlenkette um und plaudert weiter. »Ich hab beim Bingo darauf gewettet, dass du den Lackaffen nicht heiraten wirst, Heinz war anderer Meinung, und ich hab einen Gutschein für Wilfrieds Wurstwaren auf Lebenszeit gewonnen. Ist das nicht toll?«

»Ja, sehr.« Mein Mund wird trocken.

»Süßfratz, weißt du denn nicht mehr, was für einen Mann du haben wolltest?«, fragt sie mich.

Ich deute ein Kopfschütteln an, als mir diese Nacht vor Heiligabend einfällt, in der es stürmte und gewitterte. Der Wind riss zornig an den Fensterläden, und Opa musste raus, um die Kühe einzusperren. Oma hatte uns eine Höhle aus Tischdecken und Bettlaken gebaut und mit einer Taschenlampe Fabeltiere an die Wände des Zelts gezaubert.

»Erzählt mir eure Geheimnisse«, flüsterte sie und sah uns gespannt an. »Was ist dein fabelhaftester Wunsch, Mieke?«

Meine Schwester verkroch sich tiefer in ihrem Schlafsack und antwortete mit leiser Stimme: »Ich wünsche mir eine Blockflöte, die zaubern kann.« Ihre blauen Augen funkelten.

»Und du, Elin? Was würdest du …« Oma konnte die Frage nicht zu Ende stellen, da entschlüpfte mir bereits die Antwort.

»Ich möchte den Weihnachtsmann heiraten.«

Mieke sah mich komisch an und lachte dann schallend.

»Aber der ist alt«, sagte sie und legte den Kopf schief. Ihre hellen Locken rahmten ihr Engelsgesicht.

»Das macht ja nichts, dafür kann er Wünsche erfüllen und ist nett.«

»Ich finde Elins Wunsch sehr schlau«, stärkte Oma mir den Rücken und tippte mir auf die Nasenspitze.

Ich weiß noch, dass im nächsten Moment das Licht im gesamten Haus ausging, weil ein Blitz in die Leitungen eingeschlagen war. Mieke schrie wie am Spieß, und Oma rannte zur Tür hinaus. Wir alle hatten plötzlich Angst um Opa.

Die Erinnerungen verblassen wieder, und ich wechsle das Thema.

»Und heute ist der große Tag der Tanne?«, frage ich Oma, und mein Lächeln fühlt sich unangenehm auf meinen Lippen an.

»Ja, heute wird sie ins Haus gezerrt«, antwortet sie und toupiert sich ihre Locken am Hinterkopf, bevor sie mit einer enormen Leichtigkeit Lippenstift aufträgt. In Knallrot.

»Kommst du auch mit in den Wald?« Als ich ihre Reaktion bemerke, will ich die Frage umgehend zurücknehmen, so viel Melancholie spiegelt sich auf ihren Zügen wider.

Sie fängt sich schnell und antwortet mir aufgeräumt: »Süße, hast du dich schon mal mit einem Rollator festgefahren?«

»Nicht, dass ich wüsste«, gebe ich zu.

»Das ist mordsgefährlich im Winter. Man steht auf der Stelle, die Füße frieren am Grund fest, und man droht eingeschneit zu werden. Also nein. Heute obliegt es euch jungen Leuten, den Preis für den hässlichsten Baum unseres Walds zu vergeben und ihn anzuschleppen.« Sie verlässt das Schlafzimmer und winkt mich hinter sich her. Dann schnappt sie sich ihre Gehhilfe und schiebt sie voran in die Küche. »Und denkt dran: Nur das bedauernswerteste Tannenbäumchen darf in unsere heilige Halle.«

Meine nackten Füße machen klatschende Geräusche auf den hellen Dielen, und ich wundere mich, wie warm sie sind. Mieke und Noan müssen eine Fußbodenheizung eingebaut haben.

Oma schiebt ihren Rollator zur Kaffeemaschine und setzt sie mit einem Knopfdruck in Gang. Der Zeiger der Standuhr, die wir als Kinder einmal zu Fall brachten, wofür wir eine ordentliche Standpauke ernteten und den ganzen Tag die Uhrzeit mitmilfe einer Eieruhr dokumentieren mussten, nähert sich der Neun, und Oma seufzt. Ich decke den Frühstückstisch, unterhalte mich lange mit Erna über Weihnachtsbäume, und als die anderen Pennratten endlich erscheinen, atme ich auf. Denn gerade hatte Oma die Idee, eine Kerze unter die Rauchmelder zu halten, um die restliche Familie zu wecken.

Nach einem herrlichen Frühstück machen wir uns auf den Weg in den Wald. Mieke, Noan und ich mit Axt und Säge bewaffnet und die Kids. Der schöne Schnee von gestern ist vollständig geschmolzen, auf dem kalten Boden jedoch offensichtlich angefroren, denn dünnes Eis überzieht die Natur und lässt sie schimmern und glitzern im Licht der kühlen Wintersonne. Die Erste von uns fliegt noch vor der Gartenpforte auf den Hintern, und ich beeile mich, dem Teenagermädchen, das ohnehin nur widerwillig mitgekommen ist, auf die Beine zu helfen.

»Oh, ganz ehrlich, ich hätte im Bett bleiben sollen«, murrt Phoebe, während sie meine Hand schnappt. Ihre Mütze hängt schief auf ihrem Kopf, wilde Locken haben sich befreit und versperren ihr die Sicht.

»Dann würdest du aber etwas Höchstwichtiges verpassen«, antworte ich tröstend und trete vor ihr durch das kleine Eisentor, das den Garten vom Wald trennt.

»Was denn – wie man sich die Knochen bricht?«

Das Tor schwingt zurück und knallt gegen Phoebes Hüfte.

Sie stößt einen Fluch aus. Noan, der vorangeht, überhört die unflätigen Worte seiner Tochter und mahnt stattdessen: »Nicht trödeln, Tante Elin muss rechtzeitig auf dem Markt sein.«

»Wenn du willst, dass ich mir den Hals breche, Papa, dann beeile ich mich gern«, schimpft Phoebe und befreit sich säuerlich von meiner Hand, als ich sie erneut stützen will.

Wir betreten den Wald. Die Luft riecht herrlich klar und nach Tannengrün. Die Zwillinge rennen trotz Glatteis los und bewegen sich trittsicher wie kleine Katzen. Mieke hakt sich bei mir ein, und ich spreche sie auf die häusliche Situation an.

»Oma geht's nicht sonderlich gut, oder?«

Sie denkt einen Moment nach, bevor sie antwortet: »Es fällt ihr nicht leicht, die Zügel aus der Hand zu legen. Noch schlimmer allerdings ist die beginnende Demenz. In manchen Momenten entgleiten ihr die Erinnerungen und vermischen sich mit dem Jetzt.« Mieke seufzt.

Ich schnappe nach Luft, mein Magen krampft. »Davon hast du mir ja gar nichts erzählt. Seit wann ist das so?« Wir tauchen unter einem tief hängenden Ast hindurch, von dem kleinste Eiszapfen hängen, und ich spüre die winterliche Kälte plötzlich unter meiner Haut. Mieke lächelt und drückt meine Hand, die in ihrer liegt.

»Ich wollte dich nicht beunruhigen. Mir ist durchaus bewusst, dass du eine unschöne Zeit hattest.«

Ich blicke zu Boden, auf meine Stiefelspitzen, beobachte, wie sie über knisterndes Laub und Tannennadeln treten.

»Glaub nicht, dass wir das nicht mitgekriegt haben.«

»Mich muss keiner schonen«, behaupte ich.

»Machen wir nicht.« Mieke holt tief Luft. »Oma wird nun

mal nicht jünger. Es ist nicht ungewöhnlich, dass man im Alter vom Vergessen bedroht wird.«

Ich schweige, denke darüber nach, wie ich mit der neuen Information umgehen soll. Insgeheim war Oma meine Leitfigur, seitdem Mama nicht mehr da ist. Neben Mieke natürlich. Was mache ich denn bloß, wenn Oma mich vergisst? Wenn sie mich irgendwann nicht mehr erkennt – bin ich dann noch ich? Meine Hand greift unwillkürlich die meiner Schwester fester.

Der Wald wird dichter, weit entfernt höre ich das Gurgeln des schmalen Flusses, der unseren Teil des Walds von dem der von Daniels trennt. Immer mal wieder verliere ich Noan und die Zwillinge aus den Augen, die wie wilde Rehe umherspringen.

»Ich hab dich lieb, Elin«, flüstert mir meine Schwester zu. »Und ich bin froh, dass du hier bist.«

Ich schaue sie an, versinke in ihrem Anblick. Ihr vertrautes Gesicht, die schönen blauen Augen, die kleine Narbe unter der Nase, die sie mir und einem Schlittschuh zu verdanken hat.

»Ich hab dich auch lieb.« Mein Herz ist voll und warm.

Irgendwann erreichen wir das Plateau mit den Nordmanntannen, die Oma und Opa selbst angepflanzt haben, als sie noch jung waren.

»Juhu!«, kreischen die Zwillinge und beginnen, um die erste Tanne herumzutanzen. »Der ist gut, den nehmen wir!«

»Nein, der ist viel zu schön. Wir sollen den schlagen, der am krummsten gewachsen ist«, erinnert Phoebe sie und erntet einen Stoß, als die beiden an ihr vorbei zum nächsten Baum sprinten.

»Dann den hier«, krähen sie. »Der hat nicht alle Zweige am Baum.«

»*Ihr* habt nicht alle Zweige an der Tanne«, knurrt Phoebe.

Noan ignoriert seine Kinder und stapft an den Tannen vorbei, als hätte er einen bestimmten Baum im Visier. Die Zwillinge folgen ihm.

»Mädels, vorsichtig, bitte!«, schreit Mieke ihnen nach und zuckt zusammen, als die Kinder ins Straucheln kommen und Libi im Hinfallen nur um Haaresbreite einen großen Feldstein verfehlt, der eine Grundstücksgrenze zum alten Gutshof markiert.

»Chef, was denkst du?«, ruft Noan meiner Schwester zu, und sie betrachtet das Häufchen Elend, vor dem ihr Mann stehen geblieben ist. Die Tanne hat einen Knick in der Krone, in der Mitte fehlen ihr Äste, und sie ist so hoch, wie sie spärlich ist. Dafür ist sie von einem satten Blaugrün, und ihre Nadeln fühlen sich sanft und freundlich an, als ich meine Finger über sie streifen lasse.

»Joa, der ist hässlich«, meint Mieke und blickt am Stamm entlang hinauf. »Den können wir nehmen.«

»Bist du auch einverstanden, Elin?«

In den letzten Jahren hatte Stefan die Bäume ausgesucht und in die Wohnung gebracht, allesamt stattliche Exemplare, gerade gewachsen und füllig. Wir waren weit von Omas Tradition abgekommen.

»Klar, der soll es sein«, nicke ich und stelle mir den Baum in einem Gewand aus Lichterketten vor.

»Ja, ja, ja«, singen die Zwillinge im Chor und klatschen in die Hände. »Den machen wir schick.«

Noan nimmt seine Säge, setzt sie an dem schiefen Stamm an und beginnt zu säbeln. Mieke beobachtet ihn mit einem liebevollen Blick.

»Warum können wir nicht mal einen schönen Baum nehmen?«, meldet sich Phoebe zu Wort, mit einem mürrischen

Unterton in der Stimme, der mir allmählich vertraut vorkommt. Sie schielt zu einer Tanne weiter links von uns. Ein perfekter Baum, hochgewachsen, bauchig und dicht.

»Weil es bei uns Tradition ist, mit der äußeren Schönheit, also der Hülle der Oberflächlichkeiten, zu brechen und dem Unscheinbaren eine Chance zum Strahlen zu geben«, zitiert meine Schwester Oma Erna, die bei der Begründung des Brauchs dem Impuls folgte, uns zu zeigen, wie schön Unvollkommenheit sein kann.

»Schwachsinn«, brummt der Teenager. »Schein ist alles, was zählt.«

Mieke versteift sich neben mir, und ich horche auf. Wieso habe ich das Gefühl, dass nicht mehr viel fehlt, bis meine Schwester aus der Haut fährt?

»Ich habe dich anders erzogen, Phoebe Tjarks«, sagt sie frostig. »Du solltest es besser wissen.« Es liegt mehr Spannung zwischen den Zeilen, als ich zunächst angenommen habe, und ich frage mich, wann ich meine Schwester das letzte Mal so unentspannt erlebt habe. Ich glaube, an dem Tag, als ich ihre Barbies frisierte.

»Du bist echt von gestern.« Phoebes Lächeln schwankt zwischen Traurigkeit und Spott, dann unterbricht sie den Blickkontakt zu ihrer Mutter.

»Ich hab es dir immer gesagt, du beschäftigst dich viel zu sehr mit deiner Fake-Welt auf Instagram.« Mieke macht einen Schritt auf Phoebe zu und streckt ihre Hand aus. »Apropos, du kannst mir gleich mal dein Handy geben.«

»Oah, Mama.« Phoebe vergräbt demonstrativ ihre Hände in den Taschen.

Mieke zuckt auffordernd mit den Fingern. »Du kennst die Regeln, Sonntag ist handyfreier Tag. Erst recht in der Adventszeit.«

Phoebe stößt hart die Luft aus, zieht ihre rechte Hand hervor und übergibt widerwillig ihr iPhone. »Du und deine Regeln und Traditionen.«

Noan ignoriert die Auseinandersetzung seiner beiden Damen und arbeitet weiter. Der kleine Baum schwankt, das Geräusch, als kleine Eiszapfen aneinanderklirren, erinnert mich an feine Glöckchen. Meine Gedanken wandern zu Scheinwelten und Fotomodellen. In unserer Teenagerzeit war es Kate Moss, die überall präsent war und das Schönheitsideal angab – eines, mit dem ich nicht mithalten konnte. Als ich gerade zwölf Jahre alt geworden war, hatte ich ein klitzekleines Gewichtsproblem und eine böse Akne, die mir das Leben schwer machte. Nicht nur ich selbst war mir nicht schön genug; neben meiner Selbstkritik gab es Jungs wie Mädchen, die mich wegen meines Aussehens hänselten. Ich weiß noch genau, wie es sich anfühlte, als Oma ihre Hand eines Tages auf meine Brust legte, in der mein Herz einen traurigen Rhythmus angeschlagen hatte.

»Mein Spatz, in dir leuchtet ein Stern, so hell und groß, dass er alles überstrahlt«, sagte sie nahe an meinem Ohr, während sie mich vor den großen Spiegel im Flur bugsierte. »Wenn du lächelst, dann lächelt die Welt. Wenn du dir treu bist und deine Meinung sagst, dann singt der Himmel und spannt sein Zelt nur für dich. Wenn du für etwas brennst, dann leuchten deine Augen und bergen das ganze Universum in sich. Was gibt es Schöneres, frag ich dich?« Ihre Hand wurde heiß auf meinem Körper, und ich heftete meinen Blick fest auf die Spiegelung vor mir und forschte in ihr. Ich versuchte, hinter meine Unvollkommenheit zu schauen, und entdeckte Dinge, die ich tatsächlich mochte. Meine helle Haut, die blauen Augen, in denen Sprenkel von hellem Gelb wohnen, und meine Haare, die in einem dunklen Rot leuchten. Wann hatte ich mir einreden lassen, dass Rot keine optimale Haarfarbe sei?

Ich runzle die Stirn, ziehe meine Bommelmütze tiefer über die Ohren und hauche mir in die kalten Hände.

Der schmale Baum vor uns fällt und landet vor meinen Füßen.

»Merry Christmas everybody!«, freut sich Noan, und sein Lächeln ist ein heller Blitz, als er die Säge zur Seite legt.

»Dann können wir ja jetzt wieder zurück.« Phoebe schlägt den Pfad nach Hause ein.

»Mensch, Phoebe. Jetzt hör endlich mal auf, allen die Stimmung zu vermiesen. Tante Elin sieht schon aus, als würde sie am liebsten wieder abreisen«, meckert Mieke, und ihre Stimme gerät schrill.

Ich hebe beschwichtigend die Hände. »Lasst mich da raus, mir vermiest keiner so schnell was«, behaupte ich. »Wir haben meine Lieblingsjahreszeit!«

»Wer ist eigentlich diese Mary Krismes, von der alle reden?«, fragt Libi unterdessen ihre Zwillingsschwester, während die versucht, den Baum zu bewegen.

»Na, die Frau von Lars Krismes natürlich. Von dem singen sie im Radio doch immer«, behauptet Nane altklug, während Noan sie zur Seite manövriert, um den Baum packen zu können.

»Ah, natürlich!« Libi springt ihrer großen Schwester hinterher, Nane folgt ihr. Mit einer schnellen Bewegung hat Noan die Tanne im Griff und zieht sie hinter sich her. Die Zwillinge beginnen zu singen: »O Tannenbaum, o Tannenbaum, wie dünn sind deine Blätter? Du grünst nicht nur im Winterwald, nein, auch zu Hause, wenn es knallt.«

Ein Wunder namens George

Während ich dabei bin, die letzten Schneekugeln neben ein paar bunten Häkelsocken von Oma in meinen Rudolph zu packen, macht Mieke die Zwillinge fertig für den Markt. Sie möchten mir beim Verkaufen helfen – besser gesagt, ich soll die Tasmanischen Teufel hüten, solange meine Schwester mit Noan Zweisamkeit genießt. Ich stelle gerade einen Karton in den Kofferraum, da sehe ich, wie Phoebe das Haus verlässt und von Noan zurückgepfiffen wird.

»So gehst du mir nicht los, mein Fräulein«, höre ich ihn schimpfen und spähe zu ihnen hinüber. Phoebe trägt eine dünne Strumpfhose und einen enorm kurzen Rock, der nur knapp ihre Kehrseite bedeckt. Schöne Beine hat sie ja.

»Sei doch nicht so spießig, Papa.« Phoebe geht weiter, und ich klemme mir fast die Finger in der Heckklappe, als ich sehe, wie Miekes Mann vorhechtet, seine Tochter am Kragen ihrer Jacke packt und ins Haus zurückzieht. Oha, da schimmelt aber jemandem der Geduldsfaden.

»Wir haben das hinreichend diskutiert«, motzt er. »Außerdem bekommen deine Nieren einen Kälteschock, wenn du bei den Temperaturen in so einem Hauch von Nichts durch die Gegend stolzierst.« Es sieht beinahe witzig aus, wie Noan seine Tochter bestimmt, aber liebevoll einzufangen versucht, während sie ruckartige Verrenkungen vollführt, um seinem Griff zu entkommen. Fast wie ein Tanz. Schließlich gewinnt Noan, und es gelingt ihm, Phoebe ins Haus zu zerren. Ich höre sie brüllen.

Gleich darauf stürzen die Zwillinge aus der Tür, nicht weniger laut als ihre Schwester, jedoch weitaus freudiger. Sie klettern zu mir ins Auto, und wir winken Mieke und Noan, die in der Tür auftauchen und dort nebeneinander stehen bleiben wie ein frisch verliebtes Paar. Hand in Hand und sich immer wieder verheißungsvolle Blicke zuwerfend.

Von Phoebe ist nichts mehr zu sehen, und ich frage mich, wohin Noan sie so schnell losgeworden ist und ob sie nun Hausarrest hat. Ich beschließe, lieber nicht zu fragen.

»Viel Spaß, ihr Süßen. Und seid schön brav«, ruft meine Schwester hinter uns her.

Als ich beim Ausparken in den Rückspiegel schaue, sehe wie, wie Nane Libi einen Blick zuwirft. »Willst du brav sein, Libi?«, fragt sie nachdenklich.

»Na logo. Der Weihnachtsmann sieht alles.«

Ich muss grinsen über Nanes angestrengtes Gesicht, als löse sie eine schwierige Matheformel in ihrem kleinen Lockenkopf.

»Denkst du, er hat ein Fernglas?« Nanes Zunge huscht immer wieder über ihre Zahnlücke.

»Na logo. Und Spione, ganz sicher.«

Nane zieht scharf die Luft ein. »Ich glaube, ich weiß, wer einer ist.«

»Echt? Spuck's aus«, fordert Libi.

»Na, der Goldfisch von Timon. Der guckt immer so komisch, und als wir Timons Bücher mit Nagellack verziert haben, wusste Mama sofort Bescheid. Sag mir, wie kann das sein?« Nane zupft an einer ihrer Locken und beginnt, sie manisch zu zwirbeln.

»Ich weiß nicht, denkst du, der Weihnachtsmann hat Mamas Telefonnummer?«

»Warum nicht? Mama hat ja auch seine Nummer, oder?«

Ich beiße mir auf die Unterlippe und verkneife mir mein Lachen. Wie ich sehe, erzählt Mieke ihren Kindern die gleichen unmöglichen Dinge, die Oma uns schon erzählt hat.

Im Schneckentempo verlassen wir den spiegelglatten Hof, passieren den Glitzerschein, der die Eichen umgibt, und tauchen in den Wald ein. Das Sonnenlicht bricht sich in den Wipfeln der Bäume und lässt Schatten über den Boden und seine Schlaglöcher huschen.

Als wir am Gutshof vorbeikommen, fällt mir ein Sportwagen auf, der mit laufendem Motor auf dem Rondell vor dem Haupthaus steht. Niemand sitzt darin, aber auf den Stufen zur Haustür stehen zwei Koffer, als hätte jemand sie dort vergessen.

Die Zwillinge singen *In der Weihnachtsbäckerei* von Rolf Zuckowski, und ich stimme mit ein. Es dauert eine Weile, bis wir am belebten Marktplatz ankommen und unsere Hütte beziehen. Der Himmel ist inzwischen strahlend blau und die Luft klar. Es kommen immer mehr Besucher und wandern durch die festlich geschmückten Gänge. Obwohl die kleine Gasheizung hinter uns wohlige Wärme in unsere Rücken schickt, krame ich zwei Weihnachtsmützen aus meiner Tasche.

»Hier, ihr beiden. Setzt die mal auf.« Ich reiche sie den Zwillingen.

Libi zögert und mustert mein Weihnachtselfenkostüm. »Ich will aber lieber ein Engel sein wie du.«

»Aber ich bin doch kein Engel«, entgegne ich und muss

daran denken, dass Stefan mich gern so genannt hat. Seinen *Engel.*

»Was bist du denn dann?« Nane stülpt sich eine der Mützen über ihre Locken. Ihre braunen Augen funkeln vergnügt.

»Ich bin eine Weihnachtselfe«, sage ich stolz und lächle breit.

Libi schürzt die Lippen. »Ich dachte, die sind klein und hässlich.«

Meine Luft staut sich in den Lungen. »Nun ja, nichts an Weihnachten ist hässlich, oder?«

Die beiden gucken sich an und überlegen. »Nein, du hast recht. Höchstens Omas Plätzchen, die sehen manchmal komisch aus.«

Ich nehme Libi die Mütze aus den Händen, bevor sie sich die Nase damit putzt, und setze sie ihr auf.

»Jeder muss sich zur Weihnachtszeit schmücken«, bestimme ich und fange ihre Hände ein, die die Kopfbedeckung wieder herunterziehen wollen.

»Wer sagt das?«

»Ich sage das. Wenn man nicht mitmacht, ist das ein Frevel«, behaupte ich. »Schau dich um.« Mein Herz geht auf, wie süß ist das denn? »Sogar das Pony hat ein Weihnachtskostüm an.« Gegenüber unserer Bude ist ein Mädchen mit einem braunen Pferdchen an einer Führleine aufgetaucht. Das Tier ist nicht größer als ein Schäferhund und trägt eine rote Decke über dem Rücken. Seine Mähne krönt eine Weihnachtsmütze, die ihm etwas in die Stirn rutscht, was den kleinen Wallach jedoch nicht zu stören scheint. Ich bin restlos begeistert.

Libi wippt auf den Fersen. »Was ist denn ein Frevel?«, will sie wissen.

»So was wie Gotteslästerei«, antworte ich abwesend und betrachte das Mädchen neben dem Pony, das es zur Freude einiger Kinder zur Mitte des Marktplatzes führt.

»Wir sind mit Gott nicht so bekannt«, erklärt Libi, und Nane fügt hinzu: »Gott lernt man in der Kirche kennen.« Sie bindet sich einen Schal um den Hals. Dann kramt sie nach der Keksdose in ihrem Rucksack.

»Wir gehen nicht in die Kirche, wir sind nicht getauft.« Libi hebt stolz ihren Finger und folgt meinem Blick zu dem Pony. »Aber geimpft.«

Darüber muss ich erst mal nachdenken, wobei ich geistesabwesend die Schneekugeln neu arrangiere, bis ich mich über die eingekehrte Stille in unserer Hütte wundere. Und über den kalten Luftzug. »Moment mal – wo wollt ihr hin?«

Die Zwillinge sind schon halb zur Tür hinaus. »Nur kurz zu dem Pferdi«, zwitschern sie mir entgegen.

»Und was wollt ihr mit der Keksdose?« Das ist schließlich auch meine Tagesration, die sie da mitnehmen.

Libi und Nane tauschen einen Blick, der etwas Mitleidvolles hat. »Erklärst du es ihr?«, höre ich Libi ihre Schwester fragen, und die seufzt lang gezogen.

»Warum immer ich, du kannst auch ganz toll erklären.«

Ich stemme die Hände in die Taille und lege ungeduldig den Kopf schief. »Wird's bald?«

»Also, man muss unbedingt ein Opfer bringen, um den alten Göttern …«, beginnt Nane und wird von ihrer Schwester unterbrochen.

»Nee, das ist total falsch, was redest du denn da?« Libi nimmt Nane die Keksdose ab. Leute schieben sich an den beiden Kindern vorbei und treiben sie immer weiter von mir fort.

»Aber Phoebe sagt …«

»Die guckt zu viele Wikingerfilme, hat Papa gesagt.« Libi zieht eine Grimasse und drückt die Keksdose fester an ihren Bauch.

»Okay, man muss Ponys immer gut füttern, damit sie einem zulaufen wie Katzen. Die wechseln nämlich den Besitzer, wenn es irgendwo anders besser schmeckt«, versucht es Nane erneut, und ich strecke meine Hand auffordernd nach der Dose aus.

»Hä?« Libi klingt verwundert. »Ich hab gedacht, du willst die Kekse Sandra geben, damit wir das Pony streicheln dürfen.« Sandra muss das blonde Mädchen sein, das gerade dabei ist, einen kleinen Jungen auf den Rücken des Ponys zu setzen.

»Wieso sollte ich der die Kekse geben, die mag uns nicht mal.«

»Okay, Mädels, die Kekse bleiben hier. Wenn ihr Hallo sagen wollt, dann macht das ruhig, aber ihr seid bitte in fünf Minuten wieder da«, sage ich so streng ich kann und hoffe, dass die beiden sich daran halten. Ich fürchte, Mieke würde es mir nicht verzeihen, wenn sie verloren gingen. Die Keksdose fliegt mir entgegen, und die beiden Wirbelwinde verschwinden endgültig in der Menge.

Die Zeit vergeht, ich verkaufe Schneekugeln und Socken und unterhalte mich nett mit meinen Kunden. Die Zwillinge kleben an dem Mädchen mit dem Pony und winken mir immer mal wieder zu. Offensichtlich haben sie keine Ahnung, wie lang fünf Minuten sind, aber solange ich sie sehen kann, ist alles in Ordnung.

Irgendwann gegen Nachmittag fällt mein Blick auf eine große Gestalt, die sich eilig durch die Menge drückt und den Kopf dabei gesenkt hält, als hoffe sie, für andere unsichtbar zu sein. Ich brauche einen Moment, um ihn zu erkennen –

den Mann, den ich gestern mit Glühwein getauft habe. Er trifft auf Onkel Heinz, unterhält sich mit ihm und zupft dabei immer wieder seinen Mantelkragen höher. Schließlich wendet er sich mit einem knappen Gruß ab und drängt sich in weiten Schritten durch die Reihen. Woher kennt mein Onkel ihn? Da ich ihn noch nie gesehen hatte, bin ich davon ausgegangen, dass der Mann ein Besucher von weiter weg ist.

Als Libi ihm vor die Füße kommt, schiebt er sie mit einer schnellen Bewegung zur Seite, und ich erstarre angesichts seiner Grobheit. Ich spüre das Erwachen einer Löwin in mir, bereit zum Sprung, um »meine« Jungen zu schützen. Als könne er meine Gedanken spüren, blickt der Mann auf. Seine Augen heften sich auf meine, ich kann nicht blinzeln. Ein Sog nimmt mich gefangen, die Andeutung eines Lächelns auf seinen Zügen überrascht und verwirrt mich zugleich.

Meine Hand hebt sich wie von selbst zu einem Gruß, vergessen ist der Sprung der Löwin. Als er ruckartig seinen Blick von mir losreißt und wieder zu Boden richtet, ist mir meine freundliche Reaktion unangenehm. Memo an mich: Diesem Typen gegenüber sollte ich mehr Eisköniginnenhaltung bewahren.

Später, nach Feierabend, lasse ich mir gerade von den Zwillingen helfen, die restlichen Kugeln vorsichtig in Papier zu hüllen und in die Kartons zu füllen, als sich Onkel Heinz zu uns gesellt.

»Rate mal, wen ich gerade beim Rauchen erwischt habe«, meint er zu mir, und ich entdecke Phoebe, die mit verschränkten Armen in seinem Schatten steht. Sie ist immer noch in Rock und Strumpfhose gekleidet, und ich frage mich, wie sie es in diesem Aufzug aus dem Haus geschafft hat. Und was wohl ihre Nieren sagen.

»Hoppla«, murmle ich, unsicher, was genau ich mit Onkel Heinz' Information anfangen soll.

»Da Mieke und Noan nicht hier sind, übertrage ich die Verantwortung dir«, meint er. »Was du damit anfängst, ist deine Sache.« Mit diesen Worten schiebt er Phoebe an meinen Stand. Sie hat eine rot gefrorene Nase und reckt mir trotzig ihr Kinn entgegen.

»Denk dran, wenn du fertig bist, dann sehen wir uns an der Jagdhütte. Komm nicht so spät, ja?« Heinz zwirbelt seinen Bart, schubst seine schmollende Großnichte mit seiner Hüfte an und sagt zu ihr: »Und du benimmst dich und kommst ebenfalls.«

Phoebe lächelt verhalten, und ich packe weiter meine Sachen zusammen.

»Kann ich dir helfen?«, fragt sie nach einer Ewigkeit, und ich übergebe ihr den ersten Karton.

»Klar, räum den Wagen ein.«

»Ich hab gar nicht wirklich geraucht«, lässt sie mich beiläufig wissen. »Ich hab die blöde Zigarette nur für eine Freundin gehalten.«

»Ach so. Na denn.« Ich öffne Rudolphs Heckklappe für sie. »Ich habe nicht vor, es deinen Eltern zu petzen, aber die wahre Sicherheitslücke sind die beiden Fünfjährigen in der Hütte«, erinnere ich sie mit einem Kopfnicken in Richtung der Tasmanischen Teufel, die eifrig miteinander tuscheln.

Phoebe verstaut den Karton und kaut auf ihrer Unterlippe. »Mit denen werde ich schon fertig.«

»Dann hast du ja nichts zu befürchten.«

Sie fällt mir so urplötzlich um den Hals, dass ich beinahe den Halt verliere.

»Du bist klasse, weißt du das?«, flüstert sie, und mir wird klar, dass Zigaretten nicht das einzige Unerwünschte waren, das sie probiert hat. Sie stinkt wie ein Brauereipferd auf Glühwein, außerdem ist sie eiskalt.

»Ist schon okay, ich war auch mal jung.« Und ein Mauerblümchen, das sich im Laufe der Jahre immer weniger traute, was Regelverstöße anging. Ich winke meine Nichte hinter mir her und werfe ihr ein unförmiges Rentierkostüm zu, das auf der Rückbank im Auto lag. »Zieh das über, dann merkt keiner, dass du eine Nierenentzündung provoziert hast.« Ich zwinkere ihr zu, und ihre Miene erhellt sich zusehends.

Kurze Zeit später befinden wir uns auf dem Weg zu Onkel Heinz' Jagdhütte, die unweit des Forsthauses liegt, das er mit Tante Monika bewohnt. Es liegt mitten in einem der Waldgebiete, die den von Daniels gehören. Heinz pflegt seit Jahrzehnten den Baumbestand und sorgt für die Wildtiere von Eickstever und Umgebung.

»Wann sind wir da?«, fragt Libi und rutscht unruhig auf dem Rücksitz hin und her.

»Bestimmt bald, es müsste eigentlich … äh.« Mein Wackelweihnachtsmann auf der Armatur nickt wie verrückt.

»Na, du weißt doch wohl, wo wir sind«, fällt Phoebe mir ins Wort. »Wir müssen nur noch einmal abbiegen.«

Ich bremse und versuche, mich an den Weg zu erinnern. »Bist du dir sicher?« Oder haben wir uns doch verfahren? Die Straße wird immer schmaler, und die vereisten Löcher werden größer.

»Es ist sooo dunkel«, bemerkt Libi mit Unbehagen.

»Es ist Dezember, da ist es die meiste Zeit dunkel«, erinnert Phoebe sie. »Und hör auf, die Scheibe anzulecken.« Ich werfe einen Blick über die Schulter und sehe, wie Libi sich die Nase am Seitenfenster platt drückt. Darunter prangt ein nasser Fleck. Na toll. Seufzend drehe ich mich wieder nach vorn und entdecke einen Schimmer zwischen den schwarzen Bäumen, die sich wie Scherenschnitte vor uns erheben.

»Ich muss mal«, meldet sich Nane in dem Moment, als mein Wagen gefährlich zur Seite rutscht. Ich steuere gegen, es holpert, und ich kann mir gerade noch einen nicht jugendfreien Fluch verkneifen, während die Zweige mit ihren starren Fingern über meinen Lack kratzen. Holy Shit! Armer Rudolph.

»Das war aber nicht gut«, lässt Libi mich wissen. »Du musst in der Mitte der Straße fahren.«

Ach was.

»Ja«, pflichtet Nane ihrer Schwester bei. »Und langsamer.«

Ich seufze, Phoebe kichert. Das letzte Stück der vereisten, buckligen Strecke legen wir im Schneckentempo zurück.

»Mann, da ist aber was los in der alten Hütte«, wundert sich die Große im Rentierkostüm, als wir auf den abgeholzten Platz vor der Holzhütte rollen, den meine Mutter einst mitgestaltet hat. Fast alle der mit Hecken umrandeten Buchten sind voll. Die Hütte ist hell beleuchtet, und Rauch steigt aus dem Schornstein.

»Onkelchen feiert allem Anschein nach eine Privatparty.« Ich kann mich nicht daran erinnern, wann hier jemals so viele Autos standen. Ich lenke meinen Mini neben Onkel Heinz' Geländewagen und lasse versehentlich den Motor absaufen. Es kracht einmal, und Rudolph hüpft nach vorn.

»Schönen Gruß vom Getriebe«, meint Phoebe spöttisch und öffnet die Beifahrertür. Ich helfe den Zwillingen beim Aussteigen und folge dem unförmigen Rentiermädchen zur Haustür. Wenn sie wüsste, wie bescheuert sie aussieht!

Phoebe fackelt nicht lange und tritt ein, ohne anzuklopfen, und plötzlich stehen wir inmitten von Leuten, die sich angeregt im Flur unterhalten, Punsch trinken und lachen. Einige von ihnen kenne ich, es sind vornehmlich ältere Herren aus Heinz' Jagdverein. Eine Hand legt sich auf meine Schulter, und ich wirble herum. Monika lächelt mich an. Sie sieht zerbrechlich aus, sie muss ganz schön abgenommen haben, und ich umarme sie behutsam.

»Liebes, da bist du ja endlich«, freut sie sich. »Gut siehst du aus, wie das blühende Leben. Wie geht's Erna?«

»Geht so«, vermute ich und lasse mich durch die plaudernden Leute zu Heinz führen. Auf dem Weg durch den Flur versuche ich, die vielen toten Tiere zu ignorieren, die mich von den Holzwänden herab anstarren. Zugegeben – die Herzchenlichterketten, die die Geweihe der Hirsche schmücken, sind bezaubernd; die leblosen Blicke aus den traurigen Augen hingegen weniger.

»Ich hab schon von deinem Basarerfolg gehört.« Monika schenkt mir ein Lächeln. »Freut mich für dich.«

»Danke.« Im Vorbeigehen nicke ich dem Bäcker unseres Orts zu, der Mieke und mir Jahr für Jahr Pfefferkuchen schenkte, wenn wir morgens Brötchen bei ihm holten. Wir betreten das Wohnzimmer, in dem es nach Tannennadeln und Nüssen riecht, und ich fühle mich einmal mehr in die Vergangenheit katapultiert, als wir hier in dieser Hütte saßen und mit Heinz Adventskränze flochten.

»Halt still«, befahl Mieke mir regelmäßig, während sie den Draht um die Tannenzweige zwang.

»Aber du machst es falsch«, antwortete ich, woraufhin ich die Zange zu spüren bekam.

»Tu nicht so, als könntest du es besser«, meckerte Mieke. In jenem Jahr war sie besonders schlecht gelaunt, und ich war beleidigt, weil sie mich so schlecht behandelte. Dass ihre

Übellaunigkeit nur Zeichen des Kummers war, den sie zu der Zeit mit sich herumtrug wie einen Schatten, begriff ich damals noch nicht. Erst Jahre später erzählte mir Mieke, dass sie Papa dabei erwischt hatte, wie er die Frau aus der Schuhabteilung vom Kaufhaus um die Ecke küsste.

»Da bist du ja, Herzchen!« Onkel Heinz reißt mich aus der Erinnerung, und in seinen Augen glitzert es aufgeregt. »Hast du die Kinder dabei?«

Wie auf einen stummen Befehl hin erscheint die Rasselbande in Weihnachtsoutfit am Rande des Geschehens. Nane tritt unruhig von einem aufs andere Bein und schaut sich um. Monika fängt alle drei ein, und mir wird mulmig, als Heinz meine Hand in seine nimmt und mich aus dem Raum zu einer Zimmertür führt, die früher immer verschlossen war. Wie oft hatten Mieke und ich gerätselt, was sich wohl dahinter verbarg, und wir übertrumpften uns gegenseitig mit den absurdesten Spekulationen.

»In dem Zimmer hängen ausgestopfte Menschenköpfe an der Wand«, war Miekes steilste These, und mich schaudert es noch heute, wenn ich daran denke.

»Quatsch«, hatte ich damals gefiept, doch mir war nichts eingefallen, mit dem ich ihre Behauptung hätte toppen können – oder das Bild der leblosen Häupter aus meinem Kopf kriegen.

»Mach die Augen zu«, kommandiert Heinz neben mir, und ich zucke zusammen. »Ihr auch«, bellt er den Mädchen zu, während er die Klinke aus Hirschgeweih drückt.

Licht flammt auf, ich schließe die Lider und wanke leicht, als ich blind vorangehe, die warme Hand meines Onkels im Rücken. Und dann höre ich den Aufschrei der Zwillinge. Ich reiße die Augen auf und starre zu einer Patchworkdecke, auf der Heinz' Basset-Hound-Hündin liegt und zögerlich mit dem Schwanz wedelt. Hinter ihr rühren sich fünf Welpen und schauen blinzelnd zu uns herüber. Ich vergesse zu atmen.

»Oh, das sind ja Hundis«, stellt Libi fest und nähert sich vorsichtig. »Babyhundis.«

Phoebe drückt sich an mir vorbei und geht vor der Decke in die Hocke. »Sweet.«

»Wir haben gedacht, du suchst dir einen aus«, flüstert Heinz in mein Ohr und knetet meine Schulter. Monika lächelt aufmunternd, und mir bleibt für einen Moment die Spucke weg. Dann schießen mir tausend Fragen durch den Kopf. Was? Wieso? Hä? Und einige Sekunden später: Kann ich das einfach so machen? Einen Hund adoptieren und die Verantwortung für ihn übernehmen?

»Guck mal, Elin, wie süß der ist«, ruft mir Nane entgegen und hievt einen dreifarbigen Welpen auf ihren Schoß, dessen Ohren größer sind als der Rest seines Körpers. Seine Stirn schlägt Falten durch die überschüssige Haut, die diese Rasse ihr Eigen nennt, und er seufzt leise, bevor er es sich auf dem Mädchen bequem macht und die Augen schließt.

Monika erlöst mich aus meiner Starre, indem sie mich nach vorne schubst, sodass ich bis zur Patchworkdecke taumle und ebenfalls in die Knie gehe. Verzaubert betrachte ich die Welpen, sie sind allesamt dreifarbig: braun, weiß und schwarz, wobei die weißen Stellen lustige Tupfen beherbergen wie das Fell der Mama. Sie sehen so tollpatschig aus mit den übergroßen Tatzen.

»Ihr seid ja verrückt«, hauche ich und begrüße als Erstes die stolze Mama, Queen Elizabeth die Zweite. Sie ist wie immer die Ruhe selbst, und nachdem sie mir einmal über die Hand geschleckt hat, bettet sie ihren dicken Kopf wieder auf ihren Pfoten.

»Nicht verrückter als die meisten, würde ich behaupten«,

antwortet mein Onkel und legt seinen Arm um Monika, während er mich genau beobachtet. »Such dir einen aus«, wiederholt er, und ich nehme Nane den kleinen Rüden ab, der so verschlafen dreinblickt. Die anderen Welpen beginnen zu raufen und zu spielen. Phoebe hat alle Hände voll zu tun, die vielen weichen Bäuche zu kraulen, und Libi rennt vor einem etwas übermütigen Exemplar davon, das ihr in die Hacken zwickt.

»Wie alt sind die denn?«, will ich wissen. Der Rüde vergräbt seinen Kopf in meinen Armen. Sein Fell ist weich, und er riecht ganz zauberhaft nach Welpe.

»Neun Wochen und bereit, ins neue Heim zu ziehen.« Heinz grinst breit.

»O ja, wir nehmen einen mit«, antwortet Libi ganz selbstverständlich. Ich hingegen zögere noch. Mein Herz schlägt immer härter in meiner Brust.

»Mama erlaubt das nie«, meint Phoebe traurig.

»Deshalb bekommt Elin ja einen und nicht eure Mama«, sagt Heinz fröhlich und zwinkert den Mädchen zu.

»Aber Elisabeth wird sicher ganz traurig sein«, überlegt Libi mitfühlend und tätschelt den großen Kopf der Hündin, die das Mädchen mit treuen Augen anblickt.

»Die ist froh, wenn sie wieder ihre Ruhe hat«, brummt Heinz, und die Hündin erhebt sich, trottet zu ihrem Herrchen und setzt sich neben ihn, als stimme sie ihm zu.

Plötzlich klopft es an der Zimmertür, und als sie aufschwingt, fällt mir fast der Welpe vom Arm, weil ich erkenne, wer da zu uns stößt. Der Glühweintäufling.

»Oh, Oliver. Was kann ich für Sie tun?« Heinz begrüßt ihn mit Handschlag. Die Zwillinge rümpfen die Nase und tuscheln; anscheinend kennen sie mein Glühweinopfer ebenfalls.

»Guten Abend allerseits«, sagt der Mann knapp und weicht meinem Blick aus. »Es geht um die Baumpflege im südlichen Abschnitt. Ich habe da eine Bitte.«

Hoffentlich merkt er nicht, dass ich ihn anstarre.

»Raus damit.«

»Ich würde die markierten Bäume gern selbst fällen, wenn es okay ist.«

Endlich gelingt es mir, meinen Blick loszureißen.

»Sicher«, meint Heinz. »Sofern Sie eine Lizenz haben.« Mein Onkel widmet sich ganz dem sauertöpfischen Mann, und ich drehe beiden den Rücken zu. Vor mir verschwindet Phoebe kichernd unter einem Schwung Welpen, die an ihrem Rentierkostüm nagen und ihr durchs Gesicht schlabbern.

»Hey, du Süßer«, sage ich zu dem Hund auf meinem Schoß, und er schaut mich aufmerksam mit seinen braunen Hundeaugen an. Sein Schwanz wackelt, und seine dicken Pfoten stampfen unruhig auf meinem Bauch, bis er mir ungelenk entgegenspringt, um mir einen Hundekuss zu verpassen. Ich bin umgehend schockverliebt.

»Okay, George. Dann sind wir wohl das neue Dreamteam«, sage ich zu ihm, und er bellt in einem zustimmenden Ton, der mir mein Herz kurzerhand einmal heftig bis zum Hals schlagen lässt.

»Wie schön, du hast dich also entschieden«, stellt Heinz fest und applaudiert überschwänglich. Ich spüre, wie der Mann namens Oliver mich nun seinerseits anstarrt, bevor Heinz zu ihm sagt: »Wie wäre es, Oliver, Ihnen fehlt doch auch ein Mitbewohner?«

Der Mann schnappt nach Luft. »Nein, nein. Ich denke nicht, dass das eine gute …«

Das will ich wohl meinen, geht es mir durch den Kopf, unfreundliche Leute dürfen einfach keine Tiere besitzen. Dann höre ich Heinz sagen: »Natürlich wäre das eine tolle Idee, Sie sind doch ein Hundemensch, das erkenne ich sofort.«

Mit meinem George auf dem Arm erhebe ich mich. Diesen kleinen Kerl werde ich auf gar keinen Fall mehr abgeben. Ab hier heißt es, bis dass der Tod uns scheidet.

Oliver lächelt gequält und versucht abzuwinken, da strandet einer der Welpen direkt vor seinen Füßen und entdeckt die Schnürsenkel seiner Lackschuhe. So ein feiner Pinkel. Der trägt echt nur das Teuerste vom Edlen.

Die Stirn des Mannes legt sich in Falten, dann bückt er sich und hebt die kleine Hündin auf. Sie freut sich wie verrückt, was mich dazu veranlasst, über unheilvolle Schicksale nachzudenken.

»Äh«, stößt Phoebe plötzlich aus und hebt ihren Fuß an. »Einer der Hunde ist undicht.«

Heinz lacht. »Na, was denkst du denn? Das sind noch Babys. Die sind noch nicht stubenrein.«

Monika bewaffnet sich mit einer Küchenrolle, und Libi kräht: »Das war kein Hund. Das war Nane.«

Die Verpfiffene zupft an ihrer sehr nassen Hose herum und schiebt ihre Unterlippe vor.

»Also echt. Wie alt bist du?«, fragt Phoebe angewidert, und ich sehe, wie dem kleinen Mädchen Tränen in die Augen schießen.

»Ich hab ja gesagt, dass ich mal muss!«, beschwert sie sich lautstark, sodass Queen Elizabeth besorgt aufhorcht und leise winselt. Einige ihrer Welpen ziehen den Schwanz ein und verstecken sich hinter ihrer Mutter. Ich angle nach Nanes Hand und ziehe sie zu mir und George.

»Sei nicht traurig, dass kann jedem mal passieren.«

Monika wischt die Pfütze fort und manövriert uns aus

dem Weg. Während sie die beiden Zwillinge in Richtung Toilette führt, bleibe ich mit George auf dem Arm unschlüssig mitten im Raum stehen.

»Kinder sind doch immer für eine Überraschung gut«, versucht Heinz die Stimmung aufzulockern, und als ich mich meinem Onkel zuwenden will, steht mir dieser Oliver auf einmal direkt gegenüber.

»Und wie soll Ihre Hündin heißen?«, fragt Heinz, zupft ein Päckchen Tabak aus der Tasche und beginnt damit, seine Pfeife zu stopfen. Dabei wandert sein Blick aufmerksam zwischen Oliver und mir hin und her.

»Spencer.«

»Das ist doch ein Männername«, fällt mir auf, und Olivers Mundwinkel zuckt, wie ich es schon ein paarmal bei ihm beobachtet habe. Wir stehen uns so nahe gegenüber, dass die Hunde sich berühren können.

»Nein, er ist unisex. Man kann also durchaus auch Mädchen so nennen«, behauptet der Mann.

»Ist das so? Ich kenne den Namen nur aus der Kindersendung *Hallo Spencer*.« Meine Stimme ist leise, und ich lege meinen Kopf schief, verenge die Augen. An wen erinnert dieser Oliver mich nur? Ein Bild aus alten Zeiten flackert in meinem Hirn auf. Ein Junge mit einem Schlitten, der einen ganzen Haufen harter Schneebälle neben sich gestapelt hatte und hinter einem kleinen Hügel auf der Lauer lag. Mieke und ich schlenderten damals gerade am säuselnden Fluss im Fichtenhain entlang und unterhielten uns über Enten.

»Ich finde es blöd, dass die immer wegfliegen«, beschwerte ich mich. »Ich hab denen meine Kekse gegeben, und das ist der Dank dafür.« Ich zog den Reißverschluss meines Anoraks höher, weil ich fror. Wir waren lange durch den Fichtenhain gestromert.

»Oma sagt, es sind Wildtiere, die lassen sich nicht streicheln.« Mieke zuckte die Schultern, und ich ärgerte mich über ihre Gleichgültigkeit.

»Aber dann sollen sie auch meine Kekse nicht nehmen, das ist unfair.« Ich dachte angestrengt nach und duckte mich unter einem Zweig hindurch, den Mieke mir achtlos entgegenschlagen ließ.

»Meinst du, es wird noch kälter?«, fragte ich.

»Bestimmt. Es ist Winter.«

»Wenn der Fluss hinterm Haus zufriert, dann kann man die Enten bestimmt streicheln«, überlegte ich weiter, und Mieke sah mich komisch an. »Hä?«

»Na, wenn sie festfrieren, können sie nicht weg, oder?«

Der Schneeball traf mich so unvorbereitet, dass ich sofort zu Boden ging und den Angreifer erst entdeckte, als Mieke die nächste Ladung abbekam. Angesichts des riesigen Schneeballvorrats, über den der Junge verfügte, blieb uns gar keine andere Wahl, als mit wehenden Fahnen zu flüchten. Wie Enten, die man versuchte zu fangen, weil man sie streicheln wollte.

Miekes Kreischen hallt durch meine Erinnerung, und ich starre Oliver an. Könnte es sein, dass er es war, der uns damals attackierte?

Aus seinem Lippenkräuseln entsteht ein schiefes Lächeln. »Richtig, die Handpuppen aus dem Vorabendprogramm«, stimmt er zu, und mir fällt auf, wie lang seine Wimpern sind. Sie werfen Schatten auf sein Gesicht mit dem gepflegten Dreitagebart.

»Och, da haben sich aber zwei lieb«, höre ich plötzlich Heinz sagen und spüre, wie mir die Röte ins Gesicht schießt. Erst spät begreife ich, dass er nicht mich und Oliver meint, sondern die beiden Welpen, die sich gegenseitig die Schnauzen lecken. George zappelt auf meinem Arm, will näher zu seiner Schwester und bekommt ihr Ohr zu fassen. Ich wende mich ab, schiebe meinen kleinen Hund höher auf meinen Arm, und Spencer fängt an zu jaulen, als George ihr Ohr lang zieht.

Es ist, als wären wir alle vier ineinander verhakt. Und während im Hintergrund *Last Christmas* spielt und das Stimmengewirr der vielen Gäste aus dem Nebenraum zu uns herüberschwappt, fühle ich mich für einen kurzen Moment wie ein Reh, das den Jäger wittert.

Weihnachtsbären

Schmerz durchzuckt meinen Nacken. Gott, wo bin ich? Ich bekomme eine kalte Hundenase ins Gesicht gedrückt und weiß es wieder. George ist jetzt mein und ich nicht mehr nur für mich allein verantwortlich. Gestern gab es noch ein ziemliches Drama, als ich am Abend mit dem Familienzuwachs und den Kindern nach Hause kam. Mieke fand den Hund gar nicht toll und verlangte allen Ernstes, dass ich ihn wieder zurückbringe. Ich appellierte an ihre Nächstenliebe und setzte einen weitaus überzeugenderen Hundeblick auf, als George es je könnte. Glücklicherweise packten die Zwillinge, während Mieke und ich ganz schwesterlich über den Aufenthaltsort meines Hundes stritten, ihre Koffer, um, falls nötig, mit George zusammen auszuziehen. Solidarisch können die beiden Mädchen also auch, wenn's sein muss.

Phoebe hingegen verschwand relativ unbeteiligt in ihr Zimmer, nachdem sie irgendetwas Unerfreuliches auf ihrem Handy gelesen hatte. Und Oma Erna lachte die ganze Zeit. Manchmal frage ich mich, was in ihrem Kopf vorgeht.

Mieke gab letztlich nach, und zur Versöhnung tranken wir Unmengen Glühwein, was meinen Kopfschmerz erklärt.

Ich rühre mich, mein Arm ist eingeschlafen, und ich stelle fest, dass ich vor meinem Bett halb in dem mit Decken ausgelegten Pappkarton liege, den George bewohnen soll. Weil er offenbar seine Mutter vermisste und nachts in klägliches Winseln verfallen war, hatte ich ihm meine Hand entgegengestreckt, um ihn zu trösten. Irgendwann muss mein Arm über den Rand des Betts gerutscht sein, dann mein Bein und schließlich der Rest. George schläft mit dem Kopf auf meiner Brust, und für mich ist klar, dass wir niemals auseinandergehen werden.

»Hey, mein Schatz«, begrüße ich den Welpen, und er schreckt hoch und freut sich so sehr, dass er winselt und auf mir herumhüpft. Hundeküsse sind wirklich nass – vielleicht kann ich mir die Morgenwäsche sparen?

Ich lausche. Draußen ist es noch stockdunkel, aber das Haus ist bereits zum Leben erwacht. Noan muss bestimmt zur Arbeit, und die Kinder müssen in die Schule und in den Kindergarten. Die Ferien beginnen erst in einigen Tagen.

Ich stemme mich hoch, mein Rücken kracht und ächzt. »Also, eins steht fest: Wenn du länger etwas von mir haben willst, dann darf ich nicht mit dir auf dem Boden schlafen«, erkläre ich dem Welpen, der mich aufmerksam anschaut. Unbeholfen klettert er aus dem Karton, seine Nase auf den Boden geheftet. Er scheint etwas zu suchen. Ich lächle. »Na, du wirst bestimmt ein genauso guter Spürhund wie deine Mama«, murmle ich und kneife mir in die Nasenwurzel. Ich brauche dringend ein Aspirin. »Komm mal her, mein Süßfratz.« Ich klopfe mit der Hand neben mich auf den Boden.

George reagiert nicht, und dann fällt es mir wie Schuppen von den Augen. Heinz hat mich gemahnt, dass sich ein Welpe nach jedem Schlafen, Fressen, Spielen und Trinken lösen muss, um sein Geschäft zu verrichten. Ich springe auf, verheddere mich in der Decke und hüpfe ungelenk herum. Der Hund schaut zu mir auf, sein Gesichtsausdruck schwankt zwischen Verwirrung und Erleichterung. Als ich mir den Welpen schnappe und ihn anhebe, nässt warmes Pipi meinen Rentierpyjama auf Bauchhöhe.

»O nee«, stöhne ich und eile zur Tür. »Schnell raus mit dir.«

Die Stufen knarren unter unserem Gewicht. Ich versuche, ungesehen mit dem auslaufenden Hund hinauszukommen, aber es klappt nicht, weil alle schon am Frühstückstisch in der offenen Küche sitzen und prompt aufhören zu reden, als ich vorbeischleiche.

Libis Augen weiten sich vor Freude, als sie den Hund sieht und sie lässt ihr Brötchen auf den Teller fallen. »Georgi!«

»Ist das passiert, was ich denke?«, seufzt Mieke und stellt ihre Kaffeetasse ab, um sich ganz auf ihren vorwurfsvollen Gesichtsausdruck zu konzentrieren.

»Na ja.« Ich will das Malheur leugnen, da sind die Zwillinge schon bei mir und nehmen mir den Welpen ab, der seine Blase bereits vollends geleert hat. Eine Gänsehaut zieht sich über meinen Bauch, während das Nass auskühlt.

»Das ist genau das, was ich befürchtet habe, Elin«, mault meine Schwester. »Hunde machen überall hin.«

Noan tut so, als wäre er nicht da. Typisch Mann, bloß nicht zwischen die Fronten geraten.

»Mach dir keinen Kopf, es hat nur mich getroffen, und ich verspreche, dass ich das Problem in den Griff bekomme«, erkläre ich feierlich und lächle so weihnachtlich hübsch, wie ich nur kann. Das wäre doch gelacht.

Mieke hebt skeptisch ihre Augenbrauen. Oma Erna sieht vergnügt aus. »Der Hund kann auch nicht mehr Dreck machen als deine Kinder«, sagt sie und zwinkert mir zu.

Ich lasse George in der Obhut der Zwillinge, gehe duschen und beeile mich, in saubere Sachen zu kommen. Kurze Zeit später setze ich mich zu den anderen an den Tisch. Die Zwillinge haben dem Welpen sein Frühstück gegeben, aufgeweichtes Welpenfutter, und nun lutscht er an seinen langen Ohren, die offensichtlich, während er fraß, im Napf hingen. Ich sollte ihm die langen Dinger bei der nächste Mahlzeit mit einem Zopfgummi zusammenbinden.

»Du hast erzählt, der von Daniel war gestern auch beim Heinz?«, sagt Mieke, während ich mir eine Kopfschmerztablette mit Orangensaft gönne.

»Ja, er heißt Oliver.« Sobald ich an ihn denke, befällt mich Mitleid mit Georges kleiner Schwester Spencer.

»Weißt du, was er wollte?«, fragt Mieke, und ich wundere mich über ihr Interesse.

»Es ging um seinen Wald, glaube ich.«

George rennt unter den Tisch, die Zwillinge folgen ihm, machen abwechselnd Hunde- und Pferdegeräusche, und der Adventskranz wackelt, als sie an der Tischdecke hängen bleiben. Wachs ergießt sich über Tannengrün, und ich denke über Feuerversicherungen nach.

»Na, dann ist ja gut«, brummt Mieke und nippt am Kaffee.

»Worum sollte es denn sonst gehen?« Wir hatten nie viel mit den Leuten vom Gutshof zu tun. Oma und Opa mieden die Familie von Daniel weitestgehend, wie auch viele andere Dorfbewohner. Ich hatte mich oft gefragt, warum, aber nie eine eindeutige Antwort bekommen.

»Um Grenzerneuerung. Von Daniel denkt, ein Teil unserer Weihnachtsbaumplantage gehöre zu seinem Grund und Boden. Er hat letztens erst die Zwillinge fortgejagt, weil sie sich beim Spielen über die Brücke und zu weit an seine Scheune getraut haben.«

»Welcher der von Daniels ist Oliver eigentlich? Der Jüngste?«, frage ich. Der Älteste war schon volljährig, als wir noch klein waren, und ging auf eine Elite-Universität. Ich kann mich nur noch an seine dicke Brille erinnern.

»Der Schlimmste, wenn ihr mich fragt«, mischt sich Erna ein, die im nächsten Moment ihre Zähne aus dem Mund holt, etwas aus einem Zwischenraum fischt und neu einsetzt.

»Oah, Oma. Du bist echt eklig«, stellt Phoebe fest und macht Würgegeräusche.

»Sei mal nicht so frech. Sonst erwischen dich diese Beißer eines Nachts, wenn du gerade von veganen Schokodrops träumst.« Oma macht mit der Hand eine Schnappbewegung und gurgelt vor Lachen. Phoebe steht geräuschvoll auf.

»Ihr könntet meine Intentionen für ein gesundes Leben und für das Tierwohl ruhig etwas ernster nehmen«, bricht es aus ihr heraus.

»Phoebe, setz dich wieder hin«, fordert Noan sie auf, ohne von seiner Zeitung aufzublicken.

»Ich denke gar nicht daran.« Ihre Unterlippe bebt, und die Zwillinge, die George gerade mit Wurst füttern, halten ihr ebenfalls eine entgegen.

»Hier, Mortadella beruhigt die Nerven«, sagt Libi und jauchzt, als George ihr das Leckerchen entreißt.

»Nein, das stimmt nicht. Wein macht das, sagt Mama«, widerspricht Nane und kratzt sich am Kopf.

Über den Rand seiner Zeitung hinweg wirft Noan Mieke einen fragenden Blick zu, und sie tut unschuldig.

»Liebes, ich wette, du hast durch deine Ernährung schon einen erheblichen Mangel. Wir haben damals jeden Sonntag Rindsbraten gegessen, und das hat niemandem geschadet. Was mich zurück zu der Frage bringt, was wir Heiligabend essen wollen. Bleibt es beim Pony?« Erna faltet ihre Hände auf dem Tisch und schaut Phoebe abwartend an. Meine Güte, ist die mutig.

»Kein Pony«, rufen die Zwillinge.

»Und was ist mit einer Kuh?« Erna grinst.

Phoebe rollt mit den Augen.

»Phoebe, ich gebe dir recht, dass einiges in der Welt falsch läuft«, sagt Noan mit einem lehrerhaften Unterton. »Aber es spricht nichts dagegen, Fleisch von Tieren aus artgerechter Haltung zu verzehren. Du weißt gar nicht, wie gut du es hast, wie privilegiert du bist. Manche Menschen haben gar nichts zu essen und nicht mal frisches Wasser«, erinnert er seine Tochter an seine eigene Heimat – in die er nie zurückgekehrt ist, nicht mal für eine Reise. Mieke sagte mal, er sehe keinen Sinn darin, etwas aus einem Leben zu erfahren, das er nicht lebt.

»O Mann, ich bin in einem Irrenhaus«, seufzt Phoebe.

»Wie wäre es mit Gemüse zu Weihnachten?«, schlage ich hilflos vor und reibe mir die Schläfen.

»Was ist denn dein Lieblingsgemüse, Tante Elin?«, will Libi von mir wissen, während sie auf meinen Schoß klettert.

»Lass mich überlegen. Marzipankartoffel«, scherze ich. Die Zwillinge lachen, und Phoebe fühlt sich erneut nicht ernst genommen.

»Vielleicht sollte ich einfach nicht mitfeiern.«

Mieke ignoriert den Vorschlag ihrer Ältesten und fragt stattdessen: »Hast du deine Aufgaben eigentlich erledigt?«

Phoebe hebt trotzig ihr Kinn. »Natürlich.«

»Sehr schön, dann kannst du dich fertig machen für die Schule. Und zieh dir etwas anderes an, wir brechen gleich auf.«

Mir fällt erst jetzt auf, dass Phoebes Jeans Löcher an den Arschbacken hat und damit einen Blick auf ihr Höschen gewährt.

»Mann, Mama. Ich bin fast erwachsen«, schießt das Mädchen zurück. Noan rauft sich die Locken und murmelt vor sich hin. Mieke hebt ihren Finger drohend an und hält die Rede, die unsere Mutter schon hielt. Diese eine, die mit den Füßen unter ihrem Tisch beginnt …

»Mieke, lass Phoebe doch selbst entscheiden, was sie trägt. Du hast früher auch gemacht, was du wolltest«, platzt es aus mir heraus. Ich sehe meine Schwester noch genau vor mir, wie sie sich an der Bushaltestelle umzog, weil wir nicht in Sommerkleidern in die Schule durften.

Sie schnappt nach Luft. »Ich fasse es nicht, dass du mir jetzt in den Rücken fällst«, haucht sie, während ihr Blick unsagbar langsam zu mir wandert. Oh, oh. »Du hattest eindeutig zu viel Glühwein gestern«, knurrt sie, und mein Magen sackt eine Etage tiefer.

»Aber ich trinke nur Glühwein von …« Keine Ahnung, was ich eigentlich sagen will. »… von glücklichen Glühen.«

Niemand lacht, Noan guckt auf die Uhr. »Ach herrje – es ist Viertel nach sieben!«, und plötzlich reden alle durcheinander, Hektik bricht aus, und ich verdrücke mich mit George auf mein Zimmer. Ich bin todmüde und er nicht. Als ich wieder aufwache, läuft ein furchtbarer Kissenabdruck quer über mein Gesicht, und George hat den halben Schrank gefressen. O Schreck! Möbel anzukauen muss ich ihm unbedingt abgewöhnen.

Der Vormittag verläuft relativ ruhig und besinnlich. Oma und ich bereiten das Mittagessen vor, und ich google nebenher alles Mögliche über Hundeerziehung. Mir schwant, dass es einige Parallelen zur Kindererziehung gibt, was sie Sache nicht leichter macht.

Am Nachmittag, ich stehe zum gefühlt hundertsten Mal mit George draußen und animiere ihn dazu, seinen Geschäften nachzugehen, sehe ich, wie Phoebe sich heimlich aus dem Haus schleicht, obwohl sie doch eigentlich Badezimmerputzdienst hat.

»Bei Fuß, George«, flüstere ich meinem Hund zu und gehe ein paar Schritte, wobei er sich in der Leine verheddert. Seine Beine sind eindeutig zu kurz für seinen langen Körper.

Es beginnt zu schneien. Dicke Flocken trudeln zu Boden, und ich biege auf den Weg, der um das Haus führt. Phoebe verschwindet gerade hinter dem brachliegenden Gemüsebeet und seinem krummen Gewächshaus und folgt dem schmalen Fluss, der in den Wald führt. Wo will sie hin?

»Komm, George, das geht uns nichts an«, sage ich zu meinem Hund. »Oder doch?« Kurz komme ich mir schäbig vor, als ich dem Mädchen unauffällig folge. Hinter uns flammen die Lichterketten auf dem Hof und die Sterne, die das Wohnhaus zieren, auf. Es ist sechzehn Uhr. George nimmt eine Fährte auf und zieht so stark an der Leine, dass sie mir aus den kalten Fingern gleitet. Ich fluche zwischen zusammengebissenen Zähnen und stolpere hinter ihm her. Er entwischt durch eine Lücke im alten Eisenzaun, und ich suche die dusselige Pforte. Hier im Halbdunkel sieht alles so gleich aus. Wenig später finde ich mich im Unterholz des Waldes wieder und fange meinen Hund ein.

»Böser George«, tadle ich, und mein Hund wedelt mit dem Schwanz. Als ein Scheppern aus der Richtung des Flusses kommt, kann ich nicht anders und schlage den ausgetretenen Pfad ein, den Phoebe zuvor genommen hat. Ich erahne ihre Fußspuren auf dem Boden. Über mir heben sich die Wipfel der Bäume als Scherenschnitte vor dem immer dunkler werdenden Himmel ab und beugen sich wie Ungeheuer über uns. In meinem Nacken bildet sich Gänsehaut, und ich ziehe den Reißverschluss meines roten Tweedmantels bis zum Hals zu.

George hat seine wahre Freude an dem Ausflug. Er nimmt gefühlt jeden Zweig, jeden Stein und Tannenzapfen ins Maul und lässt ihn wieder fallen, wenn er etwas neues Interessantes findet.

Das Plätschern des Wassers leitet mich, und bald erreichen wir die Schneise, die der Fluss vorgibt und den Wald teilt. Wenige Schritte weiter treffe ich auf die Grundmauern des winzigen Hauses, in dem Erna und ihre Schwester groß geworden sind und das kurz nach Anne-Lieses Ableben abgerissen wurde. Das ist bestimmt vierzig Jahre her.

Ich wundere mich, weil Phoebes Fußspuren plötzlich enden, ohne dass ich erkennen könnte, wo meine Nichte abgeblieben ist. Seltsam. Eine Weile stapfe ich ziellos umher.

Ich will sie gerade rufen, da ertönt ein Knacken und Knistern aus dem Wald, und ich wirble herum. George knurrt, und ich nehme ihn auf den Arm, verberge mich instinktiv hinter einem dicken Stamm. Eine Gestalt tritt zwischen den Bäumen hervor, sie ist groß, und ihre Bewegungen sind schlaksig.

»Psst«, flüstere ich George ins Ohr, und er schleckt mir über die Wange. Der Mann zieht hektisch an einer Zigarette, bevor er sie achtlos fortschnippt und sich prüfend umsieht. Dann beugt er sich unweit der Grundmauern über einen Hügel und öffnet eine uralte Eisentür. Na hoppla. Den alten Rübenkeller hatte ich ja vollkommen vergessen.

Mit angehaltener Luft beobachte ich, wie Phoebe aus der Öffnung des Kellers steigt. Warmer Kerzenschein dringt aus dem Inneren und lässt ihre Silhouette in der Dunkelheit strahlen. Für einen Moment sieht sie aus wie ein Engel, so wunderschön und überirdisch, dass ich nicht wage zu blinzeln. Der Typ schlingt seine Arme um ihren schmalen Körper und steckt ihr die Zunge in den Hals, als suche er ihre

Mandeln. Pfui. Unwillkürlich verziehe ich mein Gesicht. Mir wird mulmig, weil ich diese Intimität nicht mit dem Mädchen übereinbringen kann, das für mich immer noch ein Kind ist. Als Phoebe den Typen in Lederjacke mit sich in die Tiefe des Rübenkellers zieht, frage ich mich, ob ich das Jugendamt einschalten muss.

»Heiliger Bimbam. Sie wird doch wohl nicht ...« Meine Stimme versagt, und ich muss zwangsläufig an den Tag denken, an dem ich meine Jungfräulichkeit verlor. Es war ein herber Verlust, weil der Junge, der mich auf einem Dachboden wenig einfühlsam liebte, kurz darauf mit einer anderen ausging.

»Was machen wir denn jetzt?« George zappelt, und ich setze ihn runter. Während ich den Boden nach etwas absuche, das ich werfen kann, fällt mir ein, wie es in dem Keller früher aussah. Es sind nur acht Stufen hinunter, die Decke ist niedrig, und die Wände sind vollgestellt mit Regalen, in denen Einmachgläser und Rumfässchen lagerten. Man erzählte sich die Geschichte, dass sich zu Kriegsende einst Deserteure dort versteckt hielten, die später zu Tode kamen, weil man sie erwischte. Früher gruselte mich das, aber in diesem Moment ängstigt es mich viel mehr, dass sich Phoebe wenige Meter von mir entfernt mit einem weitaus älteren Typen ein Schäferstündchen gönnt, ohne dass ihre Eltern auch nur etwas davon ahnen. Kleine Steine und Tannenzapfen treffen auf das Metall. Ein hohles Geräusch ertönt satt und laut, und gleich darauf wird die Falltür aufgestemmt.

»Wer ist da?!«, ruft der Junge mit tiefem Bass und lässt eine Taschenlampe aufflammen. So ein Mist. Ich hocke mich hinter einen Busch und halte George, der eifrig losbellen will, die Schnauze zu. Die Schneeflocken werden dichter und bleiben in meinen Wimpern hängen. George guckt mich fragend aus seinen braunen Hundeaugen an, und ich gebe ihn frei, als die Rübenkellertür wieder zufällt. Na schön, dann eben nicht.

»Was wolltest du denn eigentlich bezwecken?«, frage ich mich selbst und schlage gedankenverloren den Weg zurück zum Hof ein. George macht endlich sein Häufchen, und ich lobe ihn überschwänglich. So eine Scheiße. Was mache ich jetzt? Behalte ich die ganze Sache für mich, oder muss ich es Mieke erzählen, damit sie weiß, was ihre Tochter so treibt? Engelchen und Teufelchen in Weihnachtsoutfits streiten sich so heftig auf meinen Schultern, dass ich kaum einen Blick für die wundervolle Umgebung habe, die immer mehr unter dichtem Schnee verschwindet. Was für ein Winter. Die Hecken, die Büsche und Zäune, alles sieht aus wie mit Zuckerguss verziert, der im Schein des erhellten Hauses glitzert, als ich aus dem Wald trete. Ich öffne das kleine Eisentor und will die Abkürzung über die weitläufige Wiese nehmen, als ich auf etwas trete. Der Stiel einer Harke schnellt mir entgegen, Tausende Leinen und Schnüre mit scheppernden Dosen und Kuhglocken erheben sich aus dem frischen Schnee. Der Schlag ist gut platziert, direkt auf die Nase, und ich gehe sofort in die Knie. George heult vor Schreck panisch auf und versucht wegzulaufen, sodass ich die Leine fester greifen muss. Warmes Blut fließt durch meine zitternden Hände, und während ich zu erkennen versuche, in was ich geraten bin, verteilt sich überall frisches Rot. Gott, ich sterbe!

Mit den Fingern meiner rechten Hand halte ich mir die blutende Nase, während ich mich aufraffe und George hinter mir her zum Haus ziehe. Keine Ahnung, wie ich es bis dorthin schaffe. Bei jedem Schritt gehen mir die Zeilen eines Märchens durch den Kopf. *Rot wie Blut, weiß wie Schnee. Rot wie Blut, weiß wie Schnee ...* Zum Glück ist die Haustür nicht abgeschlossen, und ich kann einfach hineinstolpern. Ich lasse George von der Leine, und er versteckt sich winselnd zwischen einigen Gummistiefeln.

»Nanu? Was ist dir denn passiert?« Offensichtlich war Oma gerade auf dem Weg in die Küche, als sie mich entdeckt, und ihre Stimme klingt alarmiert. Sie parkt ihren Rollator an der Wand und hinkt mir entgegen. »Kindchen, wer hat dir das angetan?« Oma wird ganz blass. »Waren sie das?«

»Keine Ahnung ...«, stammle ich. »Wen meinst du denn?«

»Niemanden«, winkt sie ab und schürzt die gut geschminkten Lippen. Ich stöhne.

»Ihr solltet euren Garten unbedingt kindersicher machen«, mahne ich und frage mich, wer so gefährliche Dinge einfach achtlos liegen lässt. Als Opa noch da war, hätte es so was nicht gegeben. Der packte uns Mädchen geradezu in Watte und hätte, wenn es nach ihm gegangen wäre, auch noch die letzte Ecke abgerundet.

»Oh, das Anwesen ist durchaus kindersicher«, meint Oma, während sie mich in Richtung Badezimmer führt. »Trotzdem haben es im Laufe der Jahre immer mal wieder welche reingeschafft. Zuletzt lockenköpfige Zwillinge und eine Halbstarke.«

Wider meiner eigentlichen Stimmung muss ich lachen, und als ich merke, dass Oma Mühe hat, mich zu stützen, befreie ich mich von ihrem Arm.

»Tut es sehr weh?«

»Es ist nicht schlimm. Ich bin ja Kummer gewohnt.«

»Das glaub ich dir. Kummer findet jeden von uns mal. Aber wir bringen dich wieder in Ordnung.« Oma schaut mich mit einer seltsamen Eindringlichkeit an. »So viel Blut«, haucht sie und gibt hinterher: »Sie dürfen dich nicht finden.«

Ich bin verwirrt. »Wer darf mich nicht finden?«

George trottet uns hinterher ins Bad und pinkelt ungeniert auf die Fliesen vor die Badewanne, während Oma mir ein feuchtes Handtuch für meine Nase gibt.

»Verdammt. Das auch noch«, maule ich, und George wedelt freudig mit dem Schwanz, weil er sich von mir angesprochen fühlt. »Ich war doch gerade mit ihm draußen.«

Oma macht ein nachdenkliches Gesicht. Für einen Moment sieht es so aus, als hinge sie einem Gedanken nach, der grausig und schön zugleich ist. Dann fängt sie sich wieder und schaut auf die Hinterlassenschaft des Hundes, die auf den strahlend weißen Fliesen gelb leuchtet.

»Im Warmen pinkelt's sich am schönsten«, seufzt sie und wirft das nächste Handtuch auf die Pfütze. »Deswegen pinkeln auch so viele Leute in die Dusche.«

»Das macht doch keiner«, brumme ich, und Oma hebt ihre nachgemalten Brauen.

»Ach nein?«

Türen knallen, mindestens zwei, und wilde Schritte nähern sich im Flur und eilen ins Wohnzimmer. Mit dem Fuß stoße ich die Badezimmertür ein Stück weit auf und linse um die Ecke.

»Mama, Mama!«, brüllen die Zwillinge. »Ein Ungeheuer ist in unsere Bärenfalle geraten!«

»Es gibt hier keine Bären«, höre ich Phoebe antworten, die ebenfalls zurück ist und ihre Schuhe in die Ecke pfeffert.

»Kann man sich da so sicher sein?«, fragt Libi und hebt ihre Hände in unschuldiger Geste. Sie steht mit dem Rücken zu uns.

»Ja, wir leben in Deutschland.« Phoebe seufzt.

Jemand kommt die Treppe herunter, vermutlich Mieke. George rennt aus dem Bad, tritt dabei auf eins seiner langen

Ohren und fällt auf die Schnauze. Ich müsste lachen, wenn mir mein Gesicht nicht so wehtun würde. Phoebe fängt den kleinen Hund ab, bevor er entwischen kann, und guckt ins Bad. Ihre Augen weiten sich vor Schreck. »Holy Shit.«

»Mama, unsere Falle hat zugeschnappt. Wir wussten, dass es Bären im Wald gibt«, berichtet Nane aufgeregt.

»Ja, einen riesigen. Er hat alles zerstört.«

Meine Augen tränen, während ich meine Nase abtupfe und schweigend meinen Finger an die Lippen lege. Phoebe versteht, wendet sich ab und schweigt zum Fang der Zwillinge. Das gibt definitiv Punkte beim Weihnachtsmann!

Chillen wie ein Schneemann

Viele Minuten und einen Eisbeutel später lade ich ein Foto meiner neuesten Schneekugel, die ich übrigens Mieke zu Weihnachten schenken werde, auf meine Instagramseite hoch. Und dann ein Bild von George, wie er vollkommen verdreht in seinem Karton liegt und schnarcht. Es dauert nicht lange, und ich bekomme die ersten Likes. Allerdings nur für meinen kleinen George, nicht für die Schneekugel. Ich checke meinen Onlineshop und den Status der Verkaufsportale, tausche mich mit meiner Freundin Mona aus, die zurzeit meinen Versand regelt, und bin mehr als zufrieden mit den Ergebnissen. Nachdem ich auf Toilette war, bleibe ich vor Phoebes Zimmer stehen, aus dem Musik dringt. Ich klopfe an und trete nach einem erstaunten »Herein« in ihr Reich ein. Ihr Zimmer ist modern eingerichtet, und an den Wänden hängen Poster von Miley Cyrus aus ihrer Nackedei-Phase, in der sie beinahe jedem die Zunge herausstreckt. Was ist aus den Pferdebildern und dem Krümelmonster geworden? Obwohl ich den Eindruck habe, dass meine Nichte Weihnachten nicht sonderlich mag, hat sie eine Lichterkette aufgehängt und trägt Elchohren auf ihrem frisch frisierten Lockenkopf.

»Hey, störe ich?«, frage ich vorsichtig.

»Nein, komm ruhig rein«, sagt sie und lächelt. Sie springt rücklings auf ihr ungemachtes Bett, und ich setze mich zu ihr. »Willst du mal sehen? Ich hab ein Weihnachtsvideo gemacht.« Sie hält mir ihr Handy unter die Nase, und ich staune nicht schlecht. Es ist ein selbst gedrehter Musikclip, und meine Nichte singt genauso wie Mariah Carey. Genial, wie gekonnt Phoebe sich in dem in Schwarz-Weiß gehaltenen Tanzfilm bewegt und *All I want for Christmas* schmettert.

»Meine Güte, seit wann kannst du so singen?«, stoße ich aus und angle nach ihrem Telefon. Das muss ich mir noch mal ansehen.

»Seitdem Mariah mir ihre Stimme leiht.« Phoebe kichert. »Mann, wie alt bist du?«

Ich gucke sie verdutzt an.

»Das ist eine App. Sie heißt TikTok, und man kann sich damit zu verschiedener Musik in Szene setzen und singt quasi Playback mit«, verrät sie mir, bevor sie mich weiter auslacht und ihr Handy wieder an sich nimmt.

Ich wische ihr die Elchohren aus dem Haar und überlege, mich auf ihren Kopf zu setzen, bis ihr die Luft wegbleibt, wie ich es früher mit Mieke gemacht habe, wenn sie mich ärgerte.

»Komm, ich zeig's dir. Wir machen eines zusammen.« Phoebe springt auf und zieht mich auf die Beine. »Du musst einfach nur ein bisschen tanzen, und ich suche die Effekte aus. Wir können sogar Slow Motion, wenn du willst. Dann fliegen die Haare so fantastisch, wenn man sie herumwirbelt.« Ihre Augen leuchten. Kurz darauf wählt sie ein wirklich krasses Weihnachtslied von Run DMC. Sie setzt mir die Elchohren auf und stülpt sich selbst eine Zipfelmütze auf den Kopf. Dann schwingen wir die Hüften und singen so gut es geht den Text mit: *And I'm cooling and chilling just like a Snowman.*

Phoebe hält das Handy und filmt, lässt es an den richtigen Stellen wackeln und vor- und zurückschnellen. Ich frage mich, ob man so was studieren muss. Es sieht wirklich professionell aus, wie sie das macht.

Trotzdem brauchen wir acht Anläufe, um zum gegebenen Weihnachts-Hip-Hop-Beat einen akzeptablen Move hinzubekommen. Ich muss zugeben, dass ich aus der Übung bin in Eine-gute-Figur-Machen.

»Geiler Scheiß!«, lautet schließlich Phoebes Resümee, und sie lädt das Video hoch, nachdem wir uns gegenseitig auf Instagram abonniert haben. Ich bin dezent außer Atem und freue mich wie eine Schneekönigin. Das war echt lustig, und ich fühle mich unfassbar lebendig.

»Guck mal, wir haben schon dreißig Kommentare, und alle wollen wissen, wer die heiße Milf ist, mit der ich so abgehe«, zwitschert Phoebe, und ihre Augen leuchten.

Milf, Abkürzung für »Mother I'd like to f***«, ist ein zweifelhaftes Kompliment in meinen Augen. Aber was soll's.

Plötzlich habe ich neue Freundschaftsanfragen, und alle stammen von Leuten, die jünger sind als zwanzig. Wie süß, bin ich Mrs Robinson? Da fällt mir einer auf, der einen Basset Hound, wie George einer ist, als Profilbild benutzt. Nanu? Männlich, ledig, achtunddreißig Jahre alt und interessiert an Weihnachtsdeko? Das kann nicht sein.

»Was hast du? Du guckst so komisch«, stellt Phoebe fest und nimmt mir mein Handy weg. Sie beantwortet, ohne zu zögern, ein paar Nachrichten, die an mich gingen, und schreibt gleich mal ein großes »HALLO« an den Unbekannten unter den Neuzugängen.

»Der ist bestimmt hässlich wie die Nacht, wenn der sich nicht traut, ein Bild von sich selbst zu nehmen«, überlegt sie.

»So ein Quatsch. In unserem Alter haben wir nur nicht

mehr so ein übersteigertes Geltungsbedürfnis«, sage ich und schiebe die Unterlippe vor. Diese ganze Inszenierung auf Instagram hat etwas von einem Lichtstrahl, der durch ein Prisma gebrochen und zu einem Regenbogen wird. »Wir setzen auf innere Werte.« Beinahe rutscht mir die Frage nach ihrem *Love-Interest* und dem Rübenkeller heraus, und ich beiße mir gerade noch rechtzeitig auf die Zunge.

»Ja, das wird es sein. Oder er wollte seinen hässlichen Hund zeigen. Das ist so einer wie Queen Elizabeth, oder?«

Ich denke an Heinz' Hündin, als eine Antwort auf Phoebes voreiligen Gruß eintrudelt.

Schön, dich hier zu treffen. Du hast einen zauberhaften Hund, schreibt *Starlessnight,* und ich bin entzückt.

Vielen Dank, sehr nett von dir. Deiner gefällt mir auch gut. Sein Profilbild zeigt einen beinahe weißen Hund, dessen Gesicht komplett von einem schwarzen Hut verdeckt wird. Nur die langen Ohren schauen unten heraus. Zu süß.

Hunde sind die besten Freunde eines Menschen, antwortet er sehr schnell.

Ich vertippe mich, lösche die Zeilen und schreibe neu: *Kann ich noch nicht sagen, ich hab meinen Kleinen noch nicht so lange. Bisher hat er mich angepinkelt, ist vor mir weggelaufen und hat in meinen großen Zeh gebissen. Aber wir arbeiten an unserer Beziehung.* ☺

Du bist echt komisch, meint mein neuer Chatpartner, was mich an eine nicht sonderlich angenehme Begegnung in einem regenreichen Winter vor vielen, vielen Jahren denken lässt.

»Was hast du da auf dem Kopf?«, fragte mich ein Junge, als ich nach einer Probe für das Krippenspiel aus der Kirche kam, und lachte brüllend.

»Das ist ein Heiligenschein. Ich bin ein Weihnachtsengel«,

versuchte ich zu erklären und wich aus, als der Junge an meinem aus Draht und Wolle gebastelten Kopfschmuck ziehen wollte.

»Du bist doch kein Engel«, meinte er linkisch. »Du bist einfach nur komisch.«

Mir war klar, dass er es nicht nett meinte, nicht im Sinne von lustig, und ich spürte, wie ich einen Kloß im Hals bekam. Ich wusste nicht, was ich sagen sollte, als Oma, die mich abholen kam, zur Rettung eilte. Sie blickte dem Jungen ins Gesicht und sagte ganz leise: »Wenn du einen Engel ärgerst, werden sich die anderen zusammentun und sich rächen. Es kann damit beginnen, dass sie aus den Wolken auf dich herabpinkeln.«

In diesem Moment begann es, wie aus Eimern zu schütten.

»Wie lange bist du schon Single, Tantchen?«, reißt Phoebe mich aus der Erinnerung.

»Mmh, so ein Jahr ungefähr.«

Sie schnappt nach Luft. »Das ist ja eine Ewigkeit. Das müssen wir unbedingt ändern.« Erneut schnappt sie sich mein Handy.

»Zuallererst müssen wir einmal mit uns selbst klarkommen, um mit jemand anderem eine bedeutende Beziehung führen zu können«, klugscheiße ich.

Phoebe lässt sich tiefer in die Kissen sinken. »Wo hast du denn diese Weisheit her? Ist das ein Kalenderspruch?«

»Nein, aber es ist doch so. Man muss bereit sein …«

Phoebe unterbricht mich. »So, ich hab mal deine Profilangaben korrigiert. Du bist jetzt offiziell Single, damit potenzielle Interessenten das auch wissen.«

»Phoebe!« Mein Protest bleibt auf halbem Wege im Hals stecken, als die nächste Nachricht von *Starlessnight* eintrudelt.

Ich würde wirklich gern etwas mehr über dich erfahren. Wo lebst du zurzeit?

»Siehst du, hat schon gewirkt.« Meine Nichte runzelt die Stirn. »Ich wusste ja gar nicht, dass du verlobt warst mit diesem Stefan.«

Okay ... ein anderes Thema wäre mir lieber.

»Ich hab auch einen Freund«, plaudert Phoebe sogleich weiter. »Wir werden irgendwann heiraten.«

Oje.

»Wie heißt er denn?«, frage ich und denke an den Möchtegern-James-Dean-Verschnitt.

»Keanu Müller.«

Mein neutraler Gesichtsausdruck entgleitet mir beinahe. Immer diese Leute, die amerikanische Vornamen mit so lapidaren Nachnamen kombinieren.

»Aha. Und wie alt ist er?«

»Er wird zwanzig«, antwortet Phoebe, und ihre Augen leuchten. »Er ist so süß und witzig. Und er unterstützt mich in allem, was ich machen möchte.«

»Was willst du denn machen?«

»Wenn ich achtzehn bin, werde ich mir als Erstes meine Nase richten lassen«, lässt mich meine Nichte wissen, und ich verschlucke mich fast an meiner eigenen Spucke. »Er wird es mir bezahlen, hat er versprochen. Ist das nicht süß?« Sie lächelt selig.

»Was stimmt denn nicht mit deiner Nase?«

»Die Frage ist nicht ernst gemeint, oder?« Phoebes Miene verdunkelt sich, und mit ihren feingliedrigen Fingern tastet sie ihre Nase ab. »Ich hab eine voll afrikanische Plattnase.«

»Ach wirklich?« Nun gut, dem äthiopischen Einschlag entsprechend ist Phoebes Riechorgan tatsächlich etwas breiter als der europäische Durchschnitt, aber ihre eigene abwertende Aussage ist so krass, dass sie von einem AfD-Sympathisanten stammen könnte.

»Ich hätte gern eine so schöne Nase wie du und Mama.«

»Ich finde deine Nase schön.«

»Das sehen sehr viele aus meiner Klasse anders, das kannst du mir glauben.« In Phoebes Augen flackert ein Hauch mir bekannten Schmerzes auf.

»Weißt du, keiner ist perfekt, und niemand hat das Recht, einen wegen eines Makels anzugreifen. Und schon zweimal nicht, wenn es nicht mal ein Makel ist. Das ist dir bewusst, oder?«

»Klar.« Sie mustert mich, bevor sie schlagartig das Thema wechselt. »In welchem Alter hast du deine Unschuld verloren?«

Bingo. Hier könnte nur noch Wein weiterhelfen, um das Unbehagen meiner verklemmten Persönlichkeit zu mildern. Leider ist Phoebe dafür zu jung. Oder auch nicht. Mein Blick entdeckt leere Feiglingflaschen unter dem Kleiderschrank.

»Oh, da war ich schon erwachsen«, lüge ich und spüre, wie mir Röte ins Gesicht steigt.

»Also ungefähr in meinem Alter«, schließt Phoebe aus meiner Aussage.

»Nein, nein …«

»Ich bin zumindest keine Jungfrau mehr. Wir wollen unbedingt mal was Neues ausprobieren, aber ich hab ein bisschen Angst.«

In meinem Hirn leuchtet ein Error-Schild auf.

»Mama kann ich so was nicht fragen. Deshalb bin ich so froh, dass du da bist. Oma sagt immer, du wärst die Unkonventionelle von ihren Enkelkindern.« Sie zwinkert linkisch, und mein Lächeln gefriert auf meinen Lippen.

»Sagt sie das?« Und was zum Heiligen Nikolaus meint sie damit?

»Ja, das sagt sie. Jedenfalls bin ich mir unsicher, was den Doggystyle angeht.«

Ich runzle die Stirn und überlege, wann meine Nichte die kleinen Likörfläschchen wohl geleert hat. Vielleicht ist das gar nicht so lange her.

»Weißt du, ich konnte mit Mieke eigentlich immer ganz gut über so etwas reden, vielleicht versuchst du es in einer ruhigen Minute …« Weiter komme ich nicht.

Phoebe atmet so geräuschvoll aus, dass ich stocke. »Du bist noch nicht sehr lange hier in Oma Ernas Tollhaus, Elin. Aber ich frage dich: Hast du bis jetzt auch nur eine einzige ruhige Minuten gehabt?«

»Na ja …«

»Hier ist immer irgendwas. Bevor wir hierhergezogen sind, war mein Leben definitiv entspannter.« Phoebe hebt vielsagend die Augenbrauen. Ob sie auf das Zusammenleben mit Oma Erna anspielt oder die Tasmanischen Teufel meint, die sich sicherlich nicht mehr an die alte Wohnung in der Stadt erinnern, bleibt unklar. Wie auf ein unsichtbares Stichwort hin wird die Zimmertür aufgerissen, und die Zwillinge wehen herein.

»Was macht ihr hier?«, wollen sie wissen.

»Nichts«, antworte ich viel zu ertappt.

»Phoebe, du sollst unbedingt nach unten kommen«, zirpen die beiden Mädchen.

»Ich denke gar nicht daran.« Phoebe bläst sich genervt eine Locke aus dem Gesicht.

»Mama braucht dich aber«, erklären Libi und Nane wie aus einem Munde und lassen die Tür auf- und wieder zu- und auf- und wieder zuklappen.

»Ich unterhalte mich gerade.«

»Phoebe!«, ruft es schrill von unten, und ich bin schneller an der Treppe als der Teenager und blicke alarmiert zu meiner Schwester hinunter, die in falsch geknöpftem Mantel neben der Haustür steht und unruhig mit dem Schlüssel spielt.

»Was ist denn los?«

Miekes Wangen sind erhitzt, trotzdem wirkt sie blass um die Nase. Ich gehe ihr entgegen, und Phoebe folgt mir.

»Ich muss noch mal weg«, erklärt sie knapp und wendet sich von uns ab. »Phoebe, du musst dich um Oma kümmern. Die sitzt in der Badewanne.«

»Was?«, quietscht der Teenager. »Wie soll ich die da denn wieder rausbekommen?«

»Elin wird dir helfen.« Mit einem Knall schlägt die Haustür ins Schloss, und weg ist meine Schwester. Phoebe guckt mich an, als wolle sie noch etwas sagen. Doch schon im nächsten Moment ruft es aus dem Badezimmer: »Hallo? Ich bekomme so langsam Schwimmhäute!«

Ich haste ins Bad und finde die alte Dame eingeschäumt inmitten von gelben Quietscheenten in der Wanne sitzend vor.

»Kann mir mal jemand sagen, was hier los ist? Eben noch spielen zwei kleine Mädchen mit mir Entenschlacht auf hoher See, eine blonde Dame, die meine Enkelin ist, schäumt mir den Kopf ein, und plötzlich sind alle weg. Also der Service hier lässt wirklich zu wünschen übrig.« Omas Beschwerde ist berechtigt. Das Shampoo läuft ihr bereits in die Stirn, und ich beeile mich, die Brause startklar zu machen.

»Ach, Omi«, seufze ich und stelle das Wasser an. »Ich habe keine Ahnung, was mit Mieke los ist.« Was ist nur so wichtig, dass sie Erna einfach ihrem Schicksal überlässt? Ich hocke mich neben die Wanne, teste die Wassertemperatur und beginne, Omas weißes Haar auszuspülen.

»Ich sag es ja. Sie wird verrückt, meine kleine Mieke«, brummt Oma und schließt die Augen. Ihre spitzen Knie ragen wie kleine Inseln aus dem Badewasser, und die Enten schwimmen um sie herum.

»Muss ich mir Sorgen machen?«, frage ich eher mich selbst.

»Ach was. Als ich so alt war wie ihr, hab ich auch ständig etwas vergessen«, lügt Erna. Ich bin mir sicher, dass Oma der organisierteste Mensch in der gesamten Hemisphäre war.

Phoebe steht mitten im Raum, und mir entgeht nicht, dass sie es vermeidet, die alte Dame anzusehen.

»Hol schon mal ein Handtuch«, bitte ich, und sie gehorcht.

»Mama ist total gestresst, seitdem der Weihnachtstrubel losging«, meint Phoebe, während ich mit der Hand durch Omas feines Haar fahre, um die letzten Schaumreste zu entfernen.

»Ich hab ihr gleich gesagt, dass Weihnachten in diesem Dorf nichts für Weicheier ist«, entgegnet Oma.

»Wieso?« Ich runzle die Stirn.

Oma blinzelt, wischt sich mit den Fingern über die Augen. »Na, weil der spießige Landfrauen-Club jedes Jahr einen Wettbewerb startet, wer am schönsten schmückt, Kekse backt und die Kinder dressiert. Und, wie soll ich sagen, im letzten Punkt hat Mieke keine Chance – ein Versagen ist vorprogrammiert.«

»Was soll das denn heißen?«, brummt Phoebe und faltet ein rosa Handtuch auseinander. Ich fasse unter Omas Arm und helfe ihr auf. Wasser schwappt umher, und Enten gehen unter. Phoebe kneift doch tatsächlich die Augen zu, während Oma aus der Wanne steigt.

»Das soll heißen, dass ihr zu intelligent seid, um euch wie ein Äffchen dressieren zu lassen, ellenlange Gedichte aufzusagen und in einem Weihnachtschor mitzusingen wie all die langweiligen, charakterlosen Engelchen.«

Phoebe versucht, Oma blind das Handtuch umzulegen.

»Wir können ein Gedicht«, zwitschern die Zwillinge, die sich gerade zu uns ins Badezimmer quetschen. Kalte Luft streift mich, und Oma schüttelt sich vor Kälte.

»Himmel, Arsch und Zwirn. Tür zu!«, meckert sie, und ich trockne sie eiliger ab.

»Advent, Advent, ein Lichtlein brennt. Man läuft und säuft fast permanent. Man kauft und schenkt, was der Anetta, mit Glitzer und ganz viel Lametta«, trägt Libi vor und ächzt unter dem Gewicht meines Hundes, den sie vor sich herträgt.

»Wer ist Anetta?«, fragt Nane.

»Keine Ahnung, das Gedicht ist von Papa.«

Oma schickt ein Stoßgebet gen Himmel, irgendwas mit »Lieber Gott, erbarme dich meiner«, das in einem heftigen Platschen untergeht.

»Seid ihr verrückt!«, schreit Phoebe erschrocken, und ich traue meinen Augen nicht. Die Tasmanischen Teufel wollen doch nicht meinen Hund ersäufen? Ich hechte vor. Oma wankt, Phoebe kommt ihr zu Hilfe, und ich erreiche meinen Welpen, bevor er vollends untergehen kann. Sein Gewicht zieht mich nach vorne, und ich verliere das Gleichgewicht. Mit einer gekonnten Drehung rutsche ich den Ellenbogen voran in die Wanne. Immerhin schaffe ich es, Georges Kopf über Wasser zu halten und ihn auf meinem Bauch zu platzieren. Ich pruste, Schaum hängt in meinem Haar, und mein Hund niest ausgiebig.

»Oh, oh.« Die Zwillinge nehmen sich an der Hand und sehen das erste Mal, seit ich hier bin, etwas zerknirscht aus. Sie haben Glück, dass mein Mund voller Seifenwasser ist.

»Was habt ihr euch dabei gedacht?«, will Oma an meiner

statt wissen. Sie bindet sich ein weiteres Handtuch um den Kopf.

»Es war Nanes Idee«, beeilt sich Libi und lässt ihre Schwester los.

»Das stimmt«, gibt diese ungerührt zu. »George hat in dein Zimmer gekackt und ist dann auch noch reingetreten. Ich wollte nur, dass er wieder sauber wird.«

»Ja, aber deshalb könnt ihr ihn doch nicht ertränken.« Ich stehe auf. Das Wasser läuft in Sturzbächen aus meinen Klamotten. George winselt und beginnt vor Aufregung zu zittern. Wenn der jetzt einen Schaden fürs Leben hat, dann passiert aber was.

»Wenn der Weihnachtsmann das sieht, dann überlegt der sich bestimmt, ob er überhaupt kommt«, meckere ich und bin froh, als Phoebe mir den Hund abnimmt. Oma sitzt in ihrem rosa Handtuch auf der Klobrille und lacht sich scheckig.

»Ganz im Ernst, auf meiner Sterbeurkunde wird als Todesursache ganz sicher mal Totlachen stehen.«

»Es war nur gut gemeint.« Nane schiebt ihre Unterlippe vor und sieht aus, als würde sie gleich weinen. O nein, nicht das auch noch.

»Wir leben ja alle noch«, beschwichtige ich.

»Hahaha, fragt sich nur, wie lange noch.« Oma beginnt zu husten, Phoebe klopft ihr vorsichtig auf den krummen Rücken, und ich beginne damit, mich aus den nassen Klamotten zu befreien. George schüttelt sich ausgiebig, sodass seine langen Ohren um seinen Kopf fliegen, bevor er aus dem Badezimmer flieht und eine nasse Spur hinterlässt. Jemand wird hinter ihm herwischen müssen …

Leise plätschert der See

Am nächsten Morgen wecken mich laute Freudenschreie der Zwillinge. »Hurra, hurra, die Welt geht unter!«

Ich öffne die Augen, schlage die Bettdecke zurück und versuche, nicht in Panik zu verfallen.

»Die Welt geht unter im Schnee! Hurra!«

Mein Herz schlägt hart gegen mein I-believe-in-Santa-T-Shirt, und ich muss das Gesagte erst mal analysieren. George hebt seinen Kopf, macht sich lang und leckt meinen Zeh, als ich denselben aus dem Bett schiebe.

»Guten Morgen, mein Schatz.« Ich bücke mich und hebe den Welpen auf meinen Schoß. Er freut sich und winselt leise, während er nach meinen langen Haaren schnappt.

Um zu vermeiden, dass er mir wieder ins Zimmer macht, kürze ich das Kuscheln heute ab und beeile mich, mit ihm runter- und rauszukommen. Sein Inhouse-Pullern wird nämlich langsam zur Gewohnheit und belastet den vorweihnachtlichen Frieden.

Die Zwillinge tanzen im Pyjama durch den Flur, Mieke ist dabei, den Frühstückstisch zu decken, und ich öffne eilig die Haustür. Frischer Wind fährt mir um die nackten Beine und unters Shirt.

»Verdammt, ist das herrlich kalt!« Flocken wehen herein und schmelzen auf dem Boden.

»Boah! Mama, wir haben eine Schneeapokalypse!« Die Zwillinge stürmen herbei und hängen sich an beiden Seiten an mein T-Shirt, sodass ich befürchte, gleich ohne dazustehen. Wir schauen zu, wie George aus der Tür springt und im Weiß versinkt. Seine Ohren liegen obenauf, während sich das Schwarz seiner Nase grunzend voranschiebt. Der Schnee reflektiert die Morgensonne, und die ganze Umgebung strahlt so hell, dass ich blinzeln muss.

»Jemand muss unbedingt Schnee schippen.« Ich habe den Satz kaum beendet, da nicke ich auch schon, als mich Miekes finsterer Blick trifft. »Das werde ich nach dem Frühstück übernehmen.« Warum ist sie so sauer?

Nachdem ich die halb nackten Zwillinge und meinen Hund vorerst wieder aus dem Schnee geangelt habe, widme ich mich voll und ganz meiner Schwester, um ihr auf den Zahn zu fühlen.

»Na, wie geht's dir heute?«, frage ich nett, während ich die Marmelade und den Honig auf den Tisch stelle. Sie guckt mich komisch an.

»Immer noch gut. Das hast du mich gestern auch schon gefragt«, erinnert sie mich an meine Versuche, an sie heranzukommen, während wir nach dem Abendessen am Kamin saßen und die Zwillinge ihre Barbies frisierten. Mit Scheren. Mieke war seltsam abwesend, und unser Gespräch bestand hauptsächlich aus meinem Geplapper und ihren hin und wieder geistesabwesend hingeworfenen Antworten. Irgendetwas bedrückt oder ärgert meine Schwester, das ist offensichtlich, bloß habe ich keine Ahnung, um was es geht.

»Ich finde, wir können uns das gar nicht oft genug fragen, oder?« Ich tänzle auf sie zu und drücke ihr einen dicken Kuss auf die Wange, den sie umgehend wieder fortwischt.

»Elin, du hast ein echtes Sabberproblem.« Wenigstens grinst sie jetzt.

Ich zucke mit den Schultern. »Sonst merkt man ja nichts davon.«

Mieke grinst noch immer, als sie in Omas Zimmer verschwindet, um nach dem Rechten zu schauen, und ich bekomme ein wahres Hochgefühl, als mein Blick einmal mehr zum Fenster wandert, hinter dem die wundervolle weiße Pracht glitzert. Ich kann mich nicht daran erinnern, wann wir das letzte Mal bereits im Dezember so viel Schnee hatten. Letztes Jahr herrschten zu Weihnachten zwölf Grad plus!

Nach dem Frühstück schippe ich wie versprochen Schnee und schaufle den Weg vor der Haustür frei. Gegen zwölf Uhr bittet mich Mieke, die Zwillinge aus dem Kindergarten abzuholen und etwas mit ihnen zu unternehmen, und so beschließen wir, einen Schneemann zu bauen. George hilft uns, indem er wie verrückt im Schnee buddelt und dabei Äste freilegt, die wir als Arme missbrauchen können.

»Nein, Nane. Du machst das ganz falsch«, beschwert sich Libi, als ihre Schwester die größere Kugel auf der kleineren platziert.

»Nicht, wenn der Schneemann auf dem Kopf steht.« Nane lässt sich nicht beirren, und ich helfe ihr, die Kreatur zu gestalten. Für einen Moment frage ich mich, wieso diese kleine Person so stark ist und was Mieke ihr zu essen gibt. »Weißt du was, Tante Elin?« Sie schiebt ihre Zungenspitze nachdenklich durch ihre Zahnlücke und mustert mich.

»Nein, ich weiß nicht sonderlich viel«, antworte ich und gehe auf die Knie, um den Bauch des Schneemanns zu formen, der unglücklich in einer Schneeverwehung hängt. Libi flitzt hinüber zur alten Scheune, wobei ihre Schuhe diese wundervollen knarzigen Geräusche bei jedem Schritt machen. Ich lächle still in mich hinein. Ich liebe Schnee!

»Manche Schneemänner werden lebendig, wenn man ihnen einen Namen gibt«, unterrichtet mich Nane, als Libi mit den löchrigen Gummistiefeln von Oma in der Hand zurückkommt. Dass es die noch gibt ... Sie trug sie jedes Mal, wenn wir den Kuhstall und die Boxen der Pferde ausmisteten. Mieke und ich schoben die Schubkarren zum Misthaufen, und ich war wirklich beeindruckt, wie schnell Oma Scheiße schaufeln konnte ...

»Dann nennen wir ihn doch einfach ...«

Nane fällt mir ins Wort: »Kunibert!«

So sei es. Kunibert, der mit einer klassischen Karottennase, Kieselsteinaugen, rostroten Handschuhen und Gummistiefeln, die gen Himmel ragen, kopfüber vor uns steht, ist geboren und wird so lange leben, bis ihm die Sonne seine Vergänglichkeit beweist.

»Und was machen wir jetzt?«

Ich runzle die Stirn. Libi hat eine wirklich seltsame Angewohnheit, wie mir auffällt. Immer wenn sie unruhig wird und der Tatendrang sie packt, hebt sie die Arme und lässt die Hände in Höhe ihrer Brust krampfhaft zittern. Das sieht ulkig aus – und beunruhigend.

»Okay, wollen wir ein Foto machen?«, frage ich und dirigiere die Mädchen mitsamt Hund vor Kunibert. Ich bekomme nur einen Versuch. Dann fragen die Zwillinge nach einer neuen Beschäftigung.

»Wir könnten rodeln, dort hinten am kleinen Abhang«, schlage ich vor, während ich das Bild auf meiner Seite poste – ganz sicher gegen Miekes Willen, aber was sie nicht weiß, macht sie nicht heiß. Außerdem sind die Gesichter der Twins nicht zu erkennen, da sie wie üblich nicht stillhalten konnten.

»Au ja! Aber unser Schlitten ist kaputt.« Die Freude in ihren Gesichtern verpufft. »Und Papa hat ihn nicht repariert«, fällt Libi ein, und ich bekomme Angst, dass sie zu heulen beginnt.

»Dabei hat er versprochen, es vor dem ersten Schnee zu machen.« Nane stampft wütend auf. George hebt seine dicke Nase aus dem Schnee und guckt zu uns herüber.

»Hat er aber nicht.« Libi verschränkt die Arme vor der Brust.

»Versprechen gelten doch immer«, meint Nane. »Ob der Weihnachtsmann davon weiß?«

Ich schätze, sie überlegt, ihren Papa an den Mann im roten Mantel zu verpetzen. »Ich hab eine Idee.« Es kommt nicht so oft vor, dass ich wirklich geniale Einfälle habe. Aber in diesem Moment kommt mir einer, und ich schnappe mir die Mädchen und manövriere sie in die Scheune, dorthin, wo ich die ganzen alten Sommersachen von Stefan, meinem sommerliebenden Ex, gelagert habe. Das Bodybord, die Schwimmringe und den Plastikdelfin.

»Wir können die Sachen als Schlitten benutzen«, schlage ich vor und bin so begeistert von mir selbst, dass ich mir gern applaudieren möchte.

Die Zwillinge sehen sich einen Moment mitleidig an, doch dann fällt der Groschen. »O ja.« Ihre Stimmen quietschen eine ganz Oktave höher als eben noch.

»Ich nehme das Bügelbrett!«, kräht Libi und krallt sich das Bodybord. Nane und ich tragen die anderen Sachen raus und hinüber zum kleinen Hügel. Nachdem ich eine Bahn vorbereitet habe, indem ich eher unfreiwillig mit dem Hintern vorangerutscht bin, starten die Mädchen mit den Sommerutensilien. Und was soll ich sagen: Es macht einen Heidenspaß! Mehrmals bekomme ich Angst um die Knochen der Zwillinge, doch es muss das Christkind selbst sein, das die schützende Hand über uns hält.

So erscheinen wir heile und glücklich zum sehr späten Mittagessen, das Mieke zusammen mit Oma gekocht hat. Es gibt Rouladen nach Mamas Art mit Rosinen, Rotkohl und Kartoffeln. Trotz des Festmahls ist die Stimmung am Tisch verhalten, Mieke stochert mehr auf dem Teller herum, als dass sie isst, und guckt dabei Löcher in die Luft. Etwas hilflos versuche ich, die allgemeine Laune zu heben, indem ich Weihnachtswitze erzähle.

»Mutter zur Tochter: Zündest du bitte den Christbaum an? – Tochter: Auch die Kerzen?«

Nur Oma lacht, sodass ich mir vornehme, an meinem Humor zu arbeiten.

»Tante Elin, weißt du was?«, fragt mich Libi, während sie akribisch ihre Kartoffeln vom Rotkohl trennt. Sobald Nane das sieht, macht sie es ihrer Schwester nach. Ich habe den Mund so voll mit leckerem Rindfleisch, dass ich nicht gleich reagieren kann.

»Nane und ich sind ein Genie«, lässt die Fünfjährige mich wissen, was Phoebe dazu veranlasst, ein lautes Schnauben von sich zu geben.

»Nur weil ihr ein paar Buchstaben kritzeln könnt, seid ihr nichts Besonderes«, schiebt sie hinterher.

»Oma sagt, sind wir doch.« Libi verengt die Augen giftig und wirft mit einer Rosine, die prompt vor der Schnauze des Welpen landet. Ich hechte unter den Tisch – Rosinen sind giftig für Hunde! – und rette George, dessen Enttäuschung man ihm ansieht.

Unterdessen geht über mir das Streitgespräch weiter.

Erna hört auf zu kauen. »Lasst mich da bloß raus. Ich stehe nicht gern zwischen den Fronten.«

»Ihr könnt ja nicht mal rechnen«, foppt Phoebe und wirft eine Rosine zurück. Sie bleibt in Libis Locken kleben.

»Hey, lass das. Mama, Phoebe ärgert uns.«

Mieke schaut von ihrem Teller auf und fixiert ihre ältere Tochter mit einem ernsten Blick. Phoebes Mundwinkel zuckt.

»Na gut, ihr Genies«, sagt sie dann zu ihren Schwestern. »Dann zeigt mal, was ihr könnt. Schließt die Augen.« Die beiden gehorchen, Libis Gabel schwebt über ihren zerdrückten Kartoffeln.

»Der Weihnachtsmann schenkt euch acht Geschenke, seht ihr es schon vor euch?« Die Zwillinge nicken. »Und jetzt nehme ich euch drei davon wieder weg. Was bleibt euch dann?«

Libi reißt die Augen wieder auf. »Eine gemeine Schwester!«, antwortet sie empört. »Das darfst du gar nicht.«

»Falsch. Euch bleiben nur noch fünf Geschenke, und du bist kein Genie.«

»Mama, Phoebe ist doof.« Die Zwillinge schneiden Grimassen.

»Schluss jetzt, sonst bekommt ihr alle keinen Nachtisch«, meckert meine Schwester, und Phoebe schiebt geräuschvoll ihren Teller von sich.

»Was gibt es denn?«, frage ich mit vollem Mund. George sitzt neben dem Tisch und schaut uns mit großen Augen beim Essen zu. Ich bekomme augenblicklich Mitleid und einen Tritt unter der Tischdecke, als ich ihm ein Stückchen meiner Roulade zukommen lassen will.

»Oma«, stöhne ich, reibe mir mein Schienbein, und sie tut unschuldig.

»Hast du denn gar nichts von mir gelernt? Tiere bekommen ihre eigenen Mahlzeiten«, brummt sie.

Wenig später räumt Mieke die Teller zusammen, Libi fragt: »Gibt es jetzt Nachtisch oder nicht?«, und in meiner Hosentasche vibriert das Handy. Ich schaue nach, wer mich kontaktiert hat. *Starlessnight* mag unser Schneemannfoto. Wie schön.

»Zimtpudding«, sagt Mieke. Die Zwillinge jubeln, Phoebe verzieht das Gesicht.

»Vanille wäre mir lieber«, murmelt sie. »Immer dieser Weihnachtsscheiß.«

Mieke seufzt, ignoriert ihre Tochter ansonsten jedoch und stellt Schüsselchen auf den Tisch.

»Also, ich mag Zimtpudding«, werfe ich in die Runde. »Besonders mit Spekulatiuskrümeln obendrauf.«

Phoebes »Du magst ja auch Weihnachtsscheiß« geht im »Au ja, Spekatuskrümel« der Zwillinge und in Miekes »War das ein Wink mit dem Gartenzaun?« unter. Oma fügt hinzu: »Mir reicht auch Vanillesoße. Wenn Mandelsplitter drin sind.«

Mieke stöhnt.

Gegen Nachmittag holen wir endlich den krüppeligen Tannenbaum aus der Scheune und bemühen uns, ihn in sportlicher Höchstleistung in den Baumständer im Wohnzimmer zu bekommen. Oma steht am Rande des Geschehens und kommentiert unser Tun. Mieke ist nicht bei der Sache und träumt vor sich hin, während Noan und ich den Baum hin und her drücken.

»Und wie ist es jetzt?«, fragt Noan, und ich bekomme einen Zweig ins Gesicht, als er den Baum nach links kippt. Nadeln rieseln und landen sehr dekorativ in Noans Locken.

White Winter Hymnal von den Fleet Foxes dröhnt aus dem Radio und begleitet unser Bemühen.

»Schief.« Erna schiebt den Rollator hinüber zu ihrem Sessel.

»Und jetzt?«, frage ich und erwische eine harzige Stelle des Stamms, die meine Finger verklebt.

»Anders schief.« Erna setzt sich und atmet laut auf.

Wir probieren hin und her, Noan schwitzt, und seine Stirn glänzt wie mit Babyöl behandelt. Ich muss an ein Weihnachtsfest denken, an dem der Baum am Heiligen Abend umfiel und auf den Tisch mit der Pute kippte. Die Soße spritzte bis an die Zimmerdecke, und unsere Mutter hatte Mühe, nicht aus der Haut zu fahren. Es war das einzige Weihnachtsfest, bei dem eine gewisse Spannung über allem lag, die ich mir erst drei Tage später erklären konnte, als Papa verkündete, dass er ausziehen werde, weil er eine neue Freundin hätte.

»Ich mach ihn jetzt so fest«, ächzt Noan zu meinen Füßen.

»Kannst du machen, mein Junge. Dann sieht es allerdings bescheiden aus«, ruft Erna mit feixend hochgezogenen Augenbrauen.

»Ich kann diesen Baum drehen und wenden, wie ich will, Erna. Er wird immer schief aussehen.« Noan blickt mich hilfesuchend an, und ich stimme ihm zu.

»Noan hat recht. Wir müssen den Baum so stehen lassen, sonst verliert er seine paar Nadeln, und es wird noch schlimmer. Dann hilft auch kein Lametta mehr.« Ich wende mich an meine Schwester. »Mieke, wo habt ihr denn eine Gießkanne? Der Baum braucht Wasser.«

Immer noch vor sich hinträumend schlendert sie in die Küche und kommt kurz darauf mit einem gefüllten Eimer zurück. Auch gut. In diesem Moment fällt mir auf, wie ruhig es im Haus ist.

»Wollen die Kinder gar nicht helfen, den Baum zu schmücken?«, frage ich. Das Rodelabenteuer hat die Zwillinge anscheinend kleingekriegt – unglaublich.

»Bestimmt. Aber wir vertagen diese Aktivität auf den Vormittag des Heiligen Abends.« Mieke dreht den Eimer um und schüttet das Wasser für den Baum zu einem großen Teil auf meine Füße. Ich weiche zurück, und nun trifft mich ein dicker Tropfen im Nacken. Na so was? Ich hebe den Blick und betrachte den ziemlich großen Wasserfleck an der hohen Zimmerdecke.

»Mieke?«

Sie reagiert nicht sofort, und der nächste Tropfen trifft meine Stirn.

»Scheiße, es regnet rein!« Mit einer ungehaltenen Bewegung erzwinge ich die Aufmerksamkeit meiner Schwester.

»Super, wir haben 'nen Dachschaden«, murrt Oma und lässt ihr Strickzeug sinken.

»O Gott, neeein!«

Ich wette, Mieke und ich sind noch nie so schnell die Treppe hinaufgerannt. Nicht mal als Kinder. Während Noan unten unablässig flucht, staune ich oben nicht schlecht über das frisch installierte Schwimmbad in Libis und Nanes Zimmer. Im Bikini rutschen die beiden Mädchen mit den Utensilien, mit denen wir vorhin noch gerodelt sind, durch etwa ein bis zwei Zentimeter tiefes Wasser. Es verteilt sich nicht ganz gleichmäßig, da der Boden, wie in alten Häusern üblich, leicht schief ist. Der kleine Absatz zum Türrahmen bildet einen natürlichen Staudamm und hält die Fluten im Zimmer. Zwei bunte Eimer schaukeln auf den sanften Wellen – damit müssen die Mädchen fleißig hin und her gelaufen sein, um so viel Wasser aus dem Bad heranzuschaffen.

»Ich hab es gewusst!«, brüllt Mieke und rauft sich die blonden Haare. »Es war einfach viel zu still hier oben.«

Ich schlucke trocken, fühle mich einen Moment lang irgendwie schuldig, weil ich diese Schwimm- und Spaßsachen angeschleppt habe, und verfluche in Gedanken gleich mal Stefan dafür.

»Das tut mir jetzt echt leid«, hauche ich und weiche vor einem Schwall Wasser zurück, als Libi sich bäuchlings auf das Bodybord wirft.

»Mama, guck mal, was ich kann!«

In diesem Moment erscheint Noan in der Tür.

»Papa, wir haben ein Schwimmbecken gezaubert!«, zwitschert Nane stolz, hüpft mit den Füßen im Wasser umher und sieht dabei entwaffnend niedlich aus. Mit Beunruhigung beobachte ich Noans Halsschlagader, die enorm anschwillt.

»Was ist denn da oben los?«, ruft Erna von unten herauf.

»Nichts, mach dir keine Sorgen«, antworte ich lahm.

Phoebe kommt aus ihrem Zimmer und guckt uns drei fassungslosen Erwachsenen über die Schulter.

»Geil«, sagt sie. »Kann man bei mir gar nicht machen, ich hab 'nen Teppich.« Ihr Grinsen verrutscht, als ihre Mutter in Tränen ausbricht.

»Ich kann nicht mehr«, schluchzt Mieke, und ich will sie umarmen, aber sie befreit sich grob von mir. »Das hält doch keiner aus, echt nicht.«

Noan schiebt mich energisch zur Seite, betritt das mit schwimmendem Spielzeug übersäte begehbare Wimmelbild und greift sich die verdutzten Zwillinge.

»Ich bin gespannt, wie ihr das dem Weihnachtsmann erklären wollt«, kann sich Phoebe nicht verkneifen. »Würde mich nicht wundern, wenn der dieses Jahr doch nicht kommt.«

Die Zwillinge quieken wie überraschte Meerschweinchen und zappeln in Papas Griff.

Mieke rennt die Treppe hinunter und keift: »Ich hab es satt. Die ganze Renovierung war überflüssig, das Laminat wird hochkommen, es wird sich Schimmel ausbreiten, und wir werden alle krank werden ...« Im nächsten Moment fliegt die Hauptsicherung raus, und es wird stockdunkel im Haus.

Es dauert lange, bis wir den Fehler – eine feucht gewordene Leitung – gefunden haben. Die Zwillinge weihen die neue »stille Treppe« ein, die Noan eigens für sie eingeführt hat, und denken über ihr Vergehen nach.

Anschließend schippen wir mit vereinten Kräften Wasser in die Toilette und sortieren Spielzeug in »kaputt«, »noch zu retten« und »kann getrocknet werden«. Mieke liegt mit Migräne im Bett, und Noan ist zur Notapotheke gefahren, um ihr etwas dagegen zu holen.

»Wenn ihr so weitermacht, treibt ihr eure Eltern noch in den Ruin«, sage ich zu den Zwillingen, während ich einen Teddybären auswringe.

»Was ist denn Ruin?«, will Libi wissen, lächelt zuckersüß und schüttet Wasser von einer in die nächste Kiste. Mir scheint, sie hat ein neues Spiel begonnen und ist schon nicht mehr bei der Sache.

»Das ist ein Land. Das Ruin-Gebiet. Da wohnt doch Tante Sonja«, klugscheißt Nane und schnalzt missbilligend mit der Zunge, wie Oma es manchmal tut, wenn etwas ihr Unverständnis weckt.

Phoebe, die immer noch im Türrahmen steht und sich fragt, ob das Wasser keimfrei ist, rollt so mit den Augen, dass es mir beim Zugucken wehtut. »O Mann. Ihr beiden

Zwerge seid so selten doof. Tante Sonja wohnt im Ruhrgebiet. Und der Ruin ist kein Land, sondern es bedeutet, dass man kein Geld mehr hat. Und dann müssen Mama und Papa euch verkaufen.« Sie lächelt hintergründig.

Die Zwillinge ziehen gleichzeitig scharf die Luft ein. »Auf eBay?«, fragen sie und starren ausgerechnet mich an. Mit Schwung werfe ich zwei Plastikpferde, die fast wieder trocken sind, aufs Bett neben die Familie von Polly Pocket.

»Nein, ach komm schon, Phoebe. Mach ihnen keine Angst.«

»Lass mir doch wenigstens ein *bisschen* Spaß, Tante Elin. Immerhin darf ich hier mit dir ein ganzes Zimmer entfeuchten.«

Es dauert Stunden, alles halbwegs trocken zu bekommen. Ich lasse die Zwillinge auch dann nicht aus den Augen, als sie einige ihre Spielsachen im Badezimmer föhnen. Man weiß ja nie …

Schneeblind

George vollführt einen seltsamen Tanz, mit dem er mich zum Spielen auffordert. Ich könnte mich ernsthaft totlachen, weil er mit seinem Hintern so herrlich wackelt, während er rückwärts hüpft und sich dabei vorne klein macht. Im Übrigen ist mir aufgefallen, dass er von hinten prinzipiell aussieht wie eine watschelnde Ente.

»Was willst du mir damit sagen, du süßer Hund?« Ich hebe die Augenbrauen und mache eine schnelle Bewegung in seine Richtung, die ihn davonjagen lässt. Seine dicken Tatzen rutschen über den von mir frisch gewischten Wohnzimmerboden, und es gelingt mir, Georgi einzufangen. Das Haus ist ruhig. Noan musste noch einmal in die Firma, irgendein Serverproblem, das er als Systemadministrator lösen muss, und Mieke schläft den Schlaf der Gerechten. Oma ebenfalls, sie liegt in ihrem Ohrensessel, und wenn ich es mir recht überlege, sollte ich sie lieber wecken, bevor sie ihr Gebiss verschluckt. Sie schnarcht mit offenem Mund, und die Zähne sitzen auf keinen Fall mehr dort, wo sie sein sollten.

»Oma«, flüstere ich und lege meine Hand auf ihre Schulter. George kneift mir in den Fuß, weil ich ihn nicht mehr beachte. »Böser Hund!« Mein scharfer Ton lässt Erna erwachen, und sie richtet sich ruckartig auf.

»Lösch das Licht, keine Kerzen.« Sie sieht erschrocken aus, und ich lächle sie sanft an, streiche beruhigend über ihre faltige Wange, wie sie es unzählige Male bei mir und Mieke getan hat.

»Was sagst du?«

»Nichts, ich dachte nur ...« Ihr Blick tastet die Umgebung ab, und sie atmet erleichtert auf, als sie anscheinend feststellt, dass sie aus einem Albtraum erwacht ist.

»Oma, ich möchte dich gern ins Bett bringen. Du bist doch ganz müde, und ich will mit George auch gleich hochgehen und schlafen.« Die Standuhr schickt ihr Ticken zu uns herüber und füllt den Raum zwischen uns, während Oma schweigt und mich nur ansieht. Unendlich langsam hebt sie ihre Hand, legt sie auf meine.

»Du bist so ein gutes Mädchen, Elin«, sagt sie.

»Und du bist meine weltbeste Oma.« Vorsichtig greife ich nach dem Strickzeug, das allmählich von der Sessellehne zu Boden rutscht, und lege es auf einen Beistelltisch, der neben dem Sessel steht. Das Feuer im Kamin erlischt, nur noch einzelne verkohlte Reste glühen, und ich helfe der alten Dame auf die Beine. Sie braucht eine Weile, bis sie in der Lage ist, ihren Rücken aufzurichten, und unterdrückt ein Stöhnen. Alt werden ist sicher kein Spaß.

»Ich bin die einzige Oma, die du noch hast«, erinnert sie mich, sodass ich über Lebensspannen nachdenke. Ihr Lächeln ist das gleiche wie damals, wenn sie mit uns Streiche ausheckte, die wir dann Opa spielten. Einmal drehten wir ihm frisch gebackene Kekse mit Senffüllung an, in die er herzhaft hineinbiss. Als ich an sein Gesicht denke, das innerhalb kürzester Zeit zwischen Überraschung, Ekel, Enttäuschung, Ärger und, ja, auch Anerkennung wechselte, muss ich lachen.

Ich hake mich bei Oma unter, und gemeinsam machen wir uns auf den Weg. Als wir am Flur vorbeikommen, erwische ich Phoebe, die sich gerade nach draußen stehlen will. Mal wieder. Sie bleibt geduckt stehen, die behandschuhten Finger an der Klinke, als könne ich sie nicht sehen, wenn sie sich nur nicht bewegt.

»Wo willst du denn hin?« Und viel wichtiger: Weiß Mieke davon? Der Teenager wirbelt zu mir herum, lächelt mich honigsüß an, und in ihren braunen Augen liegt dieser fiebrige Ausdruck. Etwas zwischen Besorgnis und purem Glück. »Ich will nur kurz zur Straße, eine Freundin kommt vorbei und bringt mir Schulkram.«

Aha, als hätte ich »Idiot« auf der Stirn stehen. Oma greift meinen Arm fester und unterdrückt ein Gähnen. »Aber es ist schon so spät und stockdunkel.« Ich hab ein Déjà-vu und höre mich tatsächlich an wie meine Mutter früher. *Elin, sei vernünftig. Kein anständiges Mädchen treibt sich bei Nacht und Nebel herum. Und wer etwas kann, zieht sich mehr an.* Dieser Moment lässt meine Miene weich werden und untergräbt meine Autorität. Mist.

»Nur ganz kurz«, verspricht Phoebe mir und hält die Luft an. Ich schiele zur Uhr, es ist beinahe elf durch.

»Weiß deine …«

»Mama hat nichts dagegen«, behauptet meine Nichte und schlüpft hinaus. Die Tür schließt sich schneller vor Georges Nase, als er gucken kann, was ihm ein wütendes Bellen entlockt.

»Psst, bist du verrückt«, zische ich ihm zu und klopfe mit meiner freien Hand an mein Bein, was ihn zu mir laufen lässt. Erwartungsfroh guckt er mich an. Blöd, dass man nie einen Hundekuchen dabeihat, wenn man ihn braucht. Während der letzten Tage habe ich nämlich damit begonnen, mit

Belohnungen für erwünschtes Verhalten zu arbeiten, was gar nicht so leicht ist, weil es nie, aber auch niemals in Bestechung übergehen sollte. Und die Grenzen verwischen sehr schnell.

»Ich hoffe, sie sagt die Wahrheit«, brumme ich und blicke zum Fenster. Im Schein der Lichterketten kann ich Phoebes Gestalt sehen, wie sie davonhuscht. Sie hat es sehr eilig. Ich führe Erna in ihr Zimmer. George folgt uns, mit einem meiner Stiefel im Maul, auf dem er seine Zähne trainiert.

»Ihr habt auch nie gemacht, was man euch gesagt hat, und lebt trotzdem noch.« Oma setzt sich auf die Bettkante und knöpft ihre Bluse auf. Ich trete zu ihrem großen Schrank und hole ein frisches Nachthemd heraus.

»Das stimmt doch gar nicht«, protestiere ich halbherzig.

»Und ob das stimmt. Ihr habt so einiges an Unsinn angestellt, dass man manchmal gar nicht wusste, wie man das wieder hinbiegen sollte. Einmal habt ihr unsere Kuh eingefärbt.« Oma wirft mir einen vielsagenden Blick zu.

»Oh, dafür war ich aber nicht allein verantwortlich«, verteidige ich mich. »Ihr hattet immer wieder betont, wie schön es wäre, den Viehwettbewerb zu gewinnen, dass ihr jedoch leider keine Kuh hättet, die gut genug aussähe. Und Opa ärgerte sich, dass die von Daniels ebenfalls mitmachen und sich wie jedes Jahr kurz vor dem Termin für viel Geld eine neue Kuh kaufen würden.« Ich sehe es noch vor mir, wie ich sämtliche meiner Acrylfarben, die Tusche und einen Berg Filzstifte bereitwillig für den Erfolg opferte.

»Meinst du, die mögen Regenbogenkühe?«, hatte Mieke skeptisch gefragt und die geduldige und sehr bunte Trudi betrachtet. Deren Kopf zierten lila und blaue Tupfen, die vorher weißen Ohren präsentierten einen fabelhaften Farbverlauf aus allem, was mein Malkasten zu bieten hatte, und der Kuhrücken leuchtete in Rot und Pink. Todschick.

»Na, sicher. Wenn lila Kühe Schokolade machen, kann unsere bestimmt Prosecco. Den mag Mama doch so gern«, überlegte ich. Mama hatte oft betont, dass ihr Lieblingsgetränk so schmeckt, als entspringe ein Regenbogen in ihrem Mund. Und das sei mit Sicherheit um einiges besser als Opas Scotch, denn der schmecke, als pissten ihm Englein auf die Zunge.

»Weißt du noch, dieses eine Weihnachten, an dem der Weihnachtsmann nicht kam?«, kommt es mir in den Sinn, und Oma schmunzelt. Ich lasse meine Finger über die Verzierung der Holztür fahren. Ich muss ungefähr so alt gewesen sein wie die Zwillinge heute, Mieke entsprechend älter. Mann, ist das lange her.

»Wie könnte ich das vergessen?«, sagt Erna und nimmt George den Stiefel ab, den er ihr schwanzwedelnd entgegenhält.

Mieke hatte sich in die Gardine der alten Diele eingedreht und zu zählen begonnen. Ich huschte auf leisen Socken davon, um mich in Omas Schrank zu verstecken, weil ich wusste, dass man hinter der gebügelten Bettwäsche wunderbar verschwinden konnte. Mein Herz schlug mir bis zum Hals, als ich das Playmobil-Set und den Malkasten – jenen, der später zur Kuhverschönerung diente – darunter fand. Was für eine Überraschung! Mieke entdeckte mich sofort, weil ich viel zu laut war im Schrank und die Tür nicht geschlossen hatte. Ich begann bereits, die Verpackung meines Funds zu öffnen, und war total aus dem Häuschen.

»Was hast du denn da?«, fragte Mieke neugierig.

»Der Schrank ist eine Schatzgrabkammer.« Das war ganz logisch, nachdem wir mit Opa im Fernsehen eine Dokumentation über die alten Pharaonen und deren Bestattungen gesehen hatten.

»Oh, guck mal«, hauchte meine Schwester alsbald und krabbelte tiefer in die unendlichen Weiten von Omas Schrank hinein. Sie förderte eine Puppe zutage, die herrlich mit den Augen klimpern konnte und die sich Mieke so sehnlichst gewünscht hatte.

»Mama«, rief sie einen Augenblick später aufgeregt zur Küche hinüber, in der Oma mit unserer Mutter ein ziemlich ernstes Gespräch führte, bei dem unsere Anwesenheit nicht erwünscht war.

»Nicht jetzt, Mieke!«, antwortete Oma laut.

»Ich will nur sagen, ich wünsche mir keine Dolly-Puppe mehr vom Weihnachtsmann. Wir müssen den Brief zurückholen. Ich hab gerade eine in deinem Schrank gefunden.«

Bevor ich Mama und Oma wissen lassen konnte, dass ich auch keine Farben und keinen Playmobil-Safaripark mehr brauchte, stürzten die beiden herbei. Ich weiß noch genau, wie sehr ich mich über ihr Tempo wunderte.

Mieke fing beinahe an zu weinen, als sie Omas und Mamas fassungslosen Gesichtsausdruck sah. Ich hatte keine Ahnung, wo die negative Stimmung herrührte, sprang mit dem Farbenset in der Hand auf und zeigte sie stolz meiner Lieblingsoma.

»Toll«, sagte meine Mutter tonlos und wandte sich ab. In letzter Zeit hatte sie sehr oft schlechte Laune, ohne dass wir Mädchen wussten, woran das lag.

»Ach, Mädels. Jetzt habt ihr dem Weihnachtsmann die Überraschung versaut«, ließ Oma uns wissen, während Mama an ihren Nägeln nagte und versuchte, ruhig zu bleiben.

Mieke und ich sahen uns alarmiert an. »Warum?«

Oma überlegte einen Moment und kratzte sich am Hinterkopf. »Nun ja, weil er dieses Jahr schon früher kommen musste, da ihm am Heiligen Abend etwas dazwischengekommen ist«, erfand sie eine Geschichte über Engel, die aus allen Wolken fielen und sich Flügel brachen, weshalb der Weihnachtsmann selbst für das Festmahl sorgen musste. Und dass er Oma höchstpersönlich gebeten hatte, dieses Jahr für ihn die Geschenke einzupacken. Eine Ausnahme selbstverständlich.

Zuerst war Mieke total sauer, dass der Weihnachtsmann uns wie Papa am Vierundzwanzigsten versetzen würde, beruhigte sich dann aber, als wir einfach beschlossen, zweimal Heiligabend zu feiern. Heute, am 22.12., und noch einmal am 24.12.

»Hatte Papa damals schon seine Freundin?«, frage ich mich plötzlich und denke an Tanja, die nicht viel älter ist als ich und inzwischen ein Nagelstudio auf dem Lande betreibt, das Papa subventioniert.

»Nein.« Omas Antwort ist knapp, und ich sehe, dass sie überlegt, was sie preisgeben möchte und was lieber nicht. »Weißt du, Süße, deine Mutter war immer etwas rastlos. Und die Selbstständigkeit mit der Firma deines Vaters hat sie manchmal überfordert.«

Oma schlüpft ins Nachthemd, und ich setze mich zu ihr auf die Bettkante und bürste ihr Haar, wie ich es gern bei meiner Mutter gemacht habe. Ich denke ganz fest an sie, an ihre Zartheit und an ihre Abenteuerlust. Während unserer Kindheit besuchte sie mit uns Schlösser, Märchenparks und das Mittelmeer. Ich vermisse sie so unglaublich, besonders jetzt.

Oma schlüpft unter die Decke, kuschelt sich in ihr Kissen und lächelt mich an. »Danke für die Begleitung, Liebes. Gute Nacht.«

»Gute Nacht, Oma.« Ich drücke ihr einen Kuss auf die Stirn, schnappe mir meinen Welpen, der am Bettvorleger knabbert, und lösche das Licht. »Bis morgen.«

George scheint meine Worte auf sich zu beziehen und schläft augenblicklich auf meinem Arm ein. Puh, er ist schwerer, als er aussieht. Auf leisen Sohlen gehe ich die Treppe hinauf und versuche, keinen Mucks zu machen. Miekes Zimmertür ist zu, und es ist totenstill dahinter. Als ich bei den Zwillingen vorbeikomme, höre ich jedoch Stimmen. Ganz sacht lege ich mein Ohr an die Tür und lausche ungeniert.

»Okay, schreib du«, sagt eines der Mädchen leise; ich glaube, es ist Libi.

»Na gut, aber du sagst, was«, antwortet Nane. Ein Filzstift schrappt über Papier, etwas raschelt.

»Lieber Weihnachtsmann ...«, beginnt Libi zu diktieren, und Nane wiederholt es langsam und im Flüsterton. Ich hieve George höher auf meine Arme und halte die Luft an.

»Es tut uns sehr leid, dass wir ...« Libi unterbricht ihre Schwester. »Warte, warte. Vielleicht fragst du ihn erst, wie viel er weiß?«

Ich verschlucke ein Schnaufen, stelle mir vor, wie sie Buchstaben kritzeln und daraus Worte kreieren, wie sie sie hören, um den guten Mann mit Bart zu erweichen. Na, die beiden haben ja Nerven.

»Aber der weiß doch alles«, vermutet Nane. »Er ist doch der Weihnachtsmann.«

»Stimmt.« Eine ratlose Stille entsteht, und ich beiße mir auf die Unterlippe.

»Weiß er auch, dass wir Phoebes Englischbuch aus Versehen ausgeliehen haben?«

»Du meinst das, das Mama dann neu gekauft und Phoebe vom Taschengeld abgezogen hat?«

»Ja.«

»Sag Entschuldigung für alles«, schlägt Libi vor. »Wir entschuldigen uns für einfach alles, was nicht richtig war.« In ihrer Stimme schwingt eine gewisse Verzweiflung, und dann zieht sie scharf die Luft ein. »Du hast das E voll falsch gemacht.«

Georges Kopf sackt nach hinten, seine riesigen Ohren baumeln umher, und während ich mich in Richtung meines Zimmers entferne, höre ich noch die Spekulation, ob sie beide am Arsch sind und was genau das eigentlich heißt. Leise schließe ich die Tür hinter mir und stehe in meinem von zwei winzigen Lichterketten beleuchteten Raum.

Vorsichtig lege ich George auf seine Decken und mache mich bettfertig. Obwohl ich todmüde bin, kann ich nicht einschlafen und beginne um ein Uhr, mit meinem Handy herumzuspielen, und ende schließlich auf Instagram. Dabei lande ich auf dem Profil von Starlessnight und schaue mir seine Fotos an. Es sind einige dazugekommen. Eines davon zeigt die Heckansicht eines Mannes, der vor dem Lichtermeer einer nächtlichen Stadt steht. Wenn er das selbst sein sollte, ist er auf jeden Fall gut gebaut. Ich like das Bild und stelle fest, dass er seit dem letzten Mal, als wir Kontakt hatten, mindestens hundert Follower mehr hat.

»Wie geht das denn?«, murmle ich neidisch und lasse mich tiefer in mein Kissen sinken. Meine Zehen wippen unruhig unter der Decke, und ich erschrecke beinahe, als mein Handy einen Ton von sich gibt, der mir eine neue Nachricht ankündigt.

Wie geht's? Wie steht's? Sie ist vom ihm. Ob er weiß, dass ich gerade auf seinem Profil bin? Ich fühle mich ertappt.

Ich kann nicht schlafen. Die Nacht ist so sternenlos, spiele ich auf seinen Nickname an.

Ist ja witzig, ich auch nicht. ☺ Wenn das mal nicht Schicksal ist.

Okay, Elin. Antworte etwas Geistreiches. Etwas, das vom Suchen und Finden handelt oder vom Flügelschlag eines Schmetterlings, der einen Tsunami am anderen Ende der Welt auslösen kann.

Zufälle gibt's. Meisterleistung. *Hast du ein Rezept gegen Schlaflosigkeit?*, frage ich, und er schreibt eine Ewigkeit. Ich sehe es an den Pünktchen, die immer wieder auf dem Display erscheinen.

Nicht wirklich. Ich arbeite dann einfach.

Also entweder chattet er parallel mit noch vielen anderen Frauen, oder er hat sehr lange überlegt, was er antworten soll.

Was machst du denn beruflich?

Etwas mit Menschen.

Scharfschütze? Ich kichere albern und stupse das Schneeflockenmobile über meinem Bett mit dem großen Zeh an.

Ah ja, Menschen können sehr einschläfernd sein. George beginnt zu schnarchen, und seine Pfoten zucken, als würde er laufen. Was er wohl träumt?

Ich schätze, bei deinem kreativen Job mit dem Weihnachtskram wird dir nicht so schnell langweilig.

Wie *charming*, meine Leidenschaft als »Kram« zu bezeichnen. Ich schließe Instagram, stöbere ein wenig in Shops und öffne den Chat dann doch wieder.

Manchmal lese ich auch einfach noch ein bisschen und werde dabei müde.

Damit hat er mein Interesse wiedergewonnen. Ein Mann, der liest? Bücher? Dass es die noch gibt ...

Was liest du denn so? Verrate mir dein Lieblingsbuch.

Jetzt kommt er bestimmt mit Fachliteratur und Karriereratgebern.

Mmh, das ist schwer.

Versuch es mal.

Irgendwas riecht komisch, ich schaue zu meinem Welpen, der gerade lautstark im Schlaf pupst.

»Schäm dich, George«. Ich ziehe mir die Decke über den Kopf – der Gestank ist nicht auszuhalten. Möglicherweise muss ich besser auf seine Ernährung achtgeben. Oder besser: auf die Kids, die meinen Welpen mit Keksen füttern.

Der Scherz *von Milan Kundera zum Beispiel. Herrlich und so wahr.*

Oh, das kenne ich sogar. Eine bittere und komische Story über Rache und Liebe.

Optimismus ist das Opium der Menschheit. Ein gesunder Geist strotzt vor Dummheit, zitiere ich die Postkarte an den Protagonisten, die eigentlich als Scherz gemeint war, aber sein Leben ins Unglück stürzt und ihn später zu einer Racheaktion verführt.

Du magst also auch bittersüße Satiren?, will Starlessnight wissen.

Manchmal. Ich liebe aber genauso Liebesromanklassiker. Da bin ich ganz Mädchen. Alle meine Freundinnen kennen die Romane von Jane Austen.

Lass mich raten: Sinn und Sinnlichkeit? Er schickt einen Emoji, der kopfsteht.

Klar, auch. Aber am liebsten mag ich Sturmhöhe *von Emily Brontë. Mein Gott, ich liebe diese tragische Geschichte voller Sehnsucht und Schmerz.* Das blöde Lächeln auf meinen Lippen verrutscht, als mir klar wird, dass ich selbst so etwas aber bitte nicht erleben will. Die Sache mit Stefan war mir tragisch genug.

Hast du etwa einen Hang zur Theatralik?

Quatsch. Mieke ärgert mich gern damit, dass mir auf unerträgliche Weise die Sonne aus dem Arsch scheint.

Wer am Tage viel Sonnenschein hat, vermisst die Sterne nicht so sehr in einer dunklen Nacht. Meinst du nicht auch?

Ich fühle mich gleichzeitig geschmeichelt und verwirrt. Wie meint er das?

Ich mag auch Der große Gatsby *von F. Scott Fitzgerald.*

Oder Der Name der Rose *von Umberto Eco. Wie du siehst, bin ich sehr vielfältig. Wir könnten mal etwas zusammen lesen,* schlägt er vor.

Ich schlage die Decke zurück und konzentriere mich auf den Text. Ist das als Frage nach einem Date zu werten? Mir wird ganz warm.

Welches Buch hast du als letztes gelesen? Vielleicht sollte ich von der Antwort abhängig machen, ob ein Treffen in Frage kommt.

Kann ich nicht sagen, ist irgendwie unangenehm.

Sag schon. ☺ Er schreibt wieder sehr, sehr lange, und ich werde ungeduldig. Schließlich erscheint:

Drei Abhandlungen zur Sexualtheorie *von Freud.*

Wenn das nicht seltsam ist. Meine Mutter sagte immer, man solle sich von allem fernhalten, das einem suspekt vorkommt.

Und wie war es?

Liest sich etwas trocken, aber interessant.

Echt? Ich weiß nicht, wie ich reagieren soll. Womöglich versucht er, sich selbst zu therapieren, weil er abartige Fantasien hat? Jetzt schreibt er einen ganzen Roman, wie es aussieht.

Ja, man muss wissen, Freud war seiner Zeit um einiges voraus und schlug vor hundert Jahren echt große Wellen mit diesem Werk. Und Freud ist durchaus immer noch das Brauchbarste in der Entwicklungspsychologie, das es gibt. Auch wenn einige von seinen Theorien revidiert und überholt wurden.

Draußen im Wald ruft ein Käuzchen, und meine Augen werden schwer.

Sehr interessant, tippe ich. *Ich sehe gerade, dass es schon sehr spät ist.*

Warte, ich habe gelogen. Mein letztes Buch war Kochen mit dem Thermomix. *Die Abhandlung erschien mir weniger peinlich.*

Ich muss lächeln.

Das fängt ja gut an mit unserer Beziehung, tadle ich ihn. *Ehrlichkeit ist das Fundament jeder Freundschaft.*

Bin ich denn dein Freund?

Ein Emoji mit Herzaugen erscheint, und ein Bienenschwarm in meinem Magen erwacht. Ganz leise summen sie umher.

Mal sehen, was die Zeit so bringt.

Schön. Dann schlaf gut, hübsche Elin.

Er findet mich hübsch? Ich weiß nicht, wieso ich mich so albern darüber freue. Schließlich kenne ich diesen Mann ja gar nicht. Am Ende handelt es sich vielleicht nur um den Fake-Account eines dubiosen Heiratsschwindlers oder dergleichen, der versucht, einsame Herzen um Geld zu erleichtern. So etwas soll es ja geben.

Gegenüber vom Bett sehe ich mein dümmliches Lächeln von Lichterketten erleuchtet in der Fensterscheibe und frage mich, ob ich bereit wäre, mich wieder auf jemanden einzulassen. Und das zu Weihnachten?

»Aber erst will ich ein Bild von dir sehen«, murmle ich und schicke einen Gutenachtgruß zurück, bevor ich mein Handy ans Ladekabel anschließe.

In dieser Nacht schlafe ich unruhig. Träume von Blind Dates und Bildern, die im Netz nur allzu gern manipuliert werden. Eigentlich bin ich niemand, der einen Menschen auf sein Äußeres reduziert, aber wenn plötzlich Shrek oder der Esel vor einem am Dinnertisch sitzt, kann das durchaus verstörend sein.

Unsichtbarer Weihnachtswichtel

Die nächsten Tagen vergehen verhältnismäßig ruhig und gemütlich. Während Noan bei der Arbeit ist und die Kinder in der Schule und im Kindergarten sind, helfe ich Mieke im Haus, unterhalte mich mit Oma und streune mit George durch den Wald. Nachmittags kugle ich mich mit den Zwillingen durch den Garten und mache einen Schneeengel nach dem anderen, abends sitze ich mit Mieke und Noan am Kamin, trinke Glühwein und plaudere. So schön könnte es immer sein!

Irgendwann ist es so weit, und wir zünden beim Frühstück die vierte Kerze auf dem Adventskranz an. Für mich jedes Jahr ein ganz besonderer Augenblick, denn jetzt dauert es nicht mehr lange bis zum Heiligen Abend. Auch die Zwillinge sind ganz aufgeregt und bleiben keine fünf Sekunden still auf ihren Stühlen sitzen, bis Mieke entnervt vorschlägt: »Warum picknickt ihr nicht einfach in eurem Zimmer?«

Sowohl die Zwillinge als auch Noan werfen ihr einen ungläubigen Blick zu, dann springen die zwei Mädchen jauchzend auf, schnappen sich ihre Teller und verschwinden begeistert kreischend die Treppe nach oben.

»Mir hättest du so was nie erlaubt«, nörgelt Phoebe halblaut vor sich hin.

»Dazu warst du einfach nicht anstrengend genug.« Mieke lächelt ihre Große entwaffnend an, und die weiß tatsächlich nicht, was sie darauf entgegnen soll.

Nach dem Frühstück breche ich mit George zu einer großen Runde auf, um die Sonne zu genießen. Der Schnee taut, wird klebrig, und ich mache mir ein bisschen Sorgen um unseren Schneemann Kunibert, der unweit seinen Kopfstand vollführt und einen Stiefel verloren hat. Ob ihm seine Vergänglichkeit bewusst ist?

Ich vergrabe meine Hände tief in den Taschen meines roten Tweedmantels und schaue in den Himmel. Allerdings nur so lange, bis George mir vor die Füße läuft. Ich wundere mich, dass dieser Hund niemals seine dicke Nase vom Boden nimmt und ständig irgendeiner Fährte zu folgen scheint. Er wird bestimmt irgendwann einer der besten Schnüffler der Welt, vielleicht sollte ich ihm beim Zoll einsetzen?

Wir verlassen das Grundstück durch die eiserne Pforte, die uns in den märchenhaften Wald entlässt, und ich atme die wundervolle Luft ein. Sie riecht nach Tannen und Erde.

»George, bei Fuß.« Mein Hund denkt nicht daran, sondern zieht noch stärker an der Leine. Die Baumreihen der Weihnachtsbäume schälen sich aus der Umgebung, und ich beschleunige meine Schritte. Dabei trete ich in ein Kaninchenloch, gerate ins Wanken und bekomme eine dicke Ladung Schnee ab, die sich von den mächtigen Zweigen einer großen Nordmanntanne löst.

»Argh!« Das kalte Nass trifft auf meinen Kragen und flüchtet sich zwischen Schal und Rollkragenpullover. George nutzt die Gelegenheit und reißt sich los. Nicht schon wieder!

»Zu mir!«, rufe ich und eile ihm gebückt nach. Wie kann der auf seinen kurzen Beine nur so schnell sein? Als er über die schmale Holzbrücke und somit aufs Nachbargrundstück der von Daniels huscht, verschlucke ich einen unweihnachtlichen Fluch.

»George!« Meine Stimme gerät schrill. Verzweiflung packt mich, als er im Dickicht verschwindet. »George!« Ich sprinte los, dem frechen Wesen hinterher, das für einen unmöglichen Frühsport sorgt. Gott, ich mag Bewegung nach dem Frühstück gar nicht!

Als ich durch Buschwerk breche, liegt vor mir die parkähnliche Wiese der von Daniels mit ihren Buxbaumhecken und akkurat angelegten Rosenbeeten, und ich wundere mich, wie gut alles in Schuss ist. Da hat jemand ziemlich viel Energie investiert – der Garten sieht fast so aus wie früher. Möglicherweise ist dieser Jemand gerade dabei, auf der anderen Seite des Grundstücks Holz für den Kamin zu hacken. Zumindest hört es sich so an.

George umrundet die Rückseite einer der Fachwerkstallungen, die vor dem eigentlichen Haus stehen, und verschwindet um die Ecke. Kacke.

Ich folge ihm und wundere mich über die komischen Flecken und Reste von Eierschalen an der sonst tadellosen Wand. Wer macht denn so was? Ich hetze weiter und sehe gerade noch, wie mein Hund Schnauze voran durch den Spalt eines schwarzen Scheunentors schlüpft. Eine Eisenkette verhindert, dass man es aufrollen kann. Also stecke ich meinen Kopf durch die Öffnung und linse hinein.

»Lieber George, du bekommst ganz viele Leckerchen, wenn du jetzt zu deinem geliebten Frauchen kommst«, locke ich zuckersüß. Er schaut kurz auf, bellt, schnüffelt weiter und dackelt in Entenmanier zwischen zwei Oldtimern hindurch. Wow, was für Schlitten hier stehen! Ein Chevrolet, ein silberner Käfer und eine Corvette. Heiliger Weihnachtsmann!

Ich quetsche meinen Körper weiter voran, es nützt ja nichts, schließlich muss ich meinen Hund zu fassen bekommen. Dass ich bei dieser Gelegenheit all die schönen Fahrzeuge im Vorbeigehen quasi automatisch inspiziere – dafür kann ich ja nichts. Vielleicht sollte ich dem Weihnachtsmann auch mal wieder einen Brief schreiben? So einen VW Käfer könnte ich jedenfalls gebrauchen. Selbstverständlich nur als Zweitwagen, neben Rudolph.

Als mein Hintern kurzfristig im Torspalt hängen bleibt und gleichzeitig das gleichmäßige Geräusch der Axt auf Holz verstummt, werde ich hektischer. Die Kette, die das Tor hält, klimpert laut, und ich wünsche mir einmal mehr, ein unsichtbarer Weihnachtswichtel zu sein. Oder schlanker.

»Verdammt!«, brüllt jemand. Ich halte die Luft an. Nichts geht mehr, weder vor noch zurück. Schwere Schritte nähern sich.

»Das hier ist Privatbesitz! Und Eltern haften für ihre Kinder!«, brüllt jemand mit hörbar viel Zorn im Bauch. Ich erkenne die Stimme, es ist Oliver, der Mann, der Georges Schwester adoptiert hat.

»Sorry, sorry«, antworte ich mit quietschiger Stimme. »Es sieht anders aus, als es ist.« Mein Magen summt vor Aufregung, ich fühle mich so ausgeliefert, wie ich hier mit dem Oberkörper festsitze. Ich kann kaum atmen. Dann geht ein Ruck durch mich hindurch, als die Kette gelöst wird und das Tor mit einem Rasseln aufgeht.

»Puh, danke. Ich dachte schon, ich muss ersticken.« Ich lächle und rücke meine Weihnachtsmannmütze zurecht, die in beträchtliche Schieflage geraten ist.

»Sie?« Oliver von Daniel trägt eine Holzfällerjacke wie aus dem Katalog und hat den Reißverschluss bis zum Bauch aufgezogen. Seine dunklen Haare kräuseln sich in seiner Stirn, und an seiner Wange klebt Schmutz, den ich am liebsten sanft fortwischen würde, weil er einen winzigen Moment lang drein blickt wie ein kleiner Junge, der sich im Wald verlaufen hat.

»Ja-ha, ich. Und ich kann das erklären …«, setze ich an, als auch schon etwas zwischen meinen Beinen durchhuscht und mich fast umhaut. Spencer, die kleine dunkle Hündin, hat George entdeckt und freut sich wie verrückt. Ich strauchle. »Huch!«

Mit einer schnellen Bewegung greift Oliver meinen Oberarm und hindert mich am Umfallen. Ich hab sofort ein Déjà-vu, und unser Weihnachtsmarktcrash ist wieder präsent.

»George ist mir entwischt … mal wieder«, stammle ich und schaue in seine sturmgrauen Augen, die sich verengen und diesen unbestimmten Ernst in sich tragen. Als gäbe es in dieser Welt nichts zu lachen, schon gar nicht im Winter. »Ich schätze, ich bin die schlechteste Hundemama unter dem Weihnachtsstern«, plappere ich weiter, bis sich sein Griff um meinen Arm lockert und er mich schließlich loslässt.

George und Spencer balgen umher, der eine versucht, dem anderen in die Ohren zu beißen. Ich höre ihr spielerisches Kläffen und Knurren, kann aber nichts anderes machen, als Oliver von Daniel grenzdebil anzustarren. »Er ist einfach hierhergelaufen, George, meine ich, vielleicht hat er ja gerochen, dass seine Schwester hier wohnt. Die haben Sie ja zu sich genommen …« Ob es dem armen Hündchen richtig gut geht an der Seite eines so kühlen Menschen?

Oliver atmet tief ein, verzieht seinen Mund zu einem Strich, und ich rechne damit, dass er mich bitten wird, Leine zu ziehen, im weitesten Sinne. Ich trete rückwärts. »Ich werde dann mal meinen Hund schnappen und wieder …«

»Und? Sind Sie schon in Weihnachtsstimmung?«, fragt er aus heiterem Himmel. Seine Stimme klingt beinahe sanft.

»Öhm.« Ich angle nach Georges Leine, in der sich die Hunde gerade verheddern und wie ein Geschenk verschnüren. »Ich bin eigentlich immer in Weihnachtsstimmung.« Sogar im Sommer und zu Ostern. Was mich wieder an die Eier denken lässt, die offensichtlich jemand gegen die Scheunenwand geworfen hat.

Oliver von Daniels Mundwinkel zuckt, ich frage mich, ob das ein Lächeln wird, und lege abwartend den Kopf schief.

»Wir kennen uns doch von früher«, meint er nachdenklich.

»Möglich.« Ich runzle die Stirn, knicke, im Versuch, gelassener zu wirken, die Hüfte ein und stemme die Hände in die Taille. Ich habe keine Ahnung, welcher der Brüder er ist. Die sahen sich alle so ähnlich … und waren alle ähnlich doof. »Ich hoffe nicht, dass Sie der waren, der mich damals einseifte«, scherze ich, und sein Blick wird unruhig. Nun lächelt er tatsächlich, aber schuldbewusst, und kratzt sich im Nacken. Als seine Jacke samt Pullover dadurch ein Stück nach oben rutscht, fällt mir auf, dass er enorme Bauchmuskeln hat. Hello, Santa!

»Ich fürchte, der war ich.«

Verdammt. Das ist eine meiner schlimmsten Vorweihnachtserinnerungen, und sofort stellen sich mir die Nackenhaare auf. Gott, was habe ich geflennt wegen diesem Arsch.

»Los, schnapp sie dir!«, rief sein Bruder mit Basecap auf dem Kopf und stachelte ihn an. Sie waren beide groß und athletisch. Das hatte ich bereits Tage zuvor gesehen, als sie Bälle in einen Basketballkorb auf deren Hof warfen, der natürlich akkurat schneegeschippt war. Oma hatte uns gebeten, nie bis zur Grundstücksgrenze in den Wald zu gehen, und wir hatten nicht gehorcht. Ich war bis zu ihrem Zaun gelangt und beobachtete sie eine Weile. Nun waren sie uns auf den Fersen.

Mieke war schneller als die beiden Jungs, schlug einen Haken zwischen den Reihen von Omas und Opas kleinen Weihnachtstannen und hängte sie ab. Ich war nicht so wendig wie sie. Noch nie. Meine Lunge brannte, und ich hörte meinen eigenen schnellen Herzschlag laut in meinen Ohren.

»Lauf, Häschen, lauf«, rief der Junge, der Oliver war, hinter mir, während er Stück um Stück aufholte. Unsportlichkeit hat durchaus seine Nachteile, wir mir in diesem Moment klar wurde. Dann passierten drei Dinge gleichzeitig: Mieke schrie auf, als sie mit Schneebällen abgeworfen wurde. Ich erschrak so sehr über ihren schrillen Ton, dass ich zu ihr guckte und über eine Baumwurzel stolperte. Oliver, der bestimmt schon sechzehn Jahre alt war und sich auf mich warf wie ein Löwe, der eine Gazelle ergreift, lachte laut. Es war ein seltsam glückliches Geräusch in dieser für mich unangenehmen Situation. Mir wurde die Luft aus der Lunge gepresst, und ich rutschte ein ganzes Stück durch den Schnee, bis mich ein Baum stoppte. Die Zweige fischten mir die Mütze vom Kopf, und die roten Haare fielen mir in die Stirn und versperrten mir die Sicht.

»Ah! Runter von mir, du Ungeheuer«, brüllte ich und versuchte, mich zu befreien. Verzweifelt griff ich nach Tannenzweigen, um mich an ihnen hochzuziehen und den Jungen, der mich niederpresste, abzuschütteln. Oliver hielt inne und ließ zu, dass ich einen kleinen Abstand zwischen uns brachte. Etwa eine Papierlänge, mehr nicht. Dann packte seine Hand mein rechtes Bein. Er ragte hoch über mir auf, hob mit der anderen Hand seinen Schneeball und zögerte.

Wollte er etwa, dass ich bettelte, es nicht zu tun? Darauf konnte er lange warten.

Die Luft war so eiskalt wie meine Wut. Halbherzig begannen winzige Schneeflocken vom Himmel zu treiben, als könnten sie sich nicht entscheiden, ob sie nicht lieber in den Wolken bleiben wollten.

»Wenn du das tust, kommst du in die Hölle«, prophezeite ich ihm, als mir auffiel, dass er ein Veilchen im Gesicht trug. Sicher verkloppten sich die Jungs aus lauter Boshaftigkeit den lieben langen Tag gegenseitig.

»Da bin ich schon«, bestätigte Oliver, und mit seinen Augen geschah eine Millisekunde lang etwas, das ich nicht verstand. Ich hatte so etwas schon einmal gesehen, als Oma eine ihrer Kühe einschläfern musste. Eine Art Bedauern angesichts der Unausweichlichkeit.

»Na, dann gehörst du wohl auch dahin«, spie ich ihm entgegen und zappelte mit den Beinen, um mich zu befreien. Etwas in seinem Blick erlosch bei diesen Worten, und mit Schwung traf der harte Schneeball mein Gesicht. Es brannte wie Feuer, und die Haut meiner Lippen riss auf. Ich schmeckte sofort Blut und heulte auf. Oliver ließ mich los, wich erschrocken zurück, als er das Ergebnis seiner Attacke sah, und flüsterte eine Entschuldigung. Ich rollte mich auf den Bauch, wollte nicht, dass er sah, wie ich weinte, und wünschte ihm tausend Qualen in seiner Hölle.

»Hau ab«, brüllte ich schließlich und blieb reglos im Schnee liegen. Die Zeit verlangsamte sich, ich unterdrückte ein Schluchzen und hielt die Luft an. Einer der Brüder rief etwas. Ich konnte die Worte nicht verstehen, und plötzlich war ich allein zwischen den kleinen zukünftigen Weihnachtsbäumen. Nach einer ganzen Weile fand mich Oma und nahm mich tröstend in den Arm. Meine weißen Wollhandschuhe, die sie mir gestrickt hatte, waren voller Blut, und ich weinte noch mehr. Mieke, die Oma alarmiert und hergeführt hatte, tätschelte meinen Rücken, unbeholfen wie immer.

»Diese verdammte Teufelsbrut.« Oma war so wütend, dass ich beinahe selbst Angst vor ihr bekam. Nachdem sie mich verarztet hatte, stapfte sie hinüber zum Gutshof und kam eine ganze Weile nicht wieder. Noch heute frage ich mich, ob es mich hätte beunruhigen sollen, dass sie eine Mistgabel mitnahm.

»Vielleicht kann ich den Angriff von damals wiedergutmachen?«, holt mich Olivers tiefe Stimme aus der unangenehmen Erinnerung.

»Na, da bin ich ja mal gespannt.«

Spencer hockt mit ihrem Hintern auf Georges Kopf, und ich fühle mit ihm, wie er da im Schnee liegt und sich nicht rühren kann.

»Hast du einen Wunsch?«

Das ist eine wirklich gute Frage und erwischt mich eiskalt. Ich hab noch gar nicht darüber nachgedacht, was ich mir dieses Jahr zu Weihnachten oder für den Jahreswechsel wünsche. Neben den obligatorischen Dingen wie Gesundheit und Glück für mich und alle, die mir nahestehen, sollte mir doch sofort etwas einfallen. Oder etwa nicht? Meine Gedanken wirbeln wie der Schnee in meinen Schneekugeln und glitzern auch genauso.

»Wenn du so fragst«, sage ich schließlich. »Wie wäre es mit einer Fee, die mir dann mindestens drei Wünsche schuldet?« Ich setze ein honigsüßes Lächeln auf und zwirbele unsicher eine Locke. George hat sich unter Spencer hervor gekämpft, nimmt irgendeine Witterung auf und tritt prompt auf sein Ohr, als er dem neuen Geruch folgt. »Und ich könnte außerdem eine Gehorsamsfunktion für Welpen gebrauchen, die man George einbaut.«

Oliver hebt seine dichten Augenbrauen, die so was von *on fleek* sind, dass bestimmt jedes Mädchen neidisch wäre. »Ich könnte dir ein paar Erziehungstipps geben.«

»Wirklich? Und das soll dann eine Wiedergutmachung für deinen Angriff sein?« Ich lache spöttischer, als ich will, und schaue auf meine Stiefelspitzen.

»Vielleicht fällt dir ja noch etwas anderes ein, das ich für dich tun kann.« In seiner Stimme schwingt Ungeduld mit, und ich bin versucht, die Wiedergutmachung, wie auch immer sie geartet ist, auszuschlagen. »Im Ernst, Elin. Es tut mir wirklich leid.« Er reicht mir seine Hand, seine Finger sind warm und etwas rau, von der Arbeit mit dem Holz vermutlich.

»Ach, jetzt sind wir also schon beim Du?«, stelle ich fest und drücke kurz seine Finger. Und er kennt meinen Namen.

»Wie wäre es mit einem Punsch?« Er vergräbt seine Hände tief in seiner Jeans und lächelt jetzt einnehmender. Dann dreht er sich einfach um und geht in Richtung Haupthaus. Ein Pfiff, und Spencer folgt ihm gut erzogen. Wie zum Weihnachtskobold hat der das denn geschafft? Ich schnappe mir George, den ich lieber trage, um kein Risiko zu eingehen.

Mister Grinch

Eigentlich folgt man ja keinem Bären in seine Höhle, auch keinem Löwen oder anderen Raubtieren. Und wer kann schon wissen, ob Oliver nicht genau in diese Kategorie gehört? Ich tue es trotzdem.

»Schlagen Sie, ähm, schlägst du dein Holz gern selbst?«, frage ich mit einem Blick auf den riesigen Stapel Holz, der sich auf dem Platz vor der Scheune türmt. Da will sich aber jemand abreagieren …

Ich muss mich beeilen, um mit ihm schrittzuhalten. Leidend blickt George in mein Gesicht, weil ich ihn beim Laufen zu sehr durchschüttle, und ich drücke ihm einen flüchtigen Kuss auf die dicke Nase.

Oliver bleibt auf der ersten Stufe zum imposanten Foyer stehen und wendet sich kurz zu mir um. »Ich finde, manche Dinge muss man selbst erledigen. Und da ich mich in meinem Job nicht viel bewege, kommt mir so eine Aufgabe gelegen.« Das Gebäude ragt erhaben über uns auf, und ich wundere mich, wie kühl es auf mich wirkt.

»Was machst du denn beruflich?« Noch immer stolpere ich über das Du. Es ist nicht nur ungewohnt, sondern fällt mir schwer, weil Oliver in seiner gesamten Körperhaltung so distanziert, geradezu abweisend wirkt.

Er dreht einen Schlüssel in der schwarzen Haustür um, der ein hübscher Weihnachtskranz gut stehen würde, und öffnet sie lautlos. In meinem Geiste kann ich beinahe sehen, wie der Kranz sich saftig grün mit roten Kugeln von dem Mahagoni abheben würde.

Olivers kleine Hündin Spencer wedelt mit dem Schwanz und schaut ununterbrochen zu ihrem Herrchen auf, das eintritt und seine Jacke aufhängt. Dann hält Oliver seine Handfläche auf Höhe des Hundes und sagt: »Touch.« Spencer reagiert sofort, stupst mit ihrer Nase seine Finger an und setzt sich auf ihren Hintern. Dieses Verhalten wird umgehend mit einem Leckerchen aus der Hosentasche belohnt, was George dazu veranlasst, auf meinem Arm zu zappeln, weil er auch eins will.

»Also, was machst du beruflich?«, hake ich nach. Ganz sicher ist er Ausbilder bei der Bundeswehr oder der Marine.

»Ich bin Strafverteidiger«, lässt Oliver mich wissen, während er seine Hündin mit einem bereitgelegten Handtuch die Füße säubert. Das nenn ich mal organisiert. Ich schließe die Tür, die bestimmt zweimal so hoch ist wie ich, setze George auf die hellen Fliesen und mache es dem Hausherrn nach. George zieht immer wieder seine Pfoten weg und versucht, mir beschwichtigend übers Gesicht zu lecken.

»Wow, das ist bestimmt ein sehr spannender Job.« Ob er Schwerverbrecher raushaut oder gefallene Engel vertritt? Apropos Engel, hier drinnen fehlt es ganz eindeutig ebenfalls an Weihnachtsdeko.

»Ja, das kann man so ausdrücken.« Er hält mir auffordernd seine Hand entgegen und hilft mir aus der Jacke. Als unsere Finger sich berühren, spüre ich einen Funken übersprühen, und sein Lächeln, das daraufhin hervorblitzt, ist wirklich atemberaubend. Er hat makellos weiße Zähne, und plötzlich liegt eine Wärme auf seinem Gesicht, die von tief innen zu kommen scheint. Ich versinke einen Atemzug zu lang in diesem Anblick.

»Und du verdienst deinen Lebensunterhalt tatsächlich allein mit dem Verkauf von Weihnachtsartikeln?«, fragt er, während er meinen Mantel auf einen Bügel hängt.

»Ob man es glaubt oder nicht, ich kann davon leben.« Ich schlüpfe aus den schneenassen Stiefeln und folge Oliver durch den großzügigen Flur, dessen Decke reich mit Stuck verziert ist. Die Wände sind mit einer Art Marmorfarbe bearbeitet, und nur wenige Bilder aus alten Zeiten hängen neben einer herrschaftlichen Treppe, die in den mit Folien abgehängten ersten Stock führt. Oliver betritt eine offene Küche, und die Hunde jagen an mir vorbei hinüber in den Wohnzimmerbereich und balgen sich auf einem Wildschweinfell.

»Ich finde es schön, wenn man beruflich das machen kann, was einen ausfüllt«, meint Oliver. »Den Luxus hat nicht jeder.«

Ich stimme ihm stumm zu und lehne mich etwas befangen an die edle Küchenzeile. Oliver nimmt einen Topf, der aussieht, als wäre er noch nie benutzt worden, und füllt Apfelpunsch hinein.

»Du liebst deine Weihnachtsmütze, oder?« Er deutet auf meine unruhigen Hände, die den roten Stoff kneten, als wäre es ein Keksteig. Ich kichere, und kurz stimmt Oliver mit ein.

»Nicht mehr als Glühwein«, grinse ich. »Noch mal großes Sorry für die Taufe.«

»Ist schon lange verziehen.« Seine Stimme ist nur ein Raunen, während er sich zu mir beugt und eine Schranktür hinter mir öffnet, um zwei Tassen herauszuholen. Er ist mir so nah, dass ich seinen Geruch von Tannengrün, Vanille und

Mann einatme. Unwillkürlich schließe ich die Augen. Heiliger Weihnachtsmann!

Als ich sie wieder öffne, entgeht mir nicht das Zucken seiner Mundwinkel, als er sich viel zu langsam mit dem Geschirr in der Hand von mir zurückzieht. Oh, Mist. Kann der etwa Gedanken lesen oder hat sich gerade was Komisches auf meinem Gesicht abgespielt?

»Ähm.« Mein Blick rutscht nach unten, auf meine Socken mit dem Lebkuchenmännchenprint, und ich suche in meinem Hirn nach einem unverfänglichen Thema für gepflegten Small Talk.

»Und? Wie geht es deinen Brüdern?«, fällt mir als Erstes ein.

Oliver rührt den Punsch, seine Haltung versteift sich einen winzigen Moment. »Vincent ist seit Langem tot …«

Super, das hat ja großartig geklappt mit dem »unverfänglich«. Weiter so, Elin.

»… und Richard lebt in den USA. Wir sehen uns recht häufig, allerdings verstehen wir uns nicht unbedingt.«

»Oh, das tut mir leid. Ich meine, das mit Vincent vor allem. Es ist schwer, jemanden zu verlieren.« Mein Lächeln verrutscht mit meinen Worten, und ich muss an die Beerdigung meiner Mutter denken und an die Taubenfeder, die ich an diesem Tag auf meinem Balkon fand. Es fühlte sich an wie ein Zeichen, eine Art Abschiedsgruß, den sie mir hinterließ. Zumindest bilde ich mir das gern ein. Sie hat Vögel geliebt und sie, solange ich denken kann, im Winter gefüttert und versorgt.

»Danke«, flüstert Oliver und gibt eine Prise Zimt in den Punsch. Der Duft steigt auf, dringt mir in die Nase.

»Warst du schon mal in Amerika?«, fragt er, während er den jetzt dampfenden Punsch in die Tassen füllt.

»Nein, es ist auch nicht unbedingt mein bevorzugtes Reiseland. Lieber würde ich mal nach Italien fahren.«

Wir gehen hinüber zur Sitzecke aus braunem Leder, und Oliver entfacht ein Feuer im Kamin. Das Knistern ist wundervoll laut, und als die Flammen beginnen, das trockene Holz zu fressen, entspanne ich mich. George und Spencer sind vollkommen erschöpft eingeschlafen und schnarchen leise vor sich hin. Es sieht so süß aus, wie sie ineinander verknäult sind.

Oliver bittet seine Alexa, die auf dem Kaminsims steht, die Playlist *Die Summe des Ganzen* zu spielen, und bald darauf erfüllen leise Klavierklänge das Haus. Sehr nice.

»Ist das Yann Tiersen?«

Oliver sieht mir in die Augen, lässt meinen Blick lange nicht mehr los, während er sich mir gegenübersetzt, als liege ihm eine Frage auf der Zunge. Als wolle er etwas Wichtiges von mir wissen. Er stellt seine Tasse auf einen Untersetzer und antwortet schließlich auf meine Frage: »Ja, *La plage*, um genau zu sein.« Er mustert mich weiter, ziemlich ungeniert, und ich werde wieder nervös.

Plötzlich fällt mir ein Foto auf dem Kaminsims neben Alexa auf, und ich stehe auf.

»Nanu, den kenne ich doch«, flüstere ich und nehme den schweren Metallrahmen in die Hand. Ist das nicht der kleine Junge vom Weihnachtsmarkt, mit dem ich eine Schneekugel getauscht habe? Der Kleine guckt mit großen fragenden Augen in die Kamera und lächelt schief. Erst jetzt fällt mir eine gewisse Ähnlichkeit zu Oliver auf, und mein Magen fühlt sich plötzlich an, als hätte ich einen Eiszapfen verschluckt.

»Das ist mein Sohn Samuel«, höre ich Oliver mit Stolz sagen, woraufhin ich nach Bildern der Mutter suche. Sicher ist sie die schönste Frau der Welt und wird mitsamt Sohn hier einziehen, sobald Oliver mit Restauration und Renovierung fertig ist. Habe ich etwa vermutet, er wäre Single?

»Er hat bei mir eine Schneekugel gekauft«, erkläre ich. »Und er will später mit mir ausgehen.«

»Mein Sohn hat einen guten Geschmack«, antwortet Oliver leichthin und erhebt sich langsam. Er schlendert zu mir herüber, nimmt mir das Bild aus der Hand und stellt es zurück auf seinen Platz.

»Du würdest also ebenfalls mit mir ausgehen wollen?« Wenn ich es nicht besser wüsste, müsste ich mich jetzt fragen, ob Oliver von Daniel mit mir flirtet.

»Sammy hat sich sehr über die Schneekugel gefreut«, weicht er meiner Frage aus und hängt einem Gedanken nach, streicht mit dem Daumen ein letztes Mal über den Rand des Rahmens und geht wieder hinüber zum Sofa.

»Und du, Elin? Hast du Familienpläne?« Seine graublauen Augen heften sich erneut auf mich mit dieser durchdringenden Intensität, die mich aufwühlt. Sie erinnern mich an die Wolken, kurz bevor ein Gewitter sich entlädt.

Gleichzeitig jagt mir seine Frage siedend heiß eine Erinnerung durch den Kopf. Es muss das Weihnachtsfest vor meinem fünfzehnten Geburtstag gewesen sein, als Mieke und ich mit zwei anderen Mädchen aus dem Dorf zum Weihnachtsmarkt gingen. An einem Stand aß ich gebrannte Mandeln und beobachtete die Mädchen dabei, wie sie mit Jungs aus den umliegenden Orten flirteten. Etwas weiter entfernt, auf einer kleinen Holzbühne, begann gerade die Aufführung der Sternensänger. Sie sangen *Carol oft the Bells,* und ich lauschte entzückt den wundervollen Klängen, bis sich etwas in meinen Haaren verfing. Ich fischte kleine Papierfetzen heraus und drehte mich ruckartig um, suchte nach dem Witzbold, der mich damit abwarf, fand ihn jedoch nicht. Ich aß weiter und schob mich durch die Menge, um die Bühne besser im Blick zu haben. Irgendwann bemerkte ich, dass mir eine hochgewachsene Gestalt folgte. Sie blieb neben mir stehen, und als ich zu ihr aufsah, blickte Oliver auf mich herab. Seine dunkelbraunen Haare fielen ihm tief ins Gesicht, zeichneten Schatten auf seine Haut, und trotz dieser Düsternis, die er mit sich trug, stellte ich in diesem Moment fest, dass er echt gut aussah. Nach dem fiesen Einseifüberfall, der bereits drei Jahre zurücklag, hatten er und seine Brüder uns die darauffolgenden Winter immer mal wieder attackiert.

»Was willst du?«, fragte ich bissig, als er so frech auf mich herabgrinste.

»Wir könnten damit beginnen, dass du mir von deinen Mandeln welche abgibst«, schlug er leichthin vor. Seine grauen Augen funkelten, und ich weiß noch, wie ich bei mir dachte, dass ich, wenn er etwas netter wäre, vielleicht versuchen würde, hinter seine Mauern zu blicken.

»Eher friert die Hölle zu«, antwortete ich kühl und sah wieder hinüber zu den wunderbar kostümierten Sternensängern.

»Warum bist du so verstockt? Hast du etwa noch nie mit einem Mann Mandeln geteilt?«

Ich musste lachen. »Erstens, nur weil du groß bist und dir langsam ein Bart wächst, bist du noch lange kein Mann. Dazu gehört einiges mehr.« Oma sagte immer: »Viele Männer werden sieben, danach wachsen sie nur noch, und diese darf man unter gar keinen Umständen heiraten.«

Olivers Grinsen verrutschte etwas. »Ach wirklich? Was denn?«

»Na, gutes Benehmen, Grips und Charisma.« Mir schwebte in etwa Mister Darcy aus dem Film *Stolz und Vorurteil* mit

Keira Knightley vor, mein absoluter Favorit zu der Zeit. Und an den kam ganz sicher keiner der Enkel des alten von Daniel auch nur ansatzweise heran.

»Sollte das eine Beleidigung werden? Dann versuch es lieber noch mal«, sagte Oliver aalglatt und griff in die Tüte mit Mandeln. Obwohl Oma uns regelmäßig einbläute, dass Gewalt keine Lösung sei, machte ich eine Ausnahme und klebte ihm eine.

Seine Augen weiteten sich überrascht, und für einen winzigen Moment dachte ich, er würde zurückschlagen.

»Da will man helfen und wird dafür geohrfeigt. Und das zu einer so christlichen Zeit.« Olivers Worte klangen gespielt verletzt. Trotzdem erfasste mich ein schlechtes Gewissen, wenngleich auch nur so lange, bis er weitersprach. »Wenn du weiterhin allein so viel frisst, dann bekommst du niemals einen Mann ab. Du hast jetzt schon einen fetten Entenarsch.« Er zwinkerte mir spöttisch zu und bediente sich ein weiteres Mal in meiner Tüte, während ich die Beleidigung sacken ließ. Cool warf er sich die Kerne in den Mund, lachte hart und ließ mich stehen. So ein Arschloch!

Ich erinnere mich genau an das Gefühl, das er bei mir auslöste, und wie sehr seine Worte mich trafen. Natürlich war ich nicht perfekt und wie alle Teenager sehr kritisch mit mir selbst.

»Wenn die Frage zu persönlich ist, dann vergiss sie wieder«, sagt der Oliver der Gegenwart, und mein Hirn rattert auf Hochtouren. Ich will mir auf gar keinen Fall die Blöße geben und zugeben müssen, dass ich tatsächlich nicht viele Männer in meinem Leben hatte und der letzte mir quasi gerade abhandengekommen ist. Natürlich ist mir klar, dass diese Tatsache nichts mit meiner Hummelhüfte oder einem ausladenden Hintern zu tun hat, sondern vielmehr mit verschiedenen Lebenseinstellungen. Außerdem bin ich relativ schüchtern, was Männer angeht, und ungeschickt.

»Nein, schon gut«, winke ich lässig ab. »Mein Verlobter und ich wollen erst mal viel reisen, bevor wir über Kinder nachdenken. Ich bin ja noch jung. Taufrisch sozusagen.« Mein Lachen hört sich hohl in meinen Ohren an, und der Blick, mit dem Oliver mich bedenkt, verrät Skepsis.

»Also, ich meine, Kinder sind eine große Verantwortung, und ich kann ja nicht mal meinen Welpen erziehen.« George neben Spencer atmet im Schlaf wie zur Bestätigung laut auf.

»Unterstützt dich dein Verlobter denn nicht dabei?«

»Im Prinzip natürlich schon, aber Anton ist Schriftsteller und viel auf Recherchereise und in Schreibklausur. Bis sein nächster Roman veröffentlich ist, bin ich also sozusagen alleinerziehend«, lüge ich, dass sich die Balken biegen. Wie zum Geier komme ich auf diesen Beruf? »Nach unserer Hochzeit will ich meinen Mann aber so viel es geht begleiten, damit ihm die vielen Groupies vom Hals bleiben. Anton ist einer der gut Aussehenden seiner Zunft.« Und der Oskar geht ... nicht an mich. Oliver verengt die Augen, lehnt sich auf dem Sofa gemütlich zurück und schlägt ein Bein über das andere. »Was schreibt dein Anton denn so?«

»Thriller.« Das kam ein bisschen schnell, und ich nicke unterstreichend.

»Wirklich? Ich lese öfter welche, aber ein Autor mit dem Namen ist mir gar nicht geläufig.« Oliver legt den Kopf schief und scheint intensiv darüber nachzudenken. Mist, wie wechsle ich denn jetzt das Thema?

»Er schreibt unter einem Pseudonym«, behaupte ich und muss daran denken, dass es sehr, sehr wenige erfolgreiche deutsche Thriller-Autoren gibt.

»Das da wäre?«

»Geheim.« Ich lächle entschuldigend und hoffe, dass der Weihnachtsmann nicht zuhört, wie ich mir hier solch hanebüchenen Geschichten ausdenke.

»Na, dann gratuliere ich mal zu einer so interessanten Verbindung.« Oliver setzt seine Tasse an den Mund, vermutlich, um sein eher spöttisches Lippenkräuseln zu verstecken. »Es ist doch schön, wenn du glücklich bist.«

»Mmh«, brumme ich eine Oktave zu hoch. Um mich abzulenken, lasse ich meinen Blick durch das Zimmer wandern. Bücherregale und ein riesiger Esstisch dominieren den Raum mit seinen offenen Balken. Alles hier hat klare Linien, und mir fehlt die weibliche Note.

»Und? Bist du schon ganz fertig mit der Renovierung?«

Oliver seufzt und nimmt einen weiteren großen Schluck von seinem Apfelpunsch. »Noch lange nicht. Die oberen Räume und die Bäder werden mich noch eine Weile beschäftigen. Und was wirklich verhext ist: Man findet kaum einen Handwerker in der Region, der Zeit hat.«

»Oh, das ist natürlich ein Problem«, überlege ich, da ich selbst schon Opfer des Fachpersonalmangels in Deutschland wurde, als ich einen Rohrbruch in der Werkstatt hatte und zwei Tage ohne fließend Wasser auskommen musste. »Und wenn man es selbst macht?« Ich habe meine Wohnung eigenhändig tapeziert und gestrichen, nachdem Stefan weg war, und ich muss sagen, es wurde fabelhaft.

Olivers Augenbrauen schießen in die Höhe. »Nein, was solche Tätigkeiten angeht, lasse ich lieber arbeiten.«

Mir entgeht der selbstgefällige Unterton nicht, und ich muss unweigerlich an seinen Großvater denken, den König des alten Eickstever, dem hier einst so ziemlich alles gehört hat. Und der gern seine Mitmenschen herumscheuchte.

»Ach, so ist das?« Ich drehe mich zu ihm um. »Da kommen dann wohl die Gene durch, was?«

Seine Miene verschließt sich schlagartig, und seine Haltung wird steif. »Was willst du damit sagen?«

Ich habe soeben mit einer Gabel in ein Wespennest gestochen, wie mir scheint, und versuche, die Situation zu retten. Was mir nicht sonderlich gut gelingt, als ich sage: »Nun ja, das halbe Dorf weiß, wie die von Daniels so waren.« Soweit ich weiß, schwängerte Olivers Vater einst eines der Dienstmädchen und wurde deshalb beinahe verstoßen. Schließlich löste man das Problem mit Geld und suchte und fand eine angemessene Braut, die später drei Söhne bekam und sie unter der Aufsicht des Großvaters großzog. Was aus dem Kind des Dienstmädchens wurde, ist nicht überliefert – die Mutter wurde entlassen und nie wieder gesehen.

»Weißt du, liebe kleine Elin«, setzt Oliver an, und ich möchte protestieren, weil er sich erdreistet, diesen feinen Zusatz *klein* in Bezug auf meine Wenigkeit zu verwenden, komme jedoch nicht dazu. »Gene bestimmen nicht alles, und ich habe rein gar nichts mit meinem Großvater gemein.«

Die herablassende Art schon, denke ich und werde trotzig.

»Nun ja, ich denke, dass wir so einiges in die Wiege gelegt bekommen. Manche von uns sogar Geld.« Ich weiß nicht, wieso ich so stichle, aber ich kann nicht anders und verpacke meine Worte in ein honigsüßes Lächeln.

»Das mag sein. Und wenn es so ist, dann hast du deine spitze Zunge sicher von deiner Großmutter und ihrer Sippe.«

»Danke für das Kompliment.«

»Gern«, brummt er.

»Sag mal, willst du nicht mal ein bisschen Weihnachtsstimmung in deine herrschaftlichen vier Wände bringen?«

»Ungern.«

Meine Augenbrauen hüpfen in die Höhe. »Wieso nicht? Für deinen Sohn wäre das sicherlich wichtig.« Ich trinke den Punsch leer, und mein Bauch wird unangenehm warm. Mit etwas viel Schwung stehe ich auf, drehe ich mich um meine eigene Achse und scanne den Raum.

»Du weißt nicht, wovon du sprichst«, knurrt Oliver.

»Man könnte Lichterketten aus Sternenregen an den bodentiefen Fenstern anbringen und Tannenzweige um den Kamin flechten.« Ich gerate kurz in Verzückung, während sich immer neue Ideen in meinem Kopf manifestieren und ich die schönsten Farben plane. »Und man könnte Socken aufhängen, genau hier, für Sam.«

»Moment mal«, unterbricht er mich. »Ich möchte etwas klarstellen. Ich hab dich nicht in mein Haus gelassen, damit du es umgestaltest und dich unangemessen einmischst.«

Ich verschlucke mich an dem Vorschlag, einen Weihnachtsbaum in Türkis mit Silberschmuck zwischen Küchenzeile und Tisch aufzustellen, und starre Oliver an.

»Ich hab es nur gut gemeint. Weihnachten ist heilig, keiner sollte sich davor verschließen. Wenn man es zulässt, kann das Fest der Liebe einem so viel schenken.« Meine Wangen glühen, weil ich mich in Rage rede und weil seine nächsten gemurmelten Worte mich in der Magengegend treffen.

»Geh lieber deine eigene Familie mit dem Weihnachtsquatsch ersticken.« Da ist er wieder, der kalte Junge, der mir das Gesicht einseifte und mich beschimpfte. Mich Entenarsch nannte und dabei lachte.

»Wie gesagt, ich hab es nur gut gemeint.«

»Nun, das ist oftmals das Gegenteil von gut, richtig?«, flüstert er und faltet seine feingliedrigen Hände auf seinem

Schoß. Seine sturmgeladenen Augen weichen mir jetzt aus und wirken im nächsten Moment in sich gekehrt.

»Ich geh dann wohl besser. Heute ist der vierte Advent, wir schmücken das ganze Haus, schließlich ist es die schönste Zeit im ganzen Jahr, in der Nächstenliebe eine große Rolle spielt ...« Meine Stimme versagt, als er im nächsten Moment auch schon bei mir ist. Schritt um Schritt weiche ich zurück, weil er mir zu nahe kommt. Zuerst folgt er mir, dann hält er inne.

»Lass dich nicht aufhalten, Elin.« Er drückt sich an mir vorbei, geht zum Wildschweinfell, auf dem die Hunde schlafen, und hebt George auf seinen Arm. Wortlos geht er voran, ich folge ihm, schlüpfe in Stiefel und Jacke und finde mich im nächsten Moment vor der Haustür wieder. Mit Hund auf dem Arm.

»Dann wünsche ich noch einen schönen vierten Advent«, sage ich freundlich und fühle mich plötzlich hundeelend, weil Oliver irgendwie verloren wirkt. »Wenn du einsam bist, kannst du ja mal rüberkommen«, schlage ich leise vor und drücke meinen Welpen schützend vor mein Herz.

Oliver lächelt schief. »Hinüber ins Irrenhaus? Lieber nicht.«

»Dann nicht. Du weißt nicht, was dir entgeht.« Ich stapfe davon, ohne mich noch einmal umzusehen. Auch nicht, als ich glaube, meinen Namen zu hören. Geflüstert, entschuldigend.

Ich habe tatsächlich schlechte Laune an diesem Tag. Und ich weiß, wer daran schuld ist. Ebenso gut könnte man eine ordentliche Portion *Quality Time* mit dem Grinch verbringen. Einen besseren Startschuss vor Weihnachten kann es gar nicht geben.

Sternenglanz

Säuerlich kehre ich zum Haus meiner Familie zurück, die gerade Lichterketten aufhängt und die Wohnung weihnachtlich schmückt. Oma düst mit ihrem Rollator durch die Bude und stellt überall Räuchermännchen und Nussknacker auf. Im Hintergrund läuft mein Lieblingslied *Santa Baby* von Eartha Kitt, und ich atme tief durch. Der vierte Advent ist einer meiner Lieblingstage, also lächeln und genießen!

»Hey, wo kommst du denn her?«, fragt mich Mieke neugierig, als ich in die Küche gucke. »Wir haben uns schon gefragt, ob wir dir einen Suchtrupp hinterherschicken müssen.«

»Ich hatte eine Begegnung der dritten Art«, berichte ich halblaut von dem kurzen Besuch in der Villa, lasse George laufen und zerre mir die Jacke vom Leib. Der Hund stürmt zu seinem Napf und kaut die letzten Reste des Trockenfutters auf. Mieke schneidet gerade Fichtenzweige auf dem Küchentisch und bereitet Drähte vor, damit wir das Treppengeländer verschönern können, wie früher.

»Im Wald?« Mieke hebt fragend eine Augenbraue, als glaube sie, ich würde ihr gleich einen vom Weihnachtsmann erzählen.

»Nicht genau dort, aber nahe dran.« Ich nicke und gehe in

Gedanken noch mal das Gespräch mit Oliver durch. Was ist eigentlich passiert, das die Stimmung so schnell hat kippen lassen? Einen Moment lang dachte ich, er würde mich mögen und sich sogar für mich interessieren.

Die Zwillinge, die brav am Tisch neben ihrer Mutter sitzen, basteln Schneesterne aus Seidenpapier und stellen den Streit um die Schere ein, als sie hören, was ich sage. »Du hast einen Bären gesehen, stimmt's?« Beide halten gespannt die Luft an und reißen die Bambiaugen auf.

»Nein, ich habe unseren Nachbarn getroffen.« Ich enttäusche sie ja nur ungern.

Erna, die bunte Lockenwickler im Haar hat, fährt im Schneckentempo ihren Rollator in unsere Richtung, stellt unterwegs den letzten Nussknacker auf den Kaminsims und verpasst im Vorbeigehen Noan, der kalte Asche in einen alten Zinneimer entsorgen will, einen kleinen Stoß mit der Hüfte.

»Mensch, Oma«, brummt er. Beinahe lässt er alles fallen, Staub wirbelt ihm entgegen, und er hustet.

»Huch, dich hab ich gar nicht gesehen«, sagt Erna unschuldig, beugt sich zu ihm hinunter und wuschelt ihm durchs Haar. »Meine Güte, Junge. Bist du durch den Kamin gerutscht, oder warum bist du so schwarz im Gesicht?«

Phoebe mit dem Staubsauger im Schlepptau hört die Bemerkung und reagiert angefressen. »Erna, du bist scheiße rassistisch, weißt du das?«

»Süße, für dich immer noch Uroma. Und ich bin alles andere als das. Das kannst du Opa fragen«, blafft die alte Dame zurück, was Phoebe mit einem missmutigen Kopfschütteln quittiert.

»Uropa lebt nicht mehr«, sagt sie für meinen Geschmack eine Spur zu ungerührt, bevor sie den Staubsauger anstellt.

Das Röhren übertönt meinen immer noch unruhigen Herzschlag. Oma hält inne, als müsse sie das Gesagte erst begreifen, und einen Moment lang huscht echter Schmerz über ihre Miene.

»Omi, mach doch mal eine Pause und setz dich zu uns.« Ich winke sie zu mir herüber und rücke einen Stuhl für sie zurecht.

»Was ist rassistisch?«, will Libi wissen, runzelt die Stirn und faltet ihren roten Papierstern, der ein wenig schief geraten ist und einen beträchtlichen Riss hat.

»Das ist, wenn man nur Vanillekipferln backt und niemals Schokokekse«, meint Erna und setzt sich ungelenk zu uns. Ich lege meine Hände auf ihre Schultern und massiere sie sanft.

»Das ist ja schrecklich«, antworten die Zwillinge, ehe sie konzentriert weiterbasteln.

»Jetzt erzähl schon«, fordert Mieke mich auf, während sie Draht um die vollen Tannenzweige wickelt und Stück für Stück eine Girlande mit rosa Kugeln und Tannenzapfen zaubert. »Was wollte er denn, unser netter Nachbar?«

»Mich zu einem Apfelpunsch einladen«, erzähle ich, und Omas Blick schnellt zu mir.

»Nein.«

»Doch.«

»Nein.« Sie sieht beunruhigt aus. Wieso sieht sie so beunruhigt aus?

Ich kratze mir verlegen den Nacken. »Er war sehr nett.« Zumindest, bis er mich aus seinem Haus geekelt hat. »George war mir mal wieder ausgebüxt, und dabei verirrten wir uns auf sein Grundstück und haben ihn beim Holzhacken gestört.«

»Der ist alles andere als nett«, meint Mieke knapp und

schiebt hinter vorgehaltener Hand hinterher: »Im Dorf sind sich alle einig, dass er arrogant ist und einen Stock im Arsch hat.«

Libi schaut nicht auf, hakt jedoch nach: »Hast du Arsch gesagt?«

»Nö, ›Stockarsch‹, hab ich genau gehört«, berichtigt Nane mit einem langen Augenaufschlag.

»Ich sagte ›Stockbarsch‹, das ist ein Fisch«, improvisiert meine Schwester ertappt.

»Genau, ein Stockfisch.« Erna keckert und wendet sich dann an mich. »Die von Daniels sind allesamt gleich. Bei denen muss ein Kätzchen nur falsch miauen, damit sie es ertränken.«

»Das meinst du doch nicht ernst«, antworte ich, während mir ein kalter Schauder über den Rücken läuft.

Libi und Nane schnattern über Stöcke in Fischen und füllen damit die Stille, die sich kurzzeitig über uns senkt. Später bekleben sie die Butzenfenster mit ihren Sternen.

»Du machst dich zu dick, meiner ist der Stern der Sterne, der braucht am meisten Platz«, zwitschert Libi.

»Meiner ist aber der Kampfstern Galactica, und der macht deinen weg, wenn du ihm zu nahe kommst«, antwortet Nane bissig.

Erna hilft Mieke derweil mit den Zweigen und schneidet den Draht durch, damit wir ihn um das Treppengeländer legen können.

Als sie fertig ist, greife ich die Girlande und betrete rückwärts die Treppe. Noan geht an Mieke vorbei, tätschelt ihren Hintern und küsst sie hingebungsvoll. Einen Moment habe ich Sorge, dass sie das andere Ende loslässt, als Phoebe wie auf Bestellung einschreitet.

»So was sieht man sonst nur bei Amseln, die ihre Jungen

füttern«, brummt sie und tut so, als müsste sie sich übergeben. Die Zwillinge hüpfen ebenfalls herbei und halten uns die Schachtel mit Omas altem Lametta entgegen, das jedes Jahr wiederverwendet wird.

»Vorsicht mit der …«, weiter kommt Phoebe nicht, da entgleitet der Karton den Kinderhänden, und die feinen Fäden verteilen sich überall auf dem Boden.

»Ups.« Wenn Kinder wirklich wie ein Reh gucken können, dann Miekes Mädchen.

»Ich habe gehört, der Oliver von Daniel ist geschieden«, flüstert Mieke, während sie die letzten losen Äste mit Draht am Geländer befestigt und das Gesamtbild prüft. »Sehr schön.«

»Woher weißt du das?«, will ich wissen und frage mich, warum er das mir gegenüber nicht erwähnt hat. Und warum diese Information meinen Magen so seltsam summen lässt, als würden kleine dicke Hummeln eine Christmas-Party darin feiern.

»Die Mädels aus dem Dorf haben es mir gerade erst vor ein paar Tagen erzählt.« Ach ja, der Landfrauentreff.

Phoebe hilft den Zwillingen, das Lametta aufzuheben und zurück in die Schachtel zu legen. Im Radio wird *Ho Ho Ho* von Sia gespielt, und alle drei Mädchen singen mit.

»Die sind doch keine zuverlässige Quelle«, stoße ich aus und denke an den Tag, als wir noch jung waren und eben diese »Mädels aus dem Dorf« uns erzählten, unser Bach sei so etwas wie ein Wunschbrunnen, in den man sein Lieblingsstofftier werfen müsse und dafür Herzenswünsche erfüllt bekäme. Ich versenkte ganze acht Teddys, um Opa zurückzuholen. Ich ertrug es einfach nicht, wenn Oma weinte.

Eines Nachts hörte ich dieses leise Schluchzen, das mich innerlich erzittern ließ, zum ersten Mal. Auf Zehenspitzen schlich ich hinüber zu ihrem Schlafzimmer und spähte durch einen winzigen Spalt in der Tür. Der Kleiderschrank stand offen, und vor ihm auf einem Wäscheberg aus Opas karierten Hemden lag Oma und weinte. Das schwache Licht einer einzelnen flackernden Kerze ließ Schatten über ihren Körper tanzen, und ich tappte zu ihr. Es war kalt im Zimmer, und ich zog die Bettdecke von der Matratze. Vorsichtig breitete ich die Daunendecke über ihrem Körper aus und deckte mich selbst mit einem Zipfel zu, während ich mich neben sie legte.

Ich blinzle, vertreibe diese traurigen Bilder, die neben den vielen glücklichen Ereignissen nun mal zu uns allen gehören.

»Die Dorfbewohner von Eickstever waren schon immer sehr groß darin, über andere zu urteilen, ohne dabei über den eigenen Tellerrand zu gucken. Vergiss das nicht«, tadle ich meine Schwester und denke daran, wie schwer es Mama hatte, als sie in dieses Dorf zurückkehrte. Einige der Landpomeranzen mobbten sie, weil sie ihren Mann verlassen und ganz allein die Welt bereist hatte. »Unsteter Geist« nannte man sie. Ich knirsche mit den Zähnen, als ich daran denke.

»Stimmt schon. Allerdings muss ich zugeben, dass die wenigen Begegnungen mit Oliver von Daniel nicht besonders angenehm waren. Du hast ihn ja selbst erlebt«, meint Mieke und wischt sich mit einer schnellen Handbewegung eine gelöste Strähne ihres Zopfs aus dem Gesicht.

»Wusstest du, dass er einen Sohn hat?«, frage ich.

»Hab ich gehört; auch, dass die Mutter versucht, das Kind von Oliver fernzuhalten.«

»Das ist doch sehr traurig.« Was für eine Mutter tut so etwas? Ein Kind braucht beide Elternteile, das weiß ich aus eigener Erfahrung, und zum Glück haben unsere Eltern das wunderbar hinbekommen – trotz aller Unmöglichkeiten, die sich zwischen den beiden abspielten.

Mieke zuckt die Achseln. »Es wird Gründe geben.«

»Und was sagt der Dorffunk über diese Gründe?« Unruhig kaue ich auf meiner Unterlippe. Ich weiß nicht, ob mich das alles interessieren sollte. Warum ich diesen Impuls verspüre, hinter Olivers Fassade blicken zu wollen.

»Nichts Genaues. Seine Ex lebt in Amerika und hat von Haus aus Geld wie er. Patrizia Kahrs sagte, er habe sie bestimmt betrogen. Mit der Babysitterin oder so. Die von Daniels haben sich ja gern an den Bediensteten vergangen und sich nicht weiter um die Folgen geschert.«

Ich setze zu einer Erwiderung an, um meiner Schwester meine Meinung zu uraltem Tratsch zu sagen, da kreischt Libi: »Ich will das Lametta verteilen!«

Phoebe hilft ihr auf die Treppenstufen.

»Hex, hex! Und du bist schön!« Nane drängt sich dazwischen, fischt sich ein paar der glitzernden Fäden aus dem Karton und behängt ihre große Schwester damit.

»Lass das, sonst klatscht es gleich«, droht die und zupft sich das silbrige Engelshaar aus ihren Locken.

»Wieso, willst du nicht mal hübsch sein?«, foppt die Kleine und streckt Phoebe die Zunge heraus. In diesem Moment verliert Libi das Gleichgewicht und fängt sich an Phoebes Brust ab.

»Fass mir nicht an die Titten, Zwerg«, fährt die die Kleine an, und Mieke wirbelt zu den Mädchen herum.

»Phoebe, also bitte. Benehmt euch, es ist bald Weihnachten«, schnappt sie.

Es ist zwar ein gutes Argument, aber ich habe das untrügliche Gefühl, dass ihre Nerven allmählich verbraucht sind.

»Titten, Titten, Titten«, singen die Zwillinge im Chor und

führen einen seltsamen Tanz auf, der sich über mehrere Treppenstufen zieht und eine komplexe Abfolge von Klatschen und Stampfen beinhaltet. Phoebe reißt der Geduldsfaden, als ihre Schwestern erneut mit Lametta werfen. Auf das nächste gesungene »Hui« folgt ein Klatschen, und Libi heult.

»Na super!«, brüllt Mieke, und Phoebe flüchtet in Mordsgeschwindigkeit die Treppe hinauf.

»Ich hab sie gewarnt!«, verteidigt sie sich, bevor sie im oberen Stockwerk verschwindet.

»Ich bin hier wirklich im Irrenhaus«, murmelt Noan. »In der Weiberabteilung für Hysterie.« Er schnappt sich einen Korb, um von draußen neues Feuerholz zu holen.

»Bring die anderen Heiligen Zwei Könige mit, Melchior«, ruft ihm Erna nach und keckert vergnügt vor sich hin. Manchmal habe ich das Gefühl, ihr fehlt nur noch eine Tüte Popcorn zu ihrem Glück, wenn das Familienleben eskaliert. Noans Mundwinkel zuckt, und er muss trotzdem lachen.

»Wirklich, ein Irrenhaus«, sagt er abschließend und wirft die Tür hinter sich zu.

Mieke tröstet Libi, indem sie das schluchzende Mädchen auf ihren Arm hebt. Die steckt sich den Daumen in den Mund wie ein Kleinkind und nuckelt manisch darauf herum, während Nane aus lauter Solidarität offensichtlich überlegt mitzuheulen. O du Fröhliche!

»Wer will Kekse?«, rettet Oma die Situation und öffnet die Weihnachtsdose mit den vielen kleinen Hirschen darauf. Weil ich ihr am nächsten stehe, greife ich als Erste zu – one Plätzchen a day keeps the Weihnachtsstress away – und beiße in einen herrlichen Spekulatius. Er entlädt eine wahre Geschmacksexplosion auf meiner Zunge, und ich unterdrücke ein Seufzen. Mehr davon!

»Okay, kommen wir zum Thema zurück. Was sagt er denn so, der Oliver von Daniel?«, fragt Mieke, während sie Libis Scheitel streichelt. »Er muss ja etwas gewollt haben.«

Ich räuspere mich. »Nicht viel, er arbeitet als Strafverteidiger und muss noch einiges in der Villa renovieren.« Ich zucke mit den Schultern.

»Ich dachte, er ist Anwalt mit einer eigenen Kanzlei in Amerika.« Nachdenklich wiegt Mieke Libi auf dem Arm.

»Das ist ja lustig«, mischt sich Oma ein. »Komisch, dass immer Leute ohne moralische Grundsätze ins Rechtswesen gehen. Wer auch immer sich die Menschheit ausgedacht hat, hat Sinn für Humor.« Ihre Augen glitzern kurz, und ich frage mich, was sie mit den von Daniels erlebt haben muss, dass sie kein gutes Haar an ihnen lassen kann.

»Kanntest du den alten Gottwald von Daniel gut?«, will ich wissen und beobachte Erna dabei, wie sie einen Keks in ihrer Hand zerbröselt und die Stücke sortiert, als wären es ihre Erinnerungen und Gedanken zu der Familie.

»Als ich klein war, musste ich mit meiner Schwester zusammen bei deren Apfelernte mithelfen. Und da hab ich diesem Mann das erste Mal gegenübergestanden, als er das Ergebnis begutachten kam«, beginnt sie. Ihre Keksecken werden zu Staub, während sie mit dem Finger auf ihnen herumdrückt. »Er schenkte mir einen Apfel.«

»Das ist doch nichts Schlimmes«, überlege ich, und ihr Blick wird noch leerer. Es sei denn, man bekommt ihn von Schneewittchens Stiefmutter.

»Es war die Art, wie er mich angesehen hat, Elin. Als wäre ich ein kleiner Engel aus Glas, den er nur zu gern zerspringen sehen würde.«

Mir stellen sich die Haare im Nacken auf, und ein Schauer läuft mir über den Rücken.

»Schluss mit den Gruselgeschichten«, unterbricht meine Schwester diesen verstörenden Moment. Dann grinst sie. »Eines muss man dem jungen von Daniel lassen: Er sieht echt heiß aus.«

Libi guckt ihre Mama fragend an, dann ihre Zwillingsschwester Nane, die ratlos die Achseln zuckt.

»Und aus diesem einfachen Grund möchte ich an dich appellieren, vorsichtig zu sein.« Mieke wirft mir einen eindringlichen Blick zu, bevor sie die Zwillinge mit einem Friedensangebot in Form von Keksen nach oben zu Phoebe schickt.

»Wie meinst du das denn?«, frage ich ungläubig. Sie kann mich unmöglich für triebgesteuert halten.

»Na, du bist ja schon eine ganze Weile auf dem Trockenen. Du weißt schon, was ich meine …« Sie lächelt und winkt beschwichtigend ab.

»Nein, weiß ich nicht.« So leicht kommt sie aus der Nummer nicht heraus! Ich muss zugeben, ich mag Sex, und er fehlt mir manchmal. Und vielleicht habe ich das das eine oder andere Mal am Telefon erwähnt.

»Sie meint, du bist eine ganze Weile ungebumst und deshalb möglicherweise anfällig …«

»Oma«, stöhnt Mieke und schaut sich hektisch nach den Kindern um, die gerade am oberen Ende der Treppe im Flur verschwinden.

»Anfällig für was?« Ich kichere, das kann ja wohl nicht wahr sein.

»Für Unfälle.« Mieke malt Anführungszeichen in die Luft und grinst blöd.

»Was für einen Unfall meinst du?« Der Impuls, mir die Ohren zuzuhalten, überkommt mich.

»So einen, bei dem man stolpert und ganz zufällig auf

dem Penis eines attraktiven Mannes landet, der eigentlich der Teufel selbst ist«, trällert Oma Erna fröhlich und leckt ihre Kekskrümel auf. Pfui.

»Ich bitte euch.« Mir fehlen die Worte.

Mieke seufzt.

»Was denn? Darf man das nicht sagen?« Oma klingt empört und schnaubt abfällig. »Ihr seid so prüde, so habe ich euch nicht erzogen! Ihr habt aus den Sechzigern aber auch gar nichts gelernt.«

»Richtig, das war ja auch Mama, die die Sechzigerjahre erlebt und uns erzogen hat.«

»Bitte, dann halt so. Wenn du alles besser weißt.« Oma schmollt und macht Anstalten, sich in ihre Stube zurückzuziehen. »Ich muss mir jetzt die Wickler rausmachen, bekommt ja nicht jeder von allein Locken.«

Am Abend sitze ich gerade auf dem Klo und lese ein Prinzessin-Lillifee-Heft der Zwillinge, als ich eine beunruhigende Entdeckung mache. Aus dem Mülleimer lugt etwas Weißes hervor, das mich verdächtig an einen Schwangerschaftstest erinnert.

»Das kann doch nicht …« Ich beuge mich hinüber, angle nach dem Ding und falle fast vom Lokus. Meine Fingerspitzen erwischen den Streifen, und mein Atem stockt, als ich die zwei blauen Streifen erkenne, die eine Schwangerschaft bestätigen. Aber wessen? Ich starre das Ding an, meine Synapsen drehen durch und verhindern einen anständigen Denkprozess.

Will Mieke noch ein Kind? Ist der Test von ihr? Wirkt sie deshalb seit Tagen so angespannt? Oder stammt der Streifen gar von Phoebe? Heiliger Nikolaus, muss ich meine Nichte jetzt bei *Teeniemütter* anmelden? Egal, welche der beiden

den Test auch gemacht hat – wieso hat diejenige ihn so dermaßen »öffentlich« entsorgt, dass der nächste Lokusbesucher quasi zwangsläufig darüber stolpern muss? Mannomann.

Ich ziehe mir die Hose hoch, taumle vorwärts und lasse den Test wieder im Müll verschwinden. Dann gehe ich hinüber zum Zimmer der Zwillinge, in dem Mieke gerade die Geschichte des Nussknackers vorliest. Die Mädchen kuscheln sich links und rechts in ihre Arme, und ich bleibe stumm im Türrahmen stehen. Noan schlendert den Flur entlang, hält neben mir inne und flüstert: »Sind sie nicht einfach wundervoll?«

Er geht zu ihnen. Ich sehe die tiefe Liebe in seinem Blick, wie zärtlich er seine Frau und Kinder liebkost, und wünsche mir, dass mich irgendwann auch jemand so ansieht.

Während ich den vieren vom Flur aus zusehe, frage ich mich, ob ich Noan von meinem Fund erzählen sollte. Eine Weile lauscht auch er der Geschichte andächtig, dann erhebt er sich wieder und schiebt sich lächelnd an mir vorbei. Ich nutze die Gelegenheit und raune ihm zu: »Du hast recht, Kinder sind einfach das Größte. Willst du eigentlich noch mehr haben?«

Er stößt die Luft durch seine Zähne. »Gott bewahre, nein.« Er schlendert weiter, klopft an Phoebes Zimmertür und bittet sie, die Musik leiser zu stellen.

Ich brenne darauf, mit Mieke zu reden, ich muss sie einfach auf meinen Fund ansprechen. Auch wenn er von Phoebe ist, dann erst recht. Sie ist doch noch so jung, wie soll sie allein mit so einer Situation zurechtkommen?

Ich schleiche in mein Zimmer und gehe unruhig hin und her. Die Minuten vergehen zäh, und als ich es nicht länger aushalte und zurück zum Zimmer der Zwillinge schleiche, schnarcht Mieke leise mit dem Buch auf der Brust vor sich hin. Die Zwillinge legen bedeutend ihre Finger an ihre Lippen und bitten mich, ganz leise zu sein, während sie es sich neben ihrer Mutter bequem machen.

Nun gut. Dann vielleicht morgen, denke ich mir und stoppe vor Phoebes Zimmer. Ich klopfe sacht an und öffne. Phoebes Blick ist aufgewühlt. Sie sitzt vollkommen bekleidet in Jeans und Tanktop auf dem Bett.

»Was ist?«, fragt sie und lässt ihr Handy vom Ohr sinken.

»Hey.« Ich lächle unsicher. »Ich hab mich gefragt, ob du Gesellschaft haben magst.« Und ob du mir vielleicht etwas erzählen willst. Etwas ziemlich Wichtiges. Etwas zum Thema »Entdecke das Kind in dir«.

Sie verzieht ihr hübsches Gesicht und hält ihr Telefon mit der Hand zu. »Das ist lieb von dir, Tante Elin, und sonst jederzeit gern, nur jetzt gerade nicht.« Sie lächelt zurück, es erreicht ihre Augen nicht, die, wenn ich es mir genau überlege, verweint aussehen. O nein. Sie ist schwanger, ganz sicher.

»Süße ...«, sage ich.

»Ja?« Sie wirkt angespannt, beinahe ungeduldig, und ich traue mich nicht, sie zur Rede zu stellen.

»Wenn du mich brauchst – ich bin immer für dich da.« Ich sehe ihr fest und flehend in die Augen. Sie muss einfach verstehen, dass sie zu mir kommen kann, egal, wo es brennt. Mit mir kann man sowohl Pferde stehlen als auch Kühe vom Eis holen.

»Danke, das weiß ich sehr zu schätzen.« Sie hält die Luft an, ich höre eine Männerstimme aus ihrem Handy, und ihr Lächeln wird entschuldigend. »Ich muss da jetzt wieder rangehen.«

»Okay, aber denk daran: Ich bin gleich nebenan.«

»Ja, sicher.« Sie runzelt die Stirn, und ich verlasse ihr Zimmer und schließe langsam die Tür. In diesem Moment vibriert mein Hintern. Ich angle mein Handy aus der Gesäßtasche und öffne den Chatverlauf.

Starlessnight hat geschrieben: *Ich wünsche dir einen zauberhaften 4. Advent.*

Danke, das wünsche ich dir auch, antworte ich und füge hinzu: *Ich hoffe, deiner ist entspannter gewesen als meiner.* Irgendwie ist dieses Jahr wirklich der Wurm im Weihnachtsapfel.

Wieso, was ist denn los? Weihnachstress oder Familienzoff?

Lange Geschichte ..., erwidere ich knapp.

Du kannst sie mir erzählen. Ich hab gern ein offenes Ohr für dich.

Ich betrete mein Zimmer, werfe mich aufs Bett und ziehe mir ein Kissen in den Nacken. Während ich George aus seinem Karton, in dem er den Nachmittag verschlafen hat, angle und mir auf den Bauch lege, hadere ich mit mir. Mein Bedürfnis, mich auszusprechen, ist groß. Und mit einem vollkommen Unbeteiligten zu reden ist reizvoll und beängstigend zugleich.

Nur so viel: Schwangerschaftstests können einem echt die Stimmung verhageln, tippen meine ungeduldigen Finger schließlich.

Daraufhin kommt eine Weile lang nichts mehr, und ich schlafe auf meinem Bett liegend einfach ein.

Meine Träume sind wirr und totaler Nonsens. Ich spaziere durch eine Weihnachtswelt, die der Dekoabteilung eines Baumarkts nicht unähnlich ist, und setze mich auf den Rücken eines etwas zu fett geratenen Rentiers. Irgendwann läuft es los und trägt mich an den Kassen vorbei zu einem Weihnachtsmarkt mit Glühweinausschank. Ich entdecke Oma, die neben Onkel Heinz steht und grölt, als drei Weihnachtsmänner ein Podest betreten und eine Striptease-Show abziehen. Holla, die Waldfee.

»Was ist denn hier los?«, frage ich ungläubig und lasse meinen Blick über die knackigen Oberkörper der drei Männer mit weißen Bärten wandern.

»Bitte sei leise, ich will die drei singen hören«, raunzt Oma mich an und wackelt zu einem lautlosen Beat mit dem Hintern. Ihr Rollator sieht getuned aus und erstrahlt in Knallpink.

»Die singen doch gar nicht«, bemerke ich irritiert, und plötzlich steht einer der Santas hinter mir und tanzt mich an. Ich ziehe scharf die Luft ein, als seine Hand sich an meinen Po legt.

»Süße, wann hast du eigentlich zuletzt deinen Busch in Ordnung gebracht?«, will Oma wissen und wedelt mit der Bastelschere der Zwillinge in der Hand herum.

»Ich glaube nicht, dass ich mit dir über meine Intimpflege sprechen werde, und ...«, setze ich an, da deutet Oma nach links zu einem Haus, das aussieht wie jenes, in dem sich meine Wohnung befindet und das von einer hohen Wacholderhecke umgeben ist.

»Du musst Mauern einreißen und nach vorne blicken, Liebchen«, rät Oma mir, setzt sich auf einen Hocker, der aussieht wie ein Pilz, und pustet mir die Rauchkringel eines Räuchermännchens, das sie in der Hand hält, entgegen. Scheiße, wo bin ich? Im Wunderland?

Der Weihnachtsmann küsst meinen Nacken, und seine Hände fahren über meine Schultern zu meinen Brüsten. Ich sollte protestieren, aber es fühlt sich so gut an.

Plötzlich liegen wir im Schnee, ganz allein auf einer Wiese. Der Weihnachtsmann und ich. Es ist nicht kalt, sondern angenehm weich hier unter den Wipfeln einzelner

Bäume, deren Äste sich schwer unter der weißen Pracht biegen.

»Soll ich dir ein Baby machen?«, fragt der Mann, dessen Gesicht ich vor lauter weißem Rauschebart nicht erkennen kann. Seine Stimme ist rau, und ich habe sie schon mal gehört. Gerade vor Kurzem erst.

Ich habe keine Ahnung, warum ich ihm mit einem klaren »Ja, ich will« antworte. Ich stehe sozusagen entsetzt daneben, während sich dieser durchtrainierte Körper über mich schiebt und niederdrückt. Sein Gewicht löst warme Wellen in mir aus, ich könnte zerspringen vor Lust, und ich kralle mich an seinem nackten Rücken fest.

Lippen treffen auf meine, zuerst sanft, wie Stefan mich küsste, dann drängender. Meine Lider schließen sich entzückt, und ich seufze. Heilige Nacht! Als ich sie wieder öffne, blicke ich direkt in Olivers Sturmaugen, die sich fragend auf meine heften. Unter uns strömt plötzlich Wasser, wir liegen auf einem Bett, und Mieke und Oma schwimmen in einer überdimensionalen Weihnachtstasse sitzend an uns vorbei.

»Ich hab sie noch gewarnt«, meint Oma bedauernd und schnalzt missbilligend mit der Zunge. »Jetzt wird sie ein Kind bekommen und es zu einem Hund erziehen.«

»Was?« Ich versuche, mich aufzurichten, schaue der roten Tasse irritiert nach und fühle mich unglaublich nackt, obwohl ich dicke Weihnachtssocken mit Glöckchenprint trage.

Mieke spannt einen Schirm auf, als es zu schneien beginnt, und mein Bett stößt gegen eine unsichtbare Mauer. Ich befinde mich in einer Schneekugel, und Libi und Nane halten sie abwechselnd in ihren kleinen Händen und drücken ihre überdimensionalen Nasen am Glas platt.

»Nicht fallen lassen«, brülle ich und fahre hoch.

»Tante Elin?«, fragt eine der Zwillinge. Ich hab keine Ahnung, welche der beiden es ist, die da mit einem Teddy im Arm vor meinem Bett steht und mich anstarrt. »Hast du dir wehgetan?«

»Nein, alles ist super«, lüge ich und blinzle.

»Kann ich bei dir schlafen? Mama hat mich rausgeschubst, und Libi lässt mich nicht auf ihre Seite.«

Ich hebe meine Decke an und lege mich selbst auch gleich mal darunter. George auf meinem Bauch hebt müde den Kopf, blinzelt und pennt dann weiter.

Zimteisbomben

Der nächste Tag verläuft ohne nennenswerte Zwischenfälle und mit einer guten Portion Frieden. Die Zwillinge haben ihr Zimmer aufgeräumt. Na gut, dank des Wasserschadens gibt es auch nicht mehr so viele Dinge, die herumliegen könnten, da die meisten Spielsachen noch zum Trocknen im Bad liegen. Bislang haben Libi und Nane nicht mal einen Streit mit ihrer großen Schwester angestrebt. Und das ist wirklich super, weil Phoebe nämlich heute Abend auf die beiden und auf Oma aufpassen soll, während Noan bei einem Freund ist und Mieke und ich auf Freddies Geburtstagsparty im Dorf gehen. Der Gute wird dieses Jahr fünfzig, und Onkel Heinz, der die Patenschaft für den Mann mit Downsyndrom übernommen hat, richtet jedes Jahr zu Freddies Ehrentag ein Fest aus, das er gleichzeitig als Gelegenheit nutzt, um Spenden für das Behindertenheim an der Wassermühle zu sammeln. Heinz ist zu Recht sehr stolz auf seine Leistung und darauf, dass in den letzten Jahren jedes Mal weit über tausend Euro zusammenkamen, die dem Heim wichtige Anschaffungen ermöglichten.

»Elin!«, ruft Oma am späten Nachmittag quer durchs Haus. Sie ist in der Küche und will mit den Zwillingen neue Plätzchen backen.

»Ja, Omi?« Ich stehe im Badezimmer, versuche gerade, mich hübsch zu machen, und stecke meinen Körper in mein Miss-Santa-Kleid. Es ist aus rotem Samt, recht körperbetont und hat an Saum und Ausschnitt weißen Plüsch. Drei schwarze Knöpfe zieren das Dekolleté und bieten verschiedene Möglichkeiten, wie viel man zeigen möchte. Ich entscheide mich für hochgeschlossen, da der Rock schon kurz genug ist. Wir wollen ja als seriöse Weihnachtsfrau durchgehen.

»Kannst du uns bitte aus dem Schrank oben links die Plätzchenformen geben?«, bittet Oma mich, und ich zupfe an meiner Strumpfhose herum, während ich zu den drei Weihnachtsbäckerinnen eile. Oma steht an der Arbeitsplatte und prügelt auf einen Klumpen Keksteig ein, als hätte er etwas verbrochen. Fasziniert schauen ihr die Zwillinge dabei zu, und ich frage mich, ob Naschen erlaubt ist.

»Tante Elin, du bist zauberhübsch«, lässt mich Nane mit leuchtenden Augen wissen und versucht, in Noans Manier zu zwinkern.

»Danke, mein Schatz.« Mir wird warm ums Herz, und ich steige auf einen Stuhl, um die Ausstechförmchen zu organisieren.

»Siehst du, hab ich doch gesagt. Es macht Frauen glücklich, wenn man ihnen das sagt. Das hab ich von Papa«, erklärt die kleine Komplimentgeberin ihrer Schwester. »Und es ist egal, ob es stimmt. Hauptsache, man tut so.«

Der erste Ausstecher kommt ins Rutschen, und der nächste trifft meinen Kopf, bevor er zu Boden geht.

»Moment mal«, murre ich, während ich die Förmchen auf den Tisch lege. »Wollt ihr mir damit sagen, dass ich in echt gar nicht gut aussehe?«

Nane stützt ihren Kopf mit der Hand ab und linst zu mir

herauf. »Doch, doch. Aber Papa sagt, dass Mama heute wie ein Gespenst aussieht und lieber nicht weggehen sollte. Und dann war Mama ganz böse und hat gesagt, er ist ein Barsch.«

»Nee, sie hat ›Arsch‹ gesagt«, berichtigt Libi und flüstert: »Aber wir dürfen das Wort nicht so laut sagen.« Sie schiebt ihre Unterlippe vor und runzelt die Stirn. Ihre Hände verteilen Mehl auf der Tischplatte.

Oma knallt geräuschvoll das Nudelholz auf den Teig und beginnt zu rollen. »Lügen haben kurze Beine«, brummt sie, und ich wippe auf meinen Zehenspitzen, unsicher, ob wir nicht lieber einen ganz gemütlichen Abend vor dem Kamin einlegen sollten.

Die Zwillinge grapschen nach den Förmchen, stechen den Teig in einer Mordsgeschwindigkeit aus, sinnieren gedankenverloren über Herzformen, und Oma schlägt neue Eier in eine Schüssel. In der oberen Etage schlägt eine Tür laut ins Schloss, kurz danach kommt Mieke die Treppe herunter.

»Kannst du mir mit dem Make-up helfen?«, fragt sie gehetzt. Ihr Bob tanzt unruhig um ihr schönes Gesicht.

»Wir könnten auch hierbleiben und Kekse essen«, schlage ich vor, denn ich will es wenigstens gesagt haben, falls es stimmt und sie eigentlich zu müde zum Ausgehen ist. Ich verstumme sofort, als ihr Blick mich trifft.

»Das kommt gar nicht infrage, wir zwei lassen es uns heute so richtig gut gehen.«

»Gern«, antworte ich.

Währenddessen stellt Oma das Rührgerät an. Leider vergisst sie, den Spritzschutz auf die Schüssel zu setzen, und die Hälfte der Eier landet in meinem Haar, meinem Gesicht und, noch schlimmer, auf meinem Kleid.

»Ah, scheiße!«, kreische ich.

Oma erschrickt und nimmt das Gerät aus der Schüssel. Allerdings ohne es auszustellen, sodass der Teig noch ein paar Meter weiter fliegt. Mieke brüllt lauter als die Zwillinge, und ich ziehe geistesgegenwärtig den Stecker. Es wird dauern, bis Küche und wir selbst wieder vorzeigbar sind …

Etwa zwei Stunden später erreichen wir die Party. Sie findet in der Kneipe *Zum röhrenden Hirsch* statt, die sich direkt am Marktplatz mit seinem hübschen Brunnen befindet. Lichterketten erhellen den Eingang, und viele Gäste sitzen auf Bänken unter Heizpilzen oder vor den offenen Flammen einer Feuerschale in Wolldecken gehüllt und trinken Glühwein. Es herrscht reges Treiben, durch die großzügige Glasfront der Kneipe sehen wir, dass es innen ebenfalls bereits gut gefüllt ist und die Leute sich angeregt unterhalten.

Mieke hakt sich bei mir ein und bufft mich mit ihrer Hüfte. »Jetzt lassen wir es krachen«, meint sie. »Und wir ziehen den Unternehmern der Gegend mal ein bisschen Spendengelder aus der Tasche. Das wäre doch gelacht, wenn wir Heinz' Highscore nicht knacken können.«

»Ich bin dabei. Aber zuerst erzählst du mir, was mit dir los ist«, fordere ich sanft wie ein Engel.

Eine steile Falte zeigt sich zwischen Miekes Brauen über den von mir dramatisch geschminkten Augen. »Gar nichts, mir geht es gut. Geh mir nicht auf die Nerven, ja?«

Hoppla.

Ich seufze und beschleunige meine Schritte. Es läuft sich schlecht auf dem verschneiten Kopfsteinpflaster, wenn man Pumps trägt, und ich bereue bereits, sie angezogen zu haben.

Als wir den Laden betreten, schwappt uns sofort eine ausgelassene Stimmung entgegen, und ein mir fremder Herr in

Nadelstreifen hilft mir und Mieke aus den Mänteln, um sie an die Garderobe zu hängen.

Unweit der Theke, an der sich zumeist Männer tummeln, befindet sich eine Tanzfläche, auf der Freddie bereits das Tanzbein schwingt. Er ist umringt von älteren Damen – eine erkenne ich als wilde Ilse – und freut sich seines Lebens. Immer wieder fährt sich das fröhliche Geburtstagskind mit den Fingern durch seine Kurzhaarfrisur.

»Da ist ja der Gastgeber«, zwitschert Mieke jetzt wieder unbeschwert, geht voran und zieht mich hinter sich her durch die Grüppchen schwatzender Gäste, von denen ich die meisten nicht kenne.

»Ich hab ihn lange nicht mehr gesehen«, sage ich und wundere mich, dass Freddie kaum älter aussieht als bei unserer letzten Begegnung. Altern Menschen mit dem Downsyndrom eigentlich anders?

»Hey, mein Freund!«, ruft Mieke, lässt mich los und breitet ihre Arme aus, um Freddie zu drücken. Er ist schneller bei ihr, als ich es für möglich gehalten hätte, und bettet seinen Kopf auf Miekes Busen, der in ihrem nachtblauen Kleid so schön zur Geltung kommt.

»Hey, meine Freundin«, sagt er, als seine flinken Augen mich finden. Er strahlt mich glücklich an. »Elin! Elin ist da.« Seine Stimme gerät schrill, als er mich an sich drückt und wieder freigibt. Er nuschelt ein kleines bisschen, wie immer, wenn er aufgeregt ist.

»Ja, ich bin auch mal wieder da. Alles Liebe zu deinem Ehrentag, Freddie«, wünsche ich ihm und bereue, dass ich Oma mein Kleid habe waschen und in den Trockner stecken lassen. Es ist eingelaufen und mir jetzt ungefähr eine Nummer zu klein. Bereits im Taxi war mir aufgefallen, dass es anders saß.

»Toll siehst du aus«, meint Freddie anerkennend, ehe er von einer Frau mit Zöpfen zurück auf die Tanzfläche gezogen wird.

Ich entdecke Heinz an der Bar, der uns zu sich winkt, und stelle im nächsten Moment fest, dass ich meine Schwester auch schon in der Masse verloren habe. Ich kämpfe mich zu Heinz durch, der eine Krawatte in weihnachtlichen Farben trägt, und mein Magen sackt eine Etage tiefer, als ich erkenne, mit wem mein Onkel gerade ein Bier trinkt. Olivers Blick weitet sich, als er ihn über mein Outfit tanzen lässt, und ich spüre, wie mir Röte ins Gesicht steigt. Zu allem Überfluss stößt Heinz einen Pfiff durch seine Zähne aus und hebt seine buschigen Brauen.

»Min Dirn, du siehst klasse aus«, meint er, und ich lächle verlegen und verfluche meine Brust, die sich ein wenig zu sehr gegen die Knopfleiste drückt.

Um dem Starren der beiden Männer auszuweichen, lasse ich meinen Blick über die Menge schweifen und entdecke in einiger Entfernung Mieke, die umringt vom Clan der Landfrauen fröhlich grinst und ein Glas Sekt entgegennimmt.

»Guten Abend«, sagt Oliver steif. Als ich mich zu ihm umwende, versucht er ein Lächeln, das ihm kläglich misslingt. »Schön, dich hier zu treffen.«

Erneut weiche ich seinem Blick aus, weil ich blöderweise an Entenärsche und Unzulänglichkeiten denken muss. Kann man einem Menschen sein Selbstbewusstsein eigentlich operativ aufpolstern, so wie Möpse zum Beispiel? Dann werde ich sofort über einen Eingriff nachdenken.

»Ja, finde ich auch, sehr schön«, gebe ich trotzdem zu, während ich den Bauch einziehe.

Heinz legt seinen Arm um mich und manövriert mich

zwischen sich und Oliver. Unsere Ellenbogen berühren sich ganz sacht, als ich mich rücklings am Tresen abstütze.

»Wie geht es dem Welpen?«, fragt mein Onkel, und ich höre, dass seine Zunge bereits schwer wird. Alkoholtechnisch war Heinz ganz zum Leidwesen seiner Monika noch nie ein Larmarsch.

»George geht es super. Und er ist schon beinahe stubenrein«, sage ich mit einem kleinen bisschen Stolz und verschränke herausfordernd die Arme vor meiner Brust, als sich auf Olivers Miene Skepsis zeigt. Ich fixiere ihn mit meinem Blick und frage mich, ob eventuell ein Trinkduell unseren unterschwelligen Konflikt lösen könnte.

»Super. Ich wusste, ihr würdet gut klarkommen.« Heinz klopft mir auf den Rücken und zwinkert Oliver zu, der ein süffisantes Grinsen zu verstecken versucht, indem er sein Glas an die Lippen setzt.

»Sie ist ein echt guter Fang, mein Lieber«, verkündet mein Onkel. »Und noch zu haben.« Er deutet mit dem Kopf auf mich. Möge sich doch bitte der Boden auftun und mich verschlucken. »Euer Kaliber würde gut zusammenpassen«, setzt er dem Ganzen die Krone auf, und ich spüre, wie meine Ohren vor Scham glühen. Oliver sagt nichts, mustert mich nur von oben bis unten wie ein Händler, der Waren checkt und darüber sinniert, welchen Wert sie haben mögen.

»Ach, Onkelchen. Du bist so ein Witzbold.« Ich kichere blöd und winke entschuldigend ab. Da drängt sich die Frau des Postboten zwischen Oliver und mich, um sich etwas zu trinken zu bestellen, und verschafft mir einen Moment, um nach Luft zu schnappen.

Meine Augen suchen Mieke. Moment mal. Wieso kippt meine Schwester unauffällig ihren Sekt in die Blumen? Scheiße. Ist der Schwangerschaftstest also doch von ihr?

»Ich frage mich, ob ihr beiden nicht mal zusammen mit den Hunden trainieren wollt«, überlegt mein Onkel laut. »Es würde den Welpen bestimmt guttun. Gerade Bassets sind ja Meutetiere und fühlen sich schnell einsam.« Heinz drückt mich so kräftig an sich, dass ich auf den hohen Schuhen um mein Gleichgewicht ringen muss. »Solange du noch hier im Dorf bist, würde sich das doch anbieten.«

Die Frau des Postboten nimmt ein Glas Glühwein entgegen und entschwindet Richtung Eingangstür. Kaum ist der Blick auf mich wieder frei, schaut Oliver unter dichten Wimpern auf mich herab. Ich kann seinen Gesichtsausdruck nicht deuten, denn er trägt mal wieder so eine Art Pokerface zur Schau, durch das nur schwer zu sagen ist, ob er die Idee eines gemeinsamen Hundespaziergangs in Erwägung zieht oder der Gedanke Herpes bei ihm hervorruft.

Als hätte er meine Gedanken gelesen, wendet sich mein inzwischen auffällig lallender Onkel an ihn: »Was meinst du dazu, Oliver?«

Nanu, seit wann sind die eigentlich beim Du?

Bevor er antworten kann, tänzelt ein Mann in Nikolauskostüm an uns vorbei und wirft mit Bonbons um sich, die auf uns herabregnen. Gleichzeitig klingelt mein Handy in seiner Etuitasche, und ich angle es heraus.

»Entschuldigt, ich muss da mal kurz ran. Oma und die Kinder sind allein zu Hause«, sage ich und bin erleichtert, mich der prekären Situation so einfach entziehen zu können. Während ich nach draußen laufe, keimt in mir die Befürchtung auf, dass Heinz darauf aus ist, mich zu verkuppeln. Und aus Erfahrung weiß ich, dass er noch nie ein besonders gutes Händchen für solche Aktionen hatte. Nach Opas Tod versuchte er, Oma Erna Konrad, den Malermeister, schmackhaft zu machen. Oma schlug Konrad einen Zahn aus, als er versuchte, sie zu küssen. Und bevor es Noan gab, stellte Heinz Mieke den Neffen seines besten Freundes vor, was fürchterlich schiefging, weil er zwar süß, aber derart tollpatschig war, dass Mieke nach kurzer Zeit genervt das Weite suchte. Immerhin lernte sie auf einer Party des Neffen Noan kennen, sodass dieser Kupplungsversuch indirekt vielleicht doch als Erfolg durchgehen darf.

Meine Mutter hatte weniger Glück. Als sie wieder Single war, bestellte Heinz sie in ein Restaurant zu einem Essen mit sich und seiner Monika. Nach der Vorspeise ließ er sie in Gesellschaft eines seiner rein zufällig ebenfalls im Restaurant anwesenden Jagdkumpels zurück, um sich um einen imaginären Wasserschaden zu kümmern. Es war der langweiligste Abend ihres Lebens, erzählte meine Mutter später jedem, der es hören wollte. Wenn Heinz mich tatsächlich mit Oliver verkuppeln möchte, ist also höchste Alarmstufe angesagt!

In diesem Moment erreiche ich die Tür, stoße sie auf und nehme das Gespräch auf meinem Handy an.

»Hallo.«

Ich erstarre, als ich die Stimme am anderen Ende erkenne. Ich hätte vorher aufs Display gucken sollen, verdammt.

»Hey, Elin. Wie geht's dir?«, fragt mich mein Exfreund. Einfach so, nach einer Funkstille von beinahe einem Jahr.

»Stefan«, hauche ich entgeistert und lasse mich mit einem Strom Menschen nach draußen spülen. Eisige Kälte fährt mir unter den Stoff des Kleids und lässt mich augenblicklich zittern. »Was möchtest du?« Wollte er nicht ins Ausland gehen? Und nie wiederkommen, oder so in etwa? Einige Monate lang stalkte ich ihn via Facebook und schaute mir Bilder aus der Karibik und von den Malediven an, bevor ich mich zwang, ihn endgültig loszulassen, um nicht noch zur Alkoholikerin zu werden.

»Ja, wenn du so fragst«, beginnt er zögerlich, und die Hand, mit der ich das Handy halte, beginnt zu schwitzen. »Ich wollte dir etwas erzählen. Du bist mir nach wie vor wichtig, und deshalb ...« Er macht eine Pause, und mein Magen summt vor Aufregung. Unsere gemeinsame Zeit rauscht wie ein D-Zug durch meine Eingeweide, beinahe jeder Kuss, jeder tiefe Blick in seine Augen und die gemeinsamen Pläne treiben in meinem Hirn ihr Unwesen.

»Ist das so?«, hauche ich und lausche. Er lacht sein klares und fröhliches Lachen, und mein Herz erinnert sich noch ein bisschen mehr an unsere guten Zeiten.

»Scheiße noch mal, Elin. Ja. Und deshalb möchte ich, dass du es mit als Erste erfährst.«

Ich kichere dämlich und denke an seine Begeisterung, als ich ihm versicherte, dass wir selbstverständlich Freunde bleiben würden. Dass uns schließlich so vieles miteinander verbindet ...

»Und das wäre was?«

»Ich will heiraten.« Bäm. »Und ... also, ich weiß, es ist nicht ganz in Ordnung, aber ... könntest du dir vorstellen, mir den Ring zurückzugeben?«

Ich lache immer noch, allerdings gerät es so schräg, dass mich umliegende Gäste komisch anschauen. »Du meinst den Verlobungsring, den du mir gegeben hast?«, vergewissere ich mich, gehe um die Ecke der Kneipe und stütze mich auf einer der grauen Mülltonnen mit den Gebt Atomkraft keine Chance-Aufklebern ab. Ich glaube, ich muss gleich kotzen.

»Nun ja, er gehörte doch meiner Mutter, du erinnerst dich?« Seine Stimme wirkt jetzt unsicher.

»Natürlich kannst du ihn wiederhaben«, antworte ich gefasster und zwinge meinen Atem in ein gemächlicheres Tempo. Was hatte ich erwartet, aus welchem Grund er anruft? Und viel wichtiger: Wie bekomme ich den blöden Ring aus der Schneekugel, in der ich ihn eingebettet habe? Ich müsste mein Kunstwerk zerstören, und das macht mich wirklich wütend.

»Du bist einfach große Klasse, Elin, ehrlich«, höre ich Stefan sich freuen und schlucke einen Kloß im Hals herunter.

»Nun ja, es ist bald Weihnachten, nicht wahr? Wie könnte ich anders, als dir deinen Wunsch zu erfüllen? Du lässt mir ja quasi keine andere Wahl.«

»Ich revanchiere mich – versprochen.«

»Hoffentlich nicht«, antworte ich viel zu leise und straffe meinen Körper, als zwei Kerle um die Ecke des Gebäudes biegen, um eine Zigarre zu rauchen. Der Blonde von ihnen nickt mir freundlich zu, ich erwidere den Gruß.

»Was hast du gesagt?«, hakt Stefan nach, ohne mir Zeit zum Antworten zu geben. Stattdessen beginnt er, von seiner neuen Freundin zu erzählen. Dass sie Surferin sei und Grundschullehrerin und etwa in meinem Alter, blabla. Ich höre brav zu, bis die Verbindung schlechter wird. Zumindest tue ich so, als würde ich in ein Funkloch geraten, bevor ich das Gespräch einfach beende und ihn wegdrücke. Heiliger Nikolaus, was hab ich getan, um das zu verdienen? So kurz vor Weihnachten?

Eine Weile laufe ich draußen wie ein Fremdkörper zwischen all den anderen Leuten herum und versuche, meine Gedanken zu ordnen. Als das nicht klappt und sich allmählich Frostbeulen auf meinen Armen und Beinen bilden, beschließe ich zu feiern, und zwar so richtig. Ich stürme ins Haus, direkt an die Bar, und bestelle mir einen Wodka auf Eis. Und einen zweiten in Reserve.

Wenig später schnappe ich mir meine Schwester, separiere sie von den Landfrauen, die mich unangenehm scannen, und nehme sie beiseite. Zuerst erzähle ich ihr von diesem verkackten Anruf meines Exverlobten und leere meinen zweiten Wodka auf Eis, der mir sofort die Glieder wärmt und weiche Watte in meinem Kopf verteilt. Dann frage ich sie geradeheraus, warum sie all die Blumen und Stechpalmen im Raum mit ihrem Sekt gießt.

Miekes Lächeln verrutscht augenblicklich. Sie sieht sich prüfend um, wirkt plötzlich angefasst und beugt sich nahe zu mir herüber. »Ich muss dir was sagen, das unter uns bleiben muss«, flüstert sie über den Lärm von *Oi to the World* hinweg und verengt ihre Augen. »Ich bin schwanger«.

»Gott sei Dank.« Ich atme auf und kann gar nicht sagen, wie froh ich bin, dass es nicht Phoebe ist, die ein Küken erwartet. »Oje, du freust dich nicht«, stelle ich beim nächsten Wimpernschlag fest, schlecke den letzten Rest des Wodkas aus dem Glas und stelle es auf den Tresen hinter mir. »Weiß Noan es schon?«

Miekes Mund verzieht sich zu einem Strich, und sie schüttelt den Kopf so schnell, dass ihre Haare fliegen. »Nein, denn wir waren uns eigentlich einig, dass es bei den drei Mädchen bleiben soll.«

»Okay, und was willst du?« Kinder sind doch ein Geschenk? Na gut, die Zwillinge manchmal auch eine Prüfung der Geduld und Leidensfähigkeit, aber wer wird denn gleich so negativ denken?

»Ich hab die Spirale nicht umsonst in meinen Uterus basteln lassen, Elin. Was glaubst du, was ich will?« Sie stößt ein freudloses Lachen aus, und ich weiß nicht genau, was ich sagen soll. »Ganz ehrlich, ich bin jetzt schon am Rande der Überforderung. Und dann noch ein Baby? Und was, wenn es wieder Zwillinge werden?« Mieke wird blass, und ich möchte uns beiden eine ganze Flasche Wodka bestellen. Blöd, dass sie nicht darf.

»Es gibt für alles eine Lösung«, klugscheiße ich, nehme sie in den Arm und drücke sie sanft an mich.

»Ja, sicher.« Mieke löst sich von mir und wischt sich fahrig über die Nase.

»Das ist nicht witzig«, sage ich, und meine Schwester sieht so traurig aus, dass mein Herz zu zerspringen droht. »Mieke, ich bin immer für dich da, wenn du mich brauchst. Und bei jeder Entscheidung, die du mit Noan triffst.«

»Du bist bald wieder weit weg, Schwesterherz.« Sie zieht scharf die Luft ein. »Und ich muss mich um Oma kümmern, was bestimmt nicht leichter wird.«

Wir schweigen einen Moment, bis ich sage: »Was wäre, wenn ich mir einen Teil des alten Stallgebäudes zur Wohnung ausbauen würde? Was wäre, wenn ich Opas alte Werkstatt wieder in Betrieb nehmen und dort arbeiten würde?« Während ich diese Möglichkeit ausspreche, gewinnt sie immer mehr an Attraktivität. Was hält mich denn in der Stadt? Meine Freunde kann ich schließlich jederzeit besuchen.

»Das meinst du jetzt nicht ernst …« Mieke schluckt gegen Tränen, und ich hauche ihr einen Kuss auf die Wange.

»Ich glaube doch. Im Grunde habe ich nicht das erste Mal darüber nachgedacht …«, gebe ich zu und spüre tief in mir, wie wichtig meine Schwester und ihre Familie für mich sind. Und meine chaotische Omi, die mich regelmäßig zum Lachen bringt, wenn ich es am wenigsten erwarte.

»Du kannst doch nicht dein ganzes Leben umkrempeln und in die Pampa ziehen, nur damit ich ein weiteres Kind gehandelt bekomme.« Mieke schiebt ihre Unterlippe vor wie früher, wenn ich ihr den letzten Keks aus der Dose überließ und sie sich nicht sicher war, was der Haken daran war.

Ich zucke die Achseln. »Na, wenn du meinst, dass es nicht geht, dann eben nicht. Aber ich muss zugeben, dass es George auf dem Lande deutlich besser gefallen würde. Andererseits verstehe ich natürlich, wenn du mich nicht jeden Tag auf der Pelle haben willst ...«

Sie knufft mich. »Elin, das wäre toll. Ich hätte dich gern hier. Aber lass uns in Ruhe darüber nachdenken und nichts überstürzen ...« An ihrem Gesichtsausdruck sehe ich, dass sie im Geiste bereits Wände einreißt, Bäder und Küchen konzipiert und Koffer und Kartons für mich packt.

»Natürlich nicht. Ich würde nie etwas überstürzen.« Wir lachen beide über diese offensichtliche Lüge, und ich nehme Mieke an den Händen und ziehe sie mit mir auf die Tanzfläche. »Lass uns heute Abend über alle Entscheidungen tanzen und uns Raum geben zum Leben. Hier und jetzt.«

Wir bewegen uns im Rhythmus zu irgendeinem Lied von Calvin Harris, das Freddie durchs Mikrofon des DJs mitsingt. Nicht wirklich textsicher, aber er hat Spaß. Und so langsam geht es mir und Mieke wie dem Geburtstagskind selbst, und unsere Stimmung hellt sich auf. Wir drehen uns umeinander, lachen und fühlen uns freier als noch vor ein paar Minuten. Was so ein paar Geständnisse ausmachen können.

Irgendwann fällt mir auf, dass Oliver, der an der Bar neben dem Kamin steht, uns aufmerksam zuschaut. Zumindest wenn er nicht gerade von dieser hochgewachsenen Blondine in ein Gespräch verwickelt wird. Wer ist sie und von welcher Misswahl?

»Weißt du, was ich glaube?«, zischt meine Schwester über den lauten Bass hinweg in mein Ohr.

»Ist das eine Fangfrage?« Ich grinse.

»Die Sahneschnitte mit zweifelhaftem Charakter steht auf

dich.« Sie hebt ganz ungeniert die Hand und grüßt unseren Nachbarn, der an einem Becks Lemon nuckelt, während die Blonde mit ihm redet.

»So ein Quatsch«, brumme ich und versuche möglichst unauffällig einen weiteren Blick auf ihn zu erhaschen. Er sieht leider wirklich gut aus in seinem Anzug und mit dem Dreitagebart, der ihm etwas Verwegenes verleiht. Ich nehme wahr, dass ich nicht die einzige Frau bin, die ihn immer verstohlen anguckt. Um genau zu sein, sind es recht viele Damen, die sich jedoch nicht dazu hinreißen lassen, ein Gespräch mit ihm zu beginnen. Allen voran Gunda, die Dorffriseurin mit ihrer Platinmähne und den Extensions, die sich anscheinend über die andere Blondine an Olivers Seite ärgert. Normalerweise zieht die Dorfgemeinschaft ja über ihn und seine Familie her, was das Zeug hält, doch heute Abend scheinen andere Regeln zu gelten.

»Er ist so gar nicht mein Typ«, behaupte ich und versuche den Gedanken, den Mieke mir ins Ohr gepflanzt hat, zu eliminieren. »Wer ist denn die Frau, die mit ihm redet?«, kann ich mir die Frage eine halbe Minute später dann doch nicht verkneifen.

»Sie lebt im Neubaugebiet. Ich hab den Namen vergessen, was Französisches.« Mieke winkt ab. »Unwichtig.«

Ich schwinge die Hüfte, hebe die Arme und gehe mit der Musik mit.

»O mein Gott«, haucht Mieke plötzlich, und ihre Tanzbewegungen werden hölzern. »Er kommt hierher.«

»Wer?«

»Oliver von Daniel.« Ihre Augen weiten sich, und ihr Lächeln friert ein. Zeitgleich spüre ich eine federleichte Berührung auf meiner Taille. Name Unwichtig steht an der Bar und guckt mich giftig an.

»Entschuldige bitte, Elin. Gewährst du mir einen Tanz?«

Ich komme aus dem Takt, und seine Hand findet die meine, fängt sie einfach ein. Seine Finger sind warm und trocken, und sein Griff ist fest. Er lächelt nicht, sieht mich mit diesem Ernst in seinem Blick an, der mich vergessen lässt, wer er ist und wie unser letztes Treffen verlaufen ist.

»Na gut, wenn du dich benehmen kannst«, antworte ich so keck ich kann, und er legt seine andere Hand in mein Kreuz und führt mich geübt und selbstsicher übers Parkett. Jemand nimmt Freddie, der immer schiefer zur Musik grölt, endlich das Mikrofon ab. Langsame Musik von *Sia* klingt an, ein Weihnachtslied, das ich noch gar nicht kenne, und ich schaue auf in Olivers beinahe makelloses Gesicht. Da fällt mir eine schmale Narbe an seiner rechten Wange auf, und ich frage mich, woher sie stammt.

»Ich wollte mich bei dir entschuldigen – für gestern. Unser Treffen hätte so nicht enden sollen.« Sein Mundwinkel zuckt zu einem Lächeln, und er weicht für einen Moment meinem Blick aus und schaut zu Boden.

»Ja, das war schade«, gebe ich zu. »Falls ich dich verärgert haben sollte, war es jedenfalls nicht meine Absicht.«

Sein Griff in meinem Rücken verstärkt sich, und wir machen eine halbe Drehung. Meine Güte, wenn er in anderen Bereichen auch so gut tanzt ... ach, was denke ich denn da?

Er beugt sich zu mir herunter, sein Daumen streicht sanft über meinen Handrücken, und ich atme seinen Duft.

»Bekomme ich eine zweite Chance?«, höre ich ihn nahe an meinem Ohr fragen, und ich vergesse zunächst zu antworten, starre ihn nur an, als er wieder Abstand nimmt und abwartend auf mich herabblickt. Ob er weiß, was für eine Wirkung er auf Frauen hat? Ganz sicher weiß er das. Ich schiele zur Bar hinüber: Name Unwichtig hat schlechte

Laune, zumindest sieht sie so aus. Und wenn Blick töten könnten, hätte sie nur noch Augen für mich.

»Möglicherweise, ich bin mir noch nicht sicher.«

Er legt den Kopf schief, wobei ihm seine braunen Haare ins Gesicht fallen, sodass ich sie zurückstreichen möchte, sanft und mit den Fingerspitzen.

»Ich hoffe nur, dein Mann hat kein Problem damit, dass ich dich ganz offiziell noch einmal zu mir einladen möchte«, spricht er einen Gedanken aus, bei dem sich eine steile Falte zwischen seinen Augenbrauen zeigt.

Ich komme aus dem Tritt – für einen kurzen Moment hatte ich meine eigenen Lügen vergessen.

»Hat er doch nicht – oder ist er ein sehr eifersüchtiger Mensch, dein Verlobter?«, hakt Oliver nach, und ich frage mich unweigerlich, ob gerade etwas Lauerndes in seinen Augen aufflackert oder ob ich paranoid bin.

»Nein, wir vertrauen uns voll und ganz«, beeile ich mich, eine perfekte Beziehung anzudeuten, und lächle honigsüß. Mann, ist mir warm.

Wir tanzen an einem Tisch vorbei, an den Mieke sich gerade zu ein paar Freundinnen setzt und sich eine Handvoll Popcorn in den Mund stopft, das überall in Schalen herumsteht. Sie sieht uns an, als wären wir ein Kinoprogramm, und ihre Miene schwankt noch zwischen Horrorfilm und Romantasy.

»Also, wann würde es dir passen?«, wird Oliver konkret, und ich trete ihm aus Versehen auf den Fuß.

»Sorry.« Ich bemühe mich um Coolness.

»Kein Problem. Wie wäre es mit morgen?« Er drückt aufmunternd meine Finger, und sein Mundwinkel zuckt zu einem schiefen Lächeln.

»Ich hab doch noch gar nicht ›Ja‹ gesagt«, versuche ich,

mir Zeit für einen klaren Gedanken zu verschaffen. Blöder Wodka, blöder Anruf von Stefan. Miekes Freundinnen tuscheln und gucken immer offensichtlicher zu uns herüber.

»Wovon machst du es denn abhängig?«

Ich erwische erneut beinahe seinen Fuß, als ich einen wunderbaren Einfall habe. »Von deiner Weihnachtsspende für das Behindertenheim Wassermühle«, sage ich. »Mieke und ich sind nämlich dieses Jahr damit betraut, an die Großzügigkeit der Bewohner unseres Dorfs zu appellieren.«

Olivers Augenbrauen und Mundwinkel gleiten nach oben, und er lacht auf. Es ist ein schönes Geräusch, und ich schaue fasziniert dabei zu, was sich in seinem Gesicht dabei abspielt. Mir ist noch gar nicht aufgefallen, dass winzige gelbe Sprenkel das Graublau seiner Iris durchziehen. Es sieht wunderschön aus.

»Na gut, dann hoffe ich, dass mich das Date mit dir nicht in den Ruin treiben wird«, scherzt er, bevor er mich unverhofft eine Pirouette drehen lässt. Seine starken Arme fangen mich wieder ein, sein Lächeln vertieft sich und fühlt sich so warm und echt an, dass mein Atem stockt. Als würde er mich sehen, also wirklich mich, mein Innerstes. Zögerlich lässt er mich los, als die Musik endet, und einen winzigen Moment lang möchte ich ihn nicht hergeben. Unsere Finger verhaken sich miteinander, nur um dann doch voneinander zu lassen.

Heinz übernimmt das Mikro und macht eine Ankündigung. Freddies Geburtstagszimteistorte wird hereingebracht, und Tausende Wunderkerzen erhellen den Raum, die sich in Olivers grauen Augen spiegeln. Mieke taucht neben mir auf, und ich erwache wie aus einem seltsamen Traum.

Einige Zeit und fünf Tequila später arbeiten Mieke und ich uns zwecks unserer Mission an der Bar entlang und schnappen uns die Unternehmer und Selbstständigen des Orts und all die anderen potenziellen Spender. Einige der Leute sind sehr großzügig und überreichen uns große Scheine, andere müssen ein bisschen motiviert werden. Mieke gibt alles und kommt auf die Schnapsidee, meine Küsse zu verkaufen. Lars, der Besitzer einer Tankstelle, ist ganz angetan von dem Vorschlag und befeuchtet schon mal seine schmalen Lippen.

»Wenn ich einen bekomme, dann lege ich einen Hunderter obendrauf«, meint er und bekommt nervöse Zuckungen um die grünen Augen herum. Mich erfasst kaltes Grauen.

»Hach, so günstig kommst du mir nicht weg. Ein Kuss von mir liegt im vierstelligen Bereich«, pokere ich.

Gunda, die platinblonde Sexbombe, gesellt sich zu uns. Sie konnte mich noch nie leiden und lässt mich bei jeder Gelegenheit wissen, dass ich ihrer Meinung nach einen ganz schlechten Friseur habe, den man besser verklagen sollte. Meine Strähnen seien ja beinahe gelb. Und du bist blau, denke ich und rolle innerlich mit den Augen.

»Elin, Süße, bleib bei deinen Leisten«, schnurrt sie mit falscher Nettigkeit. »Du solltest lieber deine Schneekugeln versteigern und keine Küsse. Ich kann mich noch gut dran erinnern, als wir es als Teenager beim Flaschendrehen geübt haben – und ganz ehrlich: Du warst die Schlechteste.«

Mieke springt mir bei. »Gunda, versprüh deinen Charme doch bitte woanders. Nicht jeder kann so geübt sein wie du.«

Gunda grinst böse. »Ich meine ja nur. Man sollte nur Dinge verkaufen, die sich auch lohnen.«

Lars zwinkert mir zu. »Ich wäre trotzdem interessiert.«

Gunda verteilt eine Runde Kurze an die Anwesenden und stößt so hart mit mir an, dass ich denke, mein Glas zerspringt.

»Ich spende fünfhundert, wenn du eine gute Figur beim

Limbo machst«, verkündet sie und nickt hinüber zu den lustigen Leuten, die unter einer Stange hindurchtanzen, dass es mich schon beim Zugucken schmerzt. Sie grinst spöttisch, und ich zögere.

Unglücklicherweise kommt in genau dem Moment, in dem ich höflich ablehnen will, Oliver mit Name Unwichtig hinzu. Die hängt ja beinahe an seinem Rockzipfel.

»Du kannst natürlich weiterhin versuchen, überteuerte Küsse zu verkaufen, ich für meinen Teil würde allerdings lieber etwas zu lachen haben und dafür zahlen.« Gunda lehnt sich so lässig an die Theke und fixiert mich mit ihrem stählernen Blick, dass ich den Drang verspüre, mich zu wehren. Ihr einfach vors Schienbein zu treten, zum Beispiel.

»Limbo ist doch ein Klacks«, höre ich mich stattdessen zwitschern und stehe fassungslos neben mir selbst. »Ich hatte schließlich Ballett, als ich vier war.«

Während ich dabei bin, den mir selbst beigebrachten Schock zu verdauen, bekomme ich peripher mit, wie einige Leute Oliver darüber aufklären, dass ich Küsse verkaufe. Ich bilde mir ein, dass er nicht unbedingt abgeneigt aussieht, doch bevor er ein Scheckbuch ziehen kann, beschließe ich, mein Können beim Limbo zu beweisen und es der blöden Gunda zu zeigen.

»Abgemacht. Fünfhundert von Gundas Salon«, zirpe ich so vergnügt ich kann und merke, dass der Alkohol langsam, aber sicher mein Sprachvermögen beeinträchtigt.

»Yolo, Elin!«, kreischt Mieke und klatscht in die Hände. »Du schaffst das!«

Lars mit seinem Kugelkopf jubelt mit und prostet mir zu, verschüttet dabei Bier auf Olivers Jackett und entschuldigt sich eingeschüchtert.

Ich konzentriere mich, tänzle auf die Leute zu, die den

Spaß unter der Stange hindurch schon eine Weile mitmachen. Zwei Mädchen mit Zöpfen halten die Stange, gerade ist ein älterer Herr an der Reihe. In Gedanken bestelle ich ihm schon mal eine Hüftprothese und staune nicht schlecht, wie gelenkig der alte Knacker ist. Heinz grölt etwas, das sich anhört wie: »Schupprrhub.« Könnte aber auch »Super, Hubert« heißen.

Ich atme flach, das verdammte Kleid ist wirklich beschissen eingelaufen. Das spüre ich deutlich, als ich mich vor der Stange in Bewegung setze und mich nach hinten lehne. Nur cool bleiben, Elin, mahne ich mich selbst. Das Knacken deiner Knochen kann bei der Lautstärke keiner hören, ganz sicher nicht.

Macarena läuft, Gunda und Name Unwichtig glotzen mich an, und ich tauche unter dieses verdammte Ding. Ich werde das Gefühl nicht los, dass die Mädchen aus Freddies Heim sie immer tiefer halten, je weiter ich unter sie gelange. Die kleine Blonde mit Hornbrille bekommt einen Kicheranfall. Ich schüttle die Schultern im Takt, wirble mit den Haaren und schaffe es tatsächlich, ohne mir das Rückgrat zu brechen, unter der Stange hindurch. Yippie! Gerade als ich mich wieder aufrichten will, platzt ein Knopf vom Dekolleté. Er springt hoch, ich sehe ihn fliegen und will ihn auffangen. Mein Fuß stolpert über den anderen. Für einen Wimpernschlag verfluche ich meine Eitelkeit und die blöden Pumps und vollführe einen bizarren Tanz, der sich ganz unglücklich auf den Tisch mit der Eisbombe zubewegt. Meine Arme rudern, Miekes Augen weiten sich, und sie schlägt die Hände vor ihren Mund, der zu einem Schrei geöffnet ist.

Ehe ich es begreife, sitze ich mit dem Hintern voran in der kalten Köstlichkeit, die ich mitsamt Tisch zu Boden gebracht habe. Schreie übertönen die Musik, Freddies Geheule ist am lautesten, und einige Leute lachen sich krank. Allen voran Gunda, der Sekt aus der Nase läuft. Hilflos schaue ich zu Oliver, der neben Gunda, Mieke und Name Unwichtig steht. Er sieht entsetzt aus. Was mir den Rest gibt: Meine Scham spiegelt sich auf seinem Gesicht. Er macht keine Anstalten, mir zu helfen, wendet plötzlich sogar den Blick ab. Autsch.

Lars ist es, der wie aus dem Nichts hinter mir auftaucht und mich auf die Beine zieht. Meine Hüfte schmerzt, und ich spüre, dass meine Bänder überdehnt sind. Noch mal autsch.

Mieke tupft mit Taschentüchern an meinem Ausschnitt und Hintern herum, um mich von Eiscreme zu befreien. Freddie hockt auf allen vieren und versucht mit bloßen Händen, seine Torte zu retten. Na, herzlichen Glückwunsch!

Nackt in Lichterketten

Als ich aufwache, brummt mein Schädel, und meine Zunge klebt am Gaumen fest. Es dauert eine Ewigkeit, bis ich überhaupt erkenne, wo ich bin. Ich liege mit dem Kopf am Fußende meines Betts und sabbere auf mein Handy.

Ah, richtig. Nach meinem Sprung in die Zimteisbombe fuhr ich mit Mieke nach Hause und wusch mir ausgiebig die Sahne aus dem Haar. Während ich mit dem Kopf über dem Badewannenrand hing, wurde Mieke schlecht, und sie kotzte mir auf die Füße. Blöde Schwangerschaftsübelkeit. Ich schickte meine Schwester mit einer Wärmflasche ins Bett, putzte das Bad, wusch meine Füße und Haare fertig und stellte eine Waschmaschine an.

Danach verkroch ich mich mit einer Flasche Wein zu George auf mein Zimmer, um meine Wunden ausgiebig zu lecken und eine Runde im Selbstmitleid zu baden. Wenn ich gedacht habe, dass mein letztes Weihnachten nicht optimal lief, so war gestern der Beweis, dass es immer noch schlimmer geht.

Der erste Versuch, mich zu bewegen, bestraft mich mit einem bösen Hämmern im Kopf, und ich stöhne laut auf und lege mich wieder ab. Als ich das Handy unter meinem Gesicht hervorziehe, leuchtet das Display auf, und ich bemerke, dass der letzte Chat-Verlauf noch offen ist. What the fuck!

Warum habe ich ein Foto versendet? Und warum bin ich darauf nur in Unterwäsche gekleidet und in eine Lichterkette gewickelt? Schlagartig bin ich hellwach.

»Nein«, murmle ich entsetzt und möchte augenblicklich tot umfallen.

Auch wenn mein Busen mit den kleinen Lichtern geschmückt recht nett anzusehen ist, mein Po kaum Grübchen hat und meine Taille optimal zur Geltung kommt, sollte ich keinem Fremden solch ein Bildmaterial schicken.

»Wieso, wieso, verdammt?« Mein Blick wandert zur leeren Weinflasche, die halb unter dem Bett liegt, und ich weiß: Ohne sie wäre das nie passiert.

Du bist wunderschön, hat meine neue Internetbekanntschaft Starlessnight um drei Uhr fünfzehn geschrieben. Ich antwortete darauf mit einem Alienface und versendete ein weiteres Nackedei-Bild mit etwas lasziverem Blick.

»Ich bin wirklich brutal gehirnamputiert«, hauche ich fassungslos, während ich mich selbst betrachte. Immerhin: Falls mein Geschäft mit den Weihnachtskugeln mal nicht mehr läuft, kann ich immer noch Werbung für Pornoseiten machen.

Wenn die Lichtverhältnisse stimmen, bin ich eine Hot Bitch, steht unter dem Bild. O nein, o nein. O mein Gott.

Ich scrolle zum Anfang des Chatverlaufs und rekonstruiere das gesamte Gespräch.

Bist du noch wach?, fragte Starlessnight zu jener Zeit, als ich die Flasche Wein geöffnet hatte und meinen Welpen heulend an mich drückte, weil die Welt so mies zu mir war. Und weil Stefan ein Arsch ist und eine andere lieber heiratet als mich. Und überhaupt …

Ja. Ich habe einen grauenvollen Unfall überlebt und betrinke mich jetzt sinnlos, gab ich also Starlessnight gegenüber zu.

Es wird schon nicht so schlimm gewesen sein, wie du denkst, schrieb er und schickte einen verblüfften Emoji.

Ich habe eine Party ruiniert und mich lächerlich gemacht. Ich kann das Gekicher von Gunda immer noch hören und Olivers Gesicht vor mir sehen, dessen Ausdruck zwischen beschämt und belustigt schwankte. Und das gerade, als ich dachte, er sei vielleicht doch nett.

Es gibt Schlimmeres, klugscheißte mein Chatpartner, was ich mit einem Stinkefinger an ihn quittierte.

Komm schon, warum so aggressiv?

Sorry. Ich bin einfach wütend, weil mein Ex mich anrief und gern den Verlobungsring, den er mir einst geschenkt hat, zurückhätte, um ihn einer anderen an den Finger zu stecken.

Hat Stefan denn gar nicht begriffen, wie sehr es mich getroffen hat, dass er mich von heute auf morgen sitzen ließ?

So ein Idiot. Er ist dumm, wenn er eine so bezaubernde Frau wie dich gehen lässt.

Ja, genau.

Das ist sehr nett von dir, aber du kennst mich ja nicht wirklich. Ich fürchte, du kannst das gar nicht beurteilen.

Ich kenne dich besser, als du denkst.

Ich halte die Luft an. O bitte! Nicht, dass dieser Typ hier Antonie ist, der einzige One-Night-Stand, den ich jemals hatte. Er fand lange vor Stefan statt und endete sehr peinlich, als ich mich am nächsten Morgen ganz heimlich aus seiner Wohnung stahl, nur um in dem blöden Mehrparteienhaus unten vor einer verschlossenen Haustür zu stehen. Ich musste also wieder nach oben, erst mal überlegen, in welcher Wohnung er überhaupt wohnte, und klingeln. Er war so perplex, und ich log, dass ich nur Brötchen holen wollte, was ihn wiederum unseren ersten Strandurlaub planen ließ. Ich wurde ihn nie wieder ganz los. Selbst als ich mit Stefan zusammen war, brachte Antonie es fertig, mich mindestens einmal im Jahr irgendwo abzupassen und mich auszuquetschen, ob ich wieder Single sei.

Kennst du diesen Schmerz in der Brust, der einem den Atem nimmt?

Nur zu gut.

Bist du auch verlassen worden?

Wird nicht jeder irgendwann einmal verlassen?

Ist das ein Ja?

Ja, und ich kenne den Schmerz, den du meinst, antwortete er mir ganze fünf Minuten später. *Es fühlt sich an wie eine tiefe, dunkle Nacht, die das Leben, wie man es kannte, unauffindbar macht.*

Das kann unmöglich Stalker Antonie sein, der hätte ganz sicher anders geantwortet. Zum Beispiel mit »Nach jedem Regen kommt der Sonnenschein«.

Du machst mich ganz traurig, gab ich zu, und das muss der Zeitpunkt gewesen sein, an dem ich die ganzen Taschentücher verbraucht habe, die auf dem Boden vor dem Bett verstreut liegen.

Das war nicht meine Absicht. Ich mag es, wenn du lächelst wie auf deinem Profilbild.

Na gut, da sehe ich wirklich sehr glücklich aus. Es entstand, kurz nachdem ich mit den Zwillingen den Schneemann im Garten gebaut hatte. Hach.

Du hast etwas ganz Besonderes an dir, schrieb er weiter.

Und das wäre? Mit Floskeln schmeißen kann ja jeder.

Du trägst einen Schimmer in dir und strahlst von innen heraus wie ein Kind der Sterne. Als wärst du nicht von dieser Welt.

Ich schüttle den Kopf, als ich das lese. Ist das noch Kitsch oder schon albern?

Mist, du hast mich ertappt. Ich komme von den Sternen und habe Heimweh. Das ist der eigentliche Grund für meine Traurigkeit. Und ich fürchte, es wird nicht mehr lange dauern und ich werde abgeholt. E. T. nach Hause telefonieren.

Hahaha. Und von welchem Planeten kommst du?

Vom Weihnachtsplaneten, der liegt in der Wintergalaxie, ziemlich verschneite Angelegenheit. Aber die Lichtverhältnisse stimmen und schmeicheln meiner Haut.

An diesem Punkt kamen also die Lichterketten zum Einsatz, in deren Schein ich mich präsentierte. Zunächst noch harmlos im Rentierschlafanzug.

Süß, kommentierte Starlessnight und unterstrich seine Aussage mit einem Herzchen.

Ich kann auch anders, mein Freund, kündigte ich an und will am liebsten nicht weiterlesen. Ich fühle mich wie ein Unbeteiligter bei einem schweren Verkehrsunfall, bei dem man weiß, dass man nicht gucken sollte, und es dann doch tut. Nur ganz kurz, aber es reicht aus, damit all die Einzelheiten und Grausamkeiten ungefiltert im Hirn landen. Blut, verdrehte Körper, Tote und noch mehr Rot.

Nein, nicht nötig. Ich mag es süß.

Ob Starlessnight es kommen sah? Ob er es gern vermieden hätte, mehr von meinem Körper zu sehen?

Mach dich auf was gefasst, Boy. Und dann ... dieses Foto ...

Ich richte mich auf, kaue auf meiner Unterlippe und unterdrücke einen Aufschrei der Frustration. George, der bis eben friedlich geschlummert hat, hebt seinen Kopf und gähnt. Dann rollt er sich wieder zusammen und schläft weiter.

Ich stehe auf, mir ist speiübel, und ich schlurfe durch den

Flur nach unten in die Küche. Ich brauche unbedingt Aspirin, eine Kleinigkeit zu essen und einen Kamillentee. Meine Gedanken gehen im sprudelnden Geräusch des Wasserkochers unter, und vor meinem inneren Auge sehe ich immer wieder meinen Sturz in die Torte. Und den Blick von Oliver, der sich mit der Szene zuvor auf der Tanzfläche im Wechsel ablöst. Er war so nett und das Lächeln, das er mir schenkte, so warm und ehrlich. Bin ich denn zu blöd, um einen Menschen zu erkennen?

Auf der Suche nach etwas Essbarem finde ich Omas Gebiss in einer Tupperdose und lege es auf den Küchentisch. Sie wird wirklich tüttelig, die Gute.

Es ist erst acht Uhr, und gestern haben die Ferien begonnen. Trotzdem höre ich jetzt Geräusche im Haus. Erna kommt im Morgenrock aus ihrem Wohnbereich und knipst das Licht an.

»Nanu, Zuckerfee, was treibt dich denn so früh aus den Federn?«, fragt sie und tätschelt im Vorbeigehen meine Schulter.

»Mir geht's nicht sonderlich gut.«

Oma schmunzelt und schaut mich wissend an, während sie sich eine Tasse aus dem Schrank holt. »Ein bisschen zu sehr gefeiert, was? Du bist auch etwas blass um die Nase.«

Ich rühre einen Löffel Honig in den Tee und gieße Oma ebenfalls einen auf.

»Das wird schon wieder, Schätzchen«, tröstet sie mich. »Das weiß ich aus Erfahrung.«

Ich schaue sie müde an. »Ich bin in eine Torte gefallen und habe mich zum Gespött des Dorfs gemacht.« Ich rühre manisch in der Tasse mit Sternenmuster und verziehe schmerzvoll meinen Mund.

»Nun ja, das liegt in der Familie. Wenn wir getrunken

haben, sind wir eine verdammte Fallstudie für unfreiwillige Komiker mit Hang zur Selbstzerstörung«, sagt Oma unbeeindruckt. »Ich denke da an deine Mutter, der bei ihrer Konfirmation die Hose platzte. Weil sie Lampenfieber hatte, mopste sie mir einen Kirschlikör und zwängte sich dann in die engste Hose, die sie sie finden konnte, um einem Jungen zu imponieren.«

Ich muss schmunzeln. »Ach so, und ich dachte schon, ich sei das schwarze Schaf der Familie.«

»Nein, das ist Noan.« Oma grinst zahnlos.

»Offensichtlich.« Ich grinse zurück. Aber welches Schaf bin ich dann? Während ich an meinem Tee nippe und mir die Lippen verbrenne, grüble ich darüber nach, was ich eigentlich will. Beruflich bin ich angekommen und ausgefüllt, doch privat ...

Oma legt ihre Hand auf meine, dann entdeckt sie ihre Zähne auf dem Tisch. »So was, hier sind die also.«

Ich atme tief ein und sage nicht, wo ich sie gefunden habe, während sie sie einsetzt.

»Denkst du, ich werde auch mal eine Familie haben?«

»Wer kann das schon wissen, Elin? Fakt ist, man muss die Liebe auf sich zukommen lassen. Man kann sie nicht suchen, sie erzwingen oder mit Gewalt binden.«

Ich frage mich, ob sie gerade an Opa denkt und wie sie sich kennengelernt haben. Sie hat uns oft die Geschichte vom Tanztee erzählt, bei dem sie ihm zunächst einen Korb gab und er daraufhin jeden Tag einen Brief für sie im Postkasten des kleinen Hauses im Wald hinterließ, mit Argumenten, ihm das nächste Mal einen Tanz zu schenken. Nach drei langen Monaten funktionierte es endlich.

»Ich frag mich nur, ob es für mich vielleicht keinen passenden Mann gibt. Backen kann man sich ja keinen.« Plötzlich bekomme ich Angst, ein Leben lang mit Georgi allein zu bleiben.

»Passend oder nicht – wer dich bekommt, hat sehr viel Glück. Du bist ein besonderer Schatz, und das Schlimme ist, du weißt es nicht einmal. Weihnachtsfimmel hin oder her.«

»Ach, Omi. Ich hab dich lieb.« Ich hauche ihr einen Kuss auf die Stirn und schlinge meine Arme um die kleine Dame, die mir schon so vieles mit auf den Weg gegeben hat.

»Werd mal nicht gefühlsduselig«, meint sie, befreit sich von mir und quetscht noch etwas Honig in ihren Tee.

»Bist du glücklich, Oma?« Ich schaue sie aufmerksam an.

»Natürlich, ich lebe noch. Das ist doch Glück genug.« Sie knufft mich an der Wange und erinnert mich an meine Kopfschmerzen.

»Ich meine es ernst. Es muss manchmal schwer sein, die Kontrolle abzugeben und nicht mehr so zu können, wie man eigentlich möchte.«

Sie lässt sich auf einen Stuhl sinken und hält ihre Teetasse fest umklammert. »Ich hatte ein erfülltes Leben, Süße. Mit allen Höhen und Tiefen, und ich bin froh darüber, dass ich deine Schwester und dich noch ein Stück begleiten darf. Nur ...« Sie verstummt, ihre Lippen bewegen sich stumm, und ich setze mich neben sie.

»Nur was?«

»Ich merke, wie das Vergessen einsetzt, und das gefällt mir nicht.« Ihr Lächeln wird traurig, und ich drücke ihr Knie.

»Das verstehe ich.«

»Und manchmal fehlt mir mein Spätzchen«, gibt sie zu. So hat sie Mama immer genannt, ihr Spätzchen, das so gern davonflöge, um die Welt zu erkunden.

»Mir auch.« Tränen steigen mir in die Augen, und ich versuche, sie fortzublinzeln. Sacht lege ich meinen Kopf auf

Omas Schulter, und wir lauschen eine Weile der Stille des Hauses und dem steten Ticken der alten Wanduhr.

»Weißt du, deine Mama mochte Noan sofort, als sie ihn kennenlernte, und hat gewusst, dass Mieke und er eine gute Ehe führen werden«, erzählt Oma. »Und sie hat gewusst, dass dein Stefan nicht zu dir passt.«

Ich schlucke schwer. »Warum hast sie es mir nicht gesagt?«

»Du warst verliebt und hast stets von ›für immer‹ gesprochen. Wie hätte sie ihre Zweifel einfach sagen können?«

»›Für immer‹ hat offensichtlich ein Verfallsdatum«, sinniere ich und schließe die Augen.

»Was hat dich nur so weise gemacht, mein Kind?«, scherzt Oma, zuckt mit der Schulter und schüttelt meinen schweren Kopf ab. »Eierlikör oder Prosecco?«

»Wodka.«

Wir plaudern noch eine Weile, bevor ich mich noch mal ins Bett lege, um den Rest des Rauschs auszuschlafen.

Gegen allen Widerstand

Ich muss tatsächlich noch einmal eingeschlafen sein, denn als ich auf die Uhr schaue, ist es plötzlich halb zwölf. George winselt, ich stemme mich aus den Kissen, und mein armer kleiner Welpe hockt sich vor mein Bett, um sich endlich zu erleichtern.

»Süßfratz, nicht doch«, hauche ich und werfe mir meine graue Strickjacke über den Pyjama. »Mami hat dir doch gesagt, dass du sie wecken sollst, wenn du mal musst.« Er wedelt zögerlich mit dem Schwanz, bevor ich das Riesenbaby auf meine Arme lade und er mich abknutscht, als gebe es kein Morgen mehr.

Im Flur laufe ich der frisch herausgeputzten Phoebe über den Weg, die ein Lied vor sich hin singt. »Na, hat er wieder unser Gästezimmer verschmutzt?«, fragt sie und zieht eine Grimasse.

»Nur ein bisschen, bist du so gut ...« Meine Lippen verziehen sich zu einem entschuldigenden Lächeln, und meine Nichte biegt ins kleine Badezimmer ab, um sich mit Klopapier zu bewaffnen.

»Du bist ein Schatz, danke!«

»Alles hat seinen Preis«, höre ich Phoebe zwitschern. »Ich bräuchte gleich mal deinen Rat, Tantchen«, ruft sie mir nach, während ich die Treppe hinunterlaufe. Wie schön. Sie legt also Wert auf meine Meinung. Ein Glück, dass ich inzwischen weiß, dass der Schwangerschaftstest von Mieke ist und nicht von ihr stammt, sonst hätte ich Grund zur Panik.

Ich trabe hinunter. Die Lichterkette erhellt das Geländer und taucht die Umgebung in ein warmes Gelb. Die Zwillinge hocken am Wohnzimmertisch und lackieren sich hoch konzentriert die Fingernägel.

»Weiß Mama, was ihr hier macht?«, frage ich vorsichtshalber. Die ganzen Tiegel gehören ganz sicher nicht den beiden kleinen Mädchen. Libi schaut nicht auf, schraubt den roten Lack zu und flüstert etwas, das Nane zum Lachen bringt.

»Wenn ich wieder da bin, dann habt ihr euch eure Malunterlagen geholt«, imitiere ich meine Schwester und habe jetzt die volle Aufmerksamkeit der Mädchen.

»Denkst du, wir bekommen auch einen Prinzen, wenn wir uns so anmalen wie Phoebe?«, will Libi ausgerechnet von mir wissen.

»Ich wusste gar nicht, dass Phoebe einen Prinzen hat.«

»Doch, doch. Hat sie gesagt«, antworten beide wie aus einem Mund. Ihre Locken stehen ungekämmt von ihren Köpfen ab, und ihre hübschen Blusen mit den Rüschen sind falsch geknöpft.

»Wisst ihr, irgendwann bekommt jeder seinen Prinzen«, behaupte ich wagemutig. Nur ich nicht; wie es aussieht, gehört mir das Abo für Frösche.

»Das kann nicht stimmen«, meint Libi und tippt sich an die Stirn.

»Ja, genau. Mama hat nur Papa. Und der ist nicht edelig«, klugscheißt Nane, während sie auf ihre hübschen Nägel pustet. Wenn sie so weitermacht, gibt sie später mal eine 1a-Adelsexpertin ab.

»Na, da hat sie doch Glück gehabt. Papa ist doch ein toller Mann.« Ich schmunzle und eiere mit dem Welpen hinüber zur Garderobe, bei der meine Schuhe stehen.

In diesem Moment kommt Mieke gut gelaunt die Treppe herunter. »Guten Morgen, Dornröschen«, begrüßt sie mich mit einem Kuss auf die Wange. »Wie geht's dir?«

»Bestens«, verleugne ich meinen dicken Schädel, das Elend in meinem Chatverlauf und überhaupt all die Katastrophen des gestrigen Abends und sehe zu, dass ich endlich vor die Tür komme. Es sieht düster aus draußen, der Schnee ist geschmolzen. Nur noch wenige weiße Flecken zeugen davon, dass überhaupt welcher da gewesen ist. Ich höre das unregelmäßige Tropfen der Schneereste, die von den Dächern flüchten. Während ich mich damit abquäle, die Tür mit einer Hand zu schließen, höre ich plötzlich eine Stimme, die mich zusammenfahren lässt.

»Elin, schön, dass ich dich hier treffe.« Beinahe fällt mir der Welpe aus dem Arm.

»Oliver.« Ich wirble herum. Warum? Warum muss er auftauchen, wenn ich in Schlafanzug und Strickjacke vor dem Haus stehe und zu allem Überfluss auch noch Hundepipi an der Hand habe. Kann denn alles wirklich immer noch schlimmer kommen?

Er lächelt schief und hält mir eine Pralinenschachtel mit Weihnachtmotiven entgegen. »Ich wollte sehen, wie es dir geht.« Sein grauer Schal ist perfekt um seinen Hals gelegt, und überhaupt sieht dieser Mann vollkommen aufgeräumt aus.

»Wie soll es mir schon gehen? Super.« Meine Stimme gerät zwei Oktaven zu hoch, ich lasse George von meinem Arm und versuche, die Strickjacke fester um meinen Körper zu ziehen.

»Schade, dass du so schnell weg warst.« Oliver wackelt auffordernd mit den Pralinen vor meiner Nase herum, und ich nehme sie ihm ab.

»Wofür sind die?« Ich ringe mir ein unsicheres Lächeln ab.

Er tritt von einem aufs andere Bein, schaut sich einmal über die Schulter um, als erwarte er jeden Moment jemanden, der ihn vom Hof jagt. »Einfach nur so. Es tat mir leid, dass du so unglücklich gestürzt bist«, antwortet er schließlich und kratzt sich verlegen am Kopf. Für einen Moment sieht er wieder aus wie ein Teenager. »Wenigstens hast du den Spendenumsatz dadurch enorm in die Höhe getrieben.« Sein Mundwinkel hebt sich ganz leicht, die Andeutung eines Lächelns.

»Was? Wie das denn?«, frage ich verwirrt und laufe George nach, der sich aus dem Staub machen will. Wie es aussieht, ist seine Blase leer, und einmal mehr packt ihn sein Abenteuerdrang.

»Heinz hat die Tortenreste, die von dir so herrlich zerquetscht wurden, versteigert, und insgesamt kam ein Betrag von achttausend Euro für das Behindertenheim zusammen. Dein Onkel meinte, das sei ein neuer Rekord.« Oliver klingt beinahe stolz.

»Haha.« Das sind ja mal richtig gute Nachrichten. Mit so viel Geld hätte ich niemals gerechnet, schon gar nicht für Dinge, die mit meinem Hintern Bekanntschaft gemacht haben.

»Und da du echten Unterhaltungswert hast, dachte ich mir, lade ich dich heute Abend zum Essen zu mir nach Hause ein«, haut Oliver raus, und es dauert einen Moment, bis ich den Sinn hinter den Worten vollends erfasst habe. Und es dauert einen weiteren Moment, bis ich darauf antworte.

»Sollen wir ein Honorar ausmachen, wenn ich als Alleinunterhalterin bei dir aufwarte?«, frage ich endlich.

Er stößt hart die Luft aus, eine Mischung aus Lachen und Überraschung. Die Sonne schiebt sich durch die Wolken, und ihre Strahlen verfangen sich in seinem dunkelbraunen Haar.

»Ich dachte, ich zahle das Essen. Ist das nicht Honorar genug?« Seine Brauen heben sich, und er legt den Kopf schief, während er seinen Blick über mich tanzen lässt.

»Na gut, aber dann gibt es keine Extras wie Tortensprünge oder Tanzeinlagen«, stelle ich klar und versuche, eine elegantere Haltung in meinem Pyjama einzunehmen. Verflixt, ist das kalt hier. Das merkt auch George, denn er setzt sich jetzt vor die Tür und guckt mich mit seinen treudoofen Augen auffordernd an.

»Na gut. Keine Akrobatik; Sport wird sowieso überbewertet.«

George freut sich, als sich die Haustür öffnet, die Zwillinge ihre Lockenköpfe herausstecken und den Besuch entdecken.

»Mama«, rufen sie ins Haus. »Der Stockfisch ist da!«

Olivers Miene verrutscht, und ich spüre, wie ich rot werde.

»Stockfisch?« Er vergräbt die Hände in den Hosentaschen seiner Jeans.

Ich lache und mache eine wegwerfende Handbewegung. »Kinder.« Hoffentlich verrät mich mein schrilles Lachen nicht …

»Ja, Kinder«, wiederholt Oliver und weicht meinem Blick aus.

George quetscht sich durch den schmalen Spalt der Tür ins Haus hinein.

»Geht wieder ins Wohnzimmer, ihr beiden, und passt mir auf George auf«, kommandiere ich die Zwillinge herum und wundere mich, dass sie ohne Widerworte gehorchen und die Tür hinter sich schließen.

»Ich kann dir ein paar schöne Weihnachtsgeschichten erzählen heute Abend. Das hätte auch Unterhaltungswert«, schlage ich vor, und sein Gesicht verzieht sich schmerzlich. Was hat dieser Mann nur gegen Weihnachten?

»Vielleicht bestimme aber auch ich als Gastgeber die Themen, die wir zu einem guten Essen genießen.« Seine Hand hebt sich, und er stupst meine Schulter.

»Du magst gern alles bestimmen, was?«, stelle ich fest. »Ich fürchte, ich bin allergisch auf Kotrollfreaks.«

»Na, dann trifft es sich ja gut, dass ich im Fall eines anaphylaktischen Schocks weiß, was zu tun ist.« Sein Mundwinkel hebt sich. »Wir haben Ärzte in der Familie.«

Die Tür in meinem Rücken schwingt erneut auf, und Olivers Miene verdunkelt sich schlagartig.

»Sie hier?«, fragt Erna spitz. »Sie verstoßen gegen die einstweilige Verfügung, junger Mann.« Super, ein Tag ruiniert sich schließlich nicht von allein.

»Oma, was soll das denn?« Ich beschwöre sie mit den Augen, wieder zu gehen und woanders Unsinn zu reden.

Währenddessen baut Oliver seine Mauer neu auf, und sein Gesicht bekommt die unnahbare Kühle, die er so gern zur Schau stellt.

»Guten Tag, Frau Tjarks. Freut mich, Sie zu sehen. Wie geht es Ihnen?«, leiert er höflich herunter.

»Die Freude ist ganz Ihrerseits, Herr von Daniel.« Erna ist heute perfekt geschminkt, und ich habe sie lange nicht mehr so aufrecht gesehen. Sie plustert sich geradezu auf.

»Oma, kannst du bitte nach den Zwillingen gucken? Ich glaube, die brauchen deine Hilfe«, schlage ich einfallsreich vor, und sie zuckt mit dem Kopf. Eine stumme Aufforderung, sofort ins Haus zu kommen, wie damals, wenn Mieke und ich etwas ausgefressen hatten.

Ich lache unsicher, lege meine Hand an Omas Schulter, schiebe sie sanft zurück ins Haus und schließe die Tür von außen.

»Tut mir wirklich leid, ich weiß nicht, was mit ihr los ist. Wo waren wir?« Das darf jetzt nicht die ganze Atmosphäre sprengen, verdammt. Oliver entspannt sich so schwer.

»Ich kenne mich mit allergischen Reaktionen aus«, murmelt er und blickt zum Fenster, wo Omas Wuschelkopf auftaucht. Sie lüpft die Gardine und schielt zu uns herüber. Mein Gott.

»Ach, richtig«, komme ich zurück zum Thema. »Unter diesen Umständen könnten wir es wohl wagen, einen unschuldigen Abend miteinander zu verbringen.« Ich lächle und beginne zu zittern.

»Also ist das ein Ja?«

Etwas geht im Haus zu Boden, vielleicht ein Stuhl, und Oma lässt die Gardine los.

»Ja.«

»Dann erwarte ich dich pünktlich um zwanzig Uhr bei mir.« Oliver geht rückwärts, lässt mich nicht aus den Augen.

»Zu Befehl.«

»Und bring doch George mit, dann haben wir so etwas wie ein Doppeldate.«

»Mach ich.« Hat er gerade »Date« gesagt?

Oliver dreht sich um, stapft in weiten Schritten davon, hinüber zu seinem Wagen, der vor dem Hof steht, als hätte er es nicht gewagt, die Einfahrt hineinzufahren. Komischer Mann.

»Was wollte er?«, will Mieke sofort wissen, als ich das Haus betrete. Ich kann nicht antworten, weil mir schlagartig klar wird, dass es ein Fehler war, George in die Obhut der Tasmanischen Teufel zu geben. Sie haben meinen Welpen mit Geschenkbändern geschmückt und lackieren ihm gerade die Krallen in verschiedenen Farben. Scheiße!

»Halt still, George«, mault Libi, als der kleine Hund versucht, von ihr fortzurobben, nachdem er mich, seine Rettung, entdeckt hat. »Du musst warten, bis die Farbe trocken ist, du Dummerchen«, tadelt das Mädchen und wirft sich fast auf ihn drauf. Was verträgt so ein Welpe eigentlich an physikalischer Einwirkung?

»Seid ihr denn verrückt!«, schimpfe ich, während ich mich von den Stiefeln befreie. George zappelt und kommt frei. Seine Krallen wetzen über den Boden, da greift Nane seinen Po und hält ihn auf.

»O nein, jetzt hat er einen Lackschaden«, flucht Libi und besieht die bunten Nägel, bis ich ihr meinen Hund entgegen ihres lautstarken Protests wegnehme.

»George ist kein Spielzeug«, murmle ich. Ich bin viel zu aufgewühlt, um mit den beiden ernsthaft zu schimpfen. Stattdessen drücke ich meinen Welpen fest an meine Brust. Unter ihm klopft mein Herz schnell. Schneller, als ich es mir erklären kann.

»Also, was hat er gewollt, der Herr von Daniel?« Mieke baut sich vor mir auf, Oma schiebt ihren Rollator von ihrem Spionageplatz zu uns herüber, und ich lasse mich mit George auf die Couch in die kuscheligen Weihnachtskissen in Rentierfelloptik fallen. Der Duft des Räuchermännchens kitzelt in meiner Nase.

»Er hat mich eingeladen.« Ich grinse dümmlich und versuche, Georges Zunge aus meinem Gesicht zu halten.

»Krass.« Mieke schmunzelt. »Er steht auf dich.« Ich zucke die Achseln.

»Ich verbiete dir, zu diesem Schuft zu gehen«, quäkt Oma Erna. Sie sieht auf einmal sehr mitgenommen aus.

»Aber warum denn, Oma? Er ist eigentlich ganz nett«, versuche ich sie zu beruhigen.

»Ist er nicht. Er hat …« Sie verstummt, ringt um die richtigen Worte. »Mieke, du weißt doch ganz genau, was er getan hat.«

Mieke seufzt. »Ja, er hat sich letztens ziemlich aufgeplustert und meine Kinder als Trolle bezeichnet. Nicht sonderlich freundlich.«

»Das hast du mir gar nicht erzählt.«

»Er glaubt, dass die Zwillinge sich auf sein Grundstück geschlichen und seine Oldtimer mit rohen Eiern beschmissen haben.« Mieke stößt ein Lachen aus. »Das ist totaler Quatsch. So was machen Libi und Nane nicht. Und auch sonst niemand. Ich frage mich, wie er auf so einen Schwachsinn kommt.«

»Also, ich hab tatsächlich Spuren von Eiern an der Rückwand der Scheune gesehen«, fällt mir ein. »Irgendjemand hat sich definitiv dort ausgetobt.«

»Aber nicht meine Kinder«, stellt Mieke klar, doch ich bin mir nach einem kurzen Blick auf die Mädchen nicht so sicher. Immerhin haben die beiden schon so einiges angestellt, seit ich hier bin.

»Und wirst du hingehen?«, hakt Mieke nach einem kurzen Moment des Schweigens nach.

»Ja, warum nicht?«

»Himmel, Barsch und Zwirn. Hat jemand 'ne Dose Idioten aufgemacht, oder was ist hier los?«, motzt Erna.

»Oma, mach mal 'nen Punkt.« Mieke wirft ihr einen mahnenden Blick zu.

»Ich hab immer gedacht, ich hätte euch mehr Menschenkenntnis beigebracht.« Ernas Gesichtsfarbe wechselt zu Tannengrün, und ich stehe auf, um mich um sie zu kümmern, bevor sie einen Schlaganfall bekommt.

»Omi, alles ist in Ordnung. Und ich bin schon groß und kann Karate.«

»Sprach das Lamm und wurde vom Löwen gefressen«, mault sie, während ich meinen Arm um ihre Schulter lege. Im Radio läuft *White Winter Hymnal* und durchbricht die explosive Stimmung.

»Ich geh auf mein Zimmer. Hier interessiert ja sowieso niemanden, was ich denke«, zischt Oma und wendet sich von mir ab. »Undankbare Brut.«

Mieke schüttelt den Kopf, lächelt aber milde. »Lass sie«, meint sie in meine Richtung. »Sie hat öfter mal ihre fünf Minuten, das geht vorbei.«

»Na hoffentlich.« Ich schaue Oma nach, wie sie zackig ihren Rollator über die Schwelle zu ihrem Zimmer schiebt.

Noan kommt mit Mistelzweigen beladen ins Zimmer und schaut uns an. »Dicke Luft?« Er legt das Grün beiseite. Mieke deutet ein Kopfschütteln an und kuschelt sich in seinen Arm. Als die beiden wild zu knutschen beginnen, beschließe ich, mich mit George zu Phoebe zu verdrücken.

Sie grinst wie ein Honigkuchenpferd, als der Welpe und ich eintreten. Wenigstens hat sie gute Laune, wie sich das so kurz vor Weihnachten gehört.

»Ich muss dir unbedingt etwas zeigen«, haucht sie und angelt nach meiner Hand. George rennt mir vor die Füße und schnappt nach einem alten Bonbonpapier, das ich ihm gleich darauf aus dem Mund fischen muss. Bah.

»Lange habe ich mir den Kopf zerbrochen, was ich meinem Schatz schenken könnte«, sagt Phoebe. Ihre Worte überschlagen sich beinahe, und sie zeigt mir ein winziges Kissen, auf dem ein Schlüsselanhänger liegt, der ein Unendlichkeitssymbol umschließt.

»Das ist wirklich sehr schön.« Und es war mit Sicherheit kein Schnäppchen, da das Schmuckstück aus echtem Sterlingsilber ist, wie mir die entsprechende Gravur verrät.

»Ja, oder?« Phoebe grinst breit, ihre weißen Zähne blitzen. »Ich bin so gespannt, was er dazu sagen wird. Hier auf der Rückseite ist eine Lilie eingraviert, meine Lieblingsblume und ein Symbol unserer Liebe.«

»Ich liebe Lilien«, gebe ich zu, und im nächsten Moment bekomme ich drei kleine Schachteln gezeigt. Eine dunkelblaue mit silbernen Punkten, eine gelbe mit blauen und eine schwarze mit roten.

»Welche soll ich nehmen?«

Ich tippe auf die gelbe.

»Wir sind so mega auf einer Wellenlänge, Elin. Die ist auch mein Favorit.« Phoebe tänzelt umher, umrundet gekonnt den schnüffelnden Hund und packt das Kissen mit dem Anhänger in die Box. Dabei erzählt sie mir von dem ersten Date mit ihrem Prinzen. Einem regnerischen Tag im Sommer, an dem er sie ins Kino eingeladen hat und sie küsste. Ganz klassisch also. Und von ihren großen Plänen im nächsten Sommer, mit ihm nach Barcelona zu reisen, wo er einen Onkel hat. Bin gespannt, was Mieke zu dieser Idee sagen wird. Und Oma erst.

Der Tag vergeht wie im Fluge. Nachdem Oma mit der Fernbedienung das Satellitenprogramm verstellt hat, schauen wir *Drei Nüsse für Aschenbrödel*, ein absolutes Pflichtprogramm in der Adventszeit, und essen Weihnachtsstollen, auf dessen Rosinen ich wie ein Luchs aufpasse. George kann es nämlich gar nicht abwarten, sich zu vergiften.

Es wird schlagartig wieder kälter draußen, und eine Puderzuckerschneeschicht überzieht die Natur erneut wie einen Sandkuchen. George hält die nächsten Geschäftssitzungen brav im Garten ab, und unter Ekelschreien von Phoebe sammle ich die braunen Haufen mit kleinen farbigen Tütchen auf. Wir wollen ja keine Tretmienen hinterlassen. Oma zuckelt derweil mit dem Rollator über den Hof, frische Luft schnappen, und ist nach wie vor angefressen, weil ich mich mit ihrem Erzfeind treffen möchte.

Als es Abend wird, kehrt eine gewisse Anspannung in mir zurück, und ich ziehe mich ganze dreimal um, bis ich mit meinem äußeren Erscheinungsbild zufrieden bin.

»Soll ich dir Kondome mitgeben?« Mieke lässt ihre Augenbrauen albern hüpfen, als sie zu mir ins Zimmer kommt und sich auf das Bett setzt. Ich muss zugeben, ich fühle mich ein bisschen ertappt. Oliver gefällt mir, auch wenn er mich verunsichert und Oma ihn hasst.

»Was denkst du von mir?«, verteidige ich trotzdem meine Ehre, während ich einen letzten prüfenden Blick in den schmalen Spiegel am Schrank werfe und meinen Körper in dem dunkelblauen Wollkleid mit Pfefferkuchenprint betrachte.

Es sitzt wie angegossen und lässt meine Augen hübsch leuchten. »Und apropos Verhütung, hast du schon mit Noan gesprochen?«

»Noch nicht. Ich arbeite dran.« Mieke schiebt sich den Daumennagel zwischen die Zähne und kaut daran herum. »Ich weiß ja nicht mal, was ich selbst will.«

Mit einem Seufzen lege ich meine Arme um ihre schmale Taille. »Du könntest es bekommen, und ich ziehe es dann als mein eigenes auf«, schlage ich grinsend vor. »Ich habe die letzten Tage viel gelernt über Erziehung und entwickle echte

Führungsqualitäten.« Ich muss an die Zwillinge denken und daran, dass sie recht gut auf mich hören. Mieke muss lachen, es ist ein schönes Geräusch.

»Nein, lass mal. Das Kind versau ich dann doch lieber selbst.« Meine Arme spannen sich an, ich ziehe meine Schwester dicht an mich und küsse sie auf die Wange, sodass eine vage Spur meines Lippenstifts auf ihrer Haut zurückbleibt. »Also willst du es bekommen?«

Sie hält die Luft an, bevor sie antwortet. »Möglicherweise.«

»Ah, großartig«, brumme ich und kitzle sie durch, wie früher, als wir noch klein waren.

Mein Hochgefühl wird getrübt, als ich wenig später meine Stiefel nicht finden kann, obwohl ich mir sicher bin, sie vor der Garderobe gelassen zu haben.

Nach zehnminütiger Suche habe ich sie immer noch nicht gefunden und überlege bereits, mit den Pumps durch die eisglatte Wildnis zu stapfen, da bringt mir Mieke ihre Stiefel, die ähnlich gut zu meinem Outfit aussehen, wie meine eigenen es getan hätten. Zum Glück haben wir in etwa die gleiche Schuhgröße.

»Danke dir!« Ich umarme meine Schwester zum Abschied, leine George an und mache mich auf den Weg.

»Viel Spaß«, ruft Mieke mir hinterher.

George läuft freudig neben mir her, als wir den Weg zum Tor in den Wald einschlagen. Ständig tritt er sich auf seine langen Ohren. Manchmal tut er mir echt leid, weil er so kurze Beine bei so großen Dumbo-Ohren hat.

Es ist so klar heute Abend, dass unzählige Sterne am Himmelszelt leuchten und der Halbmond die Welt in Silberlicht taucht. Was für eine schöne Nacht. Ich drücke die kleine Eisenklinke und will das Tor zum Wald und der Abkürzung aufstoßen, doch es rührt sich nicht. Ich rüttle fester. Es klagt und ächzt, gibt aber nicht nach.

»Was zum Donnerdrummel …« Wer zum Geier hat es denn abgeschlossen? Mein Blick wandert zurück zum Haus, und ich nehme eine Gestalt am Fenster wahr, die verdächtig nach Oma aussieht.

»Nicht mit mir, Fräulein Erna«, murre ich, schnappe mir George und nehme den großen Umweg über die Straße.

Flirt mit Mister Grinch

Oliver ist ganz Gentleman und hilft mir galant aus meinem roten Tweedmantel. Er hat das Licht gedimmt und zwei Laternen mit Kerzen im Flur aufgestellt, die eine Ahnung vorweihnachtlichen Feelings verströmen. Mister Grinch gibt sich Mühe, wie mir scheint. Als ich am Esstisch Platz nehme, fällt mir sofort auf, dass er Mistelzweige neben dem Gedeck arrangiert hat. Wie süß.

Zuerst ist alles ein wenig steif zwischen uns. Ich darf ihm mit nichts helfen, nur am Tisch sitzen, während er uns Wein einschenkt und eine wirklich gute Pasta serviert. Es schmeckt perfekt. Ich nehme mir zweimal nach, halte mich für maßvoll und freue mich wie Bolle, als Mister Grinch sich sogar erbarmt und die Kerzen eines Adventskranzes für mich entzündet.

Zum Dessert intensivieren sich unsere Gespräche und werden endlich entspannter. Meine wachsende Faszination für diesen Mann lässt mich innerlich klingen. Wenn er von Gedichten und Superhelden spricht, wird mir warm ums Herz.

»Ja, ich finde, Lyrik und Marvel schließen sich nicht aus. Nehmen wir die Lieblingsfigur meines Sohns – Spiderman. Ich habe gerade erst die Zeilen eines Songtextes gelesen, die darüber sinnieren, ob man sich mit seinen vermeintlichen Superkräften nicht selbst lähmen kann. Sprich, in Spinnenweben verfangen, sodass man unbeweglich wird.«

»Interessanter Ansatz. Aber ich denke, dass solche Fähigkeiten, seien sie noch so besonders, so eng zu einem selbst gehören, dass man intuitiv mit ihnen umgehen kann. Ich schätze, sie zu gebrauchen ist irgendwann so leicht wie atmen.« Ich denke daran, wie selbstverständlich für mich mittlerweile der Umgang mit dem Feuer beim Glasblasen ist. Dabei hatte ich zu Anfang eine Höllenangst vor der Hitze.

Olivers Hände fahren die Knopfleiste seines Karohemds entlang, öffnen das obere Viertel und geben den Blick auf seine Brust frei. Ich schnappe nach Luft, frage mich, was das werden soll und warum es hier so heiß ist, da erkenne ich die kleine Tätowierung auf der linken Seite auf Höhe seines Herzens. Es ist Spiderman.

»Mein Sohn stellt sich gern vor, dass ich wie sein Superheld Unschuldigen gegen das Verbrechen helfe«, erzählt er sanft.

»Und tust du es?«

»Meistens.« Sein Blick rutscht zur Seite, während er die Knöpfe seines Hemds wieder verschließt. »Ich versuche, Fälle anzunehmen, bei denen ich denke, dass die Menschen durch widrige Umstände die falschen Entscheidungen trafen und einfach eine zweite Chance brauchen.«

»Das ist wirklich edel«, hauche ich und ertrinke in seinen grauen Augen, in denen ein leises Glühen liegt. Warum nur hat jeder im Dorf einen vollkommen falschen Eindruck von Oliver von Daniel?

Draußen streicht der Wind um die Hausecken und durch die Wipfel der Bäume. Es hört sich an wie ein Lied, das die Luft füllt.

»Ich fände es fair, wenn ich jetzt auch deinen Spitznamen erfahren würde, wo du meinen bereits kennst«, sagt Oliver irgendwann und schiebt die Mousse au Chocolat auf dem Teller umher.

»Wie war dein Spitzname noch?«, frage ich, und der Groschen fällt zu spät.

»Spiderman und Stockfisch.« Er schmunzelt.

»Ich wette, du hast noch andere. Wie haben dich zum Beispiel deine Eltern genannt?«, ignoriere ich seine Frage, denn ich hasse meine Spitznamen. Linchen ist nur einer davon. Und Hummel. Nicht unbedingt schmeichelhaft.

»Olli, ganz unspektakulär.« Er fährt sich lässig durch sein Haar, bevor er einen Schluck Wein nimmt.

»Und in der Uni? Wie wurdest du da gerufen?«

»Das ist etwas peinlich«, meint Oliver und ruft Spencer zu sich, bevor sie ihre Zähne ins Holz des antiken Mahagonischranks versenken kann. Mensch, dieser Mann ist aufmerksamer als das Auge Saurons. Wo steckt mein Hund eigentlich?

»Erzähl«, bitte ich und beobachte, wie Oliver seiner Hündin einen Knochen als Kaualternative anbietet. Da taucht George auf und luchst seiner Schwester das leckere Ding ab. Jetzt balgen die beiden Welpen unter dem Tisch und stoßen abwechselnd an meine und Olivers Beine.

»Twist. Wie Oliver Twist«, erzählt Oliver, und als er sich zu mir vorbeugt, lässt der Kerzenschein das Graublau seiner Augen weicher erscheinen.

»Wie kam es denn dazu?« Er wirkte nie wie ein verlorener Junge auf mich.

»Ich schätze, weil es Parallelen zu der Romanfigur gab. Zumindest meinten das meine Kommilitonen.« Oliver hebt seine Schultern leicht und erzählt weiter: »Ich hatte mich eine Weile von meiner Familie distanziert und mit ein paar Rebellen abgehangen.«

Für einen Wimpernschlag wirkt er, als drücke ihn eine Last nieder, und beinahe greife ich nach seiner Hand, um ihn zu trösten, da verhärtet sich seine Miene wieder, und er starrt mich an. Durchdringend, forschend, und ich fühle mich wie ein Hase, der sich auf eine Straße verirrt hat und in zwei herannahende Scheinwerfer glotzt. Unfähig, sich zu bewegen.

»Also, Elin«, sagt er leise, ohne den Blick abzuwenden. »Was hat man dir für Spitznamen verpasst?«

Mir fallen sofort wieder jene ein, die er mir unter vielen gab. Entenarsch, Feuerlocke und Sommersprosse. Ich lache unsicher, greife meinen Löffel fester und lasse ihn übers Porzellan kratzen.

»Linchen«, sage ich. »Den mag ich aber nicht.« Ich recke mein Kinn vor und fixiere diesen attraktiven Mann nun meinerseits mit meinem Blick. Was er kann, kann ich auch. »Weißt du noch, wie *du* mich genannt hast?«

Er versteckt die Andeutung eines Grinsens, indem er das Weinglas an seine Lippen setzt.

»Schneehexe«, antwortet er viel zu schnell.

»Neben den gemeineren, die du für mich hattest, stimmt das.«

Er wird wieder ernst. »Für all die anderen möchte ich mich aus vollem Herzen entschuldigen.« Er steht auf und räumt den Tisch ab. Ich helfe ihm, obwohl es ihn zu stören scheint, und stelle Geschirr in die Spülmaschine.

»Du nimmst nicht gern Anweisungen entgegen, nicht wahr?«, hakt er nach und bedenkt mich mit einem belustigten Gesichtsausdruck, während er mir zwei Glasschälchen abnimmt. Seine Haut ist warm, und ich verfluche meinen Körper, den Verräter, der einmal mehr auf seinen zustrebt.

»Das liegt sicher daran, dass ich mir Anweisungen nie merken kann«, scherze ich und bekomme ein Brummen zur Antwort.

Oliver schiebt mich aus der Küchenzeile, und ich drehe mich über die Schulter zu ihm um. »Wie lautete die Anweisung noch mal?«

»Du sollst dein Weinglas nehmen und dich vor den Kamin setzen.« Er zwinkert mir zu.

Ich mache es mir auf dem Teppich vor dem Feuer gemütlich. Als Oliver sich zu mir gesellt, kommt Spencer sofort herbei und versucht, auf seinen Schoß zu klettern. Es ist zu süß, wie sie ihm ins Gesicht schaut und ihr Herrchen vergöttert. Und ich kann sie verstehen, er hat etwas Bezauberndes an sich, das ich bis jetzt nicht wahrgenommen habe. Etwas unter der Oberfläche, das hier und da durchblitzt und neugierig auf mehr macht.

Oliver stellt sein Weinglas auf den nahen Couchtisch, nimmt Spencers Hundegesicht in seine schlanken Hände und streichelt ihre Wangen. Mein Gott, ist er lieb mit ihr. Man sagt ja immer, wer mit Tieren liebevoll umgeht, kann kein schlechter Mensch sein. Also beobachte ich, wie er mit ihr spielt.

Bloß nicht verlieben, Elin, ermahne ich mich.

Oliver rubbelt Spencers Ohren, knautscht ihr Gesicht und küsst sie sanft auf die Stirn.

Bloß nicht ...

Spencer versucht, ihm in die Nase zu knapsen, und Oliver lacht ein wundervolles Lachen, das das ganze Universum mit Glück erfüllt.

Bloß nicht ... verdammt.

Mein Herz schlägt mir bis zum Hals, verschlägt mir den Atem.

»Eigentlich wollte ich gar keinen Hund«, lässt Oliver mich ganz beiläufig wissen, während er Spencer weiterhin knuddelt.

»Warum hast du sie dann genommen?« Ich denke, dass man manche Dinge nur mit dem Herzen weiß. Auch, wann man einen Hund adoptieren muss und wann nicht.

Oliver hebt den Blick. »Kannst du dir das nicht denken?«

»Es ist einfach über dich gekommen, als du sie gesehen hast«, vermute ich und nehme George in den Arm, als er mit Spencers Knochen vorbeigewackelt kommt. Er sieht nicht sonderlich erfreut über die Kuschelattacke aus.

»So ähnlich«, gibt er zu, und ich kann mich nur zu genau an mein Gefühlswirrwarr beim Anblick der herzallerliebsten Welpen erinnern.

»Fakt ist, ich würde Spencer nicht mehr missen wollen. Genauso wenig wie mein neues altes Heim.« Oliver gibt Spencer frei, und sie fordert George zum Spielen auf.

»Hattest du als Kind auch schon einen Hund?« So selbstverständlich wie er mit seiner Hündin umgeht und sie erzieht, muss es so sein.

»Ja, meine Mutter besaß einen Bloodhound namens Pennywise. Er war manchmal etwas schwierig, aber trotzdem ein toller Freund.« Ein Leuchten legt sich auf Olivers Gesicht, während er in seinen Erinnerungen schwelgt. »Leider wurde er nicht sonderlich alt und verstarb nach sieben Jahren voller versteckter Schuhe, abgekauter Socken, verschlungener Hundekekse und unangemessener Furze viel zu früh.«

»Wir hatten keine Haustiere. Dabei habe ich mir welche gewünscht – zu jedem Geburtstag und zu jedem Weihnachten. Hat nie geklappt.« Ich seufze. »Umso mehr habe ich mich gefreut, wenn wir bei Oma waren, die wenigstens Kühe,

Hühner und Pferde hatte.« Ich muss an Gertrud, das Huhn, denken, dem ich zu Omas Entsetzen ein Puppenkleid anzog und im Puppenwagen umherschob. »Einmal hab ich ein Huhn heimlich mit ins Bett genommen und festgestellt, dass sie hinscheißen, wo es ihnen gefällt. Sogar unter Bettdecken.«

Oliver stößt hart die Luft aus. »Pfui Teufel, ich hoffe, Sammy kommt nie auf solche Ideen.«

»Wird er dich zu Weihnachten besuchen? Dein Sammy?«, will ich wissen.

»Nein.« Die Antwort kommt schnell und knapp.

»Das tut mir leid.« Ich kann sehen, wie bemüht er lächelt.

»Hast du deshalb keine Lust auf Weihnachten?«

»Unter anderem.«

Ich spüre, dass ihm das Thema nicht recht ist. Aber ich möchte ihn gern verstehen, gerade weil mir der Weihnachtszauber so wichtig ist. Und ich möchte mehr über ihn und seine Familienverhältnisse wissen.

Oliver nimmt sein Glas, trinkt einen großen Schluck Wein und beginnt dann doch zu erzählen.

»Zum einen ist Weihnachten bei uns in der Familie stets eine sehr steife Angelegenheit gewesen. Es hatte immer viel mit gesellschaftlichen Verpflichtungen zu tun, wie mein Großvater gern betonte.«

Mir fällt ein, dass es auf dem Gutshof jedes Jahr zum zweiten Weihnachtstag ein Bankett gab, bei dem nur hochgestellte Gäste eingeladen waren. Mieke und ich hatten uns mal auf die Lauer gelegt und die Schickimickis beobachtet, wie sie aus ihren dekadenten Autos stiegen und auf Stöckelschuhen zur Villa eierten. Wir zählten, wie viele der Frauen in teuren Roben mit den Absätzen im Kopfsteinpflaster hängen blieben und herumstolperten wie Störche im Salatfeld.

»Aber der Heilige Abend war doch bestimmt entspannter?«, vermute ich, doch sein Blick verfinstert sich nur noch eine Spur.

»Wir mussten jedes Jahr Lieder singen. Ich hab es gehasst.« Er sieht aus, als hätte er in etwas Verdorbenes gebissen.

»Weihnachtslieder zu singen ist doch mit das Schönste am Fest. Ich meine, nimm mal die Weihnachtssänger, die Chöre – ich liebe es.« Verzückt schließe ich einen Augenblick lang die Augen und denke an die vielen zauberhaften Abende auf Weihnachtsmärkten, wenn die Lichter die Dunkelheit erhellten und die Klänge die Luft schwängerten.

»Lieber wäre ich Beerdigungssänger, als auch nur noch einmal vor dem Tannenbaum zu singen.« Oliver steht auf, geht in die Küche und kommt mit einer neuen Flasche Wein zurück.

»Was ist mit den ganzen Geschenken an Weihnachten? Die liebt doch jedes Kind«, wage ich einen neuen Anlauf. »Dafür ein bisschen zu singen kann doch nicht so schlimm sein, Mister Grinch.« Ich linse frech zu ihm hinüber, während ich an meinem Wein nippe.

»Ach«, winkt er ab. »Ich mag keine Überraschungen, musst du wissen. Und Geschenke gehören für mich in diese Kategorie.«

Meine Miene verrutscht. »Hast du etwa nie bekommen, was du dir gewünscht hast?«

Er faltet die Hände oberhalb seines Knies. »Eigentlich nicht. Ich wollte gern einen Bogen und Pfeile und bekam ein Klavier.«

»Armer reicher Junge«, rutscht es mir heraus, und sein Lächeln gerät wacklig. Ich schaue zu den Hunden. Wir hatten nie sehr viel Geld, und unterm Tannenbaum lagen oft selbst gestrickte Mützen, Schals und Teddybären. Manchmal auch eine Barbie und Noten für unsere Violinen, die wir von Opa vorzeitig vererbt bekommen hatten, damit wir ein Instrument erlernen konnten. Und mir war das relativ gut geglückt. Warum hab ich eigentlich damit aufgehört?

»Außerdem ging kurz vor dem letzten Weihnachten meine Ehe den Berg runter, als meine Exfrau mich für meinen besten Freund verließ«, haut Oliver plötzlich raus, und mein Magen sackt eine Etage tiefer.

Ich ahne den Sturm in ihm, er zieht kurz über Olivers Miene und verschwindet dann wieder sorgfältig hinter der Fassade.

»Das tut mir leid.« Meine Hand hebt sich, verweilt kurz über seinem Handrücken, bevor ich sie zurückziehe. »Das muss schlimm sein.«

»Nun ja, wir hatten schon eine Weile lang Probleme. Ich schätze, ich bin kein einfacher Mensch«, gibt er zu. »Und wer hat schon eine perfekte Beziehung?«

Meine Lügen bezüglich meiner erfundenen Partnerschaft brennen mir jetzt wie Feuer im Magen. Wäre das nicht der Moment, um ebenfalls ehrlich zu sein und aufzuräumen?

»Ich muss dir etwas gestehen.« Wenn meine Stimme diesen Unterton annimmt, koppelt sich mein Hirn von meinem Körper ab. Dann ist mir etwas so unangenehm, dass ich beginne, mich und meine Situation von außen zu betrachten und zu kommentieren. Was oft zur Folge hat, dass ich mich unmöglich benehme, weil mein eigenes inneres Gequatsche mich aus dem Konzept bringt. Wie jetzt gerade, als mein Hirn mir sagt, wie scheinheilig ich manchmal bin. Oliver schenkt mir Wein nach, als ich ihm auffordernd das Glas entgegenhalte.

»Ich habe gar keinen Verlobten. Keine Ahnung, warum ich ihn erfunden habe. Die Wahrheit ist, dass mein Ex mich letztes Jahr an Weihnachten verlassen hat, in meiner Lieblingsjahreszeit, und sich inzwischen für eine andere erwärmen konnte.« Ich rutsche unruhig auf meinem Hintern herum und ziehe schließlich die Beine unter den Po.

Oliver schweigt, viel zu lange. Spencer und George liegen unweit des Kamins, und ich lausche ihrem Schnarchkonzert und dem Knistern des Feuers, während ich zu große Schlucke Wein in mich hineinschütte.

Warum sagt er denn nichts? Er kann doch nicht einfach so lange schweigen. Mein Hirn rät mir, aus Erfahrungen zu lernen und ab hier Wasser zu trinken, auch wenn Oliver mich mit Schweigen straft.

»Ich bin keine chronische Lügnerin oder so«, verteidige ich mich, als mir die Stille zwischen uns zu lange dauert. »Ich hatte nur irgendwie das Gefühl, mich schützen zu müssen.«

»Wovor? Vor mir?« Spott huscht über Olivers so sorgfältig aufrechterhaltenes Pokerface. »Du bist wirklich seltsam, Winterhexe.«

Mit Unbehagen entziehe ich mich der Situation, indem ich aufstehe und mir die massiven Regale aus gebeizter Eiche ansehe. Mein Finger streicht über die Reihen der vielen Schallplatten und stoppen bei The Doors.

»Hoppla. Du hast einen wirklich guten Musikgeschmack«, schmeichle ich und hoffe, er geht nicht weiter auf meine Flunkerei ein. Oliver erhebt sich ebenfalls, sein Arm streift mich, als er eine Platte aus den Reihen zieht und sie auflegt.

»Wie wäre es mit ein bisschen *Riders on the Storm*?«, fragt er leise, und ich muss sagen, an den Sound einer Schallplatte kommt einfach nichts heran. Dieses unverkennbare Knacken löst tausend Erinnerungen in mir aus. Als Kinder haben Mieke und ich gern Omas alte Platten gehört. Sie besaß Hunderte kleine Single-Auskopplungen wie *Ein knallro-*

tes Gummiboot oder *Help*. Auf ihrem klapprigen Schallplattenspieler durften wir Weihnachtsmusik hören, während wir in Omas Schlafzimmer auf den Weihnachtsmann warteten.

»Stimmt es, dass du denkst, die Zwillinge meiner Schwester würden deine Autos mit Eiern beschmieren?« Keine Ahnung, warum mir das gerade jetzt einfällt.

Bedauernd seufzt er und antwortet mit einer Gegenfrage. »Stimmt es, dass Frauen, die einmal lügen, es auch öfter tun?«

»Ganz sicher nicht. Außerdem lügt jeder normale Mensch bestimmt zwanzigmal am Tag. In einer Dokumentation wurde dieses Phänomen ausgiebig beleuchtet. Allein aus Höflichkeit lügen wir, dass sich die Balken biegen.«

»Ja, ich bin davon überzeugt, dass diese speziellen Kinder sich auf mein Grundstück schleichen, um wie Trolle ihr Unwesen zu treiben.«

»Nenn sie nicht so. Die Zwillinge sind zauberhaft.«

»Trolle sind doch auch irgendwie zauberhaft«, kontert Oliver und grinst mich jetzt ganz offen an. Er dreht die Musik lauter, und Jim Morrisons Gitarrenspiel verleitet mich dazu, mit der Hüfte zu wippen.

Ich werfe mein Haar nach hinten, und Oliver legt seine Hand in meinen Rücken. Wir stehen uns nahe gegenüber, tanzen ganz langsam zum Rhythmus. Der Schein des Feuers wirft Schatten auf sein Gesicht, und ich kann seine Miene nicht deuten.

»Soweit ich mich erinnere, wart ihr als Kinder auch nicht gerade ein Muster an Freundlichkeit und Rechtschaffenheit«, erinnere ich ihn, und er nimmt meine Hand in seine. Reine Energie schießt durch meine Venen, während ich mich auf die Zehenspitzen stelle. Oliver ist groß, bestimmt einsfünfundachtzig.

»Das Kompliment kann ich nur zurückgeben. Du hast mich geschlagen und mich jedes Mal auflaufen lassen, wenn ich versucht habe, Kontakt mit dir aufzunehmen«, flüstert er nahe an meinem Ohr und zieht mich fester an sich.

»Ich hab mich nur verteidigt.« Moment, was will er mir eigentlich sagen?

»Du hast mich gehasst.«

Ich nehme etwas Abstand, um ihm ins Gesicht zu sehen, in seinen Augen zu lesen. Seine Lippen kräuseln sich leicht. »Nein.«

Er bleibt stehen, mustert meine grün-roten Weihnachtssocken, die nicht zu meinem blauen Kleid passen wollen. »Ich war verliebt in dich.«

Ich starre ihn an. Das kann doch nicht ... Seine Finger legen sich unter mein Kinn, und unendlich langsam beugt er sich zu mir herunter und küsst mich. Sanft treffen seine Lippen auf meine, und mein Herz jagt in meiner Brust davon. Meine Hände suchen Halt an ihm, fassen in den Stoff seines Karohemds. Seine Lippen bewegen sich schneller, und ich erwidere den Kuss. Er schmeckt so gut, so wundervoll, und er weiß genau, was er tut. Ich glaube, ich bin noch nie so geküsst worden. Mit so viel Gefühl und Können.

Er löst sich von mir, seine Hände halten mein Gesicht, und ich schwebe mit dem Kopf in den Wolken. Und was soll ich sagen, es ist neblig hier oben.

»Was war das denn?«, höre ich mich unsicher fragen.

Er lässt mich los, meine Wangen glühen. »Nichts, wenn es dir lieber ist« ist nicht die Antwort, die ich hören will. »Es ist ja nicht so, als hätte ich dich gerade wieder einmal eingeseift«, sagt er leichthin und geht hinüber zum Sofa. Er nimmt sein Glas und trinkt, schaut abwartend zu mir herüber, während ein neues Lied von The Doors beginnt.

»Nun ja, bei dir weiß man nie, was als Angriff zu werten ist.«

»Du machst Scherze, oder?« Er lehnt sich lässig zurück, beobachtet mich.

»Eigentlich nicht.«

»Du tust so, als wäre ich ein Schwerverbrecher.« Draußen beginnt der Wind, wütend an den Fensterläden zu rütteln.

»Na ja, das würde ich nicht unbedingt sagen, aber einen gewissen Hang zum Verbrechen hatten deine Brüder und du ja schon, oder?« Gott, ich übertreibe maßlos. Oder ist es besonders schlimm, den Weihnachtsbaum des Marktplatzes anzuzünden und dabei zuzugucken, wie er abfackelt? Plötzlich kann ich das nicht entscheiden. Olivers Grinsen wird immer überheblicher.

»Es kann ja nicht jeder die Unschuld vom Lande sein«, schießt er zurück, legt seine Füße auf den Tisch und kreuzt die Beine über den Knöcheln.

»Ich habe eben ein ausgeglichenes Familienleben gehabt.« Etwas verloren stehe ich da, auf halbem Weg zum Sofa. »Na ja, und bei dem Großvater …«, murmle ich und bereue meinen Gedankengang schnell.

Olivers Haltung sprüht jetzt vor Arroganz, die mich ärgert. »Mein Großvater mag streng gewesen sein, aber er hatte immer das große Ganze im Blick – unseren Werdegang. Er hat viel Mühe investiert.«

»Das hört sich ja wirklich außerordentlich liebevoll an.« Mein Hirn würde mich gern bremsen, doch leider muss es irgendeine Fehlfunktion in den Synapsen geben. Eine Art Kurzschluss. »Nun ja, man weiß ja, was für ein furchteinflößender Mann er gewesen ist. Es gibt so viele Geschichten um diesen vermeintlichen König des Dorfs. Überall spann er seine Fäden, an denen er bis ins hohe Alter zog. Und ich fürchte, er hatte nicht viele Freunde.« Ich mache eine Pause, mein Hirn seufzt. »Ich kann mir vorstellen, dass er nicht gerade die Supernanny war, was Pädagogik angeht.«

Oliver fährt sich unruhig über die feinen Stoppeln seines Dreitagebarts und nimmt die Füße wieder vom Tisch. »Wie war das noch mal? Du hast keine Kinder, richtig?«

»Noch nicht.« Meine Arme verschränken sich schützend vor der Brust, in einer Ahnung, dass ich mich wappnen muss gegen das, was noch kommt.

»Du wirst irgendwann feststellen, dass der Balanceakt zwischen den Entscheidungen, die man aus einem weichen Herzen trifft, und denen, die wichtig für die Entwicklung eines jungen Menschen sind, nicht immer leicht ist.« Er lacht leise, lehnt sich zurück und starrt mich an.

»Ich denke, man sollte seine Kinder einfach nur lieben«, erwidere ich trotzig. Der will mir doch wohl nicht die Mutterfähigkeit absprechen?

»Das ist sehr naiv.«

Meine Hände ballen sich zu Fäusten, und ich verspüre den Impuls, aus der Höhle des Grinch zu flüchten. Und zwar sofort.

»Du nennst mich nicht gerade dumm, oder?«

Seine Stimme bekommt etwas Grobes. »Nein, ich sagte ›naiv wie eh und je‹.«

Das schlägt dem Fass den Boden aus. Und so jemand arbeitet bei Gericht, wo Haltung und Diplomatie wichtig sind?!

»Du kennst mich doch gar nicht«, zische ich.

»Ein bisschen schon. Du glaubst alles, was man dir erzählt, vorschnelle Urteile sind ganz deins, und du bist jemand, der gern von Dingen redet, von denen er keine Ahnung hat«, zählt er im Plauderton auf.

Lieber Weihnachtsmann, hast du dir diesen Jungen mal

genau angeguckt? Der bekommt dieses Jahr besser keine Geschenke!

»So ein Quatsch. Du hast wohl zu tief ins Glas geguckt.« Ich schnappe nach Luft, seine Augen funkeln, und einen Moment lang denke ich, er will vom Sofa aufspringen und ... mich einseifen. Wie damals.

»Eine junge, kinderlose Frau, die es mit der Wahrheit nicht so genau nimmt, will mir etwas über Erziehung erzählen?« Er legt so viel Provokation in seinen Tonfall, dass ich ihm zu gern eine knallen würde. Aber wie sollte ich das dem Weihnachtsmann erklären, wenn ich so etwas täte?

»Autsch«, hauche ich jedoch nur und lege gespielt erschüttert meine Hand an die Brust. »Nur weil ich mir einmal etwas ausgedacht habe, um nicht zu viel von mir preiszugeben, bin ich noch lange keine Lügnerin.«

»Na ja, die Fantasie liegt wohl in der Familie. Deine Großmutter hat da auch so ihre Talente. Verleugnung ist ihr Fachgebiet.«

So, jetzt reicht's aber. Ab hier wird es sehr persönlich. Keiner schießt gegen meine Erna.

»Das wird ja immer netter. Versprühst du immer so viel Charme?« Ich gehe vor den Hunden in die Hocke und stupse George an, damit er aufwacht.

»Nur, wenn jemand ungerechtes Zeug redet und nicht über den Tellerrand schaut.« Oliver erhebt sich und steht plötzlich hinter mir. Ich unterdrücke den Impuls, ihm in die Wade zu beißen.

»Man sollte Welpen nicht aus dem Schlaf reißen, wenn es nicht unbedingt sein muss«, belehrt er mich.

»Man sollte auch keine Drachen wecken, und meiner ist kurz davor, dein Heim anzuzünden, Mister Grinch.«

Brechende Herzen

Abrupt werde ich stocknüchtern. Wie kann es sein, dass die Stimmung zwischen uns bei jedem Treffen kippt und zu dieser seltsamen Art *Ice Bucket Challenge* führt? Ist es meine Schuld, spielt er nur mit mir? Erst küsst er mich – und das auf diese sanfte und wahnsinnig aufregende Art –, und dann lässt er mich so heftig auflaufen wie die Titanic auf den Eisberg.

Mein Atem sammelt sich vor meinem Gesicht, bildet kleine Wölkchen, als ich mich ein letztes Mal zum Gutshof umschaue. Licht dringt durch Vorhänge und Fensterläden der Villa und zeichnet Schatten auf den Vorplatz des Hofs. Ich laufe, ohne darüber nachzudenken, zur Straße, nehme nicht die Abkürzung durch den Garten. George tappst müde durch den Schnee, und ich nehme ihn auf den Arm. Er ist ein Baby und sollte längst schlafen, denke ich sauer. Ich stoße hart die Luft aus, schließe die Arme fest um den gefleckten Hundekörper, und George legt seine Schnauze auf meine Schulter. Der Wald liegt wie ein riesiges Tier vor mir, und ich halte auf seinen Schlund zu. Ich will einfach nur nach Hause. Der Wind fährt durch die Fichtenzweige, eisige Kälte treibt mir Tränen in die Augen, und ich senke den Kopf.

»So ein blöder Arsch«, flüstere ich, und George guckt mich treu an. »Ich hätte nie gedacht, dass der Grinch wirklich lebt. Was bildet der sich ein? Bestimmt hält er sich für unwiderstehlich und hat mich nur für seine persönliche Belustigung zu sich bestellt.« Ich bin wirklich ein totaler Trottel, und Oma wusste es. Deshalb hat sie versucht, mich aufzuhalten. Wütend kicke ich einen Tannenzapfen vor mir her, bis ich die Brücke erreiche und mit schnellen Schritten darübertrabe. Ich verlasse die schmale Straße, die sich in Wellen durch die Bäume windet, und tauche ins Dickicht ein. Von hier komme ich direkt zum alten Rübenkeller und bald nach Hause. Wie aus dem Nichts taucht eine Gestalt vor mir auf. Beinahe krache ich in sie hinein, gerade noch rechtzeitig schwenke ich zur Seite und verhake mich in den Zweigen einer Fichte. Ein Schrei steckt in meiner Kehle. Einen Moment lang sieht es so aus, als würde sich der Schatten auf mich werfen. Dann rennt er weg. Ich halte mühsam das Gleichgewicht und löse die kalten Finger des Baums von mir.

»Scheiße noch eins!«, brülle ich dem Jungen nach. Das war doch Phoebes Prinz oder etwa nicht? Ich hätte ihn sofort an seiner schlaksigen Art und der Lederjacke erkennen müssen.

Ich wünsche dir auch noch einen schönen vorweihnachtlichen Abend, du Arsch, denke ich. Irgendwo in der Ferne ruft ein Kauz, und es ist unheimlich. Vielleicht, aber auch nur ganz vielleicht, hätte ich mir niemals in meinem Leben Weihnachtshorrorfilme angucken sollen wie zum Beispiel die blutige Geschichte über den Krampus, so eine Art teuflischer Knecht Ruprecht, der unartige Kinder holt. Oma warnte uns manchmal vor ihm, wenn wir in der Weihnachtszeit nicht brav genug waren.

»Jetzt schlägt's aber dreizehn«, hatte sie eines Morgens gewettert, als Mieke und ich nicht aufstehen und unsere Sachen aufräumen wollten, wie es am Abend zuvor von uns hoch und heilig versprochen worden war. Wir waren nicht mehr ganz klein, gingen schon in die Grundschule und entwickelten zusehends unseren eigenen Kopf.

»Ihr wollt mir also wirklich mein armes Herz brechen, indem ihr euch vom Krampus holen lasst?«, jaulte Oma und machte ein Gesicht wie zehn Tage Sauerkraut.

»Was soll das denn sein?«, fragte Mieke mit offensichtlichem Desinteresse. Oma zog ihr die Decke weg, und sie quietschte vor Kälte.

»Knecht Ruprecht bringt die Rute für die Kleinen, tja, und der Krampus holt sich die, die nicht aus ihr gelernt haben«, interpretierte Oma die Geschichte zu ihren Gunsten, während sie die Gardinen aufriss.

Ein Jahr zuvor hatte ich tatsächlich nichts wirklich Nettes vom Nikolaus bekommen, eben nur eine aus Zweigen gebundene Rute, mit der man Kindern auf den Hintern haut. Obwohl zum Glück niemand sie zu diesem Zweck benutzte, hatte mich diese Warnung ziemlich in Aufruhr versetzt. Und dafür gesorgt, dass ich meine Missetaten, nämlich Opas Werkstatt unsicher zu machen und verbotenerweise an seine Schweißgeräte zu gehen, ganz genau überdachte.

»Na, dann kann er ja mit Elin anfangen, ich hab noch keine Rute gekriegt«, war Mieke bereit mich zu opfern und klaubte ihre Decke vom Boden.

»Nur leider ist es so, dass der Krampus alles an sich reißt, was er in die Krallen bekommt.« Oma seufzte und trat den Rückzug an, auf ihrem Gesicht schimmerte der mitfühlende Blick eines Arztes, der einem soeben eine miese Diagnose mitgeteilt hat.

»Was?«, quietschte ich. »Aber ich will nicht, dass mich Krallen holen.« Hilflos sah ich zu Mieke.

»Uns holt niemand, Elin. Oma macht nur Witze.« So sicher war sie sich allerdings nicht, das sah ich an der Art, wie sie nervös ihre blonden Haare zwirbelte.

Oma trat aus dem Zimmer und sagte mit echtem Bedauern in der Stimme: »Wie soll ich das bloß eurer armen Mutter erklären?« Die Tür schloss sich, und Oma ließ uns allein, nicht ohne das ganze Blut zu erwähnen, das der Krampus von seinen Opfern stets zurücklässt. Bah!

Ja, so ist Erna. Völlig skrupellos, wenn es darum geht, einem Kind Angst und Bange zu machen.

Ich stapfe weiter durch pudrigen Schnee und grauen Dunst, den Geist vernebelt mit tausend Gedanken. Irgendwann sehe ich einen Lichtkegel, der wirr umherkreist, und höre ein ersticktes Schluchzen. Ruckartig bleibe ich stehen. Meine Nackenhaare stellen sich auf, Georgis ebenfalls, und er stößt einen warnenden Laut aus. Mutiger kleiner Kerl. Er hat mit Sicherheit mehr Schneid als ich.

»Hallo?« Meine Stimme ist nur ein Wispern im Wind. Das Rauschen des Walds zerreißt es und spuckt es mir wieder vor die Füße. Das Weinen wird lauter, verzweifelter, und mir fallen schlagartig all die Gruselgeschichten ein, die man sich über den Rübenkeller am kleinen Fluss erzählt. O Gott, o Gott. Ich gehe weiter, mein Herz klopft gegen den Stoff meines Kleids, und ich wünsche mich zurück in die Höhle des Grinch.

»Ist da jemand?«

George hat die größere Klappe und kläfft jetzt, was das Zeug hält, er zappelt, und ich kann ihn kaum halten. Das Licht wandert zu uns herüber, blendet mich, und ich stolpere über eine Baumwurzel. Mist.

»Tante Elin?«, kommt es nasal aus der Richtung des Hügels, der sich als Rübenkeller enttarnt, als ich es durchs Dickicht schaffe. »Was machst du hier?«

Ich musste leider fliehen, als der Grinch die Zähne zeigte, will ich sagen, behalte meinen desaströsen Abend dann aber doch lieber für mich. Denn ich muss zugeben, ich spüre immer noch den Phantomabdruck seiner Lippen auf meinen und wie sich bei der Erinnerung jede Nervenfaser in mir anspannt.

»Das sollte ich lieber dich fragen. Wieso schleichst du mitten in der Nacht wie eine Winterwaldnymphe umher und erschreckst Leute zu Tode?« Mein Puls beruhigt sich nur mühselig.

»Mein Leben ist vorbei«, haucht Phoebe, sie wirbelt herum und setzt sich auf einen umgestürzten Baumstamm. Ich torkle zu ihr, gehe vor ihr in die Hocke. George freut sich über unsere Begegnung, ist allerdings ähnlich irritiert wie ich, als Phoebe sein Geschlabber ignoriert.

»Er hat mit mir Schluss gemacht«, sagt sie und schlägt die Hände vors Gesicht.

Ich fange die Taschenlampe ein, ihr wirbelnder Schein macht mich ganz schwindelig, als sie sich auf dem Boden dreht. George setzt sich auf Phoebes Fuß und schaut zu dem heulenden Mädchen auf. Mir kommt die Frage, ob man Welpen mit einem instabilen Umfeld und so vielen Tränen traumatisieren kann. Wird er am Ende beziehungsunfähig werden? Ich nehme neben meiner schluchzenden Nichte Platz und lege meinen Arm um ihre zarten Schultern.

»Habt ihr euch gestritten? Vieles lässt sich in einem konstruktiven Gespräch klären. Man muss sich nur zuhören«, höre ich mich faseln und muss fast über meine Aussage lachen, da ich ja das beste Beispiel für Konstruktivität bin.

»Nein, eben nicht. Er hat einfach keine Lust mehr, hat er gesagt.«

»Das ist ja ...« Scheiße! So ein kleiner Mistbock. Phoebe holt tief Luft und weint so laut und bitterlich, dass mir ebenfalls die Tränen kommen und augenblicklich über meine Wangen rinnen. O du gesegnete Weihnachtszeit ...

»Er hat mich nie richtig geliebt. Und er hat mir alles Gute gewünscht für die Zukunft. Wie bei einer verkackten Kündigung«, berichtet sie und wischt sich mit dem Jackenärmel übers Gesicht. »Es tut uns leid, aber wir können Sie leider nicht länger beschäftigen. Dafür schreiben wir Ihnen ein tolles Zeugnis.« Phoebe richtet sich auf und gestikuliert wild. George denkt, dass sie ein Stöckchen für ihn wirft, und schießt los. Die Leine hält ihn mit einem Ruck zurück, und er beschwert sich verständlicherweise.

»Natürlich hat er dich geliebt«, versuche ich das vollkommen aufgelöste Mädchen zu trösten. »Sonst wäre er ja nicht mit dir zusammen gewesen.« Ich weiß, dass es eine Lüge sein könnte, die ich da erzähle. Denn Menschen widmen sich aus den unterschiedlichsten Gründen einem anderen, und nicht alle davon sind schön. Wut summt in meinem Magen. Ich werde persönlich eine Beschwerde beim Universum oder beim Weihnachtsmann einreichen. Allein für dieses miese Timing muss man Phoebes Prinzen eine Lektion erteilen, finde ich. Man könnte ihn teeren und federn oder seine Hoden mit einer Kneifzange quetschen oder ihn entführen und nackt durch den Wald hetzen oder ...

»Nö. Er meinte, er hat schon länger gespürt, dass seine Gefühle nicht das sind, was sie sein sollten. Es läge an ihm, nicht an mir.«

»Oh.«

»Und für so einen Idioten hab ich ein so schönes Geschenk besorgt. Das war voll teuer.« Phoebe schluchzt, und ein Beben erschüttert ihren zierlichen Körper. Dann heftet sie ihren Bambiblick auf mich. »Er hat gesagt, wenn ich es ihm trotzdem schenken möchte, würde er es in Ehren halten.« Sie lacht unglücklich.

»Gute Idee, schenken wir ihm doch etwas, das unsere Wertschätzung zeigt«, schlage ich vor und rubble ihre Arme.

»Du spinnst doch, eher verbrenne ich den Schlüsselanhänger«, heult sie auf und rauft sich die Locken.

»Den meine ich nicht. Den kannst du mir schenken, ich liebe Lilien.« Ich lächle. »Ich hab da etwas anderes im Sinn.« Etwas ganz anderes, um genau zu sein.

Wir sitzen noch eine Weile auf dem Baumstamm, bis Phoebes Tränen weniger werden und sie sich schließlich an mich lehnt. Als wir beide anfangen zu zittern, gehen wir nach Hause und bringen George ins Bett. Etliche Schluchzer und Umarmungen später stehen wir vor meinem Auto, und Phoebe hält mir ihr schönes Geschenkkästchen entgegen.

»O Gott, ist das widerlich«, gluckst sie vergnügt, während ich eine von Georges Tütchen mit seiner Hinterlassenschaft aus dem Mülleimer angle, öffne und den Inhalt in das Kästchen quetsche. Phoebe schaut weg, ich unterdrücke ein Würgen.

»Ja, und die Art, wie dein Prinz dich hat sitzen lassen, ist genauso widerlich.«

Schnell schließt Phoebe den Deckel. Ihre seelenvollen braunen Augen glänzen immer noch feucht, aber wenigstens schleicht sich ein Lächeln auf ihre Miene. »Der wird sich freuen. Ich bin echt gespannt auf sein blödes Gesicht.«

Rache ist Blutwurst. Oder eben Kacke mit Schleifchen.

Ich starte den Motor, und mein kleiner Rudolph erwacht zum Leben. Phoebe bettet das verschnürte Kästchen auf ihrem Schoss und tippt eine Nachricht an ihren kürzlich Verflossenen.

»Stell dir vor, der Arsch ist noch gar nicht zu Hause. Ich wette, der hat schon eine Neue und ist noch bei ihr«, brummt Phoebe, als er ihr antwortet. Der Wind treibt feinen Schnee vor die Scheinwerfer, und wir folgen dem Schleichweg durch den Wald. Phoebe erklärt mir, wo ihr Frosch wohnt, es ist nicht weit. Am Rande des Dorfs befindet sich ein winziges Neubaugebiet mit fünf Häusern, die so gar nicht zum Rest des Panoramas passen wollen. Heinz nennt diesen Ort »den Schandfleck«, dessen Bewohner nicht sonderlich viel Wert darauf legen, sich am Dorfleben zu beteiligen. Bis auf Name Unwichtig, die Oliver auf Freddies Geburtstag angeschmachtet hat, als wäre er der *sexiest man alive*.

»Ich hab ihm geschrieben, dass ich ihm trotzdem sein Geschenk zu Weihnachten geben möchte. Es soll ihm zeigen, was er mir bedeutet«, höre ich Phoebe zu, die wieder etwas trauriger klingt. »Und rate mal, was er geantwortet hat.«

»Erzähl.« Um ehrlich zu sein, ist mein Hirn gerade voll mit Gedankenkotze vom Feinsten. Warum ist die Liebe so ein Minenfeld? Wieso bloß kann man seine Partner nicht mit dem Verstand wählen, weshalb ist diese kuriose Biochemie zu einem so großen Anteil schuld daran, wen wir mit ins Bett nehmen? Wieso, weshalb, warum, wen immer ich frag – ich bleibe dumm. Vermutlich weiß das noch nicht mal der Weihnachtsmann.

»Hör zu, du wirst aus dem Lachen nicht mehr herauskommen«, ergreift Phoebe nach einer kurzen Pause erneut das Wort. »Das ist wirklich *nice* von dir, meint er. Und er ist froh, dass ich inzwischen gechillter bin. Pah!« Sie schnaubt. »Außerdem freut er sich darüber, dass ich unsere Trennung akzeptieren kann. Sicher, es sei bestimmt nicht so *easy* für mich, aber ich solle daran denken, dass ich immer einen Platz in seinem Herzen haben werde.« Phoebe gibt ein beeindruckend echt klingendes Würggeräusch von sich. »Der spinnt doch, der meint wohl einen Platz im Fotoalbum seiner Eroberungen.« Sie wirft ihren Kopf an die Lehne und atmet laut aus. Mein Wackelweihnachtsmann auf dem Armaturenbrett zappelt manisch. »So ein Penner.«

»Ein sehr sensibles Exemplar ...«, sage ich und trete aufs Gas. Phoebe hackt energisch auf dem Display des Handys rum.

»Oh, warte, es wird noch besser«, verkündet sie dann, und ihr Kiefer mahlt vor Wut. Wir biegen ab, kommen an Olivers Hof vorbei, und ich schaue stur geradeaus.

»Ich halte dein Geschenk gerne in Ehren und werde mich an dich erinnern. PS: Ich bin gleich zu Hause.«

»Na, das trifft sich doch gut. Dann übergeben wir das Päckchen und starten in Richtung Zukunft.« Ich lächle aufmunternd.

»Übergeben? Ich hoffe nur, ich muss *mich* nicht übergeben. Ich schwöre dir, ich kotze dem direkt vor die Füße.«

»Das ist auch eine Möglichkeit. Besser wäre allerdings, eine aufrechte Haltung zu wahren – kannst du mir glauben.« Ich denke nur ungern daran zurück, wie ich geheult und gebettelt habe, dass Stefan noch mal über die Trennung nachdenken möge. Sich selbst so zu erniedrigen bringt rein gar nichts außer einem lädierten Selbstbewusstsein.

Phoebe wird blasser. Nur das gleichmäßige Quietschen des Scheibenwischers unterbricht unsere Gedanken dann und wann und erinnert uns daran, dass wir hier sind. Dass wir trotz Herzschmerz leben und weiterhin lieben werden.

Kleinste Flocken treiben wild vor der Windschutzsche umher und glitzern kühl im Licht. Ich bin so aufgew dass ich diesen schönen Anblick gar nicht genießen kann, und das ärgert mich doppelt. Was für eine besinnliche Zeit …

Ich parke ein Stück entfernt von der einzigen Laterne weit und breit im Schatten einer mächtigen Eiche und stelle den Motor ab. Phoebe umklammert das Kästchen mit der Scheiße mit beiden Händen.

»Was ist, wenn ich mich niemals mehr verlieben kann?« Ihre braunen Augen sind weit aufgerissen, und echte Verzweiflung liegt in ihnen.

»Süße, du hast noch alles vor dir. Du bist doch noch so jung«, tröste ich sie und denke an meine eigene Jugend und die ersten verwirrenden Gefühle. »Man küsst nun mal auch Frösche, das lässt sich nicht vermeiden.« Wie weise ich doch bin.

»Ach wirklich?« Ihr Blick verengt sich misstrauisch, spöttisch. »Mama hatte sofort den Jackpot, nämlich Papa«, erinnert sie mich an den Kickstart, den Mieke hingelegt hat. Verrate ich Phoebe jetzt, dass diese Zeit auch nicht immer rosig war? Dass Noan ihre Mutter kurz vor der Hochzeit sogar einmal kurzzeitig sitzen ließ? Weil er offensichtlich ziemlich kalte Füße bekommen hatte? *Nobody is perfect*, möchte ich meinen.

»Hast du dich mit deiner Mutter schon mal richtig unterhalten?«, frage ich.

»Gott, nein«, beeilt sich Phoebe zu antworten und guckt mich an, als hätte ich nicht mehr alle Kerzen am Tannenbaum.

»Warum nicht? Sie ist deine Mutter, und ich weiß, dass sie gern wissen wollen würde, was in dir vorgeht.«

»Privatsphäre, Elin. Wenn es nach meinen Eltern geht, dürfte ich keine haben. Deshalb dosiere ich den Informationsfluss lieber, das kannst du mir glauben.« Phoebe atmet geräuschvoll aus und schaut zu dem gelben Schwedenhaus mit der bunten Weihnachtsbeleuchtung hinüber, in dem ihr Prinz mit seinen Eltern wohnt. Die übrigens genauso wenig von der Liaison zwischen meiner Nichte und ihrem Sohn erfahren haben, wie sie mir beiläufig im Wald berichtet hat.

»Weißt du, Mutter zu sein ist bestimmt nicht immer leicht«, werfe ich unbeholfen mit einer Floskel und zucke die Schultern. »Du solltest ihr eine Chance geben, sie versteht deinen Kummer ganz sicher besser, als du denkst.« Mieke kann einem manchmal auf den Keks gehen mit ihrer Fähigkeit, stets alles im Griff zu haben und Contenance zu wahren. Aber nur wenige wissen, wie chaotisch es in ihr drinnen aussehen kann.

»Bullshit, Tante Elin.« Phoebe beugt sich zu mir herüber, ihre Augen füllen sich erneut mit Tränen. »*Du* kannst es. Du hattest auch schon Liebeskummer und kannst es nachempfinden, stimmt's?« Sie bricht ab. »Ist es normal, dass ich ihn trotzdem immer noch zurückhaben möchte? Obwohl er mich offensichtlich nicht will?« Ihre Unterlippe bebt leicht.

»Ja, aber das geht vorbei, Schatz.« Ich lächle sanft und streiche ihr über die Wange, wische ihre Tränen fort. »Und Mieke kennt den Schmerz auch. Ihre erste Liebe war eine Lektion, die sie ziemlich ausgebremst hat, musst du wissen«, denke ich an das Torben-Desaster in der neunten Klasse. »Deine Mutter war lange in einen Klassenkameraden verliebt, der letztlich nur mit ihr zusammenkam, um die Aufmerksamkeit eines anderen Mädchens zu erregen. Das brach Mieke das Herz, als sie es schnallte.«

»Echt? Sie hatte einen Typen vor Papa?«

Ich lege Phoebe die Hand aufs Knie, beuge mich an ihr vorbei und öffne die Tür. »Ja, so war das. Und jetzt gibst du dein Geschenk ab«, kommandiere ich, da ihr Exboyfriend am Ende der Straße auftaucht.

»Scheiße, wie seh ich aus?« Sie versteift sich, und die Geschenkebox fällt fast von ihren Beinen. Ich fange sie auf und lege meinen Finger unter Phoebes Kinn, bringe sie dazu, mir in die Augen zu gucken. »Wunderschön – wie immer. Und jetzt bist du ganz ruhig, übergibst die Box mit einem Lächeln, verabschiedest dich souverän und gehst.« Hätte ich es damals doch auch so gemacht, ganz nach dem Motto: Nicht bewegen, genau so will ich dich vergessen. »Sei stark, denn das bist du.« Meine Daumen sind gedrückt.

Sie kaut auf ihrer vollen Unterlippe, hadert einen winzigen Moment mit sich und steigt dann aus. Ich glotze ihr mit hämmerndem Herzen nach. Es ist eine Sache von wenigen Sekunden, und mein kleiner Lockenkopf macht sich echt gut. Ihr Lächeln hält die Balance zwischen Bedauern und Spott, und als sie wieder in mein Auto steigt und die Tür ins Schloss fällt, beobachten wir gespannt, wie der Frosch neugierig die Schleife der Box öffnet, während er zum Haus schlendert. Ich starrte den Motor, unendlich langsam tuckern wir los, wenden und fahren direkt an seiner Gartenpforte vorbei.

»Ich bin sehr stolz auf dich, Süße«, verkünde ich und schalte einen Gang zurück.

»Guck mal, jetzt hat er die Kacke entdeckt«, quietscht sie mir entgegen, und ihre Bambiaugen funkeln böse. Ich pruste los. Romeo stößt einen mädchenhaften Schrei aus und lässt die Schachtel fallen. Vollkommen perplex guckt er zu uns herüber, und ich kurble das Fenster meines Wagens ein Stück herunter.

»Frohe Weihnachten!«, grölen wir beide im Chor, und ich muss aufpassen, dass ich mir vor Lachen nicht in die Hose pinkle. Phoebe kichert und drückt mir einen Kuss auf die Wange.

»Danke, Tantchen. Ich wünschte, du wärst immer hier.«

Ich zwinkere ihr zu und drücke aufs Gas. »Pass auf, was du dir wünschst«, warne ich sie, weil ich einmal mehr über die Vorzüge des Landlebens und die herzerwärmende Nähe zur Familie nachdenke.

»Wie meinst du das?«, hakt Phoebe nach, während wir in Richtung Wälder steuern, vorbei am Gutshof, der wie ein schlafender Riese in der Dunkelheit auf seiner Anhöhe ruht.

»Ich denke darüber nach, die alte Scheune umzubauen und mir eine Wohnung einzurichten. Was hältst du davon? Mieke und ich haben kurz darüber gesprochen, ob sie ihre kleine Schwester hier ertragen würde.« Etwas zu lange schaue ich zu Phoebe hinüber. Ihre Augen weiten sich, ihre Hand schnellt vor.

»Pass auf!«

Die Rehe sehe ich viel zu spät und trete auf die Bremse. Rudolph blockiert, die Reifen fassen nicht, und ich verreiße das Lenkrad. Ich hab nicht mal Zeit, mein Leben in bunten Bildern an mir vorbeiziehen zu lassen. Phoebe schreit aus voller Kehle, ich stimme mit ein. Alles verschwimmt im Nachtschwarz. Der Wagen dreht sich um die eigene Achse, und mit einem Rumms stoppen wir in umgekehrter Fahrtrichtung an einem Wall. Heilige Scheiße!

Meine Hände zittern, mein Wackelweihnachtsmann nickt mir fröhlich zu, und Phoebe atmet stoßweise neben mir.

»Alles in Ordnung?«

»Krass, wir leben noch«, sagt sie und grinst mich blöde an. »Ich muss sagen, mit dir wird es bestimmt nicht so schnell langweilig, wenn du erst mal bei uns einziehst.«

Ein schwaches Lächeln zuckt um meinen Mund. Adrenalin prickelt mir bis in die Fingerspitzen. »Wehe, du erzählst deiner Mutter von unserem Beinahe-Tod.«

Phoebe kräht lachend los. »Ich bin doch nicht bescheuert, die bringt dich um!«

»Eben.«

Puh. Eines stimmt: Wenn man den Tod vor den Augen hat, öffnet er diese ungemein, und alles wird ganz klar. In Gedanken reiße ich Wände ein und wähle Innendesigns. Ich bin bereit, mein bisheriges Leben hinter mir zu lassen und neu anzufangen, wenn Mieke und Noan es gutheißen.

Bevor ich meinen kleinen roten Rudolph zurück auf den Weg nach Hause bringe, vibriert meine Gesäßtasche. Mit einem hübschen Jingle geht eine Nachricht von Starlessnight ein: *Ein wundervoller Tagtraum in Blau und gute Nacht. Schlaf schön, Elin.*

Offenbarungen

Draußen ist es noch dunkel, und ein neues Tief bringt eine Mischung aus Eisregen und Schnee, der an den Fensterscheiben klebt und Eisblumen am Glas kreiert.

Nachdem ich kurz mit George vor der Tür war, beschließe ich, den Frühstückstisch zu decken. Allerdings nicht ohne das Möbelstück gründlich zu putzen und zu desinfizieren, auf dem Mieke und Noan ziemlich unanständige Dinge fabrizierten, als Phoebe und ich von unserer unchristlichen »Scheißaktion« zurückkamen. Phoebe gab Würgegeräusche von sich und beschwerte sich lauthals über das Geknutsche und Gefummel ihrer Eltern. Ich übersah nur mit Mühe, dass Noans Hose nicht mehr dort saß, wo sie eigentlich sitzen sollte, und verdrückte mich schnell nach oben.

Ich rühre Waffelteig, kippe ihn ins Eisen und mache Rühreier. Das tut uns allen gut, insbesondere Phoebe und mir mit unseren ramponierten Herzen. Nichts ist so wichtig wie gutes Essen, wenn man traurig oder verwirrt ist. Während ich im Kühlschrank nach Speck suche, der die richtige Würze fürs Ei bringen könnte, denke ich über das Prickeln auf meiner Zunge nach, als Oliver mich küsste. Für einen Moment fühle ich seine Lippen auf meinen, und mein Herz beginnt, sich an den unruhigen Takt zu erinnern, den es gestern schlug. Heilige Nacht, komm mal wieder runter, Elin, mahne ich mich selbst und kneife mir in die Nasenwurzel.

»Guten Morgen, Liebchen«, schreckt Oma mich auf. Fast fallen mir die Wurstdosen aus der Hand.

»Hallo, Omi.« Sie sieht wie aus dem Ei gepellt aus; na gut, ihre Haarspange sitzt vollkommen schief, vom Lippenstift ganz zu schweigen, aber sonst passt alles.

»Schon wach?« Ungelenk stelle ich den Speck neben die Pfanne und wende das Rührei.

»Sieht so aus«, brummt Oma und verengt die Augen, weil ich ganz unorthodox neben der Prise Salz auch etwas Zucker auf das Ei gebe. Stefan hat das immer so gemacht, und es schmeckt ausgezeichnet.

»Hast du gut geschlafen?«, frage ich. Mit einer schnellen Bewegung drücke ich Oma einen Kuss auf den Haaransatz.

»Ja, hab ich. Allerdings hatte ich so seltsame Träume«, beginnt sie zu erzählen, während sie mir mit dem Geschirr hilft. »Ein Nashorn war bei mir eingezogen und hat Trompete gespielt. Wie früher Opa, nur viel schiefer.« Ihre Stirn legt sich in tiefe Falten.

»Na, das klingt ja beinahe nach einem Albtraum«, antworte ich und finde Kakaopulver, als ich einen Blick in den Kaffeeautomaten werfe. Na so was?

»Das kannst du laut sagen. Und wie war dein Abend?« In Omas Stimme liegt etwas Wissendes, und einen Moment habe ich keine Lust, ihr zu verkünden, dass sie möglicherweise recht damit hatte, mich aufhalten zu wollen. Dass es aufwühlend war und ich so etwas absolut nicht gebrauchen kann. Schon gar nicht zu Weihnachten.

»Es war ganz nett«, antworte ich also ausweichend.

»Nett ist die kleine Schwester von Scheiße, Elin. Du kannst

ruhig etwas ausführlicher werden«, murrt Oma und rettet die Waffeln vor dem sicheren Kohletod. »Oder hast du seit Neustem Geheimnisse vor mir?« Ihre feinen Brauen hüpfen, und sie lächelt mich so gewinnend an wie früher, wenn sie uns zum Keksebacken einlud. »Du weißt, ich kann Geheimnisse wie eine Schnecke auf dem Rücken umhertragen. Sie bleiben für immer und ewig bei mir.«

Meine Mundwinkel zucken. Niemandem habe ich jemals so viel anvertraut wie Erna. Sogar als ich meine erste Periode bekam, war sie die Erste, die mir Rede und Antwort stehen musste, doch jetzt grüble ich, ob ich nicht trotzdem meine Verwirrung, was Oliver angeht, für mich behalten will.

Die Gesäßtasche meiner Jeans brummt. »Sorry, ich muss da mal eben rangehen«, entschuldige ich mich für die willkommene Unterbrechung und angle mein Handy hervor. Ich öffne den Chatverlauf meiner Konversation mit Starlessnight, dem ich gestern noch einige Ereignisse des Abends brühwarm erzählt habe. Die Hundehaufenaffäre empfand er, glaube ich, als grenzwertig, der Spießer. Er reagierte sehr verhalten auf Phoebes und meine Rachegelüste. Ich wette, Oma hätte gelacht. Und was meinen Streit mit Oliver angeht, den ich nicht namentlich erwähnte und überhaupt alles sehr hypothetisch hielt, da verteidigte Starlessnight ihn doch allen Ernstes und meinte, dass manche Männer mit einer Mauer aus Spott reagieren, wenn sie sich angegriffen fühlen und unsicher sind.

Unsicher. Pah! Oliver ist alles andere als das. Das macht ihn ja paradoxerweise attraktiv. Diese Überlegenheit, das Gefühl, er habe ständig alles im Griff.

Irgendwann wurden die Themen unseres Chat ernsthafter und intimer, und ich frage mich, ob wir Vollmond haben oder ob mich der Mangel an Tageslicht per se dumm macht.

Denn: Wie konnte das Gespräch über Bücherlieblinge bei Sexvorlieben landen?

Ich liebe es, wenn man mich flüsternd fragt, wie ich es will. Ob sanft oder hart, ob langsam oder wild, habe ich verraten.

Das ist mehr als sexy. Hier hatte Starlessnight eine Pause gemacht und dann geschrieben: *Ich wünsche mir, dass ich einmal die Chance bekomme, dir Fragen zuzuflüstern.*

Meine Güte. Ich lese die neueste Nachricht.

Guten Morgen, es weihnachtet sehr. Hast du vielleicht Lust, mich im wahren Leben zu treffen?

Mit einer Hand leere ich die Brüheinheit des Automaten und spüle den Kakao fort. Oma kramt im Besteckkasten und summt ein Lied vor sich hin. *Holy Night* oder so.

Ich halte inne, starre auf mein Handy. Soll ich es wagen, einen Wildfremden zu treffen? So etwas kann gefährlich werden. Eine Freundin holte sich über Tinder schon mal Genitalherpes. Na gut, sie hätte ja nicht mit ihrem Date schlafen müssen, und Überträger von Krankheiten laufen bestimmt auch unter Bekannten rum. Dennoch ...

»Mach kein Geheimnis draus. Wollte er dir an die Wäsche?«, hakt Oma ungeniert nach und holt mich vorübergehend aus meinen Gedanken zu Blind Dates.

»Oliver?« Ich blinzle.

»Na, warst du noch bei anderen Männern?« Sie lässt ihre Augenbrauen hüpfen und übernimmt das Rührei, das inzwischen ebenfalls kurz davor ist anzubrennen. Memo an mich: Ich in der Küche bin gefährlicher für die Feuerversicherung als die Kerzen am Adventskranz.

»Er hat mich geküsst«, rutscht es mir heraus. Ich halte den Atem an, während meine Oma sich wie in Zeitlupe zu mir umdreht. »Das hast du ihm ja wohl nicht durchgehen lassen, oder?«

Ich schürze die Lippen, wühle mit Unbehagen im Obstkorb und beschließe spontan, frischen O-Saft zu pressen. Wo zum Nikolaus ist die Presse?

»Na ja, es war eigentlich sogar schön, bis er irgendwie gemein wurde.«

Oma füllt das Ei in eine rote Schale mit Engelmuster und räumt anschließend geräuschvoll den Kühlschrank aus. Die Tupperdosen fliegen nur so auf den Tisch. Die Box mit dem Käse schlittert bis zum Adventskranz und stoppt im Tannengrün.

»Ja, gemein«, flüstert sie und hängt eine Weile einem Gedanken nach, den ich ihr gern für einen Penny abkaufen würde. »Du musst dich hüten, Elin. Diese Art Mann ist eine verdammte Fallstudie für Psychologen.«

»Also, so weit würde ich jetzt auch wieder nicht gehen«, verteidige ich Oliver. Er ist sicherlich nicht der freundlichste Sonnenschein auf Erden, aber kein Unmensch. Gut, er kann manchmal echt grob sein; anderseits bin ich ihm vielleicht tatsächlich auf den Schlips getreten.

Ich will gerade nachhaken, wie sie zu ihrer Aussage kommt, da wird es laut im ersten Stock. Jemand quietscht und lacht. Zuerst denke ich, es sind die Zwillinge, aber dann kommen Mieke und Noan nach unten. Meine Schwester trägt noch ihr Schlafhemd und dicke Socken. Ihre Haare sind zu einem losen Zopf gebunden, und Noans äthiopische Löwenmähne steht ihm kreuz und quer vom Kopf ab. Die beiden sind richtig gut drauf, und wenig später sitzen wir alle gemeinsam am Frühstückstisch. George frisst neben mir aus seinem Napf aufgeweichte Trockenfutterpellets und taucht seine Ohren wie immer ins Fressen. Libi und Nane zanken sich um die Spekulatiuscreme fürs Brötchen.

»Ich zuerst«, krakeelt Libi und greift nach dem Glas.

»Kommt nicht infrage, da hast du dich nämlich verspekuliert«, zwitschert Nane, die es zuerst in die Finger bekommt. Das Gerangel geht so weit, dass Noan eingreift und das Glas zum Entsetzen der Kinder beinahe leert.

Mieke zwinkert mir fröhlich zu, und ich möchte sie so gern fragen, ob Noan vom Baby weiß. Ist deshalb die Laune bei den beiden so rosig? Haben sie sich für das Kind entschieden?

Phoebe wendet ihren Blick ab, als Noan Miekes Mund mit vielen kleinen Küssen bedeckt. »Wer hat eigentlich die Kotztüten?«, fragt sie und knabbert lustlos an einem Aufbackcroissant. Mein Herz zieht sich schmerzhaft zusammen, als ich den Schleier aus Trauer in ihren Augen sehe, den sie zu verbergen versucht.

Mieke nimmt Noans Hand, führt sie an ihre Lippen und klimpert dann mit einem Löffel laut an ihre Tasse. »Ihr Lieben, hört doch mal alle kurz her. Ich habe etwas auf dem Herzen«, verkündet sie, und ich trete den Zwillingen unauffällig vor die Beine, damit sie aufhören, über Wunschlisten an den Weihnachtsmann zu schwatzen.

»Aua!« Libi guckt mich vorwurfsvoll an.

»Das war George«, beschuldige ich den Hund, der unter dem Tisch hervorwackelt und an seinem Ohr nuckelt, um die letzten Essenreste zu inhalieren.

»Also, Kinder, was würdet ihr dazu sagen, wenn ihr noch ein Geschwisterchen bekommt?«, fragt meine Schwester. Mieke und Noans Finger fädeln sich ineinander, und beide schauen gespannt in die plötzlich sehr ruhige Runde. Man könnte eine Schneeflocke fallen hören, wenn Omas schmatzende Geräusche nicht wären, die ihr Gebiss macht, wenn sie Brötchen kaut.

Libi ist die Erste, die die Stille durchbricht. »Och, Mama,

das brauchen wir nicht.« Sie holt Luft. »Ich glaub, wir werden auch ganz gut allein mit euch fertig.«

»Genau, wir brauchen keine Verstärkung«, pflichtet Nane ihr bei und sieht dabei so unschuldig aus wie ein frisch geschlüpftes Häschen. Ich muss lachen.

»O Mann. Ganz ehrlich?« Phoebe schluckt trocken und funkelt ihre kleinen Schwestern an. »Wenn hier jemand Verstärkung braucht, dann Mama und Papa gegen euch. Ich hoffe, es wird ein Junge mit Kettensägenambitionen.«

Libi streckt ihr die Zunge raus. Nane beugt sich zu mir herüber und fragt mich, wie sie das mit der Kettensäge verstehen soll. Ich zucke ahnungslos die Schultern. Unwissenheit ist ein Geschenk mit rosa Schleife.

Phoebe sieht nicht sonderlich überrascht aus, was diese herrliche Neuigkeit angeht. Seltsam. Bin ich vielleicht nicht die Einzige, die den Test im Müll gesehen hat?

»Ich glaub, meine Ohren werden schlechter«, mischt sich Oma nun ein. »Was hast du gerade versucht zu sagen? Was ist mit Gewitter und Stärkungen?«

»Wir sind schwanger, Oma.« Mieke strahlt sie an, und ich recke meiner Schwester unauffällig den Daumen entgegen.

»Oh, toll, ihr beiden«, sagt Oma sehr laut und lässt ihren Zeigefinger tanzen. »Dieses altehrwürdige Haus bekommt also noch so einen Sabberhobbit? Eine kleine Teppichwanze?« Oma macht robbende Bewegungen, und die Zwillinge kichern. »Eine vollautomatische, pausbäckige Kackmaschine? Das ist ja großartig.« Mieke schnappt nach Luft, unsicher, ob es Sarkasmus ist, der da aus unserer lieben Erna spricht. »Wer wirft zuerst?« Oma grunzt, und ich werfe ihr einen warnenden Blick zu. Einen Moment hab ich Angst, sie könnte dieses freudige Ereignis und die Entscheidung, die Mieke und Noan getroffen haben, vielleicht sprengen. Dann aber lächelt sie so liebevoll und gelöst wie eine ganze Weile schon nicht mehr. »Ich mach mich mal gleich an die Arbeit und stricke einen neuen Strampler. Irgendwelche Farbwünsche?«

Die Zwillinge gucken sich skeptisch an, und dann beginnt Libi zu heulen. »Ich will aber lieber einen Hund«, jammert sie wie eine Sirene los. Ich unterdrücke den Drang, mir die Finger in die Ohren zu stecken.

»Aber ihr habt doch George«, tröste ich Libi, in deren braunen Kulleraugen Tränen schwimmen.

»Aber der geht mit dir wieder weg.«

Vielleicht auch nicht.

»Seid ihr denn deppert?« Oma greift über die Tischecke nach Libis Hand. »Ein Baby ist viel besser«, sagt sie aufmunternd, und Libi schnieft.

»Ja? Wirklich?«

»Natürlich, wenn es älter wird, kann man es viel besser abrichten als einen Hund. Wirst schon sehen.«

Libi zieht geräuschvoll die Nase hoch, Nanes Mund steht offen. Sie kann das alles noch gar nicht fassen. Phoebe sieht resigniert aus, das Los der großen Schwester ist sie ja hinreichend gewohnt. Oder rechnet sie sich aus, wann sie mit einer möglichen Ausbildung fertig sein und ausziehen könnte?

»Was kann man denen denn beibringen? Kunststücke?«, will Libi es genau wissen. Ich kann nicht anders, ich muss mir ein Kleinkind vorstellen, das Frisbees mit den Zähnen fängt und durch brennende Reifen springt. George pupst und erschreckt sich selbst so dermaßen, dass er unter meinen Stuhl flüchtet. Was für ein Kunststück.

Wir reden lange über Babys, Freuden und Verantwortung des Kinderkriegens, und ich spreche meine Überlegung, hierzubleiben, zum ersten Mal offen aus. Für einen winzigen

Moment habe ich Angst, dass irgendjemand die Idee nicht so prickelnd finden könnte wie ich. Dass vielleicht Noan etwas dagegen hat, wenn ich den beiden auf die Pelle rücke. Doch als er beginnt, neben dem Dachausbau für ein weiteres Kinderzimmer auch den Umbau der Scheune durchzudenken, atme ich erleichtert aus. Eine wahre Euphorie entbrennt. Bei allen. Die vielen Möglichkeiten kommen auf den Tisch, und wir planen, was das Zeug hält. Omas Augen leuchten, Phoebe setzt sich auf meinen Schoß und lässt mich eine ganze halbe Stunde nicht mehr los, und die Tasmanischen Teufel bereiten die feindliche Übernahme meines Hundes vor.

»Wenn wir ihn füttern, mit seinen Lieblingskeksen, liebt er uns mehr als Tante Elin«, höre ich Nane flüstern.

Libi nickt und legt ihre Hände an die Ohren ihrer Schwester. »Aber was, wenn Tante Elin dann weint?«, raunt sie. Soso. Ein Gewissen haben die beiden also doch.

»Dann geben wir ihr einfach das Baby von Mama«, meint Nane ungerührt.

»Und wenn Mama dann sauer wird?«

»Ach, die hat doch uns.« Nane lächelt mich gewinnend an, als ich sie mit meinem Blick fixiere. So ein Luder, die hat keine Ahnung, wie gut mein Gehörsinn funktioniert. Bei mir haben sie einen Luchs mit eingekreuzt.

Gegen Mittag schreiben Mieke und ich eine Einkaufsliste. Wir müssen die Pute für Heiligabend abholen und alles besorgen, damit wir während der Weihnachtsfeiertage ungehemmt und ausgiebig schlemmen können. Über Diäten können wir später nachdenken.

Mein Handy liegt neben mir auf dem Tisch, und während ich Milch, Semmelklöße und Rotkohl aufschreibe, blinkt es und erinnert mich an ungelesene Nachrichten. Ich öffne den Chat.

Liebe Elin, ich weiß, es hört sich seltsam an, aber ich muss mich mit dir treffen. Wir sind uns ähnlicher, als du denkst.

Na, da entpuppt sich aber jemand als hartnäckig. Vielleicht hätte ich nicht so viel von mir preisgeben sollen.

Ich muss dir etwas beichten, steht in der nächsten Nachricht.

Okay? Jetzt werde ich nervös.

Ich hab ein Geheimnis, das mir langsam, aber sicher schwer auf der Seele liegt.

Ich tippe eine Antwort: *Hoffentlich nicht eines à la Dexter Morgan, dem Massenmörder, der nur Killer killt und ansonsten ein vorbildliches Leben als Familienvater genießt.* ☺

Nein, so schlimm ist es nicht.

Na, dann raus mit der Sprache.

Ich möchte es dir unbedingt persönlich sagen, von Angesicht zu Angesicht. Im Grunde ehrt es ihn, wenn er wichtige Dinge nicht einfach per Nachricht raushaut, sehr sogar.

Leider bin ich zurzeit mitten in der Pampa bei meiner Familie. Vielleicht ergibt sich später eine Gelegenheit, bremse ich.

Ich weiß, wo du bist.

Okay, jetzt wird's haarig. Im wahrsten Sinne. Er hat ein neues Profilbild hochgeladen, und der Pelz, der sich da zeigt, den kenn ich. Ein spitzer Schrei löst sich aus meiner Kehle.

»Hast du die Butter aufgeschrieben?«, höre ich Mieke fragen, während ich auf mein Handy starre. »Weihnachtsmann an Wichtel, hast du alles notiert?«

Ich kann nicht antworten. Mein Hirn versucht noch zu verstehen, warum mein Chatpartner Starlessnight neuerdings Spencer, Georges Hundeschwester – Olivers Welpen –, als Profilbild hat. Nicht mehr den hellen Basset mit Hut.

»Das darf ja wohl nicht wahr sein«, stoße ich aus und

schiebe den Stuhl mit Karacho über den Boden, als ich aufstehe. »Nein, nein, nein.« Ich verheddere mich in dem Tannenkranz am Küchenschrank. Mieke legt ihre Hand auf meine Schulter, hilft mir, meine Haare zu befreien, bevor ich mit meiner Hektik ihre ganze Deko zerlegen kann.

»Was ist denn los?«

»Wir brauchen noch Müllsäcke, Klebeband, Plastikfolie, Schaufel ...« Oder was genau benötigt Dexter Morgan für seine Morde? Weihnachten hin oder her. Das wird Oliver mir ganz sicher büßen. Wie konnte er mich so hinterhältig aushorchen? O mein Gott, er hat mich ja quasi nackt gesehen, in Lichterketten. Meine Wangen glühen, und ich beiße mir auf der Lippe herum. Hat es in den Gesprächen mit Starlessnight Anzeichen gegeben, dass er mich kennt? Ja, ganz klar. Bin ich näher darauf eingegangen? Nö. Ich dummes Huhn. Ich könnte heulen vor Scham.

»Plastikfolie? Wozu brauchst du die?«, fragt mich Mieke. »Für die Renovierung? Damit werden wir ganz bestimmt erst im neuen Jahr beginnen.« Mit den Fingerspitzen pflückt sie mir eine Tannennadel aus dem Haar. »Komm schon, was genau läuft dir gerade über die Leber?«

»Nicht Leber, Herz«, knurre ich.

Mieke zwingt mich, ihr ins Gesicht zu sehen. »Wieder Stefan?«

»Nein.«

»Raus damit.«

»Ich wurde betrogen. Oliver von Daniel ist mein heimlicher Pseudoverehrer auf Instagram«, spreche ich es aus, und es wird dadurch nicht erträglicher.

Mieke hingegen sieht nur halb so schockiert aus, wie ich es erwartet hätte. »Na und?«

»Leidest du schon unter Schwangerschaftsdemenz?«, fauche ich sie an und schüttle ihren Arm ab, der sich tröstend um meine Mitte gelegt hat. »Er hat mich gestern zum Essen eingeladen, mich geküsst und dann aus dem Haus geekelt. Um später anonym aus mir herauszukitzeln, wie ich mich dabei gefühlt habe.« All die Ereignisse rasen durch mein Hirn, mein Abgang, den Unsinn, den ich geredet habe, den Spott, den er mir dafür entgegenbrachte. So etwas tut man doch nicht!

»Ihr habt geknutscht?« Mieke grinst breit. Ihre weißen Zähne blitzen, und sie gluckst leise. Ich habe vergessen, dass sie davon noch gar nichts wusste.

»Ja, aber dann haben wir gestritten, und ich bin …«

Keine Ahnung, was ich bin. Durcheinander und sauer trifft es wohl am ehesten.

»Wir reden später, jetzt brauch ich erst mal frische Luft«, weiche ich aus und tauche unter ihrem nachgreifenden Arm hindurch. Ich flüchte in den Flur, zerre meine Jacke vom Hirschgeweih, schnappe mir George und renne los. Auch auf die Gefahr hin, dass ich ausrutsche und mir den Hals breche. Ich muss meine Wut im Bauch loswerden. Und ein Hund braucht schließlich Bewegung. Schade, dass George schon nach ein paar Metern schlappmacht und immer wieder mit seinen viel zu kurzen Beinen über minimale Hindernisse fällt. Mein Süßer ist gravitativ wirklich benachteiligt. Sein Frauchen scheint eine ähnliche Benachteiligung in anderen Bereichen aufzuweisen. In Menschenkenntnis und Intuition zum Beispiel.

Es weihnachtet sehr

Es ist der 24. Dezember, und der Einkauf gerät zu einem Abenteuer. Die Zwillinge haben einen ziemlich hageren Weihnachtsmann ins Visier genommen, der von der Supermarktkette zur Kinderbespaßung engagiert wurde. Der Arme hat ganz sicher nicht damit gerechnet, dass sein Bart auf Echtheit untersucht wird und er anschließend einen Fragenkatalog beantworten muss, warum er sich als jemand ausgibt, der er offensichtlich nicht ist.

Ein etwa dreijähriger Junge steht sichtlich geschockt ein Stück abseits, beäugt Libi und Nane, wie sie jetzt beginnen, den Geschenkesack zu inspizieren, der dekorativ neben dem prunkvollen Sessel des Pseudoweihnachtsmanns steht.

»Hey, lasst das«, wehrt der junge Mann sich. Seine Mütze sitzt schief und gibt den Blick auf dunkelbraune Haare preis.

»Warum? Sind die Geschenke auch nicht echt?«, will Libi wissen und stemmt ihre dünnen Ärmchen in die Seite. Es entsteht eine Rangelei um den Jutesack.

»Ich schwöre euch, ihr geht Weihnachten leer aus, wenn ihr euch nicht benehmen könnt«, warnt der verzweifelte Mann, seine Stimmlage entgleitet dezent, und er lässt sich zurück in den Sessel fallen. Der kleine blonde Junge schaut sich hilfesuchend nach seiner Mutter um. Seine Unterlippe bebt leicht, und ich frage mich, ob diese Situation schon als traumatische Erfahrung durchgeht.

»Hast du die Erlaubnis vom echten Weihnachtsmann, über unsere Geschenke zu bestimmen?« Nane sieht so zuckersüß aus, wie sie in ihrem Jeanskleidchen und den feinen Strumpfhosen vor dem Mann mit dem dicken Kunstbauch steht. Ihre braunen Augen wirken so unschuldig, und ihre akkuraten Zöpfe umschmeicheln ihr perfektes Gesichtchen. Und doch hat sie die Ausstrahlung eines Terriers.

»Ob ich was habe?« Der Mann versucht, ganz tief zu sprechen, wie man sich die Stimme eines Weihnachtsmanns halt vorstellt, und lässt dann ein grollendes Lachen hören, was den Dreijährigen unweit der Szene prompt in Panik versetzt. Er geht rückwärts, fällt über wirkungsvoll gestapelte Geschenke und brüllt wie am Spieß. Ich beschließe einzuschreiten und beordere die Zwillinge energisch an meine Seite.

»Ihr müsst mir jetzt helfen, eurer Mama geht es nicht so gut. Wir wollen schnell wieder nach Hause«, sage ich und verkneife mir ein Schmunzeln, weil der Weihnachtsmann dankend seine Hände faltet und ein Stoßgebet gen Himmel schickt.

»Was hat Mami denn?«, fragt Libi besorgt und zupft im Vorbeigehen an der roten Schleife eines Kartons der umgestürzten Geschenke.

»Schwangerschaftsübelkeit«, antworte ich knapp und schiebe meinen Wagen zielstrebig durch den Gang mit dem Gemüse. Mir ist früher nie aufgefallen, mit wie viel Liebe hier alles geschmückt ist. Kleine Lichterketten säumen die Kisten mit Obst, und über uns schweben rote und orangefarbene Sterne.

»Häh? Was ist das denn?«, hakt Nane nach und schaut

mich mit großen Augen an. Ich packe Brokkoli, Rosenkohl und Zwiebeln ein.

»Das ist wie bei Katzen, wenn die Wollknäule auskotzen, stimmt's, Tante Elin?« Libis Schlussfolgerung sorgt für das Naserümpfen einer Kundin an der Käsetheke. Als ich nicht gleich antworte, sprintet Libi davon, Nane hinterher, und ich bin im nächsten Moment damit beschäftigt, die Süßigkeiten zu dosieren, die den Weg in den Wagen finden. So ähnlich muss sich Sisyphus gefühlt haben, als er seinen Felsblock den Berg hinaufschob, nur um zuzusehen, wie er wieder runterrollt.

Als Mieke und ich uns mit den zwei Einkaufswagen an der Kasse treffen, sieht sie noch eine Spur grüner im Gesicht aus, und ich helfe ihr, alles aufs Kassenband zu legen. Die Pute, die uns dieses Jahr zum Opfer fallen und für ein herrliches Mahl sorgen wird, ist gigantisch.

»Oma?«, hatte ich Erna, als ich im Alter der Zwillinge war, gefragt. »Muss die Pute sehr leiden, wenn wir sie essen?«

Erna guckte mich nachdenklich an. »Nun ja, sie ist ja dann schon tot, wenn wir sie essen, nicht wahr?«

»Und wer macht sie tot?« Ich hatte mir zuvor eine Tierdokumentation im Fernsehen angeschaut, in der eine Löwin eine Gazelle erlegte und damit ihre Jungen fütterte. Heute frage ich mich, wie ein Kind solch grausige Bilder ohne nennenswerten Schaden verarbeiten kann. Andererseits bin ich auch mit Hänsel und Gretel ins Bett gebracht worden.

»Der Opa. Und es geht ganz schnell, der Vogel bekommt das gar nicht mit«, erklärte Oma mir.

»Und wie macht er das?« Er würde es sicher nicht mit seinen Zähnen tun wie die Löwin im Fernsehen.

»Mit einem Hackebeil. Er haut dem Vogel den Kopf ab, und dann ist alles vorbei.«

Eigentlich kann ich Phoebes Einstellung zum Vegetarismus gut verstehen. So manches Mal hätte ich den Vogel lieber auf eine andere Weise zum Essen eingeladen.

Mit dem Kopf voller Erinnerungen versuche ich, die Zwillinge bei Laune zu halten, damit sie mir nicht abhandenkommen. Immer wieder lasse ich mir Spiele einfallen wie Ich-sehe-was-das-du-nicht-siehst und mache drei Kreuze, als wir endlich aus dem Laden kommen.

Der Einkaufswagen holpert durch ein Loch im Asphalt, und ich stoppe ihn kurz vor dem Kofferraum von Miekes Jeep. Plötzlich kotzt meine Schwester vor die Autoreifen, als ich sie gerade fragen will, ob ich es richtig in Erinnerung habe, dass wir tatsächlich einmal bei einem Putenmassaker zugucken durften, weil es schließlich die natürlichste Sache der Welt ist, sich mit Nahrung zu versorgen …

Endlich ist es Zeit, den Weihnachtsbaum zu schmücken. Eines der Highlights des Tages! Noan öffnet die Dachbodenluke. »Kann mir mal jemand helfen?«, ruft er, und ich eile herbei. George rennt mit Elchohren auf dem Kopf laut kläffend den Zwillingen nach. Er hat sich angewöhnt, seine Zähne zu benutzen, wenn sie ihm zu viel werden, was mir vermutlich zu denken geben sollte. Ein anständiger Hund versaut sich ja nicht von selbst.

»Was soll ich tun?«, frage ich. Noan verschwindet im Dunkel des Bodens und reicht mir die Hand herab.

»Wir müssen die Kisten mit den Kugeln und den Lichterketten finden.«

Ich steige die klapprige Treppe hinauf und staune nicht schlecht. Es sieht noch genauso aus wie in meiner Kindheit.

Noan lässt eine einzelne Glühbirne aufflammen und

schiebt die Gardine des Rundfensters zur Seite. Gelbes Licht erleuchtet nur etwa fünf Quadratmeter des Dachs, der Rest bleibt im Dunkeln.

»Wow, ich hatte ganz vergessen, wie riesig es hier ist.«

Noan lächelt. »Ja, und schau mal. Hier können wir ausbauen und eine Treppe hinunter ins Gästezimmer ziehen. Dann haben wir ein herrliches Kinderzimmer mit offenen Balken für das Würmchen.«

»Reicht mein Zimmer etwa nicht?«

Noan lehnt sich lässig an einen alten Schrank. »Na ja, ein Hamsterkäfig ist auch nicht größer, oder?« Ich grinse wissend. »Und ich hab schon oft darüber nachgedacht, mich hier oben auszutoben.« Er spricht mit so viel Liebe, dass mir ganz warm wird. Noan dreht sich um die eigene Achse, zeigt mir, wo man Veluxfenster einsetzen könnte und an welcher Stelle das Bettchen stehen soll.

»Das hört sich traumhaft an, Noan.«

Er hält inne, sieht mich lange an und zieht mich plötzlich in seine Arme. »Ich freu mich, dass du da bist«, meint er und gibt mich noch schneller wieder frei. »Mieke ist so glücklich, dass du bei uns bleiben willst.« Sein Lächeln vertieft sich, und er sieht für einen Moment wieder aus wie der neunzehnjährige schlaksige Wuschelkopf mit den Dreadlocks, in den Mieke sich damals verliebt hat. »Und ich freu mich auch«, fügt er an. »Sehr sogar.«

Meine Hand wandert an mein Herz. »Da bin ich wirklich erleichtert«, gebe ich zu und erkenne die Dankbarkeit in seinem Blick, als er wieder ernst wird.

»Es ist nicht immer leicht, das weißt du ja. Und es tut einfach gut zu wissen, dass wir alle zusammenhalten.«

»Ich hätte mich viel früher kümmern müssen«, flüstere ich. Als ich den Blick abwende, entdecke ich einen Kleiderständer vor der alten wurmstichigen Kommode, auf der Mieke und ich früher gewickelt wurden. Sacht streichen meine Finger durch die in Plastik gehüllten Jacken, und neben Uropas alter Militäruniform stoße ich auf das Lieblingskleid meiner Mutter.

»Sie fehlt mir so unglaublich.« Meine Kehle schnürt sich zu, und mit einem Mal laufen mir Tränen die Wangen hinunter.

Noan setzt sich zu mir, als ich mich auf die kleine Holzbank sinken lasse, die einst in der Küche stand.

»Ich weiß. Uns allen geht es so.« Unbeholfen legt er den Arm um mich.

Es kam so überraschend. Von einem Tag auf den anderen. Sie war fast nie krank, lebte gesund und war bis zu diesem Moment, in dem sie beim Autofahren einen Hirnschlag erlitt, putzmunter.

»Eure Mutter hatte ein gutes Leben«, erinnert mich Noan. »Sie war sehr glücklich und musste nicht leiden.«

Ich krame in meiner Jeans nach einem Taschentuch. Mein Blick ruht auf den Ringeln meiner Weihnachtssocken.

»Ich weiß. Trotzdem, da ist diese Leere, die sie hinterlässt.« Mein Fuß stößt an eine kleine Metallkiste, die unter der Bank verborgen liegt, und ich ziehe sie hervor.

»Nanu, was haben wir denn da?« Neugierig nimmt Noan mir den Kasten ab und wiegt das mit Rosen bemalte Stück in den Händen. »Das sieht nicht nach Weihnachtsdeko aus, oder?« Er verengt den Blick, lässt einen Schnappverschluss hochspringen.

»Ich hab das Ding noch nie gesehen«, wundere ich mich über diesen vermeintlichen Schatz. In der Kiste liegen Briefe und eine Mundharmonika mit silbernen Verzierungen. Wie hübsch.

Noan nimmt die Papiere heraus und findet ein Datum. April 1945.

»Ist das Oma Erna?«, fragt er, als er die vergilbte Kohlezeichnung eines jungen Mädchens auseinanderfaltet.

»Zeig her.« Ich stehe auf, betrachte das Bild genauer unter der Glühbirne in der Mitte des Raums. »Könnte sein. Lass uns den Fund mit nach unten nehmen«, schlage ich vor, und wir machen uns daran, alles, was wir sonst noch brauchen, zusammenzupacken.

Phoebe hilft uns, die Kartons und Kisten nach unten zu befördern, und wird fast von einem Weihnachtsstern aus Metall erschlagen. Anschließend versammeln wir uns um den krummen Baum, der es sicher gar nicht mehr abwarten kann, schön gemacht zu werden.

Die Lichterketten anzubringen ist ein Klacks, dann wird es schwieriger, weil Libi und Nane alles bunt durcheinander anbringen wollen. Und gleichzeitig von George attackiert werden, der immer wieder in ihre Socken beißt und daran zerrt.

»Nein, nicht die roten Kugeln«, hechte ich dazwischen und klaube das dünne Glas aus Libis Hand.

»Wieso nicht?« Ungeduldig blickt sie mich an, als ich sie zurückhalte, weil sie sich schon wieder planlos etwas aus der Kiste schnappen will.

»Weil Mama ganz klar gesagt hat, dass der Baum dieses Jahr in Gold und Rosa gehalten werden soll. Und Rot beißt sich damit«, erkläre ich geduldig.

»Der Einzige, der hier beißt, ist dein Hund«, antwortet der Zwilling und flitzt im nächsten Moment kreischend ihrem Socken hinterher, als George ihn endlich von ihrem Fuß gezogen hat.

»Wir sollten George beibringen, ein Kind in einem Stück zu schlucken«, schlägt Phoebe grinsend vor und reicht mir die zauberhaften Kugeln, die Opa zuletzt für Oma gemacht hat. Sie haben einen wunderschönen Silberanteil und innen liegenden Glitzer aus altrosa mit marmoriertem Gold. Vorsichtig verteile ich sie gleichmäßig in den Zweigen. Dazu die aus Samt und Seide, mit denen Mieke und ich immer Fangen spielten, bis Oma uns mit dem Kochlöffel jagte.

»Gute Idee, aber wie erklären wir deinen Eltern, wenn eines der Kinder fehlt? Nicht, dass diese Geschichte endet wie beim Wolf und den sieben Geißlein. Ich möchte meinen Hund ungern wieder zunähen müssen.« Was haben sich die Gebrüder Grimm nur bei ihren Geschichten gedacht?

Phoebe seufzt, schaut George nach, der versucht, seine Elchohren am Sofa abzuschaben. Sie stupst mich freundschaftlich in die Seite. »Ich finde, deine eigenen Weihnachtskugeln würden hier auch ganz toll passen. Du weißt schon, die goldenen, die aussehen wie Einhörner.«

»Richtig, super Idee. Kannst du ein paar holen? Sie liegen in dem Karton in der Scheune.«

»Deinem zukünftigen Zuhause?« Sie zwinkert und verschwindet. Im nächsten Moment taucht Oma neben mir auf und hängt Kekse in den Baum.

»Ich bin mir nicht sicher, ob Mieke das gefallen wird«, gibt Noan zu bedenken, als er eine weitere Kiste bringt, doch Erna denkt nicht daran, die Aktion abzubrechen.

»Wieso sollte sie etwas dagegen haben? Sie haben alle rosa Zuckerguss.« Oma zieht die Seidenbändchen fest, und ich nehme bald darauf meine eigenen Kugeln von Phoebe entgegen und platziere sie im krummen Baum. Umso mehr in ihm hängt, desto größer wirkt die kränkliche Tanne.

»Och, Oma«, mault Mieke, als sie dazukommt. Sie trägt ein Handtuch um die frisch gewaschenen Haare. »Ich möchte keine Lebensmittel am Baum.«

»Meine Güte, Mieke. Es ist wirklich schade, dass du in nächster Zeit auf Schnaps verzichten musst. Du bist ohne immer so verstockt«, antwortet unsere Oma, und ich widerstehe dem Impuls, den Kindern die Ohren zuzuhalten.

Mieke klaubt die Zuckergusskekse, die Oma gerade angebracht hat, vom Baum, und Erna zieht sichtlich beleidigt von dannen.

»Vielleicht sollten wir ihr die Kekse am Baum gestatten. Als wir Kinder waren, haben wir den Baum doch immer so geschmückt, die Zuckerstangen nicht zu vergessen«, erinnere ich meine Schwester und zucke zusammen, als die Tür zu Omas Reich laut ins Schloss fällt.

»Holla, die Waldfee«, murrt Mieke und kratzt sich nachdenklich im Nacken. »Sie muss doch nicht immer gleich so grantig werden.«

»Na ja, du lässt sie aber auch fast nichts mehr entscheiden und beziehst sie nicht gern in irgendwas mit ein. Sie muss sich schrecklich nutzlos vorkommen in ihrem eigenen Haus«, mischt sich Noan ein und erntet ein missmutiges Schnaufen.

»Na gut, dann frag ich sie halt, ob sie mir beim Braten hilft.«

Das wäre ein Anfang. Und ich werde sie auf jeden Fall mit in die Renovierung einbeziehen, nehme ich mir vor. Ihr Aufgaben geben, besonders was Opas alte Werkstatt angeht. Das wäre doch gelacht, wenn man sie nicht glücklich machen könnte.

Wenig später liegen alle Kekse mit Schleifchen in einer Schale auf dem Küchentisch, und Mieke beginnt, die Füllung für die Pute nach Mamas Rezept vorzubereiten. Irgendwann schickt sie mich Erna holen, und ich stolpere unverhofft in ein wahres Chaos in ihrem kleinen Wohnzimmer.

Überall fliegen Papiere und Bücher herum, die aufgeklappt auf dem Boden liegen oder unordentlich gestapelt sind. Hunderte Stofftaschentücher sind aus den Schubladen gekramt und verteilen sich vor der Kommode. Fast alle Schranktüren stehen offen, und Oma sitzt auf ihrer Chaiselongue und hält ihre alte Geige auf dem Schoß. Wahnsinn, die habe ich schon lange nicht mehr gesehen.

Erna zupft an den Saiten, stimmt sie und bemerkt mich zuerst gar nicht.

»Ich hab mich schon gefragt, wo das Goldstück abgeblieben ist«, sage ich leise, um sie nicht zu erschrecken. Erna schaut auf, in ihren Wimpern glitzern doch nicht etwa Tränen? Ungelenk setze ich mich zu ihr. »Sei nicht traurig, Mieke meint es nicht so, das weißt du doch, oder?«

»Ach, wenn wir ehrlich sind, bin ich doch nur noch eine Belastung.« Ihre Worte gehen mir unter die Haut.

»Das ist Unsinn, Omi. Wir alle brauchen dich, wir lieben dich bis zum Mond und wieder zurück.«

Sie legt die Violine an und lässt den Bogen sacht über die Saiten gleiten. Die Melodie ist wundervoll und tritt augenblicklich so viele Erinnerungen los.

»Komm schon, Mieke. Trau dich doch mal«, neckte ich damals meine Schwester, die den alten Gaul Gustav anstarrte, auf dessen Rücken ich saß. Oma hatte ihm eine Nikolausmütze aufgesetzt und führte ihn am Strick vom Tjarkshof auf den Weg durch den Wald. Es war der Nachmittag vor Heiligabend, und wir wollten an einem Weihnachtssängerumzug teilnehmen und ihn mit unseren Violinen begleiten. Es ging wie jedes Jahr einmal ums Dorf und wieder zurück zum Marktplatz.

»Ich geh mit Oma zu Fuß«, beschloss Mieke, weil sie am Tag zuvor unschön von Gustavs Rücken runtergefallen war und sich ein Stück vom Schneidezahn abgebrochen hatte.

Ich fiedelte den ganzen Weg vor mich hin und blickte dabei verträumt in die Wipfel der Bäume. Das gleichmäßige Klappern der Hufe war mein Metronom, und ich liebte es, die Weihnachtsklänge in die Welt zu schicken. Mieke sang aus voller Kehle mit, das Pferd störten keine schiefen Töne, und ich genoss den Moment an der klaren Luft.

Als wir am Gutshof der von Daniels vorbeikamen, hörte ich auf zu spielen und sah hinüber zu den beiden Angestellten, die Lichterketten in die Hecken legten und den Hof von Laub und Schneeresten befreiten. Wie immer sah Oma stur geradeaus, als gäbe es diesen Ort gar nicht. Als wäre er nur ein Trugbild zwischen Abend und Nacht, dem man im besten Fall keine Aufmerksamkeit schenkte, um seine Geister nicht heraufzubeschwören.

Ich hatte aufgehört, mich zu fragen, ob es an den Auseinandersetzungen mit den Enkeln lag, die Mieke und ich ausgefochten hatten. Oder daran, dass meine Großtante Anne-Liese einst Probleme mit Gottwald von Daniel hatte, die unerfreulich endeten, wie ich mal aufgeschnappt hatte.

»Spiel weiter«, forderte Oma nach einer Weile und lächelte mich an. Doch ehe ich den Bogen erneut ansetzen konnte, ließ ein lauter Knall die Natur erzittern. Das Pferd machte einen Satz nach vorne, ich griff gerade noch rechtzeitig in die Mähne, verlor aber die Geige. Mit einem unwirklichen Klang schlug sie auf dem Kopfsteinpflaster auf und wurde im nächsten Moment von Gustavs schweren Hufen zermalmt.

Oma riss die Augen auf, war sofort an meiner Seite und beruhigte den Wallach, der immer noch überlegte, ob es an der Zeit war zu flüchten.

»Was war das?«, fragte Mieke erschrocken, presste die

Hände auf die Ohren und wich an den Rand des Wegs. Oma brauchte nicht zu antworten. Die Tür einer Scheune flog auf, wurde fast aus den Angeln gestoßen, und zwei der Jungs der von Daniels hasteten heraus. Sie rannten, als wäre der Teufel hinter ihnen her. Ohne sich umzudrehen, flohen sie über den parkähnlichen Rasen und verschwanden im Wald zum Fluss. Einen Atemzug später tauchte der alte von Daniel auf und brüllte etwas, das ich nicht verstand. Die Angestellten taten so, als wären sie gar nicht da. Auch nicht, als Gottwald in die Scheune rannte, mit einer Schrotflinte wieder herauskam und in die Luft schoss. Oma war kalkweiß, zog mich vom Pferderücken und zügelte Gustav nur mühsam.

»Schnell weg hier«, bellte sie dann in unsere Richtung, und wir gehorchten. Geistesgegenwärtig griff ich nach den Resten meiner geschrotteten Geige und lief neben Mieke und Oma her. Mein Herz klopfte hart gegen meine Rippen, ich wusste nicht, was gerade geschehen war. Und Oma verlor kein Wort darüber und tat später so, als sei nie etwas passiert.

Später pilgerten wir mit den anderen Kindern und Frauen von Tür zu Tür und sangen unsere Lieder. Mieke und ich wechselten uns mit ihrer Geige ab, und bevor ich über meinen Verlust weinen konnte, versprach Oma mir eine neue.

Ich blinzle. Als der letzte Ton von Omas Lied verklingt, fällt mir das alles wieder ein. Auch das Weihnachtsfest, als ich tatsächlich eine neue wundervolle Violine vom Weihnachtsmann bekam.

»Hast du deine Geige noch, Elin?«, will Oma wissen.

»Natürlich hab ich sie noch«, sage ich und muss lächeln.

»Spielst du sie auch?«

»Gelegentlich.«

»Hach.« Ihr Blick richtet sich nach innen. »Ich werde vergessen, wie es geht.« Erna tippt sich an die Stirn. »Alles wird zu einem Schweizerkäse.«

»Ach, Omi. Wir werden dir helfen, dich zu erinnern.« Ich weiß, dass niemand es wirklich vermag, sie vor dem Vergessen zu bewahren. Außerdem wissen wir längst nicht alles über ihr Leben und ihre Seele. Wie viele wundervolle Momente und Tage leben nur in uns selbst weiter? Wie viele Erinnerungen gehören nur uns, bis wir sie verlieren?

»Das ist gut«, sagt Erna tapfer und erhebt sich, um für Ordnung in ihrem Zimmer zu sorgen. Ich helfe ihr und heitere sie mit dem Vorschlag auf, den Zwillingen etwas vorzuspielen und somit ein wenig Kultur in ihre frechen Lockenköpfe zu füllen. Oma schlägt vor, dass wir den Kindern Trichter dazu in die Ohren stecken.

Gesagt, getan. Das mit den Trichtern lassen wir, aber alle zusammen mutieren wir zu einem richtigen kleinen Orchester. Noan spielt Blockflöte, Mieke setzt sich ans Klavier, und die Zwillinge klimpern mit Besteck zum Takt. Es ist einfach wundervoll, und ich bin überrascht, wie gut ich noch Geige spielen kann. Alle sind begeistert von unserem Konzert. Bis auf George, der irgendwann furchtbar zu heulen beginnt, weil ihn der Krach offensichtlich nervt.

»Noch mal!«, kreischen die Zwillinge, als wir ein zweites Mal *Ihr Kinderlein kommet* beendet haben. Aus den Augenwinkeln sehe ich, wie Erna ihre Kekse zurück an den Baum hängt, und bevor Mieke es spitzkriegt und erneut für dicke Luft sorgen kann, fällt mir die Mundharmonika ein, die wir gefunden haben. Die könnte Oma doch spielen?

»Ja, da bin ich eurer Meinung. Mieke, hast du die Noten von *O Tannenbaum*?«, lenke ich meine Schwester ab, schnappe mir Oma und manövriere sie zu uns ans Klavier. Dann gebe ich ihr die hübsche silberne Mundharmonika und bitte sie mitzuspielen. Doch statt mit einzustimmen, als wir beginnen wollen, starrt sie das Ding nur wie hypnotisiert an. Wenig später geht sie zur bemalten Blechkiste, die ich auf dem Wohnzimmertisch abgestellt habe, und wühlt in ihr herum. Macht nichts, denke ich mir. Wenigstens hängt sie keine weiteren Kekse auf.

Irgendwann später schnippeln Mieke und ich Gemüse und schieben den Vogel in den Backofen, den er mindestens sechs Stunden lang nicht mehr verlassen wird. Im Radio läuft *Carol of the bells,* und ich singe leise mit.

»Bin ich froh, dass die Übelkeit nachgelassen hat«, sagt Mieke, während sie die Spülmaschine anstellt.

»Kann ich mir vorstellen.« Ich ziehe die Stirn kraus. »Also hat Noan es gleich gut aufgefasst, als du ihm die Neuigkeit berichtet hast?«

»Ja, eigentlich schon«, meint sie. »Zumindest nachdem der erste Schock überstanden war.«

Ich stelle mir Noans Gesichtsausdruck zwischen panisch und ungläubig vor, mit anschließendem Migräneanfall. Die bekommt er öfter, wenn er unter Stress gerät.

Mieke nimmt mich in den Arm und drückt mich. »Weißt du, ich freu mich jetzt so sehr über dieses kleine Würmchen«, gibt sie zu. »Und ich bin mir sicher, dass es diesmal ein Junge wird.«

Ich nicke lächelnd – das dachte sie auch von den Zwillingen.

»Elin!«, ruft Phoebe vom Sofa, auf dem sie fläzt und chillt. »Das musst du dir ansehen!«

»Ich komme.«

Mieke hält mich zurück. »Es ist schön, dass ihr euch so gut

versteht, du und meine Große«, sagt sie, und in ihren wasserblauen Augen liegen unausgesprochene Fragen.

»Ich hab sie wirklich lieb«, gebe ich zu. Irgendwie erinnert sie mich an mich selbst, als ich noch jung war. Sie ist ähnlich leicht zu verunsichern und hat ein weiches Herz. »Und sie hat Liebeskummer«, verrate ich leise, beschwöre meine Schwester aber gleichzeitig, mit der Information bedächtig umzugehen.

»Das ahnte ich schon. Sie hat sich noch gar nicht wieder rausgeschlichen und einen enormen Taschentuchverbrauch.«

»Sie wird es überstehen. Wir alle überstehen diese Art Schmerz«, beruhige ich meine Schwester und gehe hinüber zum Sofa. Oma sitzt in ihrem Sessel und inspiziert immer noch die alte Kiste, von der sie behauptet, sie wisse nicht, von wem sie stammt. Allerdings zweifle ich an ihrer Aufrichtigkeit, da sie aus ihren Gedanken gar nicht mehr auftaucht.

»Guck mal.« Phoebe winkt mich zu sich. Sie hängt quer über dem Sofa, und ich muss ihre Beine hochheben, um mich zu ihr setzen zu können. »Ist das nicht der Typ, der dir geschrieben hat?« Sie hält mir ihr Display unter die Nase, und ich schaue mir ein GIF an, bei dem ein großes *Verzeih mir* in pudrigen Schnee geschrieben steht, dessen letzte Buchstaben von Hundetapsen verwischt sind.

Plötzlich kriechen Ameisen durch meinen Körper.

»Der hieß doch Starlessnight?« Phoebe mustert mich eingehend. »Du sagst ja gar nichts.«

»Ich hab ihn blockiert«, antworte ich knapp.

Ihre braunen Augen weiten sich, und ihr Mund formt ein Ups. »Ist er ein Freak?«, will sie wissen. »Mich hat mal einer angeschrieben, nur um mich später wegen meiner Hautfarbe zu beleidigen. Ganz ehrlich, es gibt so viel Abschaum im Netz, weil alles so herrlich anonym ist.«

»Bist du etwa mit Starlessnight verbunden auf Instagram? Du solltest nicht jeden annehmen.« Hätte ich mal selbst diesen Rat befolgt.

»Klar, ich wollte den lieber im Auge behalten, wenn mein liebes Tantchen mit dem zu tun hat.«

Mein Atem staut sich in der Lunge; ich muss zugeben, ich bin dezent überfordert. Einerseits hab ich das dringende Bedürfnis nach Frieden und würde Oliver gern verzeihen, gerade weil es so sehr weihnachtet. Und auf der anderen Seite bin ich stocksauer auf ihn.

Nach einigen Seufzern und nachdenklichem Brummen und Grummeln entscheide ich, meinen Männerkummer mit Phoebe zu teilen, wie sie ihren mit mir geteilt hat, und erzähle ihr so ziemlich alles, was sich zwischen Oliver und mir abgespielt hat. Bis auf die Sache mit dem Nacktsein in Lichterketten und dem Verkünden der Vorlieben im Bett.

»Also, eigentlich ist es doch ganz süß, mit wie viel Engagement er versucht, an dich heranzukommen«, stellt Phoebe daraufhin nüchtern fest, und eventuell bin ich einer möglichen Vergebung einen Schritt näher. Zumindest gedanklich. Und bis George an mir vorbeijagt, gefolgt von den Tasmanischen Teufeln, die versuchen, ihm die Ohren wie Zöpfe auf dem Kopf zu binden.

»Hey, lasst das!« Ich springe auf. »Libi, Nane! Bitte, der Hund ist doch keine Puppe«, versuche ich es ernster, doch meine Stimme sprüht nur so vor Unsicherheit. »Hey, Kinder.«

Phoebe erhebt sich gemächlich und räuspert sich einmal kurz. »Wenn ihr den Scheiß nicht sofort lasst, dann werdet ihr Weihnachten nicht mehr erleben!«, brüllt sie aus voller Kehle, und die Zwillinge sehen sich staunend um.

»Meint sie das in echt?«, wundert sich Libi und bleibt in Höhe der ersten Äste des Weihnachtsbaums auf dem Boden hocken. Ihre Strumpfhose hat am Knie ein daumengroßes Loch, und über den Oberschenkel zieht sich eine Laufmasche.

»Ja, ich glaube, sie meint Totmachen.« Nane rauft sich die Locken und macht ein gespielt empörtes Gesicht. Wie kann man gleichzeitig so süß und so provozierend sein?

»Sollen wir die Polizei rufen?« Libi schlingt die Arme um ihre Zwillingsschwester und guckt wie ein Häschen, das die Schrotflinte entdeckt hat.

Unterdessen hat George seine Nase wieder auf den Boden geheftet und schnuppert manisch. Plötzlich taucht er unter die krumme Weihnachtstanne.

»Nein, aus!«, erwache ich zum Leben. Die Kugeln klirren aneinander, Lametta regnet zusammen mit Nadeln. George schnappt nach einem der Kekse, stemmt seinen dicken Körper dabei gegen den Stamm und bringt den Baum damit beträchtlich aus dem Gleichgewicht. Wie in Zeitlupe bewegt er sich. Phoebe schlägt die Hände vor den Mund.

»Baum fällt!«, ruft Oma alarmiert. Die Zwillinge versuchen fortzurobben, sie kreischen, doch es ist zu spät. Sie werden komplett von der festlich geschmückten Tanne begraben. Die Lichterkette flackert und erlischt. George taucht aus den Zweigen auf, hat Lametta im Fell und kaut zufrieden sein mit rosa Zuckerguss garniertes Plätzchen. Die Schleife schluckt er gleich mit. Außer *Last Christmas* ist einen langen Moment lang nichts zu hören. Bis die Zwillinge tief genug Luft geholt haben und wie eine Sirene losheulen.

»Verdammt noch eins!«, motzt Mieke und eilt aus der Küche herbei. »Ich hab gewusst, dass so was passiert.«

Ich bin vor ihr da und hebe den Baum an. Libi und Nane

sind über und über mit Glitzer paniert und haben Tannennadeln in den Zöpfen. Libis Wange blutet ein ganz kleines bisschen, wo ein Zweig sie erwischt hat.

Phoebe lacht lauthals. »Wie geil, ihr seht aus, als hätten euch Feen missbraucht.«

»Das ist nicht witzig«, blafft Mieke in ihre Richtung.

»Doch, finde ich schon«, antwortet sie erheitert.

Mieke zieht die beiden kleinen Mädchen an sich, während ich versuche, den Baum wieder hinzustellen, und mit dem Fuß George davon abhalte, einen weiteren Keks zu haschen. Mensch, dieser Hund ist wirklich stur.

»Was hast du dir nur dabei gedacht, Oma?« Miekes Worte sind scharf. »Es kann doch nicht zu viel verlangt sein, dass du einmal tust, worum ich dich bitte.«

Erna hält die Zeichnungen krampfhaft in ihren knorrigen Händen und schaut Mieke nur verblüfft an.

»Ich hab doch gar nichts getan«, haucht sie verwirrt.

»Doch, du hast für dieses Chaos gesorgt. Überdenk doch einfach mal die Konsequenzen, bevor du etwas tust. Dann kommt auch niemand zu Schaden.« Mieke nimmt beide weinenden Mädchen an die Hände und führt sie ins Badezimmer, um sie zu verarzten. Oma sieht aus wie eingefroren.

»Frag doch lieber Anne-Liese«, haucht sie. »Sie hat die Kerzen verschenkt.«

Ich drücke tröstend einmal Omas Schultern, bevor ich an ihr vorbeieile und mit Handfeger und Schaufel zurückkehre. Phoebe holt den Staubsauger, ich sammle die Kekse vom Baum, die nicht zusammen mit einigen Kugeln auf dem Boden zerschellt sind, und fege Krümel zusammen.

Die verschwundene Oma

Ein Grund zur Panik? Mich hat schon vor einer ganzen Weile ein schlechtes Gefühl beschlichen, weil Oma nicht wieder auftaucht. Und seit etwa einer halben Stunde frage ich mich, ob es normal ist, dass sie so lange »frische Luft schnappt«.

Mieke guckt wie hypnotisiert in den Backofen und betrachtet den Braten, der zusehends brauner wird. Sie erinnert mich an eine Katze vor der Wäschetrommel.

Das Haus ist perfekt aufgeräumt. Alles befindet sich an seinem Platz, sogar der Hund liegt mit einem Kauknochen auf seiner Patchworkdecke. Libi trägt ein buntes Pflaster an der Wange und erholt sich vom Weihnachtsbaumtrauma, indem sie mit Nane Zuckerstangen isst und über Unfälle sinniert.

»Ein Unfall ist, wenn eine Sache passiert, weil eine andere passiert ist, und das einem dann den Kopf kostet«, klugscheißt sie, und Nane nickt heftig.

»Ja, wie bei Marie Antoinette, von der Phoebe erzählt hat, die wurde auch geköpft.«

»Aber das war kein Unfall«, antwortet Libi empört. »Die wurde mit Absicht zerschnitten.«

»Oh, die Arme.« Nane seufzt lang gezogen und packt ihre Buntstifte aus.

»Ja, ohne Kopf zu sein ist ganz schön ungesund«, meint Libi, macht eine Halsabschneidergeste und lässt die Zunge raushängen.

»Tannenbäume auch, wenn sie einen fressen wollen. Nicht wahr, Tante Elin?«

»Ich wette, der Baum hat es nicht so gemeint.« Ich hechte vor, fange gerade noch im Flug das Stück Zuckerstange, dass Libi meinem Hund entgegenwirft. »Aber *ich* meine es gleich so, wenn ich euch fresse, weil ihr nicht aufhört, George Süßigkeiten zu geben.« Die beiden kichern.

»Ich wette, Oma hockt in der Werkstatt vom Opa und hat es sich gemütlich gemacht«, sagt Mieke, als sie sich endlich vom Ofen losreißt. »Wenn sie wüsste, dass du hier so nervös wirst, würde sie sich ins Fäustchen lachen.« Mieke guckt mich nicht an, und ich höre die Unsicherheit aus ihrer Stimme heraus.

»Sei nicht doof, sie war echt geknickt.«

Mieke atmet hörbar ein. »Am besten, ich schau nach und entschuldige mich gleich mal für meinen barschen Ton, damit sie zufrieden ist«, meint sie dann. »Nicht, dass Weihnachten noch eskaliert.«

»Wir sollten etwas mehr Nachsicht zeigen. Oma hat es nicht leicht. Sie merkt, dass sie sich verändert«, appelliere ich an meine Schwester, und Mieke stimmt zu.

Dummerweise ist Oma nicht dort, wo Mieke sie vermutet hat. Meine Unruhe steigert sich ins Unermessliche, und als es auch noch beginnt, dicke Flocke zu schneien, bricht im ganzen Haus Panik aus.

»Wo könnte sie denn nur hin sein?«, fragt Heinz, den wir zu Hilfe geholt haben. Noan, der in Daunenjacke mit Schal und Mütze in der offenen Haustür steht, zuckt hilflos die Achseln. »Ich hab den ganzen Hof abgesucht. Keine Spur von ihr. Dabei müsste man doch sehen, wo sie ihren Rollator langgeschoben hat.«

»Kommt drauf an, wann sie los ist. Es schneit noch nicht sehr lange«, überlege ich, kaue an einem Fingernagel und könnte aus der Haut fahren vor schlechtem Gewissen.

»Gott, hoffentlich holt sie sich bei dem Wetter nicht den Tod«, spricht Mieke meine Gedanken aus, und ich beginne zu zittern.

»Wie kannst du so etwas sagen?« Ich verschlucke mich an meinen Worten.

Mit einer hektischen Bewegung wirft Mieke Phoebe, die wie angewurzelt neben uns steht, ihre Jacke zu. »Du und Papa, ihr geht in Richtung Dorf«, kommandiert sie. »Nehmt den Hauptweg, da fährt es sich mit dem Rollator am besten. Vielleicht will sie jemanden besuchen und sich über uns beschweren. Das macht sie gern mal.«

»Wo soll sie denn hin? Die meisten sind unter der Erde«, brummt Heinz.

»Vielleicht zu Trude?«

»Die können sich doch gar nicht leiden«, winkt Noan ab.

»Vielleicht hat sie das vergessen?« Wie schlimm mag es wohl sein? Verschwinden die Inseln der Erinnerungen bereits im Meer des Vergessens?

»Ich gehe mit den Kindern in den Wald«, bestimmt Mieke und ruft die Zwillinge, die gerade dicke Weihnachtsmänner malen, die sich gegenseitig auffressen. Memo an mich: Die beiden unbedingt auf geistige Gesundheit untersuchen lassen.

»Auf keinen Fall«, bremse ich meine Schwester. Mieke ist so blass und sieht aus, als müsse sie sich jeden Moment wieder übergeben. »Ich werde gehen, mit Heinz.« Ich knöpfe meinen dicken Mantel zu und setze mir die rote Pudelmütze auf den Kopf.

»Das sehe ich genauso«, stimmt unser Onkel mir glücklicherweise in dem Moment zu, als Mieke protestieren will. »Queen Elizabeth wartet im Auto nur darauf, ihren Job zu machen. Hast du ein Kleidungsstück von Erna, damit sie die Witterung aufnehmen kann?«

Mieke gibt ihm Omas Strickjacke, und ich lege meine Hand auf ihre Schulter, als sie doch in ihre Schuhe schlüpfen will. »Jemand muss hierbleiben für den Fall, dass Erna zurückkommt«, beschwöre ich sie mit einem schnellen Blick auf die Zwillinge, die gerade beginnen, sich um einen Radiergummi zu zanken.

»Na gut, aber ruft mich an, wenn ihr eine Spur habt.« Mieke seufzt tief.

Ich verspreche es ihr, schnappe mir George und trete hinter Heinz, Noan und Phoebe in die Kälte hinaus. Auf dem Weg zu Heinz' Auto hinterlassen wir Spuren im Neuschnee, die schön sein könnten, wenn die Situation nicht so ernst wäre. Am Wagen angekommen, schnuppert Queen Elizabeth die Zweite hoch konzentriert an Omas Jacke und heftet dann die schwarze Nase auf den Boden vor dem Haus. George macht es seiner Mutter nach. Na ja, zumindest in den Momenten, in denen er nicht versucht, an ihre längst geschlossene Milchbar zu kommen.

Queeni führt uns kreuz und quer durch den Garten, und wir beschließen, uns wie geplant aufzuteilen. Während wir uns die Seele aus dem Leib rufen, nehmen Noan und Phoebe den Weg ins Dorf und Heinz und ich den Pfad durch die Pforte.

»Erna!« Unser Gebrüll wird vom Schnee verschluckt, und ich versuche es lauter und lauter, bis ich heiser werde.

»Was ist, wenn ihr etwa passiert ist?« O mein Gott, ich hätte merken müssen, dass etwas mit ihr nicht stimmt. »Sie wirkte den ganzen Tag lang schon so abwesend«, mache ich mir Vorwürfe. Weiße Flocken trudeln zu Boden, und der Wald liegt grau und wenig einladend vor uns.

Queen Elizabeth bekommt ein weiteres Mal Ernas Jacke zum Schnuppern und stürmt jetzt in eine andere Richtung davon. Wirklich koordiniert sieht das für mich nicht aus.

»Hier entlang, sie hat eine Spur.« Für einen Mann kurz vor der Rente legt Heinz ein erstaunliches Tempo an den Tag. Ich komme kaum hinterher, als die beiden auch schon das Plateau der kleinen Baumschule mit den zukünftigen Weihnachtsbäumen erreichen.

»Wir haben alte Zeichnungen auf dem Dachboden gefunden«, erzähle ich angespannt und strauchle, als Queeni ein lautes Heulen ausstößt und erneut die Richtung ändert. Sie hört sich an wie Chubaka aus *Star Wars*, wenn der sich aufregt.

»Was für Zeichnungen?«, will Heinz wissen, während er der Hündin folgt. Ich zupfe an Georges Leine, denn er hat keine Lust mehr zu rennen und legt sich einfach hin.

»Ich habe den Verdacht, dass es Kohlezeichnungen von Erna und Anne-Liese sind, als sie noch sehr jung waren. Hast du eine Ahnung, wer sie gemacht hat?« Ob diese Bilder etwas mit ihrem Verschwinden zu tun haben? Mir geht Omas Gesichtsausdruck nicht mehr aus dem Kopf, mit dem sie die Kohlezeichnungen angesehen hat. Aber wir waren allesamt so beschäftigt mit uns selbst und den Vorbereitungen für ein perfektes Weihnachtsfest, dass keiner von uns auf die Idee gekommen ist, sich um sie zu kümmern. Sind wir denn wirklich so egozentrisch, alle miteinander? Wie grauenvoll.

Wir erreichen den Fluss und den alten Rübenkeller. Heinz'

Hündin wedelt aufgeregt mit dem Schwanz, und mein Herz macht einen Satz, nur um kurz darauf beinahe stehen zu bleiben.

»Ich bin so schnell gekommen, wie ich konnte«, begrüßt uns Oliver, sein Blick streift mich flüchtig, seine Miene ist verschlossen. Spencer rennt zu ihrer Mutter und lässt sich liebkosen. Ich möchte am liebsten flüchten, der Reflex dazu setzt schon ein.

»Gut, dass du da bist«, meint Onkel Heinz und klopft Oliver ganz vertraut auf die Schulter. »Wir müssen meine Mutter schnellstmöglich finden, nicht, dass sie sich hier draußen den Tod holt.«

»Unbedingt, die Zeit läuft gegen euch.« Oliver reicht mir seine Hand, verbindet seinen Blick mit meinem.

»Ich habe bereits die gesamte Region hinter meinem Grundstück abgesucht, keine Spur von der alten Dame«, unterrichtet er uns besorgt und deutet den Fluss hinauf. »Könnte sie dort entlang sein, um zum Dorf zu laufen?« Eine Weile rätseln wir, wo Oma am wahrscheinlichsten entlangstreunen würde, und trennen uns dann auf Höhe der Baumschule.

Der Blick, den Oliver mir zuwirft, bevor er mit Spencer zwischen Zweigen und Schnee verschwindet, ist bedauernd. In meinem Hirn verfestigt sich der Songtext zu *Santa's lost his Mojo*, was so viel bedeutet wie: *Santa hat sein Glück verloren,* und ich atme hörbar aus.

Ich weiß immer noch nicht genau, wie mir gerade geschieht, und bekomme im nächsten Moment einen kleinen Stoß von meinem Onkel in die Rippen. »Sag mal, bist du immer so unhöflich gegenüber einem helfenden Menschen?« Er fährt sich unruhig durch den dichten Bart, heftet seinen Blick nachdenklich auf mich, und ich stammle herum.

»Wi-wir sind aneinandergeraten, kürzlich.« Gut, das trifft es nicht ganz, aber wie weit soll ich ausholen?

»Was du nicht sagst«, antwortet Heinz und sieht mich belustigt von der Seite an. »Und deshalb ignoriert man sich jetzt?«

»Nun ja, ignoriert hab ich ihn ja nicht so wirklich«, verteidige ich mich schwach.

»Soweit ich weiß, hat er dich wirklich gern«, haut Heinz plötzlich einfach so raus. Ich renne fast in die nächste Tanne hinein, Schnee sprüht mir entgegen, und ich huste.

»Du fragst dich, woher ich das weiß?« Heinz schmunzelt, während er mich zur Eile anhält. »Weil er mich gefragt hat, ob er dich zu einem Date einladen darf.«

»Er hat was?« Das wird ja immer besser, nachher beschließen die beiden per Handschlag noch unsere Verlobung. Die Bienen in meinem Magen schwirren bei dem Gedanken auf, sind unsicher, ob sie stechen oder entzückt sein sollen.

»Meinen Segen eingeholt, sozusagen.« Heinz' Grinsen wird breiter.

»Und du hältst es nicht für nötig, mich diese Kleinigkeit wissen zu lassen?« Verrückt. Unsere ganze Familie hat einen Hau.

»Also lief euer Date nicht so gut?«, schließt mein Onkel aus meiner Miene und ruft seiner Queeni einen Befehl zu. Sofort bleibt die Hündin im Unterholz stehen und wartet. Ich kralle mich an der Leine fest, an der George viel zu stark zieht.

»›Nicht so gut‹ ist die Untertreibung des Jahrhunderts. Und ganz ehrlich, Onkelchen, wenn du schon Männer für mich aussuchst, dann nimm bitte nur die Anständigen«, raunze ich ihn an, als ich mit dem Fuß an einen Stein stoße und ein schriller Schmerz durch meinen Zeh jagt.

Seine Miene wird schlagartig ernst. »Einen anständigeren als Oliver wird es kaum geben.«

»Ich fürchte, da bist du fehlinformiert. Er ist ungehobelt, arrogant und unverschämt.« Ich beiße mir auf die Lippe, weil ich mich anhöre wie eine fauchende Katze.

Heinz lacht. Etwas zu laut für meinen Geschmack. »Weißt du, Elin, oft sieht es anders aus, als es wirklich ist. Ich kenne Oliver und seine Familie schon lange und kann dir sagen, dass er sehr viel durchgemacht hat. Seine raue Schale ist nur eine Mauer, die sein Inneres schützen soll. Ich hätte erwartet, dass gerade du es bemerkst und ihn aus der Reserve locken kannst.«

»Ach so?« Ich versuche, nicht zu interessiert zu wirken, und vergrabe meine Hände tief in den Jackentaschen meines Mantels.

»Er ist bei seinem Großvater aufgewachsen, weil seine Eltern beruflich zu engagiert waren. Und jeder weiß, wie dieser Mensch sein konnte. Ich hatte oft den Verdacht, dass er die drei Jungs verdrosch bis zum Gehtnichtmehr.« Heinz macht eine Pause, blickt hinauf in die schneebedeckten Wipfel der Bäume und denkt nach. »Die Schläge waren meist so gut platziert, dass man später nichts sah. Immer schön in die Nierengegend.«

»Das ist ja schrecklich.« Mir wird augenblicklich jämmerlich kalt, und ich ziehe die Schultern hoch.

»Ja, das ist es. Ich hab die blauen Flecken manchmal entdeckt, wenn ich die Jungs im Volleyball unterrichtete«, erinnert Heinz sich, und seine Miene zeigt tiefes Mitgefühl.

»Hast du es dem Jugendamt gemeldet?« Man hätte Oliver doch helfen müssen. Heinz lacht unglücklich. »Ja, hab ich. Aber das ist eine lange, lange Geschichte.«

»Erzähl sie mir«, fordere ich, und mein Herz brennt heftig in meiner Brust. Ich werde niemals verstehen, wie man ein Kind so quälen kann.

»Sagen wir mal so: Es hat nichts genützt. Leute mit Einfluss haben manchmal Möglichkeiten, sich gegen das Recht zu wehren und mit Ungerechtigkeiten davonzukommen, und ich war am Ende beinahe meinen Job als Förster los.«

Wut keimt in mir auf.

»Oma hat es nie gern gesehen, dass du auf der Gehaltsliste der von Daniels stehst«, fällt mir ein, und ich bin so froh, dass ich diesen Gottwald von Daniel nicht wirklich kannte.

»Das gesamte Dorf stand einst im Dienst dieser Familie, Liebchen.« Heinz beschleunigt seine Schritte, sein Blick huscht unruhiger umher, tastet die vielen grauen Bäume ab. »Es wird bald dunkel werden, wir müssen Erna finden.«

George zerrt plötzlich an der Leine, kläfft, und ich komme ins Straucheln. Und was viel schlimmer ist: Ich habe das Gefühl, auch innerlich das Gleichgewicht zu verlieren, je mehr ich über Oliver nachdenke. Über die Narben, die er trägt.

»Oliver war immer so gemein zu mir. Weißt du noch, wie er mich eingeseift hat?«, frage ich meinen Onkel, der sich damals noch am Weihnachtsfest über die Schrammen in meinem Gesicht wunderte. Habe ich ihm denn nie erzählt, von wem sie stammten?

»O ja. Was sich neckt, das liebt sich.«

»Hmpf.« Mehr kann ich darauf nicht antworten.

»Und ich weiß auch noch, wie der picklige Teenager am nächsten Weihnachtsmorgen mit einer Tafel Schokolade für dich als Entschuldigung vor der Tür stand.« Heinz schaut mich vielsagend an.

Ich stutze. »Was redest du da? Er hat sich ganz sicher nicht entschuldigt. Niemals.« Das wüsste ich ganz sicher.

»Er wollte es. Nur hat Erna ihn vom Hof gejagt mit den Worten, sie hätte eine einstweilige Verfügung von der Polizei und Oliver käme ins Gefängnis, wenn er sich noch einmal auf ihr Grundstück verirren würde.« Heinz lacht heiser. »Ich an seiner Stelle hätte auch Angst bekommen. Zumal die Jungs sicher nicht das erste Mal mit der Polizei zu tun hatten. Ich muss zugeben, sie haben viel Mist gebaut; das war ihre Art der Rebellion.«

Ich hole tief Luft, und Heinz lächelt bedauernd.

»Weißt du, Herzchen, Oliver und du, ihr würdet gut zusammenpassen.« Mit einer fließenden Bewegung zupft er an meiner Pudelmütze, die mir kurzerhand die Sicht stiehlt.

»So langsam hab ich das Gefühl, dass du mich mit ihm verkuppeln willst.« Ich schiebe die Mütze mit dem Handrücken wieder hoch und versuche, die seltsamen Bienen in meinem Magen zu beruhigen, die bei der Vorstellung, dass aus Oliver und mir etwas werden könnte, erneut gefährlich aufschwirren.

George entdeckt ein Eichhörnchen und rennt Onkel Heinz plötzlich vor die Füße. Das Knacken in seinem Bein, als er beim Ausweichen in ein Loch tritt, hört sich mehr als ungesund an.

»Autsch!« Er sackt nach vorne, ich kann ihn gerade noch packen und werde von seinem Gewicht in den Schnee katapultiert. Meine Hände schrammen über den gefrorenen Boden. Für einige Sekunden kann ich nichts sehen, werde als Nächstes von der blöden Leine schachmatt gesetzt und finde mich wie ein Maikäfer auf dem Rücken wieder.

»Verflixt, ich glaub, ich hab mir die Bänder überdehnt«, höre ich Heinz fluchen. Er verkneift sich ein weiteres Jammern und lässt sich auf den Hintern fallen. Schweißperlen bilden sich auf seiner Stirn. George kommt hechelnd zu mir, startet eine Kussattacke und will spielen.

»Böser Hund«, schimpfe ich und rapple mich auf. Mein Gott, was für ein Weihnachtstag! Queen Elizabeth guckt gelangweilt in der Gegend herum, während sie auf einem Baumstumpf thront und meinen erbärmlichen Versuch beobachtet, ihrem Herrchen aufzuhelfen.

»Au, das knallt dem Frosch die Locken weg.« Mit etwas zu viel Schwung zieht mein Onkel sein Bein aus dem Schnee und hüpft unbeholfen herum. Ich greife beherzt unter seinen Arm.

»Das fehlte gerade noch«, knurrt er. »Scheißt denn der Teufel immer auf den größten Haufen?«

Nach wertvollen Sekunden, in denen wir uns belämmert angucken, rufe ich schließlich keinen Geringeren als Oliver zu Hilfe, der verspricht, sich sofort auf den Weg in unsere Richtung zu machen. Außerdem berichte ich Mieke am Telefon, was geschehen ist, und erfahre, dass Noan und Phoebe auch noch keinen Erfolg bei der Oma-Suche hatten. Mit einem Mal ist mir zum Heulen zumute, und ich muss mich anstrengen, die Tränen zurückzuhalten. Ich frage mich, ob wir nicht die Kavallerie rufen sollten, Krankenwagen, Feuerwehr und Luftüberwachung mit Wärmebildkamera. Und eine bessere Hundestaffel als die, die wir haben. George hängt mit der Schnauze am Schwanz seiner Mutter, und die steckt mit der Nase in einem Mäuseloch. Super Fährtenleser!

Weihnachtlich glänzet der Wald, und wir humpeln voran.

Die Minuten vergehen zäh wie Zimtkaugummi. Endlich entdecke ich Oliver in der Ferne, der uns auf dem weißen Pfad entgegengejoggt kommt. Ich winke und würde ihm am liebsten um den Hals fallen, so erleichtert bin ich, dass er da ist.

»Da bin ich, gut, dass du mich angerufen hast«, sagt er atemlos zu mir und kniet sich prüfend vor Heinz. Seine Hände gleiten an dessen Bein hinab, öffnen den Stiefel und untersuchen das Gelenk.

»Nichts gebrochen«, stellt er fest, und ich frage mich, was er noch so alles kann.

»Das wusste ich«, entgegnet mein Onkel angespannt. »Also, worauf warten wir noch?«

Ich spüre, wie Worte in mir aufsteigen. Worte, die direkt aus dem Herzen hochblubbern und sich nicht aufhalten lassen. »Danke, dass es dich gibt«, sind die ersten, die sich einfach freistrampeln, während Oliver auf der anderen Seite unter Heinz' Arme greift und ihn stützt. »Ich bin nicht mehr sauer auf dich«, füge ich hinzu und suche seinen Blick.

»Das freut mich.« Oliver hört sich überrascht an, als hätte er weiterhin mit einer Eiszeit gerechnet. Er beugt sich vor, um mir ins Gesicht zu gucken.

»Du musst zugeben, es war wirklich nicht die feine englische Art, was du da gebracht hast, aber ich will nicht nachtragend sein.« Obwohl es mein Recht wäre, unterstütze ich mich selbst in Gedanken. »Jeder hat eine zweite Chance verdient. Und deine Entschuldigung via Instagram war irgendwie süß«, plappere ich weiter und ächze gleichzeitig unter dem Gewicht meines Onkels. Verflixt, wenn George doch nur nicht so an mir zerren würde.

»Findest du?« Olivers Mundwinkel heben sich zu einem zögerlichen Lächeln.

»Ja, schon. Echt süß. Du hast Glück, dass Phoebe sie entdeckt hat.«

Er nickt. »Du musstest mich ja gleich blockieren.«

Heinz guckt verdutzt von mir zu ihm und wieder zurück.

»Freut mich wirklich, dass du nicht mehr sauer bist«, antwortet Oliver und bleibt stehen. Heinz hüpft auf der Stelle, als Oliver ihn auf einmal loslässt und nach meiner Hand greift.

»Du musst aber auch zugeben, dass du etwas empfindlich bist. Ich glaube, ich kenne keine Frau, die so impulsiv reagiert wie du und immer gleich fortrennt.« Sein Lächeln wirkt nervös, und seine Finger drücken meine. Ich stehe augenblicklich unter Strom, als sein Blick auf meinen Lippen hängen bleibt.

»Na ja, langweilig kann ja jeder.« Heinz taumelt leicht und stützt sich an einem Fichtenstamm ab, als auch ich ihn loslasse. Für einige Herzschläge gibt es nur Oliver und mich. »Ich werde dir möglicherweise noch eine Chance geben, dich anständig mir gegenüber zu verhalten. Du darfst mich noch einmal einladen«, sage ich und lege den Kopf schief.

Olivers grauen Augen verdunkeln sich, und er macht noch einen Schritt auf mich zu. »Du bist mir ein freches Früchtchen.« Mit einer sanften Bewegung zieht er mich am Handgelenk zu sich heran. Schneeflocken schweben um uns herum, legen sich auf unsere Mützen und Schultern und verfangen sich in unseren Wimpern. Die Zeit verlangsamt sich.

»Ich werde mir ernsthaft Mühe geben, mich nicht mehr wie ein Hornochse zu benehmen«, verspricht er leise. Ich blinzle, denke über seine Lippen auf meinen nach, und plötzlich ist der Zauber vorbei, als Heinz sich einmischt und sich humpelnd zwischen uns drängelt.

»Kinder, es freut mich wirklich sehr, dass ihr euch versöhnen wollt. Aber könnten wir uns erst mal auf andere Dinge konzentrieren? Wie zum Beispiel nach Hause zu kommen und meine Mutter zu suchen, bevor sie den Kältetod stirbt?«

Beschämt lassen wir voneinander ab, greifen Heinz erneut unter die Arme und beeilen uns. Die Kälte lässt unseren Atem zu kleinen Wolken gefrieren, und ich gehe in Gedanken noch mal den Moment durch, als Oma sich aufmachte zu ihrem Spaziergang.

»Und dabei war alles super, ich meine, bevor der Baum kippte und mit ihm die Stimmung. Wir haben musiziert, müsst ihr wissen.«

George läuft im Zickzack vor uns her, und Oliver hat Mühe, ihm auszuweichen. Spencer hingegen trabt bei Fuß, der perfekte Hund.

»Oma wollte nicht so richtig mitmachen, das war ungewöhnlich«, überlege ich. »Sie war mit dieser Kiste beschäftigt. Den Zeichnungen und der Mundharmonika.«

Oliver hört mir aufmerksam zu, als wir endlich den Rand des Walds, die Pforte im Zaun und schließlich das Haus erreichen.

Eine böse Geschichte

Kurze Zeit später stehen wir in der Küche, Schnee tropft von unseren Stiefeln auf den Boden und hinterlässt Pfützen. Normalerweise hätte sich Mieke, die Wert darauf legt, dass man die Schuhe gleich hinter der Haustür auszieht, fürchterlich darüber aufgeregt. Jetzt achtet sie nicht darauf, und ich denke darüber nach, wie schnell sich die eigenen Prioritäten ändern können. Vielleicht sollten wir uns grundsätzlich mehr entspannen und unsere Energie für die wirklich wichtigen Dinge aufsparen?

»Du sprachst vorhin von einer Mundharmonika«, reißt Oliver mich aus meinen Gedanken, während er Heinz dabei hilft, auf einem Küchenstuhl Platz zu nehmen. Mieke kniet sich vor unseren Onkel und zieht ihm den Stiefel aus. Ich nicke.

»Heinz, erinnert dich das nicht an etwas?«, fragt Oliver, die Stirn in Falten gelegt. Onkel Heinz brummt zustimmend.

»Ich rufe jetzt die Polizei«, stößt Mieke aus, erhebt sich und holt Eiswürfel aus dem Kühlschrank, die sie, in ein Handtuch gewickelt, an Heinz weiterreicht.

Oliver greift nach meinem Arm. »Elin, ich hab da eine Ahnung«, sagt er angespannt. »Lass uns mit deinem Auto zum Mahnmal fahren.«

Meine Augenbrauen schnellen in die Höhe. »Du meinst das alte Kriegsdenkmal?«, wundere ich mich. »Das ist doch viel zu weit entfernt, und wieso sollte Erna dort hinwollen?«

Heinz schlägt die Hände über dem Kopf zusammen. »Ob die alte Geschichte sie eingeholt hat?«

Mieke runzelt die Stirn. »Welche alte Geschichte?« Sie scheint ähnlich ratlos zu sein wie ich.

Oliver zieht mich hinter sich her, schnell schnappe ich mir meine Schlüssel.

»Beeil dich.«

»Ich melde mich, wenn sich etwas ergibt«, hauche ich, und schon sind wir zur Tür raus, laufen zu meinem Rudolph und befreien ihn vom Schnee.

Als wir losfahren, beginnt Oliver zu erzählen: »Zwischen den Papieren meines Großvaters gab es ebenfalls alte Zeichnungen und ebenfalls eine Mundharmonika.« Er räuspert sich. »Und als du eben davon gesprochen hast, hat es klick gemacht. Es waren die Hinterlassenschaften der beiden Deserteure, die damals kurz vor Kriegsende hingerichtet wurden.«

Ich schlucke trocken und biege flott auf die Waldstraße. Es hat aufgehört zu schneien, und die untergehende Sonne zaubert einen schönen Rotton, der sich wie Glühwein über den Himmel ergießt.

»Ja, aber was hat das mit Erna zu tun?« Oma war zu der Zeit gerade mal zehn Jahre alt.

»Das ist ein offenes Geheimnis, Elin. Deine Großmutter und ihre ältere Schwester haben die beiden Flüchtigen unterstützt. Sie hatten Glück, dass sie selbst unbeschadet davonkamen.«

Meine Hände krampfen um das Lenkrad. Der Weihnachtsmann auf dem Armaturenbrett steht ungewöhnlich still, als halte er ebenfalls die Luft an, gespannt, mehr zu erfahren. Mein Gott, das Datum auf den Zeichnungen ist der Sommer 1945. Kurz vor Kriegsende.

»Erna und Anne-Liese kannten die beiden Jungs noch aus der Schule. Sie wurden wie so viele andere Kinder von Hitler in einen Krieg geschickt, der längst verloren war«, redet Oliver leise und mit so viel Traurigkeit weiter, dass ich selbst weinen könnte. »Sie flüchteten aus einem Gefecht und schafften es nach Hause, in der Hoffnung zu überleben. Doch dann kam alles anders.«

Ich blicke ihn an, er knetet den Saum seiner grauen Jacke. »Sie wurden entdeckt und vor ein Erschießungskommando gestellt«, spreche ich das schreckliche Verbrechen aus.

»Ja.« Oliver presst die Lippen so fest aufeinander, dass sie weiß werden. »Und mein Großvater war schuld daran.«

»Ich weiß nur, dass man die Jungs später in einen eurer Ställe sperrte, bis man entschieden hatte, was mit ihnen geschehen sollte«, denke ich an die Geschichte des Dorfs. Ich weiß sogar genau, welches der kleinen schwarz-weißen Fachwerknebengebäude es einst gewesen ist.

»Es waren schwere Zeiten, Elin«, beginnt Oliver, während er aus dem Fenster starrt und einige Augenblicke lang schweigt. »Unsere Familie sympathisierte mit Hitler und seinen Idealen«, gibt er schließlich zu, und die Atmosphäre in meinem kleinen Auto bekommt etwas Beklommenes. »Das ist eine der schrecklichen Tatsachen. Darüber hinaus hatte mein Großvater persönliche Motive, die Jungs zu verraten. Nicht umsonst hatte er all die Jahre die Zeichnungen deiner Großtante Anne-Liese aufgehoben ... ich vermute, er hat Anne-Liese geliebt und wollte sie für sich. Klaus, der Zeichner der Bilder, war ihm ein Dorn im Auge.«

»Dein Großvater war ein ganz schönes Arschloch, weißt

du das?«, quetsche ich hervor. Nur peripher nehme ich Olivers zögerliches Lächeln wahr, als ich auf den Weg in Richtung Denkmal abbiege. Im Radio spielt *Stop the Cavalry,* und das Lied wühlt mich furchtbar auf. Es handelt von Soldaten, die sich nichts mehr wünschen, als zu Weihnachten zu Hause sein zu dürfen und mit dem Mädchen, das sie lieben, tanzen zu können.

Zaghaft legt sich Olivers Hand auf mein Knie. »Wir finden deine Großmutter.«

»Hoffentlich.« Meine Kehle wird erneut eng, und ich trete aufs Gas. Im Rückspiegel sehe ich die alten Stallgebäude des Hofs, wie sie kleiner werden.

Ich kann nicht anders, ich stelle mir vor, wie die damals festgesetzten jungen Männer von Soldaten in frühen Morgenstunden durch Morgentau über die angrenzende Wiese getrieben wurden. Beinahe fühle ich die Verzweiflung, die sie verspürt haben müssen im Angesicht des bevorstehenden Todes. Haben sie gewusst, was ihnen bevorstand? Einer von ihnen war erst sechzehn Jahre alt, als man ihn erschoss. Was für eine bittere Zeit …

»Dort«, sagt Oliver und zeigt nach vorn. Mir bleibt das Herz fast stehen, als ich meine Oma in ihrem pinken Schneeanzug vor dem riesigen Findling mit den Bronzetafeln entdecke, auf denen die Namen und Geburts- und Todesdaten der beiden Jungen eingraviert sind. Niemals hat Oma uns die tragische Geschichte von Klaus und Johanns Erschießung erzählt, als wäre sie darauf bedacht gewesen, die Ereignisse möglichst tief in sich selbst zu vergraben. Und dann finden wir eine unschuldig aussehende Box mit einer Mundharmonika und Bildern und treten alles frei, was sie versucht hat zu vergessen.

Ich trete auf die Bremse, Rudolph rutscht. Oliver hält sich

erschrocken am Haltegriff über seinem Kopf fest, und ich stoppe mitten auf dem Weg. Der blöde Gurt lässt sich nicht so schnell lösen, wie ich es will.

»Gott sei Dank«, brummt Oliver, während ich die Tür öffne und aussteige.

»Oma!«

Erna dreht sich zu mir um. Ihre dunkelblaue Mütze ist voller Schnee, der Anzug bis zum Hals geschlossen. Neben ihr steht etwas verwaist ihr Rollator, schief und deplatziert.

»Nanu, Elin«, antwortet sie sichtlich überrascht, und ich unterdrücke den Drang, sie zu packen und zu schütteln. Mann, sie hat mir echt Angst eingejagt. Uns allen.

»Ja, ich, deine Enkelin. Die stundenlang durch den Wald gerannt ist, um dich zu finden. Und die krank vor Sorge ist«, setze ich vorwurfsvoll an.

Erna hält die alte Mundharmonika in der behandschuhten Hand und legt sie auf einen Vorsprung des Steins direkt über die Tafel.

»Frohe Weihnachten«, murmelt sie, und ich greife nach ihren Händen, als ich bei ihr ankomme.

»Oma, es ist scheiße kalt, was hast du dir dabei gedacht?«

Sie seufzt, wirft einen langen Blick hinter mich, dorthin, wo Oliver steht.

»Du kannst doch nicht einfach weglaufen.«

Oma atmet hörbar aus. »Niemand kann weglaufen, wenn das Schicksal auf großen Schritten naht«, sagt sie leise und dann an Oliver gerichtet, der unentschlossen etwas abseits steht: »Du bist es nicht, aber du siehst ihm sehr ähnlich.« Erna ist ganz bei sich, vollkommen klar und entspannt. »Tut mir wirklich leid, das mit den Eiern«, gibt sie bedauernd hinterher.

Ich stutze. Was für Eier?

»Sie waren das?« Oliver traut sich näher heran, bietet Erna freundlich den Arm als Stütze an. Sie wirkt ziemlich kraftlos. »Ich dachte, es wären die beiden Zwillingsmädchen gewesen«, sagt Oliver und deutet ein Kopfschütteln an.

In Ernas Augen blitzt etwas auf, und sie winkt ab. »Ach nein, die trauen sich keine zehn Meter an Ihr Grundstück heran – wegen der Spukgeschichten, die ich ihnen erzählt habe.«

»Du bist wirklich unmöglich«, stelle ich fest und bin erleichtert, dass es ihr so weit gut zu gehen scheint.

»In einem Land der begrenzten Unmöglichkeiten sollte man froh sein, zu den Seltenheiten zu gehören«, schnappt sie gewohnt frech. Ihre Wangen sind rot gefroren, und ich versuche, sie zum Auto zu führen.

»Wir müssen jetzt erst mal heim, du brauchst unbedingt ein heißes Bad.« Das ist allemal wichtiger, als das Bedauern über mit Eiern verschmierte Oldtimer auszutauschen oder über Unmöglichkeiten zu Weihnachten nachzudenken.

»Wieso – stinke ich?« Oma hebt ihre bemalten Augenbrauen und niest.

»Nein, aber du musst dich aufwärmen.«

Oma guckt zurück zur Mundharmonika auf dem winzigen Vorsprung des Denkmalsteins. »Johann und Klaus spielten oft gemeinsam Mundharmonika«, beginnt sie im Plauderton von den beiden Jungs aus Eickstever erzählen, die so jung sterben mussten. »Damals in der Schule musizierten sie für uns Mädchen, um uns zu beeindrucken.« Sie lächelt. »Klaus schenkte mir seine Mundharmonika. Er konnte wunderbar zeichnen, und Anne-Liese war in ihn verliebt.« Ihre Hände zittern leicht, und ihr Lächeln verrutscht. »Wir haben sie eine ganze Weile heimlich versteckt und mit Lebensmitteln versorgt. Unsere Eltern hatten keine Ahnung, und uns war nicht bewusst, wie sehr wir sie und uns selbst in Gefahr brachten. Dann hat man die beiden entdeckt und auf dem Hof der von Daniels einsperrt.« Sie macht eine Pause, und ich bin mir unsicher, wie ich mich verhalten soll. Olivers Blick wechselt von mir zu ihr und wieder zurück. Er schweigt und wartet.

»Wir waren noch Kinder, Anne-Liese und ich, und auch die Jungs«, flüstert Oma.

»Es tut mir so leid, Oma.« Ich kann gar nicht ausdrücken, wie sehr. Sachte lege ich meinen Arm um ihre Schultern.

»Ich hab Anne-Liese gesagt, sie solle den beiden keine Kerzen geben, da man den Schein in der Nacht durch die Ritzen der Tür sehen konnte. Das Versteck im Rübenkeller war nicht perfekt. Nicht vollkommen.«

Irgendwo in der Ferne bellt ein Hund, und eine Schar Vögel erhebt sich in die Luft. Ich will die Mundharmonika am Denkmal mitnehmen, doch Erna hält mich zurück. »Nein, nein. Lass sie hier. Ich will sie nicht bei mir haben, sie gehört Klaus.«

»Wie du möchtest.« Ich verstärke den Druck um Omas Schulter, um sie zum Auto zu bekommen. Oliver öffnet immer noch schweigend die Beifahrertür für Erna, die ihn erneut nachdenklich anschaut.

»Anne-Liese wollte nicht auf mich hören, weil Klaus doch so gern zeichnete. Und ohne Licht war das nicht möglich«, erinnert sie sich, während ich sie auf den Sitz manövriere. Oliver holt den Rollator, klappt ihn zusammen und zwängt ihn in den kleinen Kofferraum meines Minis.

»Ruf Mieke an«, kommandiere ich und gebe ihm im nächsten Moment mein Handy. Erna hält mein Handgelenk fest, als ich den Gurt spanne, um sie anzuschnallen.

»Ich hab es fast vergessen«, raunt sie mir sichtlich betroffen zu. »Aber man darf solche Tragödien nicht vergessen. Klaus war sechzehn Jahre alt, Johann siebzehn. Sie spielten Mundharmonika und waren gut in Algebra. Sie waren nicht verwandt und sahen sich trotzdem sehr ähnlich. Klaus wollte Künstler werden, Johann Schmied, und sie erzählten gern Witze.«

Oliver telefoniert, lässt uns beide aber nicht aus den Augen. Das erste Mal spüre ich die Schuld seiner Vorfahren, die er mit sich trägt wie eine Last, die ihn niederdrückt. Und so langsam fügt sich das Puzzle, aus dem Oliver von Daniel besteht, Stück um Stück zusammen. Der schwere Stand, den er im Dorf hat, die Vorurteile, mit denen er sich auseinandersetzen muss, und seine Schutzmauern.

Er steigt auf die Rückbank, ich springe ans Steuer und wende den Wagen. Ich lasse das Gebläse warme Luft in Omas Richtung pusten und hoffe, dass sie keine Lungenentzündung durch diesen Ausflug bekommt.

»Wie geht es dir?«, frage ich, während ich anfahre.

»Super, meine Füße tun gar nicht mehr weh«, meint sie grinsend und zieht sich die Mütze vom Kopf. Ihre Frisur steht zu Berge, und ihre Locken kräuseln sich in der Stirn.

Olivers Blick und meiner treffen sich im Rückspiegel, und ich bin so dankbar für seine Eingebung, am Denkmal nachzuschauen.

»Hoffentlich hast du keine Erfrierungen«, sage ich und drücke Omas Hand, die auf ihrem Schoß liegt.

»Ach, nein. Dazu gehört schon etwas mehr Kälte.« Oma dreht sich zu Oliver um und wiederholt: »Du bist es nicht, aber du siehst ihm ähnlich.« Sie versucht, freundlich zu lächeln, und wirkt um so viele Jahre jünger in diesem kurzen Moment. »Ich hab mir überlegt, dass ich die einstweilige Verfügung gegen Sie wieder aufhebe.«

»Oma, es gab nie eine. Das hast du dir nur ausgedacht.«

»Na, denkst du, das weiß ich nicht?« Sie blitzt mich an und schnalzt mit der Zunge. »Also, junger Mann, haben Sie heute Abend schon etwas vor?«

Es spielt sich plötzlich so vieles in Olivers Gesicht ab, dass ich fast von der Straße abkomme, weil ich ihn im Rückspiegel beobachten muss. Scham, Trotz und dann eine Milde, die mein Herz berührt.

»Machen Sie sich meinetwegen keine Gedanken, Erna.«

Seine Hand legt sich auf Omas Schulter, und ich denke über Verwechslungen und unglückliche Umstände nach. Und wie sehr die Schatten der Vergangenheit sich mit der Realität vermischen können, wenn das Gedächtnis löchrig wird wie ein Sieb.

»Doch, doch. Wenn Sie nichts Besseres vorhaben, dürfen Sie gern bei uns zu Abend essen.« Dann wendet sie sich an mich. »Heute ist doch Heilig Abend?«

Ich nicke.

»Das ist das Mindeste, was ich tun kann, um die Eiergeschichte aus der Welt zu schaffen.«

»Ich werde über Ihr Angebot nachdenken«, versichert Oliver und sucht immer wieder meinen Blick im Rückspiegel. Mein Puls jagt viel zu schnell, was unter anderem daran liegt, dass ich ebenfalls über Wiedergutmachungen nachdenken muss, die mit Küssen und Berührungen zu tun haben, die mich zum Glühen bringen.

Der Schein der Lichterketten ist wie ein Fixpunkt zwischen den kahlen Bäumen, der uns lotst, und als wir endlich auf den Hof rollen, warten Mieke und Noan schon im Türrahmen. Ich parke vor der Scheune, und meine Schwester fällt Oma als Erste um den Hals. Sie entschuldigt sich für alles, was sie jemals gesagt hat, und Erna ist sichtlich gerührt. Sie versucht, es sich nicht anmerken zu lassen, wischt verstohlen eine Träne aus dem Wimpernkranz und feuert als Ablenkung ein paar Beleidigungen.

»Meine Güte, deine Oma ist aber auch ein Sonnenscheinchen«, flüstert Oliver amüsiert, nachdem Erna Agatha Christie zitiert hat, die behauptete, dass nichts enttäuschender sei, als dass manche Menschen nur mit dem Schrecken davonkommen.

»Sie ist längst nicht in Höchstform, du wirst schon sehen«, warne ich ihn, und er hakt sich bei mir ein.

»Werde ich das?«, fragt er und hält mich zurück, bevor wir den anderen ins Haus folgen. Ich stelle mich auf die Zehenspitzen und hauche ihm mit klopfendem Herzen einen Kuss auf die Wange. Und würden die Zwillinge nicht plötzlich aus der Tür gucken und lauthals »Hallo Stockfisch!« krakeelen, hätte er mich vielleicht sogar zurückgeküsst.

Mieke steckt Oma erst mal in die Badewanne, und ich bin froh, dass sie noch alle Zehen hat und keine nennenswerten Erfrierungen, die nach einem Arzt schreien. Unsere alte Dame ist und bleibt ein zäher Hund.

Währenddessen trinkt Onkel Heinz mit Oliver und Noan einen ordentlichen Whiskey Bourbon auf den Schreck des Tages, und Phoebe schmollt, weil sie keinen abbekommt, obwohl sie sich genauso den Arsch abgefroren hat wie alle anderen.

George hat es geschafft, das Sofa zu erklimmen, und schnarcht auf dem Rücken liegend vor sich hin. Dann und wann zucken seine Pfötchen, als würde er immer noch durch den Schnee laufen.

»Meine Mutter konnte es damals gar nicht abwarten, zu meinem Vater auf den Tjarkshof zu ziehen und das kleine Haus im Wald hinter sich zu lassen«, erzählt Heinz den beiden jüngeren Männern. »Anne-Liese blieb bis zu ihrem Tod dort und heiratete nie. Ich weiß nicht, ob es mit den Ereignissen des Sommers 1945 zu tun hatte. Solange ich denken kann, wurde es vermieden, darüber zu sprechen.«

»Kann ich verstehen, ich mag auch nicht mehr darüber nachdenken«, gesteht Oliver und setzt sein Getränk an die Lippen. Über den Rand des Glases hinweg schaut er mich hilfesuchend an.

»Deshalb kommen wir einfach mal zu einem anderen Thema«, schlage ich vor. »Die Bescherung steht vor der Tür, und wir stehen vor einem großen Problem«, erinnere ich Noan und Heinz an die Tatsache, dass wir einen Weihnachtsmann brauchen, der um Punkt achtzehn Uhr vor den Fenstern entlanghuschen muss, damit die Zwillinge ihn wie jedes Jahr von ihrem Zimmer im Obergeschoss aus sehen können.

Ich setze mein hübschestes Lächeln auf. »Oliver, ich habe mich gefragt, ob du vielleicht …«

»Hach, min Dirn. Da hat Oliver bestimmt nicht so Lust zu«, fällt mein Onkel mir ins Wort.

»Ist nicht sonderlich schwer, du musst nur einmal durch den Garten mit einem Sack über dem Rücken und zu den Fenstern hinaufwinken«, rede ich weiter und lächle dabei selig.

»Also, die Rolle des Weihnachtsmanns in diesem Haus hat schon ihre Tücken«, antwortet erneut Heinz, und ich beobachte, was sich alles in Olivers Gesicht abspielt.

»Ich werde dir auch helfen, diesen Akt der Nächstenliebe zu überstehen, Mister Grinch«, verspreche ich großmütig.

»Grinch?« Heinz verschränkt die Arme vor der Brust.

»Onkelchen, sag mal, schiele ich? Ich rede mit Oliver. Fakt ist, du fällst als Weihnachtsmann mit deinem Fuß aus. Außerdem ist Monika schon auf dem Weg, um dich zum

Arzt zu fahren, also lass Oliver doch mal für sich selbst sprechen.«

»Das bin ich also für dich, ein grünes, haariges, missgünstiges Monster? Du brichst mir das Herz.« Theatralisch legt Oliver seine Hand auf die Brust, an die ich mich in diesem Moment so gern anschmiegen würde. »Na gut, aber nur, um zu beweisen, dass ich nicht mit dem Grinch verwandt bin.« Er macht eine Pause, dreht sein Glas in der Hand und sieht mich nachdenklich an. Heinz sieht aus, als fiele es ihm schwer, die Rolle abzugeben, die, seit ich denken kann, die seine war.

»Und ich habe dafür einen Wunsch frei«, fordert Oliver.

Ich wittere Gefahr, zögere, doch da stimmt Noan an meiner statt zu. »Elin liest dir ganz bestimmt die Wünsche von den Augen ab, nicht wahr, Schwägerin?«

Na, der traut sich ja was. »Aber sicher, Noan. Und wenn du dich weiter so weit aus dem Fenster lehnst, solltest du eine gute Unfallversicherung abschließen«, rate ich ihm gleich mal und zupfe nachdenklich an den Tannenzweigen auf dem Tisch.

Die Zwillinge kommen die Treppe herunter, beide als Engelchen verkleidet in weißen Kleidchen und mit Flügeln auf dem Rücken. Jedes der Mädchen hat einen Welpen auf dem Arm, und ich frage mich, wie sie Spencer in das Puppenkleid bekommen haben. Auweia.

»Guck mal, Stockfisch«, ruft Libi fröhlich Oliver zu und versucht trotz Hund auf dem Arm zu winken. »Spencer und George heiraten!« Mein Hund steckt in einem winzigen schwarzen Jackett und hat eine Fliege um, die ganz sicher aus Noans Fundus stammt – ich erkenne seinen Retroschick.

»Geht das nicht ein bisschen schnell?«, fragt Oliver die beiden Mädchen, die George nun dazu bringen wollen, mit seinem Pfötchen auf Omas Bibel zu schwören. Das gute Stück ist ziemlich ramponiert, weil Erna sie zu Opas Lebzeiten mindestens zwanzigmal nach ihm geworfen hat. Gilt so was eigentlich schon als Gotteslästerung?

Mister Santa

Die dicke Pute im Ofen ist schon lange gar und wartet nur darauf, aufgetischt zu werden. Auch wenn Phoebe aus ethischen Gründen immer noch dagegen protestiert und die Zwillinge als alternative Mahlzeit präferieren würde.

Der beste Teil der schönsten Zeit im ganzen Jahr eilt in großen Schritten heran: die Bescherung. Libi und Nane flitzen permanent durchs Haus, als hätten sie eine Duracell im Hintern, und grölen Weihnachtslieder – Gesang kann man das Gejaule bei Weitem nicht nennen. Schnell schlüpfe ich in mein Lieblingsweihnachtskleid aus dunkelgrünem Samt und lege etwas Make-up auf, mit einem dramatischen Lidstrich und dem farblich perfekten Lippenstift, kussecht natürlich.

Bevor Oliver doch noch die Flucht ergreifen kann, lotse ich ihn in die Scheune, in der er heimlich in das Weihnachtsmannkostüm schlüpfen soll, damit die Zwillinge bestenfalls ein weiteres Jahr an den Mann mit Rauschebart glauben können. Leider sind sie mittlerweile sehr skeptisch geworden, was diesen Teil des Heiligen Abends angeht, und beginnen, unangenehme Fragen zu stellen. Wenn der Weihnachtsmann zur selben Zeit an mehreren Orten sein und also zaubern kann, warum erfüllt er dann nie alle Wünsche auf der

Liste? Und viel wichtiger: Wieso kommt er nicht zu jedem Kind auf der Welt? Müsste es ihm nicht egal sein, ob die Eltern eines Kindes an ihn glauben oder nicht? Er könnte seine Existenz doch schließlich beweisen.

»Also, du musst es so anstellen, dass die Zwillinge dich von ihrem Zimmer aus sehen können. Das liegt zur Südseite raus«, erkläre ich noch mal und gehe hinüber zur Werkstatt, in der Mieke die Kiste mit den Klamotten abgestellt hat. Oliver folgt mir, legt federleicht seine Hand auf meine Hüfte, und ich schwinge zu ihm herum. »Ich bin mir sicher, du wirst der beste Santa, den sie jemals hatten«, ermutige ich ihn und lächle. »Dieses Jahr ist sowieso um einiges spannender als die letzten.«

Als er die Daunenjacke auszieht, umhüllt mich sein Geruch. Wieso muss er nur so gut riechen?

Ich öffne die Kiste und halte Oliver die rote Hose entgegen, die er sich über seine Jeans zieht.

Mein Kopf neigt sich zur Seite, und ich betrachte ihn mit wachsendem Interesse. Ob er viel Sport treiben muss, um so auszusehen? Unter seinem engen Pullover kann ich die Berge und Täler seiner Muskeln erkennen. Wirklich schick, Santa.

»Es wird sich noch zeigen, welche Art Weihnachtsmann ich abgebe«, knurrt Oliver.

Ich lehne mich an das Regal, während er in die Weihnachtsmannjacke schlüpft.

Er lässt den Blick durch den halbdunklen Raum wandern. »Hübsch hier übrigens«, meint er und stößt einen anerkennenden Pfiff durch die Zähne aus. »Solide Dachkonstruktion, beste Zimmermannsarbeit.«

»Ja, deshalb werde ich es auch als Wohnraum umgestalten«, lasse ich ihn wissen und warte gespannt auf seine Reaktion, während ich imaginäre Fussel vom Stoff meines Kleids zupfe.

Olivers Augen werden groß, und ich drücke ihm mit Schwung ein Kissen vor den Bauch, mit dem er seine Figur weihnachtsmanngerecht aufhübschen kann.

»Das gefällt mir«, gibt er zu und grinst schief. »Dann kann ich dich öfter mal aus der Fassung bringen, und das nicht nur im Winter. Wie toll.«

Ich hebe drohend den Zeigefinger. »Untersteh dich, du könntest meinen inneren Serienmörder inspirieren.« Ich beginne, die Knöpfe des Weihnachtsmannmantels vor dem Kissen zu schließen, und verfluche meine leicht zitternden Finger, die verraten, wie sehr mich seine Nähe aufwühlt.

»Du bist wirklich ziemlich unwiderstehlich«, flüstert er so leise, dass ich es fast nicht verstehe. Für eine Millisekunde berühren sich unsere Hände, als er versucht, das Kissen dort zu halten, wo es sitzen soll.

Ich gehe vor Oliver in die Knie, um an die unteren Knöpfe zu gelangen. Der Winterwind dringt durch die Ritzen der Holzwand, dennoch friere ich nicht. Ganz im Gegenteil. Oliver schweigt, schaut auf mich herab und tritt unruhig von einem aufs andere Bein.

»Halt still«, fordere ich. »Sonst wird das hier nicht überzeugend.« Ich zerre am Gürtel.

Er seufzt. »Könntest du aufstehen, bitte?« Seine Stimme hört sich rau an, und er reicht mir auffordernd die Hand. Dann zieht er mich mit Schwung auf die Beine, und sein Blick gewinnt an Intensität. »Wir hatten doch mal über unorthodoxe Gedanken philosophiert?«, erinnert er mich an einen ganz bestimmten Chatverlauf.

Ich spüre, wie meine Wangen rot werden. »Ich erinnere mich dunkel daran.«

»Dies ist so ein Moment.« Er saugt seine Unterlippe ein, und sein Blick tanzt über meinen Körper.

»Dann sollten wir dich unbedingt mal in Weihwasser baden«, schlage ich vor und wundere mich selbst, wie sehr ich kokettieren kann. Meine Bewegungen sind die einer Katze, und ich befeuchte unwillkürlich meine Lippen.

»Was wäre, wenn ich sagen würde, dass ich dich gern noch einmal küssen würde?«, raunt er und legt seine Hand in meinen Rücken, als ich den weißen Kragen seiner Jacke in seinem Nacken umschlage.

»Ich würde sagen, versuch es doch mal.« Meine Bewegungen erlahmen, meine Fingerspitzen ruhen an seinem Haaransatz.

Unter dichten Wimpern schaut er auf mich herab und kämmt mit den Fingern durch meine rotblonden Locken, sodass ich nach Luft schnappe. »Ich wollte dir sagen, dass ich Starlessnight bin, wirklich. Ich hatte es mir fest vorgenommen an dem Abend«, sagt er ernst.

»Warum hast du es dann nicht getan?« Blöde Frage. Als hätte es an diesem Abend auch nur einen passenden Moment gegeben, um ganz unverfänglich zu sagen: Hey, nur so nebenbei, wir schreiben uns schon eine Weile auf Instagram, ich weiß, was du im Bett überhaupt nicht leiden kannst – und hübsche Dessousbilder übrigens.

Mein Blick hält seinem nicht stand.

»Weil mir der Gedanke kam, dass du vielleicht deshalb einen Verlobten erfunden hast, weil du kein Interesse an mir hast.« Er verstummt, sein Mund öffnet sich, als würde er etwas hinzufügen wollen, sagt aber nichts weiter.

»So eine dumme Idee.« Was Besseres fällt mir partout nicht ein, als ich sein Gesicht betrachte und meine Fingerspitzen über die raue Wange streichen.

»Es wäre nicht das erste Mal, dass du mich abblitzen lässt«, erinnert er mich an unsere Jugend. »Und ich stehe wirklich schon eine ganze Weile auf dich, Elin Tjarks.« Sein Lächeln vertieft sich. Vom Haus her wehen die Fetzen von *Santa Claus is coming to town* zu uns herüber.

»Seitdem du mich eingeseift hast?«, frage ich sanft und muss an die misslungene Entschuldigung denken, von der mir Heinz erzählt hat.

Oliver legt die Hand an meine Wange, sie ist so warm, und meine Haut glüht unter dieser Berührung.

»Nicht wirklich. Damals hielt ich dich noch für eine weichgespülte Mimose, die immer gleich zu Oma rennt, wenn ihr was nicht passt«, flüstert er, und ich starre ihn an.

»Oh, wie charmant.«

»Es war der Winter, in dem du zurück ins Dorf kamst und plötzlich kein kleines Mädchen mehr warst, sondern eine Frau mit diesem inneren Leuchten, das einen anzieht und nicht mehr loslässt. Da war es um mich geschehen.« Er atmet hörbar ein.

»Erzähl mir mehr von diesem Leuchten«, bitte ich ihn und stelle mich auf die Zehenspitzen. »Du redest nicht von so einem Licht, das Motten anzieht und sie ins Verderben lockt, oder?«

»Du bist so romantisch, mein Herz.« Er lacht heiser, verstärkt den Druck seiner Hand in meinem Rücken. »Nein, ich spreche von Biochemie und Anziehungskraft. Ich spreche von Menschen, deren Seelen sich zu kennen scheinen und unwiderruflich die Gravitation aussetzen lassen.«

Was für wundervolle Worte, ob sie ihm einfach so in den Sinn kommen?

»Für dich bin ich sogar Hundebesitzer geworden.« Er lächelt sanft.

»Du machst Scherze.«

»Nein, ich hab mich dazu hinreißen lassen«, gibt er zu. »Ich weiß, man sollte sich ein Tier unbedingt mit Umsicht und Verantwortungsgefühl anschaffen und nicht, weil man sich Chancen ausrechnet, dadurch mit einer anderen Hundebesitzerin in Kontakt treten zu können.«

»Du bist ja verrückt.« Ich kann es nicht fassen, wie schwer wir uns den Start gemacht haben. Ich strebe ihm entgegen, wir stehen uns so nahe, dass unsere Lippen sich fast berühren. Ich spüre seinen Atem, der meinen Mund liebkost.

»Trau dich«, schnurre ich. »Ich verspreche, ich beiße dich nicht.«

Oliver überwindet die restlichen Millimeter, und seine Lippen treffen auf meine. Beinahe kann ich die Elektrizität zwischen uns schmecken. Meine Zunge streicht über seine Lippen, meine Hände legen sich an seine harte Brust und krallen sich anschließend am flauschigen Stoff des Weihnachtsmannkostüms fest. Er hebt mich mit Schwung auf seine Hüfte. Ich schlinge meine Beine um ihn, presse mich an seinen Kissenbauch.

»Keine Missverständnisse mehr«, knurrt er und setzt mich mit dem Hintern auf Miekes altem Schreibtisch ab, der in einer Ecke lagert.

»Keine Missverständnisse«, wiederhole ich, und in mir dreht sich alles. Seine Finger liebkosen meinen Rippenbogen, seine Küsse werden wilder, die Luft brennt, und ich zerre ihn näher zu mir heran. Wow, ist das gut. Das könnte das beste Weihnachten meines Lebens werden. Ich hab ja gar nicht geahnt, wie sehr mir die Nähe zu einem Mann gefehlt hat.

»Elin«, seufzt er zwischen zwei Küssen.

»Nicht aufhören«, bitte ich berauscht und zerwühle sein

dichtes Haar im Nacken, bis die Mütze verrutscht. Seine Küsse werden rauer, fordernder, und ich spüre ihn zwischen meinen Beinen. Ich glaube, ich schlage vor dem wichtigen Einsatz des Weihnachtsmanns gleich einen Quickie in weiter Flur und Schnee vor …

»Scheiße, was macht ihr da?«, japst Phoebe.

Oliver reißt hastig seinen Mund von meinem, und ich starre meine Nichte an, die sich die Augen zuhält. »Mann, echt. Ich bin blind, warnt mich das nächste Mal bitte vor.« Sie jammert vor sich hin, während ich mir panisch mein Kleid zurechtzupfe.

»Du hättest ja klopfen können«, schlage ich kleinlaut vor. Oliver sieht verlegen aus und murmelt eine Entschuldigung. Phoebe verschwindet schimpfend wie ein Rohrspatz. Ich weiß, wie blöd es ist, wenn überall verliebte Pärchen lauern und man selbst gerade verlassen wurde.

»Ich werde dann mal meinen Job machen«, sagt Oliver nach einer Weile, und mit fliegendem Puls gehe ich auf Abstand zum Weihnachtsmann. Geschickt bringt er den Bart in Position.

»Elin, ich weiß jetzt, was ich mir wünsche«, lässt er mich atemlos wissen. »Dass wir genau dort weitermachen, wo wir gerade gestört wurden.«

Ich beiße mir voller Vorfreude auf die Lippe und lächle. Nichts lieber als das.

Oliver dreht sich um und verschwindet nach draußen in die Kälte. Auch ich beeile mich, ins Haus zu kommen, um die Weihnachtsmannillusion zu unterstützen, denn es gehört noch einiges mehr dazu, als die Zwillinge am Fenster ihres Zimmers zu halten.

Mieke wirkt etwas fahrig, aber gut gelaunt, als ich in der Küche vorbeischaue. »Läuft, würde ich sagen.«

Sie deckt den Tisch und drapiert Kerzen und Zweige in der Mitte.

»Hab schon gehört«, antwortet sie mit einem hintergründigen Lächeln. »Teenager sind besser als jede Buschtrommel. Sie hat eine Sprachnachricht an ihre Freundin geschickt, in der sie sich über die Zügellosigkeit ihrer Familienmitglieder beschwerte und über Küsse, die so porno sind, dass man sie auf keinen Fall sehen will.«

»So war das gar nicht«, verteidige ich mich, und Mieke deutet die Treppe hinauf.

»Erklär das dem Weihnachtsmann.« Sie lacht glockenklar und kramt das Silberbesteck hervor. Ein Schnarchen dringt zu mir durch, Oma sitzt hübsch eingepackt in Jogginganzug in ihrem Sessel und ist weggenickt.

»Geht es ihr gut?«, vergewissere ich mich auf halbem Wege nach oben.

»Ja, mach dir keine Sorgen. Sie ist nur total erschöpft von dem Ausflug und vom vielen Reden. Und sie hat sich darüber geärgert, dass man sich nur sprichwörtlich den Arsch abfrieren kann, ein bisschen weniger Kiste würde ihr gefallen.«

»Ich bin so glücklich, dass jetzt alles gut ist«, hauche ich und lasse meine Finger gedankenverloren über die Tannennadeln der Treppengirlande streichen. Die Kugeln glänzen, und ich kann meine Spiegelung in ihnen sehen.

»Das kannst du laut sagen.« Mieke nickt noch mal hinauf. »Aber jetzt rauf mit dir, kümmere dich um die Mädchen, das Essen ist bald so weit. Bis dahin muss der Mann in Rot gesichtet worden sein und die Geschenke unterm Baum liegen.«

Ich renne hinauf, platze ins Zimmer der Zwillinge und erwische sie tatsächlich mit Opas altem Fernglas.

»Hey, ho!«, rufe ich, und die beiden drehen sich ertappt zu mir um. »Denkt ihr, der Weihnachtsmann mag es, so beschattet werden?« Ich entwinde das schwere Ding Libis Händen, und sie mault.

»Das ist unfair.«

»Unfair ist, dass ihr einen alten dicken Mann nicht in Ruhe arbeiten lasst und seinen Wunsch nach Privatsphäre nicht respektiert«, antworte ich streng. Die Hunde toben über den Flur und biegen ins Zimmer ein, dicht gefolgt von Phoebe, die auf Noans Geheiß die Tür hinter sich schließt.

»Ja, mit Privatsphäre hat es hier niemand so im Haus«, bemitleidet sie sich selbst und lässt sich auf die Matratze von Libis Bett plumpsen. Mein Hund begrüßt mich mit wildem Schwanzwedeln und pupst Amok. Mistkekse!

Phoebe hält sich die Nase zu, die Zwillinge stört die dicke Luft nicht.

»Na, mein Süßfratz? Warst du auch schon Gassi?«, hoffe ich und atme erleichtert auf, als Phoebe bestätigend nickt.

»Da, da!«, kreischt Nane und deutet in die Dunkelheit des Gartens. »Ich schwöre dir, da war was.«

Libi drückt sich die Nase am Glas platt. Plötzlich ertönt ein lautes Klappern über uns, dann ein Schaben. Die Kinder wirbeln herum, starren an die Decke.

»Er ist gelandet, der Schlitten!«, haucht Phoebe gespielt ehrfürchtig.

»Seid still, husch, husch.« Ich versuche, möglichst dramatisch zu klingen, und für einen Moment bin ich in meine Kindheit zurückversetzt, in der Opa und nicht Noan auf dem Dachboden für die angemessene Geräuschkulisse sorgte und Mieke und ich in diesem Zimmer das Ohr an den Kaminschacht legten und lauschten, mit hämmernden Herzen und angehaltener Luft.

George und Spencer legen sich auf den kleinen Teppich vor den Betten, platzieren ihre Köpfe auf den dicken Pfoten und schauen entzückend treu zu uns auf.

»Ist er durch den Kamin gerutscht?«, fragt Libi mit weit aufgerissenen Augen.

»Hört sich an, als sei er stecken geblieben«, murmelt Nane. »Ich werd verrückt.«

»Ach, nein, der hat Übung, der bleibt doch nicht stecken«, beruhige ich die Kinder, als ein weiteres Rumpeln vom Dach zu hören ist. Libi stürzt wieder zum Fenster und guckt hinaus, und wie auf ein Zeichen erscheint die Silhouette eines großen, dicken Mannes, der durch den Schnee stapft.

»Da ist er!«, zwitschert Libi, und Nane schubst ihre Schwester zur Seite.

»Jahahaha, er läuft genau drauf zu.«

Moment mal, auf was läuft wer zu? »Wie meint ihr das?«

»Na, die Grube, die wir geschaufelt haben. Und auf das Netz, das im Apfelbaum hängt«, erklären die beiden fröhlich und recken sich die Daumen entgegen.

»Das darf doch nicht ...« Ich verschlucke einen Fluch. In Windeseile gehe ich meine Optionen durch. An die Fensterscheibe klopfen und rufen und damit die Illusion zerstören? Nach unten hetzen und Mieke alarmieren oder gleich 112 wählen? Verdammt.

»Echt, ihr Zwillingsmonster seid so dämlich, denkt ihr wirklich, der Weihnachtsmann wird euch das verzeihen, wenn er in eure Falle tappt? Und ihr damit seinen ganzen Zeitplan durcheinanderbringt und ihm vielleicht noch die Knochen brecht? Der wird nie wieder zu euch kommen«, sagt Phoebe ungerührt und lacht sich scheckig.

Die Zwillinge gucken sich an, schürzen die Lippen und antworten wie aus einem Mund: »Wir wissen, dass der Weihnachtsmann alles sieht und alles weiß. Also ist die Falle, die wir gestellt haben, nur für einen Betrüger da.«

Oje. Ich blinze, die Zeit verlangsamt sich. Ein ungeplantes Rumpeln aus dem Flur ist zu hören, vermutlich ist Noan von der Dachbodenleiter gerutscht. Er scheint aber noch zu leben, denn er meckert vor sich hin.

Oliver, mein Santa, winkt wie vereinbart von dort unten in Richtung der Zwillinge, und die kichern wie verrückt. Libi reibt sich erwartungsfroh die Hände, innerlich zählt sie wahrscheinlich einen Countdown, und ich will gerade an der Fensterscheibe Alarm schlagen, da schlägt Oliver eine andere Richtung ein. Er läuft plötzlich nach links in Richtung Garage. Ob er die Falle entdeckt hat?

»Krass!«, quietscht Nane. »Es ist wirklich der echte Weihnachtsmann, Libi!« Sie tanzt durchs Zimmer, schreckt die Hunde auf, die so sehr kläffen, dass sie kurz vorm Hyperventilieren stehen, und dreht sich wie ein Brummkreisel. Der Rock ihres Engelkostüms schwingt um ihre dünnen Beine, und für einen Moment sieht sie aus wie die Ballerina in einer meiner Schneekugeln, einfach bezaubernd.

»Seid ihr alle denn bereit?«, frage ich nach und lenke sie vom Fenster ab, damit Oliver ungesehen in der Scheune verschwinden kann.

»Bereiter geht es nicht«, antworten die Zwillinge und zupfen sich die Kleidchen zurecht. Ich prüfe ihre Frisuren, stopfe eine lose Locke zurück in den Haarknoten und zwinkere Phoebe zu, die ihr Outfit ebenfalls im Spiegel betrachtet.

»Gut, dann müsst ihr jetzt ganz leise sein«, erinnere ich die Kinder und locke die Hunde, die sich wieder beruhigt haben, schon mal zu mir.

Als ein Glöckchen ertönt, reißen die Zwillinge die Tür auf

und stürmen die Treppe hinab. Sie sind wie eine Naturgewalt, und Phoebe und ich, die jeweils einen Hund die Treppe hinabtragen, haben Mühe, ihnen zu folgen.

Der Zauber der Weihnacht ist perfekt. Ein warmes Lichtermeer funkelt und glitzert und erhellt das Wohnzimmer und den Esstisch. Oma, Noan und Mieke stehen bereits neben dem wunderbar geschmückten Baum, dessen Krone nach dem Unfall einen beträchtlichen Knick zur Seite hat, und beginnen zu singen. Leise Klänge aus der Anlage begleiten ihr *Stille Nacht, heilige Nacht,* und die Wunderkerzen in ihrer Hand spiegeln sich in ihren leuchtenden Augen.

Libi und Nane bekommen den Mund gar nicht mehr zu, sie schauen sich vollkommen gefangen genommen von der Schönheit der Lichter und den vielen kleinen und großen Geschenken vor dem Baum um. Phoebe lehnt ihren Kopf an meine Schulter, ich den meinen an ihre Stirn.

Wenig später ist es erst mal Zeit fürs Essen und für die Vorfreude auf die vielen bunt verpackten Geschenke, denn bei uns kommt die Bescherung erst später am Abend.

Oliver ist wieder zu uns gestoßen und nimmt neben mir an der festlich geschmückten Tafel Platz, die sich unter all den Speisen nur so biegt. Olivers Hand, die sich wie beiläufig auf mein Knie legt, während Noan seine weihnachtliche Rede beginnt, lässt mein Herz schneller schlagen.

»Liebe Familie«, sagt Noan, in dessen braunen Locken noch Spinnweben vom Dachboden kleben, und hebt sein Glas Wein. Er trägt sein Lieblingsretrohemd in Petrolblau mit winzigen gelben Punkten, das perfekt zum Fünfzigerjahre-Kleid meiner Schwester passt. »Ich danke euch für die letzten wundervollen Jahre …«

Erna kichert. »Das meinst du nicht ernst, ich könnte schwören, du hast mich mehr als einmal weit weggewünscht.«

Noan, der neben ihr sitzt, greift nach ihrer Hand. »Hunderte Male, Erna«, sagt er schmunzelnd und fügt liebevoll hinzu: »Aber ich hab dich trotzdem lieb und bin sehr froh, dass wir dich haben.«

Ich kann in Omas Gesicht lesen, wie gut ihr diese Worte tun.

»Also, ihr Lieben. Erheben wir unsere Gläser auf ein weiteres fröhliches Weihnachtsfest. Ein Fest, das neue Familienmitglieder einschließt und neue Freunde.« Noan hebt sein Glas ein zweites Mal, und wir alle tun es ihm gleich. Mieke zwinkert mir zu, Oliver stößt mit Noan an und bedankt sich höflich, dass er heute dabei sein darf. Mieke lädt Oma Serviettenknödel auf den Teller, und Noan tranchiert das Ungetüm von Pute, sodass der Bratensaft nach allen Seiten spritzt. Ich bin selig und könnte die ganze Welt umarmen, bis mir das Getuschel der Zwillinge auffällt, die immer wieder zum brennenden Kamin hinüberlinsen.

»Ich sag dir, da ist was faul«, kann ich Libi verstehen, und mir fällt siedend heiß ein, dass wir einen fatalen Fehler begangen haben. Wir haben vergessen, den Kamin ausgehen zu lassen, damit der Weihnachtsmann überhaupt durch den Schornstein rutschen kann, ohne sich den Pöppes zu rösten.

»Du hast so recht, Schwesterherz«, raunt Nane. »Irgendwas stimmt nicht! Wie hat er das gemacht? Kann der etwa durch Feuer gehen?«

Libi runzelt die Stirn, lässt sich Rotkohl auftun und mustert jetzt Oliver nachdenklich von der Seite. In diesem Moment fällt mir auf, dass er etwas von den weißen Kunstbarthaaren am Kinn hängen hat. Ohne nachzudenken, schnappe ich mir einen der kleinen Mistelzweige, die dekorativ neben den vielen Schälchen mit Leckereien liegen, und halte ihn über unsere Köpfe.

»Hoppla, jetzt musst du mich küssen«, platzt es aus mir heraus, und Olivers Miene wechselt von erstaunt zu vergnügt. Er beugt sich langsam zu mir, haucht mir einen Kuss auf die Lippen, und ich fische die verräterischen Barthaare aus seinem Haar. Libi, die uns am nächsten sitzt, klatscht Beifall.

»Seid ihr jetzt verliebt, und wenn ja, werdet ihr auch Babys machen?« Ihre braunen Augen wechseln fragend von mir zu Oliver und wieder zurück.

»Libi, so etwas fragt man nicht«, meint Noan, der Olivers leichte Unsicherheit genauso spürt wie ich. Der Kamin knistert plötzlich viel lauter, und die Kerzen auf dem Tisch geben ein Zischen von sich. Es könnte aber auch sein, dass ich es bin, die bei dem Gedanken an Babys mit Oliver solche Laute von sich gibt.

»Wieso denn nicht? Das muss man doch mal wissen, wie viele Babys wir denn haben müssen«, ereifert sich Nane.

»Mama bekommt auch Verstärkung, wahrscheinlich einen Bruder für uns«, fügt Libi altklug an und angelt nach einem schönen Stück Pute. Phoebe begnügt sich mit Rotkohl, Kroketten und Möhrensalat und verdreht einmal mehr die Augen über ihre kleinen Schwestern.

»Oh, meinen herzlichen Glückwunsch«, freut sich Oliver für Noan und Mieke. »Ich weiß noch genau, wie mich die Nachricht, dass ich Vater werde, berührt hat.«

»Ja, das ist wirklich etwas ganz Besonderes«, gibt Noan mit stolzgeschwellter Brust zu.

Eine Weile tauschen die beiden Väter Weisheiten aus und lachen über nächtliches Mikadospielen der besonderen Art, bei dem der verliert, der sich als Erstes bewegt, und dann das Fläschchen fürs Baby machen muss. Unterdessen frage ich mich, wie ich mich als Mutter machen würde. Mieke zwinkert mir aufmunternd zu, als errate sie meine Gedanken. Oma drückt sich derweil mit dem Zeigefinger ganz ungeniert ihr Gebiss zurecht.

»Guck mal, Phoebe«, zwitschert Nane und spielt mit dem Vogelflügel. »Flatter, flatter.«

»Womit habe ich so eine Familie verdient?«, seufzt das Teenagermädchen, und sie tut mir für einen Augenblick wirklich leid.

»Schlimmer geht immer«, antwortet ihr ausgerechnet Oliver und schaut sie sanftmütig an. »Du hast großes Glück.«

Eine schöne Bescherung

»Hey, Süße«, sagt Mieke, als sie sich neben mich auf die Couch setzt. »Wenn ihr mich fragt, seid ihr ein hübsches Paar.«

»Wir sind nicht ...« Ja, was sind wir denn? Oliver, der mit Libi auf dem Boden sitzt und sich von ihr ihre Aufklebersammlung zeigen und erklären lässt, fängt meinen Blick auf und lächelt mich an, bis Libi seine Aufmerksamkeit nicht weiter teilen will und sein Gesicht mit einem Finger zurück in ihre Richtung dreht.

»Das sind Puffi-Sticker, die sind wertvoller als Schmetterlinge, aber nicht so viel wie die Schillers hier.« Sie deutet auf ein paar bunt glänzende Einhörner.

»Aha.« Oliver tippt auf eine Fee, deren Flügel glitzern. »Und was ist damit?«

Mieke schmunzelt. Bestimmt kennt sie die Stickerwährungen in- und auswendig. »Er ist wirklich nett, hätte ich gar nicht gedacht«, meint sie mit Blick auf Oliver. »Noan fährt total auf ihn ab – ob ich mir Sorgen machen muss?«

»Eher nicht«, versichere ich ihr. »Wie man sich täuschen kann, nicht wahr?«

Ich sehe Erna nicht kommen und erschrecke zu Tode, als sie ins Horn bläst wie jedes Jahr und damit die Geschenkeschlacht ankündigt. Oliver fährt genauso erschrocken wie ich zusammen, und Libi reißt ihm das Stickerheft aus der Hand und springt auf.

»Jaaa, Geschenke.« Nane hüpft wild im Kreis herum, dann stürzen sich beide unter den Baum.

Noan hält sie zurück. »Moment, ich verteile die Päckchen, das ist Chefsache«, sagt er, und ich ahne, dass es an körperliche Höchstleistung grenzt, die zappelnden Zwillinge zu bändigen.

»Merry, merry, merry Christmas!«, singe ich und lege meinen Arm um Phoebe, die sich an mich kuschelt. Ich fürchte, sie hat immer noch ein bisschen Liebeskummer, und ich küsse ihre Stirn.

Der Baum hat beträchtlich Nadeln verloren und eine feine Schicht auf den Päckchen hinterlassen. Und bei genauerem Hinsehen erkennt man sogar, welche Zweige des Baums George schon zwischen den Zähnen hatte.

»Was haben wir denn da?« Noan erwischt das erste Päckchen und dreht es vor seiner Nase hin und her, auf der Suche nach dem Namen. »Dieses wundervolle Geschenk ist für Elin.«

»Mach es auf«, grölen die Zwillinge, und Erna wirft einer von ihnen ein Wollknäuel an den Kopf. »Geht es ein bisschen leiser, hier ist niemand taub.«

Zuerst schüttle ich das kleine Kästchen und lausche. Dann löse ich mit den Fingernägeln die Klebestreifen und öffne langsam den kleinen Pappkarton. Zum Vorschein kommt ein wunderschöner bunter Strickschal in Pink und Grün, den ich mir sofort um den Hals schlinge. Dankbar lächle ich Oma an, und sie sieht zufrieden aus.

Mieke und Noan schenken sich heiße Unterwäsche, die mich peinlich berührt wegschauen lässt. Oliver schmunzelt, rückt auf dem Boden nah an meine Füße heran und flüstert mir immer wieder mal zu, dass meine Familie ihm gefällt. Libi und Nane sind erst als Viertes an der Reihe, und ich kann spüren, wie zum Reißen gespannt ihr Geduldsfaden ist. Ich glaube, ich habe noch nie jemanden so schnell Geschenkpapier zerfetzen sehen. Oma, die versucht, jeden Papierbogen zu retten, um ihn zu falten und in einer Tüte zu sammeln, seufzt laut.

»Boah, er hat es mitgebracht«, freut sich Libi über einen magischen Perlenzauber, mit dem man sich Armbänder und Ketten gestalten kann. Nane ist ganz hin und weg von einem Fotoapparat und knipst ein Bild nach dem anderen, die man mit einer App wunderbar bearbeiten kann. Mein Gesicht bekommt prompt eine Hundenase und Hasenohren verpasst.

»Also, das hab ich mir aber gar nicht gewünscht«, beschwert sich Nane, als sie das größte Geschenk auspackt und einen Schulranzen mit Einhörnern drauf entdeckt.

»Mist, wir müssen also tatsächlich in die Schule?« Libi sieht aus, als müsse sie sich gleich übergeben, und Phoebe grient mit einer gewissen Schadenfreude.

»Das Leben ist kein Wunschkonzert, natürlich müsst ihr in die Schule. Und wenn ihr Glück habt, lernt ihr was fürs Leben«, antwortet Oma. »Genug unnützes Wissen habt ihr euch ja schon angeeignet.«

»Das ist so gemein«, murrt Libi und schiebt den Ranzen zurück unter den Baum. Nane findet eine vollkommen identische Schultasche und trägt ihr Schicksal mit etwas mehr Fassung als ihre Schwester.

»Sieht doch ganz gut aus«, meint sie gnädig. »Und es sind sogar Stifte drin.«

In der nächsten halben Stunde werden weitere kleine und

große Päckchen überreicht, Papier zerrissen und zur Freude der Welpen zu Boden geworfen. Oma zeigt währenddessen erstaunlich sportliche Fähigkeiten, um die Fetzen möglichst alle einzusammeln, und ich schaue meiner Familie eine ganze Weile einfach nur zu.

Als meine Schwester meine für sie kreierte Schneekugel auspackt, kann ich in ihrem Gesicht lesen, was sie denkt. Das silbrige Herz in der Mitte des Schneegestöbers sieht genauso aus wie das, welches ich ihr als Kind einst aus Eis gefertigt habe. Es war in jenem Winter, in dem minus zwanzig Grad herrschten und Mieke fürchterlich weinte, als eines der Hühner den Kältetod starb, weil es ausgebüxt war.

»Es ist meine Schuld«, redete sie sich ein und zog die Nase geräuschvoll hoch, als wir das tote Tier auf der alten Schubkarre zurück zum Hof fuhren. Ich hatte es in der Nähe des Teichs gefunden, bei dem sich nur noch ein paar aufgeplusterte Spatzen und einige Amseln auf der Suche nach Essbarem herumtrieben.

»Du hast das Huhn ja nicht gebeten wegzulaufen«, antwortete ich und schob schneller.

»Aber ich hätte es länger suchen müssen.« Sie schniefte und heulte noch lauter.

»Oma hat gesagt, wir sollen es lassen. Es war doch schon dunkel.« Ich zuckte hilflos die Schultern, versuchte, das tote Tier nicht zu sehr zu betrachten. Seine Augen waren noch geöffnet, als würde es mich anstarren und mit seinen Blicken zum Brennen bringen wollen.

»Mein Herz ist gebrochen, ich kann es spüren«, jaulte Mieke und rannte einfach weg. Ließ mich mit der Leiche eines zu abenteuerlustigen Huhns allein.

Die Sache mit dem beschädigten Herzen ließ mich nicht mehr los, und als ich Opa von Miekes Kummer erzählte, hatte er die Idee mit dem symbolischen Herzen. Also schlug ich einen großen Eisklumpen aus der Regentonne und formte ein neues, wunderschönes Herz für Mieke.

»Das ist für dich«, sagte ich, als ich es ihr am nächsten Morgen vor dem Hühnerstall übergab. »Es ist ein zweites Herz, das so lange für dich da ist, bis dein eigenes wieder ganz ist.«

»Oh, danke. Es ist wirklich schön«, hauchte sie und nahm es in ihre warmen Finger. Sofort wurde es feucht und begann zu tauen wie ein Schneemann in der Sonne.

»Aber es schmilzt ja«, erschrak sie und blickte mich irritiert an.

»Sicher, es ist ja auch aus Eis«, beeilte ich mich zu erklären. »Du musst es in den Schnee legen, und wenn es weg ist, kannst du dir sicher sein, dass dein eigenes Herz wieder ganz ist. Versprochen.« Ich schenkte meiner Schwester mein schönstes und überzeugendstes Lächeln.

Oliver ist still geworden. Wie ich hängt er irgendwelchen Gedanken nach, und es sind ausgerechnet die Zwillinge, die reagieren, ihre Geschenke Geschenke sein lassen und ihn mit ihrer Liebenswürdigkeit attackieren.

»Bist du traurig?«, fragt Libi vorsichtig und reicht ihm ein Stück Schokolade, das er lächelnd annimmt.

»Nein, wie könnte ich denn an so einem wunderschönen Abend traurig sein?«

Libi nimmt ihm das Gesagte nicht ab und tatscht mit ihren kleinen Händen sacht auf seine Wangen. »Na, dein Gesicht ist aber anderer Meinung.«

Er lächelt schief. »Na gut, ich gebe es zu. Mir fehlt mein Sohn ein bisschen.«

Nane klettert auf seinen Schoß. »Das nächste Jahr bringst du ihn einfach mit. Und so lange kümmern wir uns um dich.«

Ich wische mir unauffällig eine kleine Träne aus dem Augenwinkel und muss selbst über meine rührselige Stimmung schmunzeln.

Mieke und Noan knutschen derweil, Oma knetet die Ohren der faltigen Hunde, die zu ihren Füßen liegen, als Phoebe plötzlich einen schrillen Schrei ausstößt, der mich erstarren lässt. Heiliger Weihnachtsmann!

»Ein MAC-Koffer? Ich kann es nicht fassen, dass ich einen Profischminkkoffer bekomme, wie geil ist das denn?«, quietscht sie und hängt im nächsten Moment an Miekes Hals, um sie mit Küssen zu überhäufen.

»Man kann es aber auch übertreiben«, sagt Libi trocken, die dieses Bild mit Skepsis betrachtet.

»Das find ich auch«, stimmt Nane ihr zu. »Sie sollte lieber einen langen Dankesbrief an den Weihnachtsmann schreiben.« Nane schüttelt ungläubig den Kopf über die große Schwester.

Phoebes Geschenk an mich, neben dem Schlüsselanhänger mit Liliengravur, der einst für ihren Froschkönig bestimmt war, ist eine Packung Kondome. Sie grinst mich breit an und zwinkert frech, während ich vor Scham im Erdboden versinken will, da Oliver den Inhalt der kleinen Box leider ebenfalls sieht und mit einem Räuspern kommentiert.

Der Abend plätschert dahin, das leise Gemurmel meiner Familie untermalt die weihnachtliche Musik aus dem Radio, und irgendwann tauschen Oliver und ich heimliche Zärtlichkeiten aus, während wir nebeneinander auf dem Sofa sitzen und ein letztes Glas Wein trinken.

»Und wenn die stille Zeit erst vorbei ist, dann wird's auch wieder ruhiger«, scherzt Oma, die so langsam, aber sicher einen Schwips hat und *Jingle Bell Rock* von Rogue Wave mitsingt.

Als Mieke die vollkommen überdrehten Zwillinge ins Bett bringt, gehen Oliver und ich mit den Hunden vor die Tür. Ich rede mit ihm, als würden wir uns eine Ewigkeit kennen, was wir genau genommen ja auch tun. Natürlich ist meine lockere Zunge ein bisschen der Weinlaune zu verdanken, aber wen kümmert das schon?

»Weißt du, woran ich mich voraussichtlich als Hundebesitzerin nie so richtig gewöhnen werde?«, frage ich und zeige ihm die kleinen Tütchen aus meiner Jackentasche, mit denen ich Georges Hinterlassenschaften stets aufsammele. Oliver schmunzelt, während er seiner Hündin folgt, die abseits der eingepackten Rosenbüsche pinkelt.

»Im Grunde ist es ja nicht viel anders, als Windeln zu wechseln«, meint er und lacht.

»Wo du recht hast.« George ist fertig und watschelt schlaftrunken zur Haustür. Er weiß, wie spät es ist, und will einfach nur schlafen, wie es sich für einen jungen Hund gehört. Oliver fängt mich ein, bevor ich wieder ins Haus huschen kann, und dreht mich in seinen Arm.

»Ich denke, ich werde dann mal mit Spencer nach Hause gehen«, sagt er und haucht mir einen unschuldigen Kuss auf die Wange.

Na, das ist ja eine schöne Bescherung. Das hab ich mir irgendwie anders vorgestellt, und ich habe Mühe, mir die Enttäuschung nicht anmerken zu lassen. »Bist du dir sicher?«

Er legt mir den Finger unters Kinn und hebt meinen Blick. »Ehrlich gesagt, nein«, gibt er zu, und meine Hände fallen auf seine Brust. Ich kann seinen Herzschlag unter meinen Fingern spüren.

»Du hast noch deinen Wunsch frei, und ich bin die gute Fee, die ihn erfüllen kann«, sage ich und übe einen langen Augenaufschlag.

»Denkst du, es wäre für deine Familie okay, wenn du mich mit in dein Bett nimmst, oder muss ich morgen früh damit rechnen, in den Lauf der Schrotflinte deiner Oma zu blicken?«

»Erna hat keine Schusswaffe. Nur Mistforken und Tafelsilber«, winke ich ab und angle nach Olivers Hand, während wir hineingehen. Noan ist auf der Couch eingeschlafen, und Phoebe tippt manisch etwas in ihr Handy ein. Sie ist vollkommen versunken in irgendeiner Kommunikation mit Freunden, dennoch hält sie mir mit einer Hand ihr Geschenk an mich entgegen, damit ich es an mich nehme.

Fast denke ich, Oliver und ich schaffen es mit Welpen bepackt unbemerkt hinauf ins Obergeschoss. Ich bin so aufgeregt wie ein Teenager, der plant, seine Unschuld zu verlieren, und zittere innerlich wie Espenlaub. Schade, dass Oma noch putzmunter ist und gerade in diesem Moment um die Ecke biegt.

»Was soll das denn werden, wenn es fertig ist?«, fragt sie pikiert und runzelt die Stirn. Oliver sieht mich ratlos an.

»Wenn du es genau wissen willst, wir sind schrecklich müde und werden jetzt ins Bett gehen«, antworte ich kleinlauter, als mir lieb ist.

Oma verschränkt die Arme. »Etwa in deins?«

»Ja«, antworte ich knapp und wappne mich für eine Standpauke über Moral und Tugend, doch sie schürzt nur die Lippen, haucht ein: »Na, wenn wir sowieso alle in der Hölle landen ... ich hätte gern einen Sitzplatz in Fahrtrichtung, wenn es losgeht, sonst muss ich spucken.«

Ich ziehe Oliver hinter mir her, lotse ihn am Zimmer der Zwillinge vorbei, in dem Mieke gerade das Licht löscht, und öffne die Tür zu meinem Reich. George und Spencer sind vor mir drinnen, springen aufs Deckenlager in den Kartons, und ich atme bebend aus, als ich mich mit dem Rücken an die verschlossene Tür lehne. Das Licht einer einzelnen Lichterkette erhellt den Raum, und ich bereue, dass ich heute Morgen nicht aufgeräumt habe.

»Komm her«, fordert Oliver; eine Hälfte seines Gesichts verschwindet in der Dunkelheit, und ich kann seine Miene nicht deuten. Unauffällig lasse ich meinen Pyjama unter dem Bett verschwinden und gehe langsam auf ihn zu. Seine Finger wandern unendlich sanft über mein Schlüsselbein, meinen Hals hinauf und streichen mir eine Locke zurück. Es gefällt mir, wie er mich dabei ansieht, wie er sich auf die Unterlippe beißt. Er tritt näher, seine Hände finden den Reißverschluss an meinem Rücken und ziehen ihn langsam auf. Mein grünes Kleid gleitet zu Boden, und Olivers Blick weitet sich, während er mich betrachtet. Mein Puls beschleunigt sich schlagartig, macht mich schwindelig. Ich kann mich an kein Weihnachten meines Lebens erinnern, das mir solches Herzrasen bescherte.

»Du bist so wunderschön.« Olivers Worte sind nur gehaucht und voller Gefühl. Ich erinnere mich daran zu atmen und wage es, die Knöpfe seines Hemds einen nach dem anderen zu öffnen. Seine Haut ist herrlich warm, und sein Duft hüllt mich augenblicklich ein. Unwillkürlich schließe ich die Augen, und ein wohliges Seufzen entrinnt meinen Lippen, während ich über seine Brust streiche.

Ich kann nicht sprechen, streife ihm das Hemd von den Schultern und japse nach Luft, als er mich mit Schwung auf seine Hüfte hebt. Plötzlich liegen wir auf der Matratze, und er küsst meinen Hals. Ich dränge mich gierig an ihn, während er mich mit seinem Körper umschlingt.

Meine Finger fahren über seinen Hintern, folgen den Muskeln seines Bauchs bis zum Bund seiner Jeans. Er atmet tief ein, als ich sie öffne.

»Willst du das wirklich?«, vergewissert er sich mit rauer Stimme. »Wir können uns auch Zeit lassen, müssen nichts überstürzen.«

Ich sehe, dass er genauso erregt ist wie ich. Sein Atem geht stoßweise, und er unterdrückt ein Stöhnen, als ich mich näher an ihn dränge.

»Hör auf zu reden und zieh dich aus«, antworte ich heiser. Das muss ich ihm nicht zweimal sagen, und schon fliegt die Jeans zu Boden.

Ein Feuer entbrennt vollends zwischen uns. Es ist unendlich heiß, doch gerade, als ich meinen BH ausziehen will, frieren Olivers Bewegungen ein.

»Was ist?«, frage ich irritiert. Hat er es sich plötzlich anders überlegt?

»Ich kann das so nicht.« Sein Mund verzieht sich zu diesem bitteren Strich, und ich fürchte mich vor der Mauer, die er so gern schlagartig hochzieht.

Mein Magen krampft sich zusammen, so, als würde man aus einem Flugzeug springen und sich im freien Fall gen Erde befinden. »Hab ich was falsch gemacht?«

Er küsst meine Stirn, erhebt sich ein wenig von mir und deutet vors Bett. Ich folge seinem Blick und grunze vor Lachen. Unsere beiden Welpen sitzen direkt vor der Matratze, beide mit schief gelegtem Kopf, und versuchen zu ergründen, was zum Teufel ihre beiden Besitzer dort gerade tun. Oliver stimmt in mein Lachen ein. George wedelt jetzt leicht mit dem Schwanz und legt den Kopf von links nach rechts.

»Keine Ahnung, was das fürs Karmakonto bedeutet, aber ich bringe die beiden zu den Zwillingen«, beschließe ich, mein Liebesleben zu retten.

Gesagt, getan. Nachdem ich verbotenerweise je einen Hund ins Bett eines Mädchens unter die Decke gestopft habe und die Kinder mit einem schläfrigen »Das ist das beste Weihnachten meines Lebens« geantwortet haben, laufe ich auf Zehenspitzen über den Flur. Alles ist still im Haus, und als ich zurück zu meinem Mister Santa komme, geht mir eine Textzeile von Daniela Andrade und ihrem Song *The perfect Christmas* durch den Kopf.

Weihnachten

Am nächsten Morgen erwache ich mit weißen Daunen im Haar, die aus meinem Kissen geschlüpft sind. Ich puste sie fort, und eine von ihnen schwebt wie eine Seifenblase schwerelos umher. Es sieht wunderschön aus, und nur ganz langsam holen mich die Ereignisse der Nacht ein. Mein Versuch, leise zu sein, während ich auf einen Wahnsinnshöhepunkt zusteuerte. Meine Zähne, die sich ins Kissen gruben, während Oliver seinen Rhythmus intensivierte. Mein Gott, wie kann man nur so gut im Bett sein? Augenblicklich spüre ich das Pochen von gestern zwischen meinen Beinen, das mich an die geübten Handgriffe erinnert, die dieser Mann fertigbrachte.

Ich liege in seinen Armen und drehe mich vorsichtig zu ihm. Sein gleichmäßiger Atem hört sich wie Musik in meinen Ohren an. Ich grinse wie ein Honigkuchenpferd, bis mein Blick an der Uhr hängen bleibt. »Fuck«, raune ich und schiebe seinen Arm von meiner Taille.

»Für Reue ist es ein bisschen zu spät, du gehörst jetzt zu mir«, antwortet dieser Traum von einem Mann schlaftrunken.

»Ich meine die Uhrzeit, es ist nach zehn«, sage ich sanft und lasse mich von ihm zurück in seinen Arm ziehen. Ich schließe die Augen und beschließe, diesen Zustand ein paar Sekunden zu genießen, bevor ich die Unruhe erneut zulasse. »Ich schätze, sie sitzen bereits alle am Frühstückstisch. Heute ist der alljährige Weihnachtsbrunch mit Heinz und Monika und Noans Mutter Helga.«

Jetzt ist Oliver wach. »Du meinst, ich kann mich nicht ungesehen davonschleichen?«

»Du siehst so entsetzt aus. Ist das so schlimm?«, hake ich nach, und er küsst meine Nasenspitze.

»Nein«, antwortet er lächelnd und streichelt meinen nackten Bauch. »Du bist ja bei mir.« Er küsst meinen Nacken, und die Energie, die mich gestern Nacht beinahe um den Verstand gebracht hat, ist sofort wieder da. Bevor wir jedoch ein weiteres Mal übereinander herfallen können und ich meine familiären Verpflichtungen versäume, flüchte ich aus dem Bett.

Als wir kurze Zeit später zusammen unten ankommen, wird es schlagartig still an der großen Familientafel. Alle Augenpaare sind auf uns gerichtet, niemand sagt etwas, außer Oma.

»Man könnte meinen, wir seien ein Stundenhotel. Wir sollten höhere Preise verlangen«, zirpt sie, und ich schnappe nach Luft. Sie kann einen echt in den Wahnsinn treiben und dabei so unschuldig aussehen wie ein Schaf inmitten von Wölfen.

»Erna!«, stößt Noan beschämt aus, und seine Mutter rümpft pikiert die Nase über Omas Scherz. Das tut sie oft und rät Mieke bei jeder sich bietenden Gelegenheit dazu, sich mit dem Thema Seniorenresidenz zu beschäftigen. Was für Mieke und mich natürlich nicht infrage kommt.

Ich drücke aufmunternd Olivers Hand, und er wirkt wie die Souveränität selbst. Wie macht er das?

»Wunderschönen guten Morgen allerseits«, sagt er und gibt Noans Mutter höflich die Hand, sein Lächeln hat die Frische eines Wintermorgens. »Ich bin Oliver von Daniel, kein Kunde in diesem Haus, sondern Elins Freund«, rückt er das Bild zurecht, und Phoebe reckt mir unauffällig ihren Daumen entgegen, während mein neuer Freund und ich am Tisch Platz nehmen. Hach, bin ich aufgeregt.

»Entschuldigt bitte die Verspätung, ich habe meinen Wecker wohl nicht gehört«, sage ich in die Runde, und Onkel Heinz, dessen Bein in einem Gips steckt, zwinkert mir zu.

»Oh, Heinz. Ist dein Fuß etwa doch gebrochen?«, frage ich und greife mir ein Brötchen aus dem Korb, den Mieke uns mit einem Lächeln unter die Nasen hält.

»Nein, nein. Aber das olle Gelenk muss absolut ruhig gehalten werden, deshalb hat dieser drollige Medizinstudent in der Notaufnahme alles gegeben.« Er lacht und lehnt sich auf dem Stuhl zurück. Sein Blick wandert von mir zu Oliver und wieder zurück. Ich kann beinahe die Fragen lesen, wie sie in seinem Kopf umherschwirren wie die Perlen des Mineralwassers, das ich mir einschenke.

»Und das nächste Mal sagt mir doch einfach gleich Bescheid, dass ich mit dem Fuß in einen Fuchsbau treten muss, damit ihr euch endlich kriegt«, fügt er an und zwirbelt nachdenklich seinen Bart.

Oliver schmunzelt, und die Zwillinge gucken mich fragend an.

»Habt ihr etwa Fangen gespielt?«, will Libi wissen, während sie ihr Schokobrot in den Kakao tunkt.

»So ähnlich«, antworte ich.

»Ja, ganze dreimal«, mischt Phoebe sich ein und grinst frech. Verdammt, waren wir doch zu laut?

In diesem Moment attackieren George und Spencer den

schwächelnden Weihnachtsbaum, sodass eine der alten Kugeln zu Bruch geht. Ich bin froh über diese kleine Ablenkung, denn nichts ist schlimmer, als sich wie die Attraktion des Vormittags zu fühlen. Ich lächle, während Noan aufsteht und die Scherben der rosa Weihnachtskugel zusammenfegt. Alles unter dem wertenden Blick seiner Mutter. Helga faltet ihre Serviette neu und legt sie Phoebe auf den Schoß, damit die sich nicht vollkrümelt.

»Vielen Dank, Oma. Du bist die Beste«, sagt Phoebe und schenkt ihr einen langen Augenaufschlag. Ich bin überrascht, wie gesittet sie sein kann.

»Spencer, zu mir!«, ruft Oliver im Befehlston, den ich mittlerweile echt sexy finde. *Dreh dich um, Elin. Lass dich fallen, Elin,* hallt es von gestern Nacht durch meine Erinnerung und beschert mir einen warmen Schauer auf der Haut. Unwillkürlich beiße ich mir auf die Unterlippe, darauf bedacht, unkeusche Gedanken zumindest bis zum Nachtisch aus meinem Kopf zu halten. Es ist schließlich Weihnachten.

»Tja, so kann es gehen mit Tieren im Haus«, meint Helga. »Man hat immer Arbeit, von den Keimen ganz zu schweigen.« Die schlanke Frau streicht ihr akkurat geschnittenes Haar zurück und flechtet ihre Finger ineinander. Libi fragt ihre Schwester, ob es jetzt Zeit ist zu beten. Und wenn ja, wie lange man das machen muss und ob man seine Worte unbedingt an das Christkind richtet oder doch lieber an den Osterhasen, da der ja als Nächstes kommt, um Süßigkeiten zu bringen. Arme konsumgeschädigte Wesen.

»Ihre Enkel machen auch nicht weniger Dreck als Hunde. Das können Sie mir glauben«, antwortet Erna resigniert an Helga gerichtet und schlürft geräuschvoll ihren Kaffee.

Spencer, die Olivers Befehl gehorcht und dicht gefolgt von George zu ihrem Herrchen rennt, begrüßt unsere Füße unter dem Tisch mit Überschwang, und ich unterdrücke ein Kreischen, weil es so heftig kitzelt. Wenigstens denke ich jetzt nicht mehr an Sex.

»Erna, wir wollten uns doch duzen«, erinnert Helga meine Omi an eine Verabredung, die sie bereits das letzte Mal getroffen haben, als wir alle beieinandersaßen.

»Das vergesse ich sowieso, mein Hirn ist ein Nudelsieb«, entgegnet Oma unhöflich wie eh und je. »Also bleiben wir lieber gleich beim Sie, Schätzchen.«

»Oma, du bist immer so lustig.« Die Zwillinge finden den Vergleich mit dem Sieb zum Totlachen, dennoch ahne ich, wie sie sich fühlt, und drücke aufmunternd ihre Hand. Noan deutet seiner Mutter gegenüber in knappen Worten an, dass Erna an beginnender Demenz leidet, und ich bin froh, dass Oma es nicht hört, weil sie sich den Zwillingen widmet.

»Nein, ihr kleinen Teufel«, sagt sie zu den Mädchen. »Eigentlich bin ich gar nicht komisch, ich bin gemein, aber jeder denkt, dass ich nur Scherze mache.« Sie zwinkert.

Das weitere Frühstück verläuft angenehm. Mieke und ich haben gestern Vormittag bereits viele Leckereien vorbereitet, sogar Götterspeise mit Vanillesoße à la Erna, die grüne Gummibärchen beinhaltet. Wir alle schlemmen wie Lukullus, und die wunderbare Trägheit, die ein übervoller Magen mit sich bringt, lässt nicht lange auf sich warten.

Wir reden über Gott und die Welt. Und, ganz wichtig, über Babynews, Umzugspläne und das Jagdverhalten junger Basset Hounds, deren Nasen sich noch entwickeln müssen und ständig auf der Suche nach Süßigkeiten sind.

Monika kann nicht oft genug betonen, dass sie Oliver und mir bereits vor Monaten die Karten gelegt hat und schon lange vor uns von unserer gemeinsamen Zukunft wusste, was Erna herzlich lachen lässt. So sehr, dass sie beinahe ihre

Zähne verliert und fragt, welche Art Zukunft Monika denn erkennt und ob sie ihr auch sagen könne, wo sie einen knackigen Rentner für ihr eigenes Bett ergattern kann. Und zwar eine ehrliche Haut. »Keinen, der vom Lügen Hornhaut am Sack hat, denn Lügen haben ja bekanntlich kurze Beine.«

An diesem Punkt steckt sich Phoebe ihre Kopfhörer in die Ohren, Miekes Schwangerschaftsübelkeit kehrt zurück, und aus irgendeinem Grund riecht es plötzlich angekokelt.

»Na Hauptsache, der Adventskranz brennt!«, kräht Oma und schüttet ihr Glas Milch quer über den Tisch, um ihn zu löschen. Es zischt, Noans Mutter springt mit einem spitzen Schrei auf. Die Zwillinge machen es Oma nach, nur mit Kakao. Auweia. Ich schaue zu Oliver, der die Dynamik an diesem lebhaften Tisch mit wachsendem Interesse beäugt. Mit einem Seufzer atme ich auf, als mein neuer Freund mich dennoch anlächelt und mir einen Kuss auf die Wange haucht. Wenn er das hier aushält, muss er mich doch wirklich sehr mögen, oder? Zumal er sich im nächsten Moment sogar von den Zwillingen eine Weihnachtsmütze auf den Kopf setzen lässt, während die *I flitz navidad* singen.

Er setzt die neue Kopfbedeckung auch später nicht ab, als er mit seinem Sohn telefoniert, und während ich dem Gespräch lausche, ist es endgültig um mein Herz geschehen. Diese Liebe, die Art, wie er mit dem Jungen spricht und imaginäre Grußküsse verteilt, ist einfach nur wundervoll.

Solange ich zurückdenken kann, war Weihnachten für mich die glücklichste Zeit im Jahr. Denn egal, wie turbulent oder schmerzhaft das Leben gerade auch sein mochte oder wie sehr man unter zwischenmenschlichen Problemen oder Meinungsverschiedenheiten litt, an diesen Tagen spielte es keine Rolle. Unsere Familie schaffte es jedes Mal auf Neue, aufeinander zuzugehen und das Herz für die anderen zu öffnen. Ich kann mich noch ganz genau daran erinnern, dass es selbst nach der Trennung meiner Eltern ein gemütliches Zusammentreffen gab. Und je später die Stunden wurden, desto mehr hörte man sich zu. So wie an diesem Tag.

Gegen Nachmittag gehen wir alle zusammen spazieren, und ich begleite Oliver zu sich nach Hause. Den ganzen Weg über hält er meine Hand, und als wir uns verabschieden, fragt er mich leise: »Wenn du eine Schneekugel für mich gestalten würdest, wie sähe sie aus?«

Ich stelle mich auf die Zehenspitzen, küsse ihn sanft auf den Mund und lasse mir mit der Antwort Zeit.

»Es wäre eine rote Rose, die hinter gläsernen Mauern zögerlich erblüht inmitten von sehr viel Schnee, der aus winzigen Kristallen besteht.«

»Kein kleiner grüner Grinch, der einen Berg Geschenke anzündet?«, fragt er nach und legt die Arme um meine Mitte.

»Nein, den hab ich doch schon umgepolt, oder?« Ich blinzle, weil seine grauen Augen sich kurz zusammenziehen. Wind frischt auf, fegt um uns herum, und ich weiß, wir sehen uns. So kitschig, wie das auch klingen mag, aber in diesem Moment ist es, als könnte ich ihm meine Seele zeigen und er mir seine. Unsere Herzen schlagen im selben Takt, und ich spüre, dies ist der Beginn von etwas Neuem. Etwas, das wir beide so noch nicht kennen und das sicherlich nicht immer ganz leicht werden wird.

»Ich freue mich schon auf das nächste Weihnachten mit dir«, flüstert er. In seinem Mundwinkel zuckt sein unverwechselbares schiefes Lächeln, das stets einen Hauch von Spott in sich trägt.

»Weihnachten ist noch nicht zu Ende. Und dann hätten wir da noch den Jahreswechsel, bevor ich erst mal zurückmuss, um meinen Umzug zu regeln.«

»Mit dir ins neue Jahr?«, raunt er nahe an meinem Ohr, während er mich an sich drückt. »Das hört sich verlockend an.«

Unsere Hunde tollen umher, und es tut mir nicht nur für sie leid, dass wir sie nun erst mal trennen müssen.

»Bis gleich, kleine Winterhexe.« Olivers Finger lösen sich nur widerwillig von meinen, und ich blicke oft zurück, als ich mit George zurück zum Tjarkshof laufe, dessen Lichterketten weithin die Winterlandschaft erleuchten.

Merry Christmas everyone!

Danksagung

Vielen Dank an die liebe Michaela Sappler und den wunderbaren Piper Verlag, dass ihr Lust hattet, mit mir diese turbulente Weihnachtsgeschichte zu erzählen. Ich hoffe, wir erspinnen noch viele lustige Storys und bringen sie in die Buchläden.

Großen Dank an meine super Agentin Anja Koeseling, die mich immer mal wieder auf Geschichten bringt, auf die ich von allein nicht kommen würde – du weißt, was ich meine, ich bin Miss Grinch.

Liebe Friederike, du bist ein Schatz! Vielen Dank, dass es dich gibt. Mit deinen Lektoraten lässt du mich schlauer wirken, als ich bin. ♥

Last, but not least: Herzlichen Dank an all meine Leser, die meine kuriosen Geschichten und meine Art des Erzählens mögen. Ihr seid die Besten!